D0752730

L'AFFAIRE PÉLICAN

JOHN GRISHAM

L'AFFAIRE PÉLICAN

roman

ROBERT LAFFONT

TITRE ORIGINAL :
THE PELICAN BRIEF

Traduit de l'américain par Patrick Berthon

PRESSECO

PAPIER RECYCLÉ
NATURE PROTÉGÉE

© John Grisham, 1992
Traduction française : éditions Robert Laffont, S.A., Paris, 1993
ISBN : 2-266-06488-6

Pour mon comité de lecture :
Renée, mon épouse et éditeur personnel ;
Beth Bryant et Wendy Grisham ; Lib Jones ;
et mon ami et complice, Bill Ballard.

1

Il semblait incapable de provoquer un tel chaos, mais la scène tumultueuse qui se déroulait sous sa fenêtre pouvait en grande partie lui être imputée. Ce n'était pas pour lui déplaire. Paralysé, cloué sur un fauteuil roulant, respirant avec l'aide d'un ballon d'oxygène, il avait quatre-vingt-onze ans. Sept ans plus tôt, une attaque d'apoplexie avait failli l'emporter, mais Abraham Rosenberg était toujours vivant et, même avec des tubes dans le nez, son influence demeurait plus forte que celle de ses huit collègues réunis. Il était la dernière figure légendaire de la Cour suprême et le fait qu'il fût encore vivant irritait une grande partie de la foule manifestant sous les fenêtres.

Assis dans un petit fauteuil roulant, dans son bureau de la Cour suprême, les pieds touchant l'appui de la fenêtre, il fit un effort pour se pencher en avant tandis que le vacarme augmentait dans la rue. Il détestait les flics, mais la vue des cordons de policiers avait quelque chose de rassurant. Coude à coude, ils tenaient en respect une foule déchaînée de cinquante mille personnes au moins.

– Jamais il n'y a eu tant de monde ! hurla Rosenberg à la fenêtre.

Il était presque sourd et Jason Kline, son premier assistant, se tenait derrière lui. C'était le premier lundi d'octobre, le jour de l'ouverture de la nouvelle session et la manifestation était devenue une célébration traditionnelle du 1er amendement. Une célébration bruyante. Rosenberg en frissonnait de joie. Pour lui, liberté de parole était synonyme de liberté de manifestation.

– Est-ce qu'il y a des Indiens? demanda-t-il d'une voix forte.

– Oui! répondit Jason Kline en se penchant vers son oreille droite.

– Avec leurs peintures de guerre?

– Oui! En tenue de combat.

– Ils dansent?

– Oui.

Indiens, Noirs, Blancs, Hispaniques, femmes, homos, amis de la nature, chrétiens, adversaires ou défenseurs de l'avortement, néonazis, athées, chasseurs, amis des animaux, tenants de la suprématie de la race blanche ou de la race noire, anarchistes, bûcherons, fermiers... Une foule houleuse de manifestants. Les policiers des forces antiémeutes serraient leur matraque noire.

– Les Indiens devraient m'adorer!

– Je suis sûr qu'ils vous adorent, fit Kline en hochant la tête.

Il sourit en regardant la frêle silhouette de ce vieillard aux poings serrés dont l'idéologie était simple : primauté du gouvernement sur les affaires, primauté de l'individu sur le gouvernement et prééminence à l'environnement. Quant aux Indiens, il fallait leur donner tout ce qu'ils réclamaient.

En bas, le vacarme s'amplifiait; prières, chants, slogans et cris allaient crescendo. Les policiers resserraient insensiblement les rangs. La foule était plus nombreuse et agitée que les années précédentes. Le climat social devenait plus tendu, la violence s'était banalisée. Des cliniques où l'on pratiquait l'interruption volontaire de grossesse étaient plastiquées, des médecins agressés et molestés. L'un d'eux avait même été tué à Pensacola; bâillonné, attaché dans la position fœtale, on l'avait arrosé d'acide. Il ne se passait pas de semaine sans que la rue ne fût le théâtre d'affrontements. Dans les églises profanées, des prêtres étaient brutalisés par des militants des mouvements homosexuels. Les racistes et extrémistes de tout poil regroupés en une douzaine d'organisations paramilitaires s'enhardissaient dans leurs attaques contre Noirs, Hispaniques et Asiatiques. Manifester de la haine était devenu le passe-temps préféré des Américains.

La Cour suprême, à l'évidence, était une cible de choix. Les menaces contre les juges, celles qu'il convenait de prendre au sérieux, avaient décuplé depuis 1990 tandis que les effectifs de la police de la Cour triplaient. Au moins deux agents du FBI assuraient la protection de chaque magistrat, cinquante de leurs collègues passaient leur temps à enquêter sur les menaces.

– Ils me détestent, n'est-ce pas ? reprit Rosenberg d'une voix trop forte.

– Oui, répondit Kline en souriant, certains d'entre eux vous détestent.

Rosenberg parut enchanté. Un sourire aux lèvres, il inspira profondément. Quatre-vingts pour cent des menaces de mort étaient dirigées contre lui.

– Voyez-vous des pancartes ? poursuivit-il, car il était presque aveugle.

– Oui, il y en a.

– Que disent-elles ?

– Comme d'habitude. A mort Rosenberg. Rosenberg à la retraite. Débranchez l'oxygène.

– Cela fait des années qu'ils brandissent ces pancartes. Ils ne peuvent donc pas trouver de nouveaux slogans ?

L'assistant ne répondit pas. Abe aurait dû mettre fin à ses fonctions depuis de longues années, mais il finirait par sortir sur une civière. Ses trois assistants se chargeaient de la majeure partie des travaux de recherche, mais Rosenberg tenait à rédiger lui-même ses opinions. Il utilisait un gros marqueur, couvrant d'une écriture lâche la largeur des feuillets d'un bloc de bureau, à la manière d'un écolier apprenant les rudiments de l'écriture. Il avançait lentement, mais, pour un magistrat nommé à vie, le temps compte-t-il ? Quand ils relisaient, ses assistants ne relevaient qu'un petit nombre de fautes.

– C'est Runyan qu'il faudrait donner en pâture aux Indiens, reprit Rosenberg en étouffant un petit rire.

John Runyan, le président de la Cour suprême, était un conservateur bon teint ; nommé par un républicain, il s'était attiré la haine des Indiens et de la plupart des autres minorités. Sept des neuf membres de la Cour avaient été nommés par des présidents républicains. Cela faisait quinze ans que Rosenberg attendait l'arrivée d'un démocrate à la Maison-Blanche. Il voulait se retirer de la vie publique, il devait le faire, mais l'idée de voir un conservateur de l'espèce de Runyan occuper son siège lui était insupportable.

Il attendrait. Il resterait dans son fauteuil roulant, il continuerait de respirer l'oxygène de ses ballons et de protéger les Indiens, les Noirs, les femmes, les pauvres, les handicapés et l'environnement jusqu'à cent cinq ans. Personne au monde n'avait le pouvoir de l'en empêcher, sauf en le tuant. Ce qui, d'ailleurs, ne serait pas une si mauvaise idée...

La tête du grand homme commença à descendre, puis à dodeliner vers l'épaule. Il venait encore de s'endormir. Kline s'éloigna sans bruit et retourna à ses recherches dans la bibliothèque. Il reviendrait une demi-heure plus tard vérifier le fonctionnement du ballon d'oxygène et donner ses pilules à Abe.

Le bureau du président de la Cour, au rez-de-chaussée du bâtiment, était plus spacieux et orné que les huit autres. Il comprenait deux pièces, une antichambre pour les réunions officielles, servant de salon de réception, et le bureau proprement dit, où travaillait le président.

Derrière la porte fermée du bureau étaient réunis Runyan, ses trois assistants, le chef de la police de la Cour suprême, trois agents du FBI et K.O. Lewis, leur directeur adjoint. L'atmosphère était grave et tout le monde s'efforçait de ne pas prêter attention au tumulte de la rue. C'était difficile. Le président et Lewis étaient en train de discuter de la dernière vague de menaces de mort et les autres se contentaient d'écouter. Les assistants prenaient des notes.

Pendant les deux derniers mois, le Bureau avait enregistré plus de deux cents menaces, un record. Outre le lot habituel de menaces d'attentat à l'explosif, un grand nombre, plus précis, comportait des noms.

Runyan ne faisait rien pour cacher son inquiétude. Un rapport confidentiel du FBI posé sur son bureau énumérait les particuliers et les groupes sur lesquels portaient les soupçons. Le Ku Klux Klan, les néonazis, les Palestiniens, les séparatistes noirs, les adversaires de l'avortement, les homophobes. Et même l'IRA. Tout le monde, semblait-il, hormis le Rotary et les scouts. Un groupe du Moyen-Orient, soutenu par les Iraniens, avait promis de répandre le sang sur le sol américain pour venger la mort de deux responsables de la Justice à Téhéran. Rien n'indiquait que les États-Unis fussent impliqués dans ces assassinats. Une nouvelle organisation terroriste américaine baptisée Armée secrète avait tué un juge fédéral au

Texas dans un attentat à la voiture piégée. Il n'y avait pas eu d'arrestation, mais Armée secrète revendiquait l'attentat. En outre, cette organisation était fortement soupçonnée d'être responsable d'une douzaine de plastiquages de bureaux de l'ACLU.

— Et les terroristes portoricains ? demanda Runyan sans lever les yeux.

— Ils ne font pas le poids, répondit K.O. Lewis avec détachement. Aucune inquiétude à ce sujet. Cela fait vingt ans qu'ils en restent aux menaces.

— Le moment est peut-être venu pour eux de passer à l'action. Le climat est propice, non ?

— Oublions les Portoricains, chef.

Runyan aimait se faire appeler chef. Pas président, ni monsieur le président. Chef tout court.

— S'ils vous adressent des menaces, c'est pour faire comme tout le monde.

— Très drôle, fit le président sans sourire. Vraiment très drôle. Je n'aimerais pas qu'un groupe se sente oublié.

Il repoussa le rapport sur son bureau et se massa les tempes.

— Parlons des mesures de sécurité, reprit-il, les yeux fermés.

— Eh bien, commença Lewis en posant son exemplaire du rapport sur le coin du bureau, le directeur pense qu'il serait souhaitable d'attacher quatre agents à la protection de chaque magistrat, au moins pendant les trois mois à venir. Nous utiliserons des limousines avec escorte pour les trajets entre leur domicile et la Cour ; la police de la Cour suprême fournira des troupes de soutien et assurera la sécurité du bâtiment.

— Et pour les voyages ?

— Ils sont déconseillés pour l'instant. Le directeur pense que tous les juges devraient rester à Washington jusqu'à la fin de l'année.

— Vous êtes tombés sur la tête ? Si je demandais à mes collègues de suivre vos conseils, ils quitteraient tous la capitale dès ce soir et ne reviendraient pas avant un mois. C'est absurde !

Runyan jeta un regard noir vers ses assistants qui secouèrent la tête d'un air dégoûté. Totalement absurde.

Lewis demeura impassible. Cette réaction était prévue.

— A votre aise, fit-il. Ce n'était qu'une suggestion.

— Une suggestion ridicule.

– Le directeur n'espérait pas votre coopération sur ce point-là. Mais il compte être informé de tout projet de voyage afin de prendre les mesures de sécurité nécessaires.

– Vous voulez dire que vous avez l'intention d'escorter chacun des membres de la Cour chaque fois qu'il quittera Washington ?

– Oui, chef. C'est notre intention.

– Ça ne marchera jamais. Ils n'ont pas l'habitude d'avoir des baby-sitters sur le dos.

– Bien sûr. Mais ils n'ont pas non plus l'habitude d'avoir des tueurs aux trousses. Nous nous efforçons seulement de vous protéger, vous et vos honorables collègues. Rien ne nous oblige à faire quoi que ce soit. Je crois pourtant me souvenir que c'est vous qui avez fait appel à nous. Mais nous pouvons vous laisser tranquilles, si vous préférez.

Runyan se pencha en avant pour attraper un trombone dont il entreprit de déplier le fil de fer.

– Et à l'intérieur du bâtiment ? reprit-il.

– La Cour suprême ne nous pose pas de problèmes, répondit Lewis dont le soupir s'acheva en une ébauche de sourire. C'est un endroit facile à protéger et nous n'avons aucune crainte.

– Où avez-vous des craintes ?

Lewis indiqua de la tête une fenêtre derrière laquelle le tumulte de la rue continuait à s'amplifier.

– Dehors, n'importe où. Les rues sont pleines d'abrutis, de cinglés et de fanatiques.

– Et ils nous détestent tous.

– Cela va sans dire. Écoutez, chef, c'est au sujet du juge Rosenberg que nous avons les pires inquiétudes. Il continue à interdire à nos hommes l'accès de son domicile ; il les oblige à faire le guet en voiture, toute la nuit. Il accepte qu'un policier de la Cour suprême, son chouchou – comment s'appelle-t-il déjà ? Ferguson –, reste assis devant la porte du jardin, mais seulement de 22 heures à 6 heures du matin. Personne d'autre que le juge Rosenberg et son infirmier n'a le droit d'entrer. Cette maison n'est pas sûre, croyez-moi.

Runyan sourit discrètement en se curant les ongles avec le trombone déplié. La mort de Rosenberg, de quelque façon qu'elle survienne, serait un soulagement. Non, ce serait un événement extraordinaire. Sa fonction l'obligerait à porter le deuil et à prononcer un éloge funèbre, mais, à huis clos, il rirait bien avec ses assistants. Cette idée l'enchantait.

– Que proposez-vous ? demanda-t-il.

– Pouvez-vous lui glisser un mot ?

– J'ai essayé. Je lui ai expliqué qu'il est l'homme le plus haï de tout le pays, que des millions de gens le maudissent chaque jour et aimeraient le voir mort, je lui ai rappelé qu'il reçoit quatre fois plus de lettres de menaces que les autres membres de la Cour réunis et qu'il est une cible facile, idéale, pour un tueur.

– Et alors ? demanda Lewis après un silence.

– Il m'a dit d'aller me faire voir et il s'est endormi.

Les assistants se mirent à glousser poliment ; les agents du FBI partirent à leur tour d'un petit rire.

– Alors, poursuivit Lewis qui ne semblait pas trouver cela amusant, que fait-on ?

– Vous le protégez de votre mieux, vous dégagez votre responsabilité par écrit et vous cessez de vous tracasser. Il n'a peur de rien, même de la mort, et, si lui s'en fiche, pourquoi vous feriez-vous du mauvais sang ?

– Le directeur se fait du mauvais sang, donc je m'en fais. C'est très simple. S'il arrive malheur à l'un de vous, ce sera fâcheux pour le Bureau.

Runyan se balança rapidement dans son fauteuil. Le vacarme de la rue lui portait sur les nerfs et la réunion avait assez duré.

– Laissez tomber Rosenberg ; peut-être mourra-t-il dans son sommeil. Je suis plus préoccupé par Jensen.

– Jensen pose des problèmes, fit Lewis en feuilletant un dossier.

– Je le sais bien, dit lentement Runyan. Il nous met dans l'embarras. En ce moment, il se prend pour un libéral et vote la moitié du temps comme Rosenberg. Le mois prochain, il aura épousé les thèses extrémistes et soutiendra la ségrégation raciale à l'école. Puis il se prendra de passion pour les Indiens et cherchera à leur faire cadeau du Montana. Il se conduit comme un enfant arriéré.

– Vous savez qu'il est sous antidépresseur ?

– Je sais, je sais, il m'en parle souvent. Je tiens le rôle du père pour lui. Qu'est-ce qu'il prend ?

– Prozac.

– Qu'est devenue la monitrice d'aérobic ? poursuivit Runyan en recommençant à se curer les ongles. Il la voit toujours ?

– Pas beaucoup, chef. En fait, je ne pense pas qu'il soit attiré par les femmes.

Lewis avait l'air avantageux de celui qui est renseigné. Il se tourna vers l'un de ses agents et confirma d'un signe de tête cette révélation croustillante.

Runyan fit celui qui n'a rien entendu.

– Se montre-t-il coopératif ? demanda-t-il pour changer de sujet.

– Bien sûr que non. On peut même dire qu'il est pire que Rosenberg. Il nous autorise à l'escorter jusqu'à l'entrée de son immeuble, puis nous oblige à passer la nuit dans le parking. Vous savez qu'il habite au septième étage. Nous ne pouvons même pas rester dans le hall ; il prétend que cela risquerait de déranger ses voisins. Alors, nous restons dans la voiture, il y a une dizaine d'issues et il nous est impossible d'assurer sa protection. De plus, il aime jouer à cache-cache avec nous. Il sort en catimini et nous ne savons jamais s'il est dans le bâtiment. Au moins, avec Rosenberg, nous savons où il passe la nuit ; avec Jensen, c'est impossible.

– Parfait. Si vous êtes incapables de le suivre, comment un tueur pourrait-il le faire ?

Lewis n'avait pas pensé à cela. L'humour de la question lui échappa.

– Le directeur nourrit les plus vives inquiétudes pour la sécurité du juge Jensen.

– Il n'est pas l'un des plus menacés, objecta Runyan.

– Il est en sixième position sur la liste, derrière vous, Votre Honneur.

– Ah ! je suis donc le cinquième ?

– Oui. Vous arrivez après le juge Manning qui, lui, coopère sans restriction.

– Il a peur de son ombre, fit Runyan. Désolé, ajouta-t-il, je n'aurais pas dû dire cela.

– En fait, poursuivit imperturbablement Lewis, tout le monde s'est montré assez coopératif, sauf Rosenberg et Jensen. Le juge Stone râle souvent, mais il nous écoute.

– N'en faites pas une affaire personnelle, il râle contre tout le monde. Avez-vous une idée des endroits où se rend Jensen quand il échappe à votre surveillance ?

– Pas la moindre, répondit Lewis en lançant un coup d'œil à l'un de ses agents.

Un slogan lancé par une partie de la foule fut bruyamment repris en chœur par les manifestants, faisant vibrer les vitres. Le président ne pouvait plus feindre l'indifférence. Il se leva pour mettre fin à la réunion.

Le bureau du juge Glenn Jensen se trouvait au deuxième étage, loin de la rue et du vacarme. La pièce, assez spacieuse, était pourtant la plus petite. Jensen était le plus jeune des magistrats et il avait de la chance d'avoir un bureau. Quand, six ans auparavant, à l'âge de quarante-deux ans, il avait été nommé à la Cour suprême, il avait la réputation d'un partisan d'une stricte interprétation de la Constitution, un magistrat aux opinions conservatrices, très proches de celles du président qui l'avait désigné. La ratification par le Sénat avait été laborieuse. Jensen avait fait piètre figure devant la commission des Lois : il s'efforça de ménager la chèvre et le chou sur les questions les plus délicates et s'attira les critiques des deux camps, plongeant les républicains dans l'embarras, faisant naître l'espoir chez les démocrates. Le président des États-Unis avait usé de toute son influence pour arracher la décision, à une seule voix de majorité.

La nomination était *ad vitam aeternam* et, depuis six ans, Jensen exerçait ses fonctions en se mettant tout le monde à dos. Cruellement blessé par les auditions de la commission sénatoriale, il avait fait le serment de mettre la compassion au premier rang de ses préoccupations. Cela avait provoqué la fureur des républicains qui s'étaient senti trahis, surtout lorsque Jensen avait manifesté une passion pour les droits des criminels. Au mépris de la cohérence idéologique, il avait rapidement pris ses distances avec la droite pour glisser vers le centre, puis se rapprocher de la gauche. Plongeant alors les plus éminents juristes dans un abîme de perplexité, Jensen avait effectué une subite volte-face pour soutenir le juge Sloan dans l'une de ses croisades antiféministes. Jensen n'aimait pas les femmes. Il était neutre en matière de religion, sceptique en ce qui concernait la liberté d'expression, bienveillant pour les contribuables fraudeurs, indifférent au sort des Indiens, effrayé par les Noirs, impitoyable pour les pornographes, tolérant envers les criminels et assez conséquent dans son souci de protection de l'environnement. A la profonde consternation des républicains qui s'étaient démenés pour arracher l'accord du Sénat à sa nomination, Jensen avait commencé à montrer une troublante indulgence pour les droits des homosexuels.

A sa demande, on lui avait confié une sale affaire, l'affaire *Dumond*. Ronald Dumond avait vécu pendant huit ans avec son amant. Formant un couple heureux, désireux d'unir leurs destinées, ils avaient voulu se marier, mais une telle union était interdite par les lois de l'Ohio. Puis l'amant de Ronald, atteint du sida, était mort dans d'atroces souffrances. Ronald savait comment il désirait être inhumé, mais la famille de son amant lui avait interdit d'assister aux obsèques. Bouleversé, il avait intenté une action contre elle, invoquant un préjudice moral et psychologique. Après avoir fait pendant six ans le tour des juridictions inférieures, l'affaire venait d'arriver sur le bureau de Jensen.

Ce qui était en jeu, c'étaient les droits des « conjoints » homosexuels. *Dumond* était devenu le cri de guerre des activistes gays. Il suffisait de mentionner l'affaire pour provoquer des bagarres sur la voie publique.

Derrière la porte fermée de son bureau, Jensen était assis avec ses trois assistants autour de la table de conférence. Ils venaient de passer deux heures sur l'affaire *Dumond* sans avoir fait avancer les choses. L'un des assistants, diplômé de Cornell, penchait pour une décision très libérale, accordant des droits étendus aux couples homosexuels. C'est aussi ce que Jensen voulait, mais jamais il ne l'aurait avoué. Les deux autres assistants étaient plus réservés. Ils savaient, comme Jensen, qu'il serait impossible de réunir une majorité de cinq voix.

Ils passèrent à un autre sujet.

– Le chef vous en veut, Glenn, dit l'assistant diplômé de Duke.

Jensen trouvait son titre trop pompeux et se faisait appeler par son prénom à la Cour.

– Ce n'est pas nouveau, fit Glenn en se frottant les yeux.

– L'un de ses assistants m'a fait clairement comprendre que le chef et le FBI sont inquiets pour votre sécurité. Il m'a dit que vous refusiez de coopérer, que cela irritait Runyan et m'a prié de vous en faire part.

Tout passait par le réseau des assistants. Absolument tout.

– Normal qu'il soit inquiet. C'est son boulot.

– Il a l'intention de vous donner deux gardes du corps supplémentaires et les Fédéraux veulent avoir accès à votre appartement. Ils veulent également vous amener ici et vous raccompagner chez vous en voiture. Ils veulent en outre limiter vos voyages.

— J'ai déjà entendu tout ça.

— Certes. Mais l'assistant de Runyan m'a dit que son patron demande que nous fassions pression sur vous pour obtenir votre coopération avec le FBI.

— Je vois.

— Voilà pourquoi nous faisons pression sur vous.

— Merci. Allez dire à l'assistant du chef que non seulement vous avez accompli votre devoir, mais que vous m'avez fait une scène de tous les diables. Dites-lui que je lui sais gré de toutes ces attentions, mais que ce que vous m'avez dit est entré par une oreille et sorti par l'autre. Dites-lui aussi que Glenn est un grand garçon.

— D'accord, Glenn. Vous n'avez pas peur, hein ?

— Pas le moins du monde.

2

Thomas Callahan était l'un des professeurs les plus populaires de l'université Tulane de Louisiane, surtout parce qu'il refusait de donner ses cours avant 11 heures. Il buvait beaucoup, comme la plupart de ses étudiants, et consacrait les premières heures de la matinée au sommeil et à la récupération. Un cours à 9 ou 10 heures eût été une abomination. Callahan était également populaire à cause de sa tenue décontractée : jean délavé, veste de tweed aux protège-coudes lustrés, jamais de chaussettes ni de cravate. L'élégance désinvolte de l'universitaire libéral. Il avait quarante-cinq ans, mais, avec ses cheveux bruns et ses lunettes à monture d'écaille, on pouvait lui en donner dix de moins, ce qui était le cadet de ses soucis. Il se rasait une fois par semaine, quand la barbe commençait à le démanger ; quand le temps fraîchissait, ce qui était rare à La Nouvelle-Orléans, il la laissait pousser. Callahan avait une réputation de séducteur auprès des étudiantes.

Sa popularité était aussi due au fait qu'il enseignait le droit constitutionnel, matière hautement impopulaire, mais indispensable. Grâce à la vivacité de son intelligence et à sa décontraction, il parvenait à la rendre intéressante, ce qui était unique à Tulane ; aucun de ses collègues n'essayait vraiment de rivaliser avec lui, les étudiants se battaient pour suivre ses cours de droit constitutionnel, trois jours par semaine, à 11 heures.

Ils étaient quatre-vingts ce matin-là, disposés sur six travées, qui discutaient à voix basse tandis que Callahan, debout devant son bureau, nettoyait ses lunettes. Il était exactement 11 h 05, encore trop tôt, à son avis.

– Qui pourrait expliquer l'opinion dissidente de Rosenberg dans l'affaire *Nash v. New Jersey* ?

Toutes les têtes se baissèrent d'un seul mouvement, le silence tomba dans la salle. La gueule de bois du prof devait être sévère : il avait les yeux injectés de sang. Quand il commençait son cours en parlant de Rosenberg, il fallait s'attendre à passer un sale quart d'heure. Il n'y eut aucun volontaire. L'affaire *Nash* ? Lentement, méthodiquement, Callahan fit du regard le tour de la salle où régnait un silence de mort.

La poignée de la porte tourna avec un grincement qui résonna dans ce silence tendu. La porte s'ouvrit rapidement, et une ravissante jeune femme en jean délavé et tricot de coton la referma avec grâce avant de se couler le long du mur jusqu'à la troisième travée et de se glisser habilement entre les sièges occupés jusqu'au sien. Les garçons du quatrième rang la suivirent d'un regard admiratif ; ceux du cinquième se tordirent le cou pour l'apercevoir. Depuis deux ans, l'un des rares plaisirs des étudiants en droit avait été de la dévorer du regard dans les couloirs et les amphis qu'elle traversait avec ses longues jambes et ses sweaters flottants. Ils devinaient que ces vêtements cachaient un corps fabuleux. Mais elle n'était pas du genre à s'exhiber. Elle préférait rester comme les autres et se conformait au code vestimentaire de l'école de droit : jean, chemise de flanelle, vieux pulls et veste de treillis trop grande. Que n'auraient-ils pas donné pour la voir en minijupe de cuir noir ?

Elle tourna la tête vers son voisin pour lui adresser un sourire fugitif et, l'espace d'un instant, Callahan et l'affaire *Nash* furent oubliés. Ses cheveux châtain-roux tombaient sur ses épaules. Elle était l'image de l'étudiante idéale dont tout garçon tombait amoureux. D'abord au lycée et ensuite à l'École de droit.

Callahan avait fait mine de ne rien remarquer. Si elle avait été une étudiante de première année tremblant devant son professeur, peut-être l'aurait-il tancée en poussant quelques cris. « Ne soyez jamais en retard au tribunal ! » Tel était le vieux précepte dont les professeurs de droit leur avaient rebattu les oreilles.

Mais Callahan n'avait pas envie de crier et Darby Shaw n'avait pas peur de lui. Il se demanda fugitivement si quelqu'un savait qu'ils couchaient ensemble. Probablement pas. Elle avait exigé le secret absolu sur leur liaison.

– Qui a lu l'opinion dissidente de Rosenberg dans *Nash v. New Jersey?*

L'attention générale se reporta brusquement sur Callahan, le silence s'épaissit. Une main levée pouvait provoquer un interrogatoire serré d'une demi-heure. Pas de volontaire. Les fumeurs du dernier rang allumèrent une cigarette. La plupart des quatre-vingts étudiants se mirent à griffonner sur leur bloc. Les têtes restèrent obstinément baissées. Il eût été trop risqué de feuilleter discrètement le recueil des arrêts de la Cour pour y trouver l'affaire *Nash*. Trop tard, de toute façon. Le moindre mouvement pouvait attirer l'attention. Une victime allait être désignée.

L'affaire *Nash* ne figurait pas dans le recueil officiel. C'était l'une des dix ou douze affaires mineures hâtivement mentionnées la semaine précédente par Callahan qui semblait maintenant avide de savoir si quelqu'un avait fait des recherches. Il était bien connu pour cela. Son examen de dernière année portait sur douze cents affaires dont un millier ne figurait dans aucun recueil! Cet examen était un véritable cauchemar, mais l'examinateur montrait de l'indulgence; il notait large et il fallait être un cancre pour se faire étendre.

Pour l'instant, l'indulgence était absente du regard avec lequel il parcourait la salle. Le moment était venu de choisir une victime.

– Qu'en dites-vous, monsieur Sallinger? Pouvez-vous nous éclairer sur la position de Rosenberg?

La réponse fusa aussitôt du quatrième rang:

– Non, monsieur.

– Je vois. Serait-ce parce que vous ne l'avez pas lu?

– Oui, monsieur. C'est pour cette raison.

Callahan foudroya du regard le coupable. Les yeux rouges rendaient sa mine encore plus menaçante. Mais seul Sallinger put s'en rendre compte. Tous les autres gardaient le nez baissé sur leurs notes.

– Et pourquoi, je vous prie?

– Parce que j'essaie de ne jamais lire les opinions dissidentes. Surtout celles de Rosenberg.

Stupide. Stupide. Stupide. Sallinger avait décidé de rendre coup pour coup. Mais il allait rapidement manquer de munitions.

– Vous avez quelque chose contre Rosenberg, monsieur Sallinger?

Callahan vénérait Rosenberg ; il lui vouait un véritable culte ; il lisait tout ce qui était publié sur l'homme et ses opinions ; il avait même eu la chance de dîner avec lui.

— Non, monsieur, répondit Sallinger en se tortillant nerveusement sur son siège. Je n'aime pas les opinions dissidentes, c'est tout.

Il y avait une pointe d'humour dans les réponses de l'étudiant, mais pas un seul sourire ne fut esquissé dans toute la salle. Plus tard, devant une bière, il se tordrait de rire avec ses copains en revenant inlassablement sur son aversion pour les opinions dissidentes, en particulier celles de Rosenberg. Mais, pour l'heure, pas question de rire.

— Je vois. Lisez-vous les opinions prises à la majorité des voix ?

Une hésitation. Les velléités de riposte de Sallinger allaient s'achever par une humiliation.

— Oui, monsieur, répondit-il. J'en lis beaucoup.

— Parfait. Expliquez-nous, dans ce cas, ce qu'était l'opinion de la majorité dans l'affaire *Nash v. New Jersey*.

Sallinger n'avait jamais entendu parler de cette affaire, mais, jusqu'à la fin de sa carrière juridique, il ne pourrait l'oublier.

— Je ne pense pas l'avoir lue, dit-il.

— Ainsi, monsieur Sallinger, non seulement vous ne lisez pas les opinions dissidentes, mais nous apprenons que vous vous désintéressez également de celles de la majorité. Que lisez-vous donc, monsieur Sallinger ? Des romans à l'eau de rose, des feuilles de chou ?

Quelques rires ténus s'élevèrent du quatrième rang ; des étudiants se sentaient obligés de rire, mais ne désiraient surtout pas attirer l'attention sur eux.

Sallinger, le visage cramoisi, regardait Callahan en silence.

— Pourquoi n'avez-vous pas lu cette affaire, monsieur Sallinger ?

— Je ne sais pas. Je suppose que cela m'est sorti de la tête.

— Rien d'étonnant à cela, fit Callahan, qui semblait bien prendre la chose. Je n'en ai parlé que la semaine dernière, mercredi, pour être précis. Mais vous aurez à l'étudier pour l'examen de fin d'année et je ne comprends pas pourquoi vous feriez l'impasse sur une affaire qui sera au programme de cet examen.

Callahan s'étais mis à faire les cent pas devant son bureau, lentement, la tête tournée vers ses étudiants.

– Quelqu'un s'est-il donné la peine d'en prendre connaissance ?

Personne ne répondit. Callahan fixa le bout de ses pieds et laissa le silence se prolonger. Toutes les têtes étaient baissées, tous les stylos immobiles. Des volutes de fumée montaient du dernier rang.

Enfin, au troisième rang, une main se leva lentement. C'était la main de Darby Shaw et ce geste provoqua un soupir de soulagement collectif. Tout le monde s'y attendait plus ou moins. Une fois de plus, elle leur sauvait la mise. Classée deuxième, tout près du premier, elle était capable de réciter les faits et les actes, les opinions concordantes, dissidentes et celles de la majorité dans presque toutes les affaires que Callahan citait.

Rien ne lui échappait. La parfaite petite étudiante avait obtenu une licence de biologie avec mention et comptait décrocher un diplôme de droit avec la même mention avant de vivre confortablement en intentant des actions contre les industriels de la chimie qui dégradent l'environnement.

Callahan se tourna vers elle en feignant la déception. Elle avait quitté son appartement trois heures plus tôt, après une longue nuit de discussions juridiques bien arrosées de vin. Mais jamais il n'avait mentionné l'affaire *Nash*.

– Alors, mademoiselle Shaw, pourquoi Rosenberg n'est-il pas d'accord ?

– Il estime que la loi du New Jersey viole le 2e amendement, répondit-elle sans regarder le professeur.

– Très bien. Et, pour l'édification de vos camarades, que dit cette loi ?

– Elle proscrit notamment les armes semi-automatiques.

– Parfait. Juste pour le plaisir, de quoi M. Nash était-il en possession au moment de son arrestation ?

– D'un fusil d'assaut AK-47.

– Et que lui est-il arrivé ?

– Il a été reconnu coupable, condamné à trois ans de détention et s'est pourvu en appel.

Elle connaissait tous les détails.

– Quelle était la profession de M. Nash ?

– L'arrêt ne le précisait pas, mais un des chefs de l'accusation était trafic de stupéfiants.

– Nous voici donc avec un revendeur de drogue armé d'un AK-47. Mais il bénéficie du soutien de Rosenberg, n'est-ce pas?

– En effet, répondit-elle en le regardant droit dans les yeux.

La tension était retombée. La majorité des regards suivaient Callahan qui s'était remis à marcher lentement, balayant la salle des yeux, à la recherche d'une autre victime. Darby jouait la plupart du temps un rôle prépondérant pendant les cours de Callahan et il cherchait à élargir la participation.

– Pourquoi, à votre avis, Rosenberg se montre-t-il bienveillant à son égard? demanda-t-il à la cantonade.

– Parce qu'il a un faible pour les revendeurs de drogue.

C'était la voix de Sallinger, blessé dans son amour-propre, mais désireux de se reprendre. Callahan attachait une importance particulière à la discussion dirigée. Il sourit à sa proie, comme pour la remercier de venir s'offrir de nouveau à son appétit.

– C'est ce que vous pensez, monsieur Sallinger?

– Bien sûr. Revendeurs, pédophiles, trafiquants d'armes, terroristes. Rosenberg a beaucoup d'admiration pour ces gens-là. Ce sont des enfants maltraités, de malheureuses victimes et il doit les protéger.

Sallinger s'efforçait de prendre un ton d'indignation vertueuse.

– Monsieur Sallinger nous fera-t-il la grâce insigne d'expliquer ce qu'il convient de faire à ces gens-là?

– C'est simple. Un procès impartial avec un bon avocat, une procédure d'appel expéditive, puis une condamnation s'ils sont reconnus coupables.

Ce discours de Sallinger était dangereusement proche de celui d'un défenseur acharné de la loi et de l'ordre, péché mortel pour les étudiants de Tulane.

– Continuez, je vous prie, fit Callahan en croisant les bras.

Sallinger flaira un piège, mais fonça tête baissée. Il n'avait plus rien à perdre.

– Ce que je veux dire, monsieur, c'est que nous avons étudié une multitude d'affaires dans lesquelles Rosenberg a essayé de modifier la Constitution afin de créer une échappatoire permettant à un accusé manifestement coupable d'éviter toute condamnation. Cela devient écœurant. Pour lui, toute prison est le lieu d'un châtiment cruel et excessif, et donc, aux termes du 8ᵉ amendement, tous les détenus devraient être libérés. Heureusement qu'il est aujourd'hui dans la minorité, minorité qui se réduit comme une peau de chagrin.

– Vous appréciez l'orientation de la Cour, monsieur Sallinger ? demanda Callahan, le front plissé, avec un sourire forcé.

– Et comment !

– Seriez-vous l'un de ces Américains normaux, modérés, une âme patriotique dans un corps sain, qui souhaitent que le vieux salopard claque dans son sommeil ?

Il y eut quelques gloussements dans la salle ; le danger était passé. Sallinger ne commit pas l'imprudence de répondre avec sincérité.

– Je ne souhaite cela à personne, dit-il, l'air embarrassé.

– Eh bien, monsieur Sallinger, je vous remercie, fit Callahan en se remettant à faire les cent pas. Vous nous avez apporté, comme d'habitude, le point de vue du profane sur la loi.

Les rires redoublèrent. Les joues de Sallinger s'empourprèrent et il s'enfonça dans son siège.

– J'aimerais, si vous le voulez bien, poursuivit Callahan sans même ébaucher un sourire, élever le niveau intellectuel du débat. Dites-nous, mademoiselle Shaw, pourquoi Rosenberg montre de l'indulgence envers Nash.

– Le 2ᵉ amendement accorde à tout citoyen le droit de posséder et de porter des armes. Pour le juge Rosenberg, cela doit être pris au sens littéral et absolu. Rien ne peut en être exclu. Si Nash veut posséder un AK-47, une grenade à main ou même un bazooka, l'État du New Jersey ne peut promulguer une loi qui l'interdise.

– Approuvez-vous Rosenberg ?

– Non, et je ne suis pas la seule. La décision de la Cour a été prise par huit voix contre une. Personne n'a suivi Rosenberg.

– Quel est le raisonnement des huit autres magistrats ?

– Il est très simple. Les États ont des raisons impérieuses d'interdire la vente et la possession de certaines catégories d'armes. L'intérêt public l'emporte sur les droits que le 2ᵉ amendement accorde à M. Nash. La société ne peut permettre à des particuliers de posséder des armes trop perfectionnées.

Callahan l'observait avec attention. Les étudiantes en droit séduisantes n'étaient pas légion à Tulane, mais, dès qu'il en trouvait une, il ne perdait pas de temps. Depuis huit ans, il avait eu nombre de succès. Sans difficulté, pour la plupart. Les nouvelles étudiantes étaient libérées et de mœurs légères. Mais pas Darby. C'est dans la bibliothèque qu'il l'avait remarquée pour la première fois, dans le courant du second semestre de sa première année d'études, et il lui avait fallu patienter un mois avant qu'elle accepte une invitation à dîner.

– Qui a rédigé l'opinion de la majorité ? demanda-t-il.

– Runyan.

– Et vous êtes d'accord avec lui ?

– Oui, c'est une affaire qui ne présente pas de difficulté particulière.

– Dans ce cas, pourquoi Rosenberg a-t-il réagi ainsi ?

– Je pense qu'il déteste ses collègues de la Cour.

– Et il s'oppose à eux par principe ?

– Souvent, oui. Ses positions deviennent de plus en plus indéfendables. Prenons l'exemple de *Nash*. Pour un libéral comme Rosenberg, la question du contrôle des armes est simple. Il aurait dû se ranger à l'opinion de la majorité et, il y a dix ans, il l'aurait certainement fait. En 1977, dans l'affaire *Fordice v. Oregon*, il a donné une interprétation beaucoup plus restrictive du 2e amendement. Ses inconséquences deviennent presque gênantes.

Callahan avait oublié l'affaire *Fordice*.

– Seriez-vous en train d'insinuer que le juge Rosenberg est atteint de sénilité ?

Comme un boxeur soûlé de coups répondant à l'appel du dernier round, Sallinger reprit la parole.

– Il est complètement cinglé et vous le savez fort bien. Vous ne pouvez pas défendre ses positions.

– Pas toujours, monsieur Sallinger, mais il est encore là.

– Son corps peut-être, mais son cerveau est mort.

– Il respire, monsieur Sallinger.

– Oui, avec l'aide d'une machine. Il faut lui envoyer de l'oxygène dans le nez.

– Mais cela compte, monsieur Sallinger. Rosenberg est le dernier des grands activistes judiciaires et il respire encore.

– Vous feriez mieux de téléphoner pour vous en assurer, fit Sallinger.

Il avait assez parlé. Même beaucoup trop. Il baissa la tête tandis que le professeur le foudroyait du regard. Il se pencha sur son bloc et commença à se demander pourquoi il avait dit tout cela.

Voyant que Sallinger ne relevait pas le nez, Callahan se remit à faire les cent pas. C'était vraiment une sacrée gueule de bois.

3

D'un vieux fermier, il avait au moins l'apparence, avec le chapeau de paille, la salopette, la chemise kaki bien repassée et les bottes. Il cracha le jus de sa chique dans l'eau noire qui clapotait sous la jetée. Il chiquait comme un fermier. Son pick-up, d'un modèle un peu trop récent, avait déjà souffert et portait les traces de la poussière des chemins. Le véhicule, immatriculé en Caroline du Nord, était garé sur le sable, à une centaine de mètres, près de la jetée.

C'était le premier lundi d'octobre, il était minuit et il devait attendre dans l'obscurité humide de la jetée déserte ; une demi-heure à mâcher pensivement sa chique, accoudé à la rambarde, le regard fixé sur les eaux sombres. Seul, comme prévu. A une heure si avancée de la nuit, la jetée était toujours déserte. De loin en loin, les phares d'une voiture brillaient le long de la route du littoral, mais, à cette heure tardive, aucun véhicule ne s'arrêtait.

Il observa les lumières rouges et bleues qui balisaient le chenal. Il regarda sa montre sans bouger la tête. Les nuages étaient bas et lourds ; il serait difficile de distinguer l'embarcation avant qu'elle arrive près de la jetée. C'était prévu.

En réalité, le pick-up ne venait pas de Caroline du Nord, pas plus que le fermier. Les plaques minéralogiques avaient été volées près de Durham, sur un camion à la casse. Le pick-up avait été volé à Baton Rouge. Le fermier ne venait de nulle part et n'avait commis aucun des deux vols. C'était un professionnel qui laissait aux autres les basses besognes.

Après vingt minutes d'attente, un objet sombre se rapprocha en flottant de la jetée. Le bourdonnement discret, assourdi d'un moteur se fit entendre, de plus en plus fort. Les contours de l'objet devinrent plus nets : c'était un petit canot à moteur piloté par une silhouette en tenue sombre, ramassée sur elle-même. Le fermier ne bougea pas d'un pouce. Le bourdonnement du moteur cessa et le canot noir se laissa glisser sur son erre, à une dizaine de mètres de la jetée. Il n'y avait pas de phares de voiture sur la route.

Le fermier ficha lentement une cigarette entre ses lèvres, l'alluma, tira deux bouffées et la jeta dans l'eau, à mi-distance du canot et de la jetée.

– Quelle marque ? demanda l'homme du canot en levant la tête.

Il voyait la silhouette penchée sur la rambarde, mais ne distinguait pas son visage.

– Lucky Strike, répondit le fermier.

Il y avait quelque chose de vraiment stupide dans l'usage de ces mots de passe. Combien de canots pneumatiques noirs venus du large pouvaient s'arrêter, à cette heure précise, au pied de la vieille jetée s'avançant dans l'Atlantique ? Stupide, assurément, mais d'une importance vitale.

– Luke ? lança la voix venant du canot.

– Oui, Sam, répondit le fermier.

Le vrai nom de l'homme était Khamel, mais Sam ferait l'affaire pendant les cinq minutes nécessaires pour accoster.

Sans rien ajouter, puisque tout était dit, Khamel remit le moteur en marche et dirigea l'embarcation le long de la jetée, jusqu'à la plage. Luke le suivit du haut de la construction. Ils se retrouvèrent devant le pick-up, sans une poignée de main. Khamel plaça entre eux, sur le siège avant, son sac de gymnastique noir et la camionnette commença à rouler le long du rivage.

Luke tenait le volant, Khamel fumait et chacun, avec beaucoup de naturel, faisait comme si l'autre n'existait pas. Leurs regards n'osaient pas se croiser. Avec ses lunettes noires et sa barbe fournie sur un col roulé sombre, Khamel avait un visage inquiétant mais impossible à identifier, et Luke ne tenait pas à le voir. Ses instructions, outre la réception de l'inconnu sur la jetée, lui prescrivaient de s'abstenir de le regarder. Faciles à suivre, en vérité. Le visage était celui d'un homme recherché dans neuf pays.

Après le pont de Manteo, Luke alluma une autre cigarette et se dit qu'ils s'étaient déjà vus. Une rencontre brève, minutée, à l'aéroport de Rome, et qui remontait à cinq ou six ans, si sa mémoire était fidèle. Il n'y avait pas eu de présentations. La rencontre avait eu lieu dans des toilettes de l'aéroport. Luke, qui était ce jour-là un cadre américain en complet de bonne coupe, avait posé contre un mur, au pied du lavabo dans lequel il se lavait longuement les mains, un attaché-case en peau d'anguille qui avait disparu en quelques secondes. Il avait eu le temps d'apercevoir dans le miroir le visage de l'homme qui sortait, de ce Khamel. Maintenant il en était sûr. Trente minutes plus tard, l'attaché-case explosait entre les jambes de l'ambassadeur de Grande-Bretagne au Nigeria.

Au fil de chuchotements prudents, de règle dans sa discrète corporation, Luke avait souvent entendu parler de Khamel, homme aux identités multiples, aux nombreux visages, maîtrisant plusieurs langues, assassin qui frappait avec célérité, sans jamais laisser de traces, tueur méticuleux qui parcourait la planète et demeurait insaisissable. Tandis que le pick-up roulait dans l'obscurité vers le nord, Luke se tassa dans son siège, les yeux cachés sous son chapeau rabattu, le poignet souple sur le volant, en s'efforçant de se remémorer les récits qu'il avait entendus sur son passager. Des hauts faits de violence terroriste. Il y avait donc eu l'ambassadeur de Grande-Bretagne. Une embuscade ayant coûté la vie à dix-sept soldats israéliens en Cisjordanie, en 1990, avait été attribuée à Khamel. Il était l'unique suspect dans l'explosion, en 1985, de la voiture d'un riche banquier allemand qui avait péri avec toute sa famille. D'après les rumeurs, ses honoraires pour cet attentat se seraient élevés à trois millions de dollars comptant. La plupart des spécialistes du renseignement voyaient en lui le cerveau de la tentative d'assassinat du pape, en 1981. Il est vrai que l'on imputait à Khamel la responsabilité de la quasi-totalité des attentats et des assassinats terroristes non élucidés. C'était d'autant plus facile que nul ne pouvait prouver s'il existait réellement.

Luke était très excité de savoir que Khamel allait opérer sur le sol américain. L'identité des cibles ne lui était pas connue, mais le sang de gens importants allait couler.

L'aube se levait quand le pick-up volé s'arrêta à l'angle de la 31ᵉ Rue et de « M » Street. Khamel saisit son sac et descendit sans un mot. Il prit la direction de l'est et fit quelques centaines de mètres sur le trottoir, jusqu'à l'hôtel des Quatre-Saisons. Il en traversa le hall d'un pas nonchalant, acheta le *Washington Post* et prit l'ascenseur jusqu'au septième étage. A 7 h 15 précises, il frappa à la porte du fond du couloir.

— Oui ? fit une voix nerveuse.

— Je cherche M. Sneller, dit lentement Khamel dans un américain impeccable, en plaquant le pouce sur l'œil de la porte.

— M. Sneller ?

— Oui. Edwin F. Sneller.

La porte ne s'ouvrit pas, le bouton ne tourna pas. Quelques secondes s'écoulèrent, une enveloppe blanche glissa sous la porte. Khamel se baissa pour la ramasser.

— Ça va, dit-il, assez fort pour être entendu de Sneller, si c'était bien le nom de l'occupant de la chambre.

— C'est la porte voisine, dit Sneller. J'attends votre appel.

Il devait être américain. Contrairement à Luke, il n'avait jamais vu Khamel et ne tenait pas à le voir. Luke avait déjà aperçu deux fois son visage et il avait beaucoup de chance d'être encore en vie.

La chambre de Khamel contenait deux lits et une petite table, près de la fenêtre dont le store baissé ne laissait pas filtrer la lumière du jour. Il posa son sac sur un lit où se trouvaient déjà deux grosses serviettes. Il s'avança vers la fenêtre et écarta les lamelles du store pour regarder à l'extérieur, puis se dirigea vers le téléphone.

— C'est moi, dit-il à Sneller. Parlez-moi de la voiture.

— Elle est garée dans la rue, expliqua Sneller en parlant lentement. Une Ford blanche immatriculée dans le Connecticut. Les clés sont sur la table.

— Volée ?

— Bien sûr, mais elle est propre. Aucun risque.

— Je la laisserai à l'aéroport Dulles un peu après minuit. Je veux qu'elle soit détruite. C'est clair ?

Son anglais était parfait.

— Oui, acquiesça Sneller, sobre et efficace. Ce sont mes instructions.

— J'insiste, c'est important. Je compte laisser l'arme

dans la voiture. Un pistolet tire des balles et les gens remarquent les voitures. Il est très important de détruire la voiture et tout ce qu'elle contient. Compris ?

– Ce sont mes instructions, répéta Sneller.

Il n'appréciait pas d'être sermonné. Il était loin d'être novice dans le métier.

– Les quatre millions sont arrivés il y a une semaine, poursuivit Khamel en s'asseyant au bord du lit. Avec vingt-quatre heures de retard. Je suis à Washington et je veux les trois autres millions.

– La somme sera virée avant midi. Comme convenu.

– Oui, mais j'ai des inquiétudes. Vous aviez vingt-quatre heures de retard pour le premier versement.

Sneller sentit la colère le gagner. Comme le tueur était dans la chambre voisine et n'avait aucunement l'intention d'en sortir, il pouvait se permettre de laisser percer son agacement.

– C'est la faute de la banque, pas la nôtre.

– Très bien, fit sèchement Khamel, contenant son irritation. Je veux que votre banque et vous viriez ces trois millions sur le compte de Zurich dès l'ouverture des bureaux de New York. A peu près dans deux heures. Je vérifierai que tout se passe bien.

– D'accord.

– Parfait. Je ne veux pas qu'il y ait le moindre problème quand le travail sera terminé. Je serai à Paris dans vingt-quatre heures et me rendrai directement à Zurich. Toute la somme doit y être à mon arrivée.

– Elle y sera, si le travail est terminé.

– Il le sera, monsieur Sneller, fit Khamel en ébauchant un sourire. Tout sera réglé à minuit. Si vos renseignements sont exacts, bien entendu.

– Jusqu'à présent, ils l'ont été. Et aucun changement n'est attendu pour aujourd'hui. Nos hommes sont dans la rue. Vous trouverez le matériel dans les deux serviettes : plans, emplois du temps, les outils et les articles que vous avez demandés.

Khamel tourna la tête vers les deux serviettes posées derrière lui. Il se frotta les yeux de la main droite.

– J'ai besoin de faire un somme, reprit-il d'une voix pâteuse. Je n'ai pas dormi depuis vingt heures.

Sneller ne trouva rien à répondre. Ils avaient largement le temps et, si Khamel voulait faire une sieste, il n'avait pas à s'en priver. On lui versait dix millions de dollars pour ce contrat.

– Voulez-vous manger quelque chose ? demanda Sneller pour rompre le silence.

– Non. Appelez-moi dans trois heures, à 10 h 30 précises.

Khamel raccrocha et s'étendit.

En ce deuxième jour de la session d'automne, les abords de la Cour suprême restèrent calmes et dégagés. Toute la journée, les magistrats écoutèrent une ribambelle d'avocats exposer des affaires compliquées et, pour tout dire, barbantes. Rosenberg passa le plus clair de son temps à dormir. Il émergea de son sommeil quand le procureur général du Texas avança qu'il conviendrait de soumettre un détenu condamné à mort à un traitement médical avant de lui administrer l'injection mortelle. Comment peut-on l'exécuter, si c'est un malade mental ? demanda Rosenberg d'un ton incrédule. Facile, répondit le procureur général. Sa maladie peut être contrôlée par des substances chimiques. Il suffit de lui faire une petite injection pour sain d'esprit, puis une autre pour le tuer. Cela pourrait être fait très proprement, d'une manière conforme à la Constitution. Rosenberg vitupéra pendant quelques instants, puis il s'essouffla. Son fauteuil roulant était beaucoup plus bas que les imposants sièges de cuir sur lesquels trônaient ses collègues et il paraissait bien pitoyable, ce juge qui, dans le passé, avait été un adversaire implacable, intimidant, capable de confondre le plus retors des avocats. Mais c'était bel et bien fini. Rosenberg commença à murmurer entre ses dents des paroles de plus en plus indistinctes. Avec un ricanement méprisant, le procureur général du Texas reprit son réquisitoire.

Au beau milieu du dernier débat de la journée, une banale affaire de déségrégation en Virginie, Rosenberg se mit à ronfler. Le président Runyan lança un regard noir dans sa direction et Jason Kline, le premier assistant de Rosenberg, comprit ce qu'il avait à faire. Il tira lentement le fauteuil roulant en arrière et quitta la salle d'audience, gagnant rapidement le fond du couloir en poussant le fauteuil.

Le vieux magistrat se réveilla dans son bureau, prit ses pilules et indiqua à ses assistants qu'il voulait rentrer chez lui. Kline en informa le FBI et, quelques minutes plus tard, Rosenberg fut transporté au sous-sol, où était garée sa fourgonnette, sous la surveillance de deux agents du FBI. Frederic, le garde-malade, serra les sangles qui maintenaient le fauteuil, puis le sergent Ferguson, de la police de la Cour suprême, se mit au volant. Le juge n'autorisait pas les hommes du FBI à monter dans son véhicule. Ils pouvaient le suivre dans leur propre voiture et surveiller sa maison de la rue, et ils devaient s'estimer heureux d'être si près. Il ne faisait pas confiance aux flics, encore moins aux agents du FBI. Il n'avait pas besoin de protection.

Arrivée à Georgetown, la fourgonnette ralentit dans Volta Street et s'engagea en marche arrière sur une petite allée. Frederic, le garde-malade, et Ferguson, le policier, poussèrent avec précaution le fauteuil à l'intérieur sous le regard des agents fédéraux dans leur Dodge Aries noire, garée le long du trottoir. La pelouse était minuscule et leur voiture ne se trouvait qu'à quelques mètres de la porte d'entrée. Il était près de 16 heures.

Quelques minutes plus tard, conformément à ses instructions, Ferguson ressortit et échangea quelques mots avec les agents fédéraux. La semaine précédente, après de longues discussions, Rosenberg avait accepté que Ferguson inspecte discrètement toutes les pièces des deux étages dès son arrivée, dans le courant de l'après-midi. Après quoi, il lui fallait sortir, mais il pouvait revenir à 22 heures précises et monter la garde devant la porte du jardin, jusqu'à 6 heures du matin. Personne ne pouvait remplacer Ferguson qui commençait à se lasser de ces nuits de veille.

— Tout va bien, dit-il aux agents fédéraux. Je pense que je vais revenir à 10 heures.

L'un des deux hommes du FBI posa la question d'usage :

— Il est toujours vivant ?

— Je le crains, répondit Ferguson en repartant d'un pas lourd vers la fourgonnette.

Frederic était replet et pas très robuste, mais il n'était pas nécessaire d'être musclé avec ce patient. Il souleva le magistrat de son fauteuil et l'installa avec précaution sur le canapé où il allait rester immobile pendant deux heures, en somnolant et regardant la chaîne CNN. A la cuisine Frederic se prépara un sandwich au jambon avec une assiette de gâteaux secs, puis parcourut un numéro du *National Inquirer*. Il entendit Rosenberg marmonner quelque chose et changer de chaîne à l'aide de la télécommande.

A 19 heures précises, son dîner composé d'un consommé de poulet, de pommes de terre bouillies et d'oignons frits était servi, et Frederic avança le fauteuil roulant jusqu'à la table. Rosenberg tint à manger tout seul, ce qui n'était pas ragoûtant. Frederic regarda la télévision. Il nettoierait plus tard.

A 21 heures, sa toilette terminée, Rosenberg, en chemise de nuit sous les couvertures, était soigneusement bordé. C'était un petit lit d'hôpital militaire, vert clair, étroit et inclinable, avec un matelas dur, une commande de réglage à poussoirs et des barreaux pliants que Rosenberg tenait à laisser baissés. Il se trouvait dans une petite pièce attenante à la cuisine, qu'il avait utilisée comme bureau, pendant trente ans, avant sa première attaque. Transformée en chambre d'hôpital, il y flottait maintenant des odeurs d'antiseptique et des relents de mort. A côté du lit, sur une grande table, étaient posés une lampe et au moins vingt flacons de pilules. D'épais bouquins de droit étaient soigneusement empilés autour de la pièce. Le garde-malade s'installa dans un vieux fauteuil à dossier réglable, près de la table de chevet, et commença à faire à haute voix la lecture d'une requête. Il continuerait jusqu'à ce qu'il entende les premiers ronflements : tel était le rituel du soir. Il lisait lentement, d'une voix forte, et Rosenberg, raide et inerte sur son lit, écoutait. La requête se rapportait à une affaire dont il devait rédiger l'opinion de la majorité. Il ne perdit pas un mot du texte, du moins pendant un certain temps.

Au bout d'une heure de lecture, la voix cassée, Frederic se sentit fatigué et le vieux juge succomba au sommeil. Il souleva légèrement la main et ferma les yeux. En appuyant sur un des boutons du lit, il baissa les lumières jusqu'à ce que la pièce soit plongée dans la pénombre. Frederic donna un coup de reins et le fauteuil s'inclina vers l'arrière. Il posa la requête par terre et ferma les yeux à son tour. Rosenberg ronflait.

Il n'allait pas ronfler longtemps.

Peu après 22 heures, au premier étage de la maison sombre et silencieuse, la porte du placard d'une chambre s'entrouvrit et Khamel se glissa par l'ouverture. Ses poignets, sa casquette de nylon et son short étaient bleu roi. Sa chemise à manches longues, ses chaussettes et ses Reebok blanches avec une bande bleue. Les couleurs de sa tenue de jogger étaient ainsi parfaitement coordonnées. Rasé de près, ses cheveux coupés court sous la casquette étaient d'un blond presque blanc.

La chambre était obscure, le couloir aussi. Les marches craquèrent légèrement sous les chaussures de sport. Khamel, qui mesurait un mètre soixante-dix-huit, pesait moins de soixante-dix kilos, sans une once de graisse. Il veillait à ne pas prendre de poids afin que ses mouvements restent vifs et silencieux. L'escalier donnait dans un vestibule, près de la porte d'entrée. Il savait que deux agents fédéraux étaient de faction dans une voiture garée au bord du trottoir et qu'ils ne surveillaient probablement pas la maison. Il savait aussi que Ferguson était là depuis sept minutes. Il percevait des ronflements venant de la pièce du fond. Dans le placard, tandis qu'il attendait, il avait envisagé de frapper plus tôt, avant l'arrivée de Ferguson, afin de ne pas avoir à tuer le flic. Donner la mort ne lui posait aucun problème, mais cela lui aurait évité d'avoir un cadavre de plus sur les bras. Mais il avait supposé, à tort, que Ferguson passait voir le garde-malade au moment où il prenait son service. Dans ce cas, le policier découvrirait le carnage et Khamel perdrait quelques heures. Il avait donc décidé d'attendre.

Il traversa le vestibule sans bruit. Dans la cuisine, une faible lumière venue de la hotte aspirante éclairait le plan de travail et rendait les choses plus dangereuses. Khamel se maudit de ne pas avoir songé à dévisser l'ampoule. De petites erreurs de ce genre étaient inexcusables. Il se baissa pour passer devant une fenêtre donnant sur une cour. Il ne voyait pas Ferguson, mais savait que le policier mesurait un mètre quatre-vingt-sept et qu'il était âgé de soixante et un ans; atteint de la cataracte, il n'aurait pas touché une vache à cinq mètres avec son 357 magnum.

Ils ronflaient tous les deux. Khamel s'accroupit en souriant dans l'embrasure de la porte et sortit un automatique et un silencieux du bandage qui lui serrait la taille. Il vissa sur le canon le tube long de dix centimètres et s'avança, tête baissée, dans la pièce. Le garde-malade était vautré dans un fauteuil inclinable, les jambes en l'air, les mains pendantes, la bouche ouverte. Khamel plaça l'extrémité du silencieux à deux centimètres de la tempe droite et pressa à trois reprises la détente. Les mains tressaillirent, les pieds s'agitèrent, mais les yeux de la victime demeurèrent fermés. Khamel dirigea promptement son arme vers le visage blême et ridé du juge Abraham Rosenberg et lui tira trois balles dans la tête.

La pièce n'avait pas de fenêtres. Pendant une bonne minute, Khamel regarda les corps et écouta. Les talons du garde-malade furent encore agités de quelques mouvements convulsifs, puis il n'y eut plus que deux cadavres immobiles.

Il préférait tuer Ferguson dans la maison. Il était 10 h 11, une heure à laquelle un voisin était susceptible de sortir son chien avant d'aller se coucher. Khamel se glissa dans l'obscurité jusqu'à la porte du jardin, il vit, à six ou sept mètres, le policier qui allait et venait le long de la palissade. Instinctivement, Khamel ouvrit la porte, alluma la lumière du patio et appela Ferguson.

Il laissa la porte ouverte et se dissimula dans un coin sombre, à côté du réfrigérateur. Docilement, Ferguson traversa le patio de son pas pesant et pénétra dans la cuisine. Cela n'avait rien d'inhabituel. Frederic l'appelait souvent quand Son Honneur était endormi. Ils buvaient une tasse de café en jouant au rami.

Il n'y avait pas de café, Frederic n'était pas là. Khamel tira trois balles dans la nuque du policier qui s'effondra lourdement sur la table de la cuisine.

Le tueur éteignit la lumière du patio et dévissa le silencieux de son arme. Il n'en aurait plus besoin. Il glissa l'automatique et le silencieux dans le bandage. Puis il s'avança jusqu'à la fenêtre et regarda discrètement à l'extérieur. Le plafonnier de la voiture était allumé, les agents fédéraux lisaient. Il regagna la cuisine, enjamba le corps de Ferguson, donna un tour de clé à la porte et se fondit dans l'obscurité du patio. Il escalada deux clôtures sans bruit et se retrouva dans la rue. Khamel le jogger s'éloigna en trottinant.

Seul dans un fauteuil du balcon du Montrose Theatre, Glenn Jensen suivait attentivement sur l'écran les ébats de deux hommes nus. Il puisait du pop-corn dans un grand sac sans quitter des yeux les corps dénudés. Il était vêtu assez sobrement d'un cardigan bleu marine et d'un pantalon de coton. De grosses lunettes noires lui cachaient les yeux, un feutre lui couvrait la tête. Jensen avait la chance d'avoir un visage que l'on oubliait facilement et, ainsi camouflé, il ne pouvait être reconnu. Surtout à minuit, dans un fauteuil au balcon désert d'un cinéma porno pour homos. Il ne portait ni boucle d'oreille, ni bandana, ni chaîne en or, ni bijoux, rien qui puisse suggérer la quête d'un compagnon. Il voulait passer inaperçu.

Il s'était vraiment pris à ce jeu de cache-cache avec les hommes du FBI et le reste du monde. Ce soir-là, les agents fédéraux s'étaient consciencieusement postés sur le parking, devant son immeuble. Une autre équipe attendait dans une voiture, derrière le bâtiment, près de l'entrée de la galerie. Il les avait tous fait poireauter quatre heures et demie avant de se déguiser et de descendre d'un pas nonchalant dans le garage du sous-sol d'où il était ressorti dans la voiture d'un ami. L'immeuble avait trop d'issues pour que les pauvres agents fédéraux soient en mesure de surveiller ses allées et venues. Il voulait bien se montrer compréhensif, mais jusqu'à un certain point : il avait aussi à vivre sa vie. Si les fédéraux n'étaient pas capables de le suivre, comment un tueur pourrait-il le faire ?

Le balcon se divisait en trois sections de six rangs chacune. Il faisait très sombre, la seule source lumineuse venait de l'arrière : le gros faisceau bleu du projecteur. Des sièges brisés et des tables pliées étaient alignés le long des allées extérieures. Sur les murs, les tentures de velours déchirées pendaient. C'était un endroit idéal pour se cacher.

La crainte de se faire surprendre ne lâchait jamais Jensen. Après la ratification de sa nomination par le Sénat, il avait été terrifié pendant plusieurs mois. Incapable d'avaler son pop-corn, il ne prenait non plus aucun plaisir à regarder les films. Il se disait que s'il se faisait surprendre ou reconnaître, si un horrible scandale devait éclater, il prétendrait simplement qu'il faisait des recherches sur une affaire de mœurs en souffrance. Il y en avait toujours une au rôle, peut-être le croirait-on ? C'est une excuse qui peut marcher, se répétait-il à mesure qu'il s'enhardissait. Mais un soir, en 1990, un incendie s'était déclaré dans le cinéma où il se trouvait et quatre personnes trouvèrent la mort. Le drame fit les gros titres des journaux. Le juge Glenn Jensen se trouvait ce soir-là dans les toilettes quand il entendit les premiers cris et sentit la fumée. Il se précipita aussitôt dehors et disparut. Toutes les victimes étaient au balcon ; il connaissait l'une d'elles. Pendant deux mois, il ne mit plus les pieds au cinéma, puis il recommença : il avait besoin d'approfondir ses recherches.

Et même s'il se faisait prendre, que risquait-il ? Il avait été nommé à vie et n'avait pas à redouter le verdict des électeurs.

Il aimait le Montrose, car, le mardi, les films se succédaient toute la nuit. Il n'y avait jamais foule. Il aimait le pop-corn et la bière à la pression à cinquante cents.

Dans la travée centrale deux hommes d'âge mûr se pelotaient. Jensen lançait de loin en loin un coup d'œil dans leur direction, mais sans détourner longtemps son attention du film. C'est triste, songea-t-il, d'avoir soixante-dix ans, de sentir la mort approcher, de devoir se protéger du sida et d'être contraint de se réfugier dans un cinéma crasseux pour trouver un peu de bonheur.

Un quatrième homme rejoignit le balcon. Il regarda Jensen et les deux vieux qui s'étreignaient, puis gagna silencieusement le dernier rang, une bière et un sac de pop-corn à la main. La cabine de projection était derrière lui. Le juge était assis sur sa droite, trois rangs plus bas. Devant lui, les amants aux cheveux gris s'embrassaient en chuchotant et en pouffant, sans s'occuper de ce qui se passait autour d'eux.

La tenue du nouvel arrivant était appropriée : jean serré, chemise de soie noire, boucle d'oreille, lunettes à monture d'écaille, les cheveux et la moustache soigneusement taillés comme ceux d'un homo. Khamel l'homosexuel.

Il attendit quelques minutes avant de se glisser à droite, jusqu'au bord de l'allée. Personne n'y prêta attention. Qui pouvait se soucier de l'endroit où il était assis ?

A minuit vingt, les deux homos se levèrent, bras dessus, bras dessous, et sortirent sur la pointe des pieds sans cesser de chuchoter et d'étouffer de petits rires. Jensen ne leur accorda pas un regard. Il était absorbé par le film qui montrait une orgie collective sur un yacht, au plus fort d'une tempête. Avec des mouvements félins, Khamel traversa l'allée étroite pour prendre place dans un autre fauteuil, trois rangs derrière le magistrat. Il but une gorgée de bière. Ils étaient seuls. Il attendit encore une minute et descendit vivement d'un rang. Jensen n'était plus qu'à deux mètres cinquante de lui.

A mesure que la violence de la tempête augmentait, l'orgie devenait plus effrénée. Le rugissement du vent et les hurlement de plaisir emplissaient le balcon d'un fracas assourdissant. Khamel posa la bière et les pop-corns au pied de son fauteuil, puis il tira de son bandage une corde d'alpiniste d'un mètre, en nylon jaune. Il en enroula prestement les deux extrémités autour de ses mains et enjamba le dossier du fauteuil devant lui. Sa proie respirait bruyamment. Le sac de pop-corn était agité de tremblements.

L'attaque fut rapide et brutale. Khamel fit passer la corde sous le larynx et serra de toutes ses forces. Il tira violemment vers le bas en ramenant la tête par-dessus le dossier du fauteuil. Il entendit craquer les vertèbres cervicales. Il tordit la corde et la noua derrière la nuque. Il glissa dans une boucle du nœud une tige d'acier de quinze centimètres et serra le garrot jusqu'à ce que la peau éclate et que le sang coule. Tout fut terminé en dix secondes.

Sur l'écran, la tempête s'acheva brusquement et une nouvelle orgie commença pour fêter l'accalmie. Jensen s'affaissa dans son siège. Les grains de pop-corn étaient éparpillés autour de ses chaussures. Khamel n'était pas homme à admirer longtemps son œuvre. Il descendit du balcon, passa d'une démarche dégagée entre les présentoirs de revues et de gadgets porno et disparut dans la rue.

Il conduisit la Ford blanche immatriculée dans le Connecticut jusqu'à l'aéroport Dulles, se changea dans les toilettes et attendit le vol à destination de Paris.

4

La première dame était sur la côte ouest où était pro-
grammée une série de petits déjeuners à cinq mille dollars le couvert, à l'intention de nouveaux riches disposés à
payer une fortune pour des œufs froids, du mousseux et
la possibilité d'être vus et peut-être photographiés en
compagnie de la Reine, comme on la surnommait. Le
Président était donc seul dans son lit quand le téléphone
sonna. Dans la grande tradition des présidents américains, il avait caressé l'idée, quelques années plus tôt,
de prendre une maîtresse. Mais cela semblait aujour-
d'hui peu républicain. Et puis, il se sentait vieux et fatigué. Il restait souvent seul, même quand la Reine était à
la Maison-Blanche.

Il dormait d'un sommeil profond et n'entendit pas le
téléphone avant la douzième sonnerie. Il saisit le combiné
en regardant la pendule : 4 heures et demie. Il écouta la
voix venue de l'appareil, bondit de son lit et, huit minutes
plus tard, était assis dans le Bureau ovale, sans avoir pris
le temps de se doucher ni de mettre une cravate. Il
regarda Fletcher Coal, le secrétaire général de la Maison-
Blanche, et se redressa derrière son bureau.

Coal souriait. Ses dents parfaites et son crâne déplumé
brillaient. A trente-sept ans, il était le petit prodige qui,
quatre ans plus tôt, avait sauvé une campagne présidentielle mal engagée et installé son patron à la Maison-
Blanche. Coal était un manipulateur-né, un être sans
scrupule qui, à force d'intrigues et de coups fourrés, avait
réussi à devenir le bras droit du chef. Pour nombre
d'observateurs, le véritable patron, c'était lui. Le simple

fait de mentionner son nom suffisait à terrifier les bureaucrates de la base.

— Comment est-ce arrivé ? demanda lentement le Président.

— Nous ne savons pas grand-chose, répondit Coal en marchant de long en large devant le bureau. Ils sont morts tous les deux. Deux agents du FBI ont découvert le cadavre de Rosenberg vers 1 heure du matin. Dans son lit. Son garde-malade et un policier de la Cour suprême ont aussi été assassinés. Ils ont reçu chacun trois balles dans la tête. Un boulot très propre. Pendant que le FBI et la police locale commençaient à enquêter, ils ont appris par un coup de téléphone que le corps de Jensen avait été découvert dans un cinéma homo. On l'a trouvé il y a deux heures. Voyles m'a prévenu à 4 heures et je vous ai appelé tout de suite. Il devrait arriver d'une minute à l'autre, avec Gminski.

— Gminski ?

— Il faut mettre la CIA dans le coup, du moins pour l'instant.

Le Président croisa les mains derrière sa nuque et s'étira.

— Rosenberg est donc mort.

— Oui, on ne peut plus mort. Je vous suggère de faire une déclaration officielle dans deux heures. Mabry a commencé à écrire un premier jet. Je le peaufinerai. Attendons le lever du jour, disons 7 heures. Sinon, il sera trop tôt et une partie du public ne serait pas touchée.

— La presse...

— Oui, la nouvelle est connue. Ils ont filmé les ambulanciers transportant le corps de Jensen à la morgue.

— Je ne savais pas qu'il était homo.

— Le doute n'est plus permis. Quand on y pense, cette crise arrange bien nos affaires, monsieur le Président. Nous n'y sommes pour rien, on ne peut rien nous reprocher. Le choc de la nouvelle va provoquer un élan de solidarité nationale. Le pays se rassemblera autour de son chef. Pour nous, c'est une aubaine. Nous avons tout à y gagner.

Le Président but lentement une tasse de café, les yeux baissés sur les papiers qui couvraient son bureau.

— Et cela me permettra de restructurer la Cour, dit-il, l'air songeur.

— Le point le plus positif, certes. Ce sera votre héritage. J'ai déjà appelé Duvall, au ministère de la Justice pour lui demander de prendre contact avec Horton afin d'établir une première liste de candidats. Horton faisait un discours à Omaha, hier soir, mais il est déjà dans l'avion. Je vous suggère de le recevoir dans le courant de la matinée.

D'un signe de la tête, le Président acquiesça à la suggestion de Coal, comme il avait pris l'habitude de le faire. Il laissait toujours Coal régler les détails.

– Des suspects? demanda-t-il.

– Pas encore. En fait, je n'en sais rien. J'ai dit à Voyles que vous vouliez être informé dès son arrivée.

– Je croyais avoir entendu dire que le FBI se chargeait de la protection de la Cour.

Le sourire de Coal s'élargit.

– Exact, fit-il en étouffant un petit rire. C'est vraiment très embarrassant pour Voyles. Il a l'air franchement ridicule.

– Parfait. Je tiens à ce que la responsabilité de l'affaire soit en partie rejetée sur lui. Voyez cela avec la presse. Je veux qu'il soit humilié. Cela nous permettra peut-être de nous débarrasser de lui.

La perspective enchanta Coal. Il cessa d'aller et venir et griffonna quelques mots sur son bloc. Un membre du service de sécurité frappa et ouvrit la porte pour laisser passer Voyles et Gminski, les directeurs du FBI et de la CIA. Les quatre hommes échangèrent une poignée de main dans une atmosphère tendue. Les deux directeurs s'assirent devant le bureau du Président tandis que Coal allait prendre sa place habituelle, sur le côté, près d'une fenêtre. Il détestait Voyles et Gminski qui le lui rendaient bien. Coal avait besoin d'entretenir un ferment de haine. Il avait l'oreille du Président, rien d'autre ne comptait. Il garderait le silence quelques minutes; il était important de laisser le Président prendre les choses en main quand il recevait quelqu'un.

– Je regrette profondément de vous voir ici, commença le président, mais je vous remercie d'être venus rapidement.

Deux graves hochements de tête saluèrent ce mensonge flagrant.

– Que s'est-il passé?

Voyles prit la parole, d'une voix rapide et avec précision. Il décrivit la découverte des corps chez Rosenberg.

A 1 heure du matin, le sergent Ferguson procédait à un contrôle de routine avec les agents qui passaient la nuit dans leur voiture. Ne le voyant pas revenir, ils étaient allés à sa recherche. Le travail du ou des tueurs était très propre, très professionnel. Voyles exposa ensuite ce qu'il savait sur la mort de Jensen. Nuque brisée ; strangulation ; le corps avait été découvert dans un fauteuil du balcon par un autre spectateur ; on n'avait rien vu, naturellement. Voyles n'était pas aussi brusque et bourru qu'à l'accoutumée. C'était un jour noir pour le Bureau et il sentait venir l'orage. Mais il avait survécu à cinq présidents et se sentait capable de manœuvrer l'imbécile assis devant lui.

– A l'évidence, dit le Président sans quitter Voyles des yeux, les deux assassinats sont liés.

– Peut-être. C'est assurément l'impression que l'on peut avoir, mais...

– Allons, monsieur le directeur ! En deux cent vingt ans, on a assassiné quatre présidents, deux ou trois candidats, une poignée de dirigeants des mouvements de droits civils, deux gouverneurs, mais jamais un seul magistrat de la Cour suprême. Et maintenant, en une seule nuit, à deux heures d'intervalle, deux sont assassinés. Malgré cela, vous n'êtes pas convaincu que ces crimes sont liés ?

– Je n'ai pas dit cela. Il doit y avoir un lien quelque part, mais les méthodes étaient si différentes, si professionnelles. Il ne faut pas oublier que les menaces contre les membres de la Cour se comptent par milliers.

– Soit. Sur qui se portent vos soupçons ?

F. Denton Voyles ne permettait à personne de le questionner de la sorte.

– Il est trop tôt pour le dire, répondit-il en lançant un regard noir au Président. Nous sommes encore en train de recueillir des indices.

– Comment le tueur s'est-il introduit chez Rosenberg ?

– Personne ne le sait. Nous ne l'avons pas vu entrer, vous comprenez ? Il était là, sans doute, depuis un certain temps, caché dans un placard ou une mansarde. Mais Rosenberg refusait de nous laisser entrer chez lui. Ferguson faisait une inspection de routine tous les après-midi, quand le juge revenait de la Cour. Il est encore trop tôt pour savoir, mais nous n'avons trouvé jusqu'à présent aucun indice. Rien, sinon les trois cadavres. Nous aurons les résultats balistiques et les rapports d'autopsie en fin d'après-midi.

– Je les veux sur mon bureau dès que vous les recevrez.

– Oui, monsieur le Président.

– Je veux aussi une première liste de suspects avant 17 heures. C'est clair ?

– Certainement, monsieur le Président.

– J'aimerais également un rapport sur votre dispositif de sécurité pour trouver où était la faille.

– Vous supposez qu'il y avait une faille ?

– Nous avons aujourd'hui les cadavres de deux juges placés sous la protection du FBI. Je pense que le peuple américain est en droit de savoir ce qui s'est passé, monsieur le directeur. Oui, votre dispositif avait une faille.

– A qui dois-je rendre compte ? A vous ou au peuple américain ?

– A moi.

– Et ensuite vous organiserez une conférence de presse pour rendre compte au peuple américain, c'est bien cela ?

– Avez-vous quelque chose à craindre de vérifications minutieuses, monsieur le directeur ?

– Absolument pas. Rosenberg et Jensen sont morts parce qu'ils refusaient de coopérer avec nous. Ils étaient conscients du danger, mais ils n'ont pas voulu prendre les précautions nécessaires. Les sept autres magistrats se montrent beaucoup plus coopératifs et ils sont vivants.

– Pour l'instant. Il vaudrait mieux s'en assurer.

Le Président sourit à Coal qui émit un petit ricanement à l'intention de Voyles et décida que le moment était venu de se mêler à la conversation.

– Saviez-vous, monsieur le directeur, que Jensen fréquentait ce genre d'endroits ?

– Il était majeur et nommé à vie. Si l'envie l'avait pris de danser nu sur la table d'un cabaret, nous n'aurions rien pu faire pour l'en empêcher.

– Bien sûr, acquiesça poliment Coal. Mais vous n'avez pas répondu à ma question.

Voyles prit une longue inspiration.

– C'est vrai, fit-il en baissant les yeux. Nous le soupçonnions d'être homosexuel et nous savions qu'il aimait certains cinémas. Nous n'avions ni l'autorité ni le désir, monsieur Coal, de divulguer des renseignements de ce genre.

– Je veux vos rapports dans l'après-midi, déclara le Président.

46

Voyles garda les yeux fixés sur une fenêtre, sans répondre. Le Président se tourna vers Robert Gminski, directeur de la CIA.

– Bob, j'ai une question et je veux que vous répondiez sans détour.

Gminski se raidit dans son fauteuil.

– Oui, monsieur, dit-il avec une pointe de nervosité. Quelle est la question ?

– Je veux savoir si ces assassinats peuvent avoir un rapport quelconque avec une agence, un service, un groupe dépendant du gouvernement des États-Unis.

– Allons, monsieur le Président ! Vous ne parlez pas sérieusement ! C'est absurde !

Gminski semblait scandalisé, mais le Président, Coal et Voyles savaient que tout était possible à la CIA.

– Je suis on ne peut plus sérieux, Bob.

– Moi aussi. Je vous assure que nous n'avons rien à voir dans cette affaire. Je suis indigné que cette idée ait pu vous effleurer. C'est ridicule !

– Vérifiez donc, Bob. Je veux être absolument certain. Rosenberg n'était pas un ardent défenseur de la sécurité nationale et il s'était fait des milliers d'ennemis dans les services de renseignements. Vérifiez, voulez-vous ?

– D'accord, d'accord !

– Et je veux un rapport pour 17 heures.

– Vous l'aurez. Mais c'est une perte de temps.

Fletcher Coal se rapprocha du bureau pour se placer tout près du Président.

– Messieurs, je vous suggère de nous retrouver ici à 17 heures. Cela vous convient-il ?

Les deux hommes hochèrent la tête et se levèrent. Sans un mot, Coal les raccompagna à la porte.

– Vous avez été très bien, dit-il au Président. Voyles sait qu'il est vulnérable et nous ne le raterons pas. Nous allons le charger devant la presse.

– Rosenberg est mort, murmura le Président en secouant la tête. Je n'en reviens pas.

Coal se remit à marcher de long en large.

– J'ai une idée pour la télévision, lança-t-il. Il faut tirer profit de l'émotion que cette nouvelle provoquera. Vous devrez avoir l'air fatigué, comme si vous aviez passé la nuit à des réunions de cellules de crise. Qu'en pensez-vous ? Le pays tout entier sera suspendu à vos lèvres, il attendra des détails et des paroles de réconfort. Je pense que vous devriez porter quelque chose de chaud et de rassurant. Une veste et une cravate à 7 heures du matin risqueraient de vous donner une apparence un peu guindée. Choisissez une tenue plus décontractée.

Le Président était tout yeux, tout oreilles.

– Une robe de chambre ?

– Peut-être pas. Mais que diriez-vous d'un cardigan et d'un pantalon de flanelle ? Pas de cravate, juste une chemise blanche. L'image du patriarche, en quelque sorte.

– Vous voulez qu'en pleine crise je mette un tricot pour m'adresser au pays ?

– Oui, l'idée me plaît. Un cardigan marron et une chemise blanche.

– Je ne sais pas.

– Si, l'image est bonne. Écoutez, nous sommes à un peu plus d'un an des élections. C'est notre première crise depuis trois mois, elle tombe à pic. Les gens doivent vous voir sous une apparence différente, surtout à 7 heures du matin. Il vous faut une tenue décontractée, l'air simple, tout en donnant l'impression d'avoir la situation en main. Cela vous fera grimper de dix points dans les sondages. Faites-moi confiance.

– Je n'aime pas les tricots.

– Faites-moi confiance.

– Je ne sais pas.

5

Quand Darby Shaw s'éveilla, le jour n'était pas encore levé et elle avait une légère gueule de bois. Après quinze mois d'études de droit, son esprit refusait de rester en repos plus de six heures d'affilée. Souvent debout avant l'aube, elle ne dormait pas bien avec Callahan. Leur vie sexuelle était certes une réussite, mais le lit devenait souvent le théâtre d'une lutte féroce pour s'approprier les oreillers et les draps.

Elle regarda le plafond, écoutant les ronflements intermittents provoqués par tout le scotch qu'il avait absorbé la veille au soir. Les draps étaient entortillés autour de ses genoux. Elle n'avait rien sur elle, mais elle n'avait pas froid. La chaleur est encore lourde, en octobre, à La Nouvelle-Orléans. L'air chaud de Dauphine Street pénétrait dans la chambre par la porte-fenêtre qui donnait sur un petit balcon. C'étaient les premières lueurs du jour. Darby s'avança entre les deux battants en enfilant le peignoir de Callahan. Le soleil apparut, mais la rue restait obscure. Personne ne regardait le jour se lever dans le Vieux Carré. Darby avait la bouche sèche.

Elle descendit dans la cuisine préparer un grand pot de chicorée. Les chiffres bleus du four à micro-ondes indiquaient six heures moins dix. Pour qui ne buvait pas beaucoup, la vie avec Callahan était un combat perpétuel. La dose de Darby se situait à trois verres de vin. Elle n'avait pas encore sa licence en poche, pas de boulot et ne pouvait se permettre de s'enivrer tous les soirs et de faire la grasse matinée. Elle pesait cinquante et un kilos et était résolue à ne pas prendre de poids. Callahan, lui, s'en fichait.

Elle but trois verres d'eau glacée, puis remplit un grand bol de chicorée. Elle alluma les lumières de l'escalier et revint se glisser dans le lit. Elle prit la télécommande ; sur l'écran du téléviseur, le Président apparut, à son bureau, en cardigan marron, sans cravate, ce qui lui donnait une drôle d'allure. C'était un flash d'information spécial de NBC.

— Thomas ! s'écria-t-elle en lui tapant sur l'épaule.

Pas de réaction.

— Thomas ! Réveille-toi !

Elle augmenta le son qui devint assourdissant. Le Président souhaitait le bonjour aux téléspectateurs.

— Thomas ! cria-t-elle en se penchant vers lui.

Callahan repoussa les draps du pied et se dressa sur son séant en se frottant les yeux. Elle lui tendit le bol de chicorée.

Le Président avait une nouvelle tragique à annoncer. Malgré ses yeux fatigués et sa figure de circonstance, sa voix de baryton était vibrante de confiance. Il ne regardait pas les notes devant lui. Il plongeait son regard dans l'œil de la caméra et expliquait au peuple les événements bouleversants de la nuit.

— Merde alors ! marmonna Callahan.

Après l'annonce des assassinats, le Président se lança dans un éloge dithyrambique d'Abraham Rosenberg qu'il qualifia de figure légendaire. C'était une rude épreuve, mais il demeura impassible pendant qu'il retraçait la carrière éminente de l'un des hommes les plus haïs des États-Unis.

Callahan fixait l'écran, bouche bée. Darby ne parvenait pas à en détacher son regard.

— C'est émouvant, murmura-t-elle.

Le Président expliqua qu'il avait reçu les rapports du FBI et de la CIA et que l'on supposait que les deux crimes étaient liés. Il avait donné l'ordre d'ouvrir immédiatement une enquête approfondie et les responsables seraient traduits en justice.

Callahan se redressa, remonta les draps sur ses jambes. Il cligna rapidement des yeux et passa la main dans ses cheveux embroussaillés.

— Rosenberg... assassiné ? marmonna-t-il, un regard hostile fixé sur l'écran.

Son cerveau embrumé par l'alcool s'était brusquement éclairci. Même si la douleur était là, il ne sentait rien.

– Tu as vu le tricot ? fit Darby en buvant une gorgée de chicorée sans quitter des yeux le visage fardé, au fond de teint orange, et la brillante chevelure argentée, soigneusement plaquée.

Le Président était un homme séduisant, doté d'une voix rassurante, deux atouts qui lui avaient permis de faire une brillante carrière politique. Les rides de son front se creusèrent, la tristesse de son visage s'accentua tandis qu'il commençait à parler du juge Glenn Jensen, un de ses amis.

– Le Montrose Theatre, à minuit ! s'écria Callahan.

– Où est-ce ? demanda-t-elle, sachant que Callahan avait terminé ses études de droit à Georgetown.

– Je n'en suis pas tout à fait sûr, mais je pense que c'est dans le quartier gay.

– Jensen était gay ?

– Il y avait des rumeurs insistantes. Cela paraît évident.

Ils étaient maintenant assis tous deux au pied du lit, les draps remontés sur les jambes. Le Président annonça une semaine de deuil national. Drapeaux en berne, fermeture des services publics dès le lendemain. Les détails de l'organisation des funérailles n'étaient pas encore réglés. Il continua de discourir quelques minutes, profondément attristé, bouleversé même, très humain, mais il restait toujours le Président, celui qui avait la situation en main. Il acheva sa prestation sur son sourire de patriarche, sourire rassurant, empreint de confiance et de sagesse.

Un reporter de NBC apparut sur la pelouse de la Maison-Blanche et apporta quelques précisions. La police se refusait à toute déclaration, mais il semblait n'y avoir pour l'instant ni suspects ni pistes sérieuses. Oui, les deux magistrats assassinés étaient sous la protection du FBI qui n'avait fait aucun commentaire. Oui, le Montrose était une salle de cinéma fréquentée par les homosexuels. Oui, il y avait eu des menaces contre les deux hommes, plus particulièrement contre Rosenberg. Le champ des hypothèses était très étendu, l'affaire loin d'être tirée au clair.

Callahan éteignit le téléviseur et s'avança jusqu'à la porte-fenêtre où l'air, malgré l'heure matinale, commençait à devenir lourd.

– Pas de suspects, marmonna-t-il.

– J'en vois au moins vingt, dit Darby.

– Oui, mais pourquoi ce double assassinat? Pour Rosenberg, on comprend, mais pourquoi Jensen? Pourquoi pas McDowell ou Yount qui ont tous deux une position plus libérale que Jensen? Ça ne tient pas debout.

Callahan se laissa tomber dans un fauteuil en osier, près de la porte-fenêtre, et ébouriffa ses cheveux.

– Je vais aller te chercher un autre bol de chicorée, dit Darby.

– Non, ça ira. Je suis réveillé.

– Comment va ta tête?

– Ce serait mieux si j'avais pu dormir trois heures de plus. Je crois que je vais annuler mon cours. Je n'ai pas la tête à ça.

– Génial.

– Merde alors! Te rends-tu compte que cet abruti a deux nominations à faire? Cela signifie que huit des neuf membres de la Cour auront été choisis par les républicains!

– Il faut d'abord que le Sénat ratifie leur désignation.

– Dans dix ans, nous ne reconnaîtrons plus notre Constitution. Je suis écœuré!

– C'est pour ça qu'on les a tués, Thomas. Quelqu'un, un lobby, souhaite une Cour différente, avec une majorité absolue de conservateurs. L'élection présidentielle aura lieu l'an prochain. Rosenberg a, ou plutôt avait quatre-vingt-onze ans. Manning en a quatre-vingt-quatre. Yount en a plus de quatre-vingts. Ils peuvent mourir bientôt ou vivre encore dix ans. Un démocrate peut être élu à la présidence. Pourquoi courir des risques? Il vaut mieux tuer maintenant, un an avant l'élection. C'est un raisonnement parfaitement logique pour qui n'hésiterait pas à recourir à ces moyens.

– Mais pourquoi Jensen?

– Il était gênant et, à l'évidence, un des plus faciles à éliminer.

– D'accord, mais, au fond, c'était un modéré qui faisait de temps en temps un écart vers la gauche. Et il avait été nommé par un républicain.

– Tu veux un bloody mary?

– Bonne idée, mais pas tout de suite. J'essaie de réfléchir.

Darby s'allongea sur le lit et termina sa chicorée en regardant le jour filtrer par la porte-fenêtre du balcon.

– Quand on y réfléchit, Thomas, le moment est parfaitement choisi. Réélection, nominations, tout ça, c'est de la politique. Mais pense à la violence, aux extrémistes, aux fanatiques, aux adversaires de l'avortement, aux homophobes, aux néonazis, à tous ces groupes capables de tuer et à toutes les menaces contre les membres de la Cour. Oui, pour un groupe inconnu, le moment est bien choisi pour frapper. Je sais que c'est morbide, mais il faut l'admettre.

– Et à quel groupe penses-tu ?

– Qui sait ?

– Armée secrète ?

– On ne peut pas dire qu'ils soient vraiment discrets. Ils ont tué le juge Fernandez, au Texas.

– Ils font exploser des bombes, non ?

– Oui, ce sont des spécialistes du plastic.

– Tu peux les écarter.

– Pour l'instant, je n'écarte personne, déclara Darby en se levant pour resserrer la ceinture du peignoir. Bon, je vais te préparer un bloody mary.

– Seulement si tu bois avec moi.

– Thomas, tu es professeur. Tu peux annuler tes cours quand tu en as envie. Moi, je suis étudiante et...

– Je comprends la différence.

– Je ne peux plus me permettre de sécher des cours.

– Je te colle en droit constitutionnel si tu ne sèches pas tes cours pour boire avec moi. J'ai un recueil des opinions de Rosenberg. Nous pouvons le lire en buvant des cocktails, puis du vin, puis autre chose.

– J'ai un cours de procédure fédérale à 9 heures, je ne peux pas le manquer.

– J'ai l'intention d'appeler le doyen pour lui demander d'annuler tous les cours. Alors, tu veux boire avec moi ?

– Non, Thomas, arrête.

Il la suivit et ils descendirent dans la cuisine où attendaient la chicorée et les bouteilles d'alcool.

6

Sans soulever le récepteur de son épaule, Fletcher Coal enfonça une autre touche de la console du Bureau ovale. Trois lignes clignotaient, en attente. Il se mit à marcher devant le bureau en écoutant son correspondant et en parcourant un rapport de deux pages rédigé par Horton, le ministre de la Justice. Il ne prêtait aucune attention au Président, penché devant une fenêtre, les mains serrées sur le manche de son putter, dont le regard fixait une balle de golf jaune et suivait lentement une ligne imaginaire sur la moquette jusqu'à une coupelle de cuivre placée à trois mètres. Coal grommela dans le combiné quelques mots que le Président n'entendit pas. Le Président frappa la balle d'un coup sec et précis, et la regarda rouler droit dans la coupelle. Il y eut un déclic, la coupelle se vida automatiquement et la balle roula un mètre sur le côté. Le Président s'avança en chaussettes jusqu'à la balle suivante et expira longuement, la tête baissée vers la balle orange. Il la frappa comme il convenait, elle roula droit dans la coupelle. Il venait de rentrer son huitième putt d'affilée. Vingt-sept sur trente.

— C'était le président Runyan, annonça Coal en écrasant le combiné sur son support. Il est dans tous ses états et aurait aimé vous voir dans le courant de l'après-midi.

— Dites-lui de prendre un numéro et d'attendre son tour.

— Je lui ai dit de venir demain matin, à 10 heures. Vous avez une réunion du cabinet à 10 h 30 et le Conseil national de sécurité à 11 h 30.

Sans lever la tête, le Président regardait la balle suivante.

– Je meurs d'impatience, fit-il en puttant soigneusement. Que donnent les sondages?

– Je viens de parler à Nellson. Il y en a deux en cours. Les ordinateurs sont en train de tout digérer, mais il pense que l'indice de satisfaction se situera entre cinquante-deux et cinquante-trois pour cent.

Le golfeur leva vivement la tête et ébaucha un sourire avant de reporter son attention sur sa balle.

– Quel était le chiffre de la semaine dernière?

– Quarante-quatre. C'est grâce au cardigan et à la chemise blanche. Comme je vous l'avais dit.

– Je croyais que c'était quarante-cinq, fit le Président en frappant la balle jaune qui roula droit dans la coupelle.

– Oui, quarante-cinq. Vous avez raison.

– C'est notre meilleur résultat depuis...

– Onze mois. Nous n'avions pas dépassé cinquante depuis le vol 402, en novembre dernier. Cette crise est une aubaine. Les gens sont bouleversés, même si un grand nombre se réjouit de la disparition de Rosenberg. Tout le monde se tourne vers vous. C'est parfait.

Coal enfonça une touche qui clignotait et décrocha. Il raccrocha violemment, sans un mot, puis boutonna sa veste.

– Il est 17 h 30, monsieur. Voyles et Gminski attendent.

Le Président putta et suivit des yeux sa balle qui passa deux centimètres à droite de la coupelle. Il fit une petite grimace.

– Laissons-les attendre, dit-il. Nous n'avons qu'à annoncer une conférence de presse pour demain matin, 9 heures. Voyles m'accompagnera, mais je l'empêcherai d'ouvrir la bouche. Il pourra se tenir derrière moi. Je révélerai quelques détails supplémentaires et répondrai à quelques questions. Nous devrions passer en direct sur les chaînes nationales, non?

– Bien sûr. Excellente idée. Je vais tout préparer.

Le Président retira son gant et le lança dans un coin.

– Faites-les entrer.

Il appuya son putter contre le mur et chaussa ses mocassins. Comme à son habitude, il s'était déjà changé six fois depuis le petit déjeuner et portait maintenant un costume de coton croisé avec une cravate marine à pois rouges. Une tenue de bureau. La veste était pendue à un portemanteau, près de la porte. Il s'assit à son bureau et commença à parcourir des documents, le sourcil froncé. De la tête, il salua Voyles et Gminski, mais aucun des deux hommes ne fit mine de s'avancer pour lui serrer la main. Ils prirent place devant le bureau tandis que Coal se postait en arrière, telle une sentinelle impatiente d'ouvrir le feu. Le Président se pinça l'arête du nez, comme si la tension des événements lui avait donné la migraine.

— La journée a été longue, monsieur le Président, dit Bob Gminski pour rompre la glace tandis que Voyles gardait les yeux tournés vers les fenêtres.

Coal acquiesça de la tête.

— Oui, Bob, très longue, répondit le président. Et je dois dîner avec une délégation d'Éthiopiens, alors soyons brefs. Commençons par vous : qui les a tués ?

— Je l'ignore, monsieur le Président. Mais je puis vous assurer que nous n'y sommes pour rien.

— Vous me le promettez, Bob ? fit le Président d'un ton presque implorant.

Gminski leva la main droite, la paume tournée vers le bureau.

— Je le jure. Sur la tombe de ma mère, je le jure.

Coal hocha la tête d'un air suffisant, comme s'il le croyait et comme si son approbation était essentielle.

Le Président tourna un regard mauvais en direction de Voyles qui, engoncé dans un gros trench-coat, emplissait le fauteuil de son corps massif. Le directeur du FBI continua de mâcher son chewing-gum avec un sourire de mépris.

— Balistique ? Autopsies ?

— J'ai apporté tout ça, répondit Voyles en ouvrant sa serviette.

— Donnez-moi simplement les résultats. Je lirai les rapports plus tard.

— L'arme était un pistolet de petit calibre, probablement un 22. D'après les traces de poudre, les balles ont été tirées à bout portant pour Rosenberg et le garde-malade. Difficile à dire pour Ferguson, mais elles n'ont pas été tirées à plus de trente centimètres. Nous n'avons pas assisté à la scène, vous savez. Chaque victime a reçu trois balles dans la tête. On en a sorti deux du crâne de Rosenberg et trouvé l'autre dans son oreiller. Il semble que le juge et son garde-malade aient été tués dans leur sommeil. Même type de balles, même arme, même tueur, cela ne fait aucun doute. Les rapports d'autopsie complets sont en préparation, mais il n'y a pas de révélations à attendre. La cause des trois décès est évidente.

– Des empreintes?

– Aucune. Nous continuons à chercher, mais ce fut un boulot très propre. Le tueur n'a, semble-t-il, laissé derrière lui que les corps et les balles.

– Comment est-il entré dans la maison?

– Aucun signe d'effraction apparent. Ferguson a fait le tour des lieux à l'arrivée de Rosenberg, vers 16 heures. Une inspection de routine. Deux heures plus tard, il a remis son rapport écrit dans lequel il déclare avoir inspecté deux chambres, une salle de bains et trois placards à l'étage ainsi que toutes les pièces du rez-de-chaussée et, bien entendu, n'avoir rien remarqué de suspect. Il déclare avoir vérifié toutes les ouvertures. Conformément aux instructions de Rosenberg, nos agents étaient dehors et ils estiment que l'inspection de Ferguson a duré de trois à quatre minutes. A mon avis, le tueur caché attendait que le juge revienne.

– Pourquoi? demanda Coal.

Les yeux injectés de sang de Voyles demeurèrent fixés sur le visage du Président et il ne s'occupa pas de son bras droit.

– Ce tueur est à l'évidence très habile. Il a assassiné un membre de la Cour suprême – peut-être deux – sans laisser la moindre trace. Il ne fait aucun doute pour moi qu'il s'agit d'un professionnel pour qui s'introduire dans une maison est l'enfance de l'art. Échapper à l'inspection hâtive de Ferguson n'a dû poser aucun problème. C'est probablement un individu patient qui n'aurait jamais couru le risque de pénétrer dans la maison occupée et surveillée par nos agents. Je pense qu'il est entré dans le courant de l'après-midi et qu'il a attendu le moment propice dans un placard, peut-être dans le grenier. Nous avons découvert deux fragments d'un matériau d'isolation au pied de l'escalier escamotable, ce qui laisse supposer qu'il a été utilisé récemment.

– Peu importe où il se cachait, fit le Président. Ce qui compte, c'est qu'on ne l'a pas découvert.

– Exact. Nous n'étions pas autorisés à inspecter la maison, vous comprenez?

– Ce que je comprends, c'est qu'il est mort. Et pour Jensen ?

– Lui aussi est mort. La nuque brisée, étranglé avec un bout de corde de nylon jaune que l'on peut trouver dans n'importe quel bazar. Les médecins légistes doutent que la mort ait été provoquée par la fracture de la nuque. Ils ont la conviction qu'elle est le fait de la corde. Pas d'empreintes digitales. Pas de témoins. Ce n'est pas le genre de lieu où ils se bousculent et nous n'avons aucun espoir de ce côté-là. L'heure du décès a été estimée à 0 h 30. Les assassinats ont donc eu lieu à deux heures d'intervalle.

– A quelle heure Jensen a-t-il quitté son appartement ? demanda le Président en griffonnant quelques mots.

– Nous l'ignorons. N'oubliez pas que nous étions obligés de rester dans le parking. Il est rentré vers 18 heures, puis nous avons surveillé l'immeuble pendant sept heures, jusqu'à ce que nous apprenions qu'il avait été étranglé dans un cinéma gay. C'est lui qui exigeait cette surveillance à distance. Il nous a faussé compagnie dans la voiture d'un ami ; nous l'avons retrouvée à cent mètres du cinéma.

Les mains jointes dans le dos, Coal fit deux pas en avant.

– A votre avis, monsieur le directeur, les deux assassinats sont-ils l'œuvre d'un seul tueur ?

– Comment savoir ? Les cadavres sont encore chauds. Laissez-nous le temps de respirer. Sans témoins, sans empreintes, sans traces, il va falloir un peu de temps pour assembler les pièces du puzzle. C'est peut-être le même homme. Je n'en sais rien, c'est trop tôt pour le dire.

– Et votre sentiment intime ? demanda le Président.

Voyles réfléchit un instant, le visage tourné vers les fenêtres.

– Possible que ce soit le même type, mais, dans ce cas, il s'agit d'un surhomme. Plus probablement ils étaient deux ou trois, mais ils ont bénéficié d'une aide importante. Quelqu'un leur a fourni des tas de renseignements.

– Par exemple ?

– Par exemple si Jensen va souvent au cinéma, où il aime s'asseoir, à quelle séance il assiste, s'il y va seul, s'il y donne rendez-vous à un ami. Des renseignements qui, vous vous en doutez, n'étaient pas en notre possession. Revenons à Rosenberg, si vous voulez bien. Quelqu'un devait savoir que sa petite maison n'était pas équipée d'un système de sécurité, que nos agents étaient priés d'attendre dehors, que Ferguson arrivait à 22 heures et repartait à 6 heures du matin, qu'il restait dans le jardin, que...

– Nous savions tout cela, le coupa le Président.

– Bien sûr que nous le savions, mais nous ne l'avons communiqué à personne.

Le Président lança furtivement un regard de connivence à Coal qui se grattait le menton, l'air absorbé dans ses réflexions.

Voyles remua son gros postérieur dans son siège et adressa un sourire à Gminski, comme pour lui dire : Entrons donc dans leur jeu.

– Vous laissez entendre qu'il s'agirait d'un complot ? demanda Coal, le front plissé, en prenant un air intelligent.

– Je ne laisse rien entendre du tout. J'affirme devant vous, monsieur Coal, et devant le Président, qu'un certain nombre de gens ont comploté pour tuer. Il n'y a peut-être qu'un ou deux assassins, mais on leur a mâché le travail. Tout a été trop rapide, trop propre, trop bien organisé.

Coal parut satisfait par ces explications. Il se redressa et croisa derechef les mains dans le dos.

– Qui sont donc ces comploteurs ? demanda le Président. Qui soupçonnez-vous ?

Voyles expira longuement et donna l'impression de se tasser dans son fauteuil. Il referma la serviette et la posa à ses pieds.

– Nous ne soupçonnons pour l'instant personne en particulier. Il y a juste quelques possibilités et il convient d'observer la plus grande discrétion.

– Il va de soi que tout ce que vous dites restera confidentiel, fit sèchement Coal en avançant d'un pas. N'oubliez pas que vous êtes dans le Bureau ovale.

– Et ce n'est pas la première fois que j'y viens. En fait, monsieur Coal, j'y venais déjà quand vous étiez encore en culottes courtes. Mais tout finit par se savoir.

– Je crois que, vous aussi, vous avez eu des fuites, rétorqua Coal.

– Cela restera confidentiel, Denton, déclara le Président en levant la main d'un geste apaisant. Vous avez ma parole.

Coal fit un pas en arrière et Voyles regarda le Président dans le blanc des yeux.

– Comme vous le savez, dit-il, la session de la Cour a commencé lundi et des hordes de cinglés sont dans la capitale depuis plusieurs jours. Ces deux dernières semaines, nous avons surveillé différents mouvements. Nous connaissons l'identité d'au moins onze membres d'Armée secrète qui se trouvent dans la région de Washington depuis une semaine. Aujourd'hui, nous avons interrogé deux d'entre eux avant de les relâcher. Nous savons que leur groupe a les moyens et la volonté d'agir. C'est, pour l'heure, la piste la plus sérieuse. Il en ira peut-être autrement demain.

Coal n'en parut pas étonné. Armée secrète venait évidemment en tête de liste.

– J'en ai entendu parler, lâcha bêtement le Président.

– Je n'en doute pas, reprit Voyles. Ils commencent à faire parler d'eux. Nous avons la conviction qu'ils ont assassiné un juge d'instance, au Texas. Mais impossible de le prouver. Ils ont un faible pour les explosifs. Nous les soupçonnons d'avoir commis une centaine d'attentats contre des cliniques où se pratique l'avortement, des bureaux de l'ACLU, des cinémas porno et des clubs d'homosexuels. C'est tout à fait leur genre de vouloir se débarrasser de types comme Rosenberg et Jensen.

– D'autres suspects ? demanda Coal.

– Il y a un groupe d'extrême droite appelé Résistance blanche que nous tenons à l'œil depuis deux ans. Il opère dans l'Idaho et l'Oregon. La semaine dernière, leur chef a prononcé un discours en Virginie-Occidentale et il est dans la région depuis plusieurs jours. On l'a reconnu lundi dans la foule qui manifestait devant la Cour suprême. Nous allons essayer de mettre la main sur lui.

– Mais ces gens sont-ils des assassins professionnels ? demanda Coal.

– Ils ne le crieraient pas sur les toits, vous savez. Je doute que des membres de l'un de ces groupes aient commis les meurtres. Ils se seront contentés d'engager les tueurs et de leur fournir des informations détaillées.

– Alors, qui sont les assassins ? demanda le Président.

– Très franchement, nous ne le saurons peut-être jamais.

Le Président se leva pour se dégourdir les jambes. Encore une dure journée. Il adressa un sourire à Voyles.

– Votre tâche sera difficile, fit-il d'une voix pleine de chaleur et de compréhension, la voix du patriarche. Je n'aimerais pas être à votre place. Je voudrais, si c'est possible, un rapport de deux pages, dactylographié, à double interligne, tous les jours, à 17 heures, dimanche compris, sur les progrès de l'enquête. Dès qu'il y aura du nouveau, je vous demande de m'appeler sur-le-champ.

Voyles hocha la tête en silence.

– Je donne une conférence de presse demain matin, à 9 heures, reprit le Président. J'aimerais que vous y assistiez.

Voyles hocha de nouveau la tête sans rien dire. Quelques secondes s'écoulèrent, personne n'ouvrit la bouche. Le directeur du FBI se leva pesamment et commença à serrer la ceinture de son trench-coat.

– Bon, dit-il, nous allons vous laisser. Vous avez votre dîner avec les Éthiopiens.

Il tendit les rapports à Coal, sachant que le Président ne les lirait pas.

– Merci d'être venus, messieurs, fit le Président d'un ton chaleureux.

Coal referma la porte derrière les deux hommes tandis que le Président se jetait sur son putter.

– Je ne dîne pas avec les Éthiopiens, déclara-t-il sans quitter des yeux la petite balle jaune sur la moquette.

– Je sais. Je leur ai déjà fait parvenir vos excuses. Nous sommes en pleine crise, monsieur le Président, et l'on attend de vous que vous restiez dans votre bureau, entouré de vos conseillers, à travailler d'arrache-pied.

Le Président putta et la balle, parfaitement frappée, roula droit dans la coupelle.

– Je veux parler à Horton, dit-il. Ces nominations ne doivent pas soulever la moindre critique.

– Il a envoyé une liste de dix noms. Cela semble prometteur.

– Je veux de jeunes conservateurs de race blanche, opposés à l'avortement, à la pornographie, aux homos, au contrôle des armes, aux quotas raciaux et à toutes les conneries de ce genre.

Il rata son putt et se débarrassa de ses mocassins.

– Je veux des juges impitoyables envers les trafiquants de drogue et les criminels, des partisans enthousiastes de la peine de mort. Compris ?

Coal au téléphone enfonçait des touches et acquiesçait

de la tête aux paroles de son patron. C'est lui qui choisirait les deux magistrats et il saurait persuader le Président du bien-fondé de son choix.

K. O. Lewis était assis avec le directeur à l'arrière de la limousine qui quitta la Maison-Blanche pour se glisser dans les encombrements de l'heure de pointe. Voyles n'avait rien à dire. Quelques heures seulement s'étaient écoulées depuis la tragédie, mais les médias étaient impitoyables. Les charognards commençaient à tourner dans le ciel, alors que les cadavres étaient encore tièdes. Pas moins de trois sous-commissions parlementaires avaient déjà annoncé réunions et enquêtes sur les assassinats. Les politiciens, saisis de vertige, cherchaient la lumière des projecteurs. Les déclarations outrancières se succédaient sans discontinuer. Le sénateur Larkin, de l'Ohio, détestait Voyles qui le lui rendait bien. Au cours d'une conférence de presse donnée trois heures auparavant, le sénateur avait annoncé que la sous-commission dont il était le rapporteur allait commencer sans délai une enquête sur la protection des deux magistrats par le FBI. Mais Larkin avait une petite amie, une très jeune femme, et Voyles, en possession de photographies compromettantes avait la conviction que l'enquête prendrait du retard.

– Comment va le Président ? demanda enfin Lewis.
– Lequel ?
– Pas Coal, l'autre.
– Super. Vraiment super. Mais il est affreusement partagé au sujet de Rosenberg.
– Je comprends.

Le silence retomba dans la limousine qui roulait en direction de l'immeuble Hoover. La nuit s'annonçait longue.

– Nous avons un nouveau suspect, dit Lewis, rompant le silence.
– Je vous écoute.
– Un certain Nelson Muncie.
– Jamais entendu ce nom-là, fit Voyles en secouant la tête.
– Moi non plus. C'est une longue histoire.
– Donnez-m'en donc une version abrégée.
– Muncie est un riche industriel de Floride. Il y a seize ans, sa nièce a été violée et assassinée par un Afro-

Américain du nom de Buck Tyrone. Elle était âgée de douze ans. Un viol et un assassinat vraiment sauvages; je vous épargne les détails. Muncie, qui n'a pas d'enfants, adorait sa nièce. Tyrone a été jugé à Orlando et condamné à mort. A cause des nombreuses menaces contre sa vie, il était fort bien gardé. Les avocats d'un grand cabinet juif de New York ont multiplié les recours et, en 1984, la Cour suprême a été saisie de l'affaire. Vous devinez où je veux en venir : Rosenberg se prend d'affection pour Tyrone et concocte l'argument ridicule en référence au 5e amendement qui stipule qu'on ne peut témoigner contre soi-même dans une affaire criminelle afin d'annuler les aveux que cette ordure avait signés une semaine après son arrestation. Une confession de huit pages, écrite de la main de Tyrone. Sans aveux, pas d'affaire. Rosenberg a rédigé une opinion annulant par cinq voix contre quatre le précédent jugement. Une décision extrêmement controversée. Tyrone est acquitté. Mais, deux ans plus tard, il disparaît et personne ne l'a revu. Le bruit court que Muncie aurait payé pour faire châtrer et mutiler Tyrone avant de jeter son corps en pâture aux requins. D'après les autorités de Floride, ce n'est qu'une rumeur. Mais, en 1989, le principal défenseur de Tyrone, un avocat du nom de Kaplan, est attaqué devant son appartement de Manhattan et abattu par son agresseur. Étrange coïncidence.

— Qui vous a refilé ce tuyau ?

— Nous avons reçu un appel de Floride, il y a deux heures. Ils sont convaincus que Muncie a versé une fortune pour éliminer Tyrone et l'avocat, mais ils ne peuvent le prouver. Ils ont un informateur anonyme qui affirme connaître Muncie et leur fournit quelques renseignements. Il prétend que Muncie envisageait depuis plusieurs années de supprimer Rosenberg. Il semble que l'assassinat de la petite lui a fait perdre la boule.

— Il a beaucoup d'argent ?

— Plus qu'il n'en faut. Des millions de dollars. Personne ne sait avec précision, car il est très discret. Les gars de Floride pensent qu'il aurait été capable de cela.

— Nous allons vérifier. Cela semble intéressant.

— Je vais m'y mettre dès ce soir. Êtes-vous sûr de vouloir mettre trois cents agents sur cette affaire ?

— Oui, répondit Voyles en allumant un cigare et en baissant légèrement sa vitre. Peut-être même quatre cents. Il faut absolument trouver une piste avant de nous faire démolir par la presse.

– Ce ne sera pas facile. A part les balles et le bout de corde, ces types n'ont rien laissé derrière eux.

– Je sais, fit Voyles en soufflant sa fumée par la vitre. C'est presque trop propre.

7

Runyan était affalé derrière son bureau, la cravate dénouée, l'air hagard. Autour de lui, trois collègues et une demi-douzaine d'assistants s'entretenaient à voix basse. L'émotion et la fatigue se lisaient sur les visages. Jason Kline, le premier assistant de Rosenberg, semblait le plus éprouvé. Assis sur un petit canapé, la tête baissée, il fixait le sol tandis que le juge Archibald Manning, le nouveau doyen de la Cour, parlait de funérailles et de protocole. La mère de Jensen avait demandé qu'un service mortuaire fût célébré selon le rite épiscopal, le vendredi, à Providence, dans la plus stricte intimité. Le fils de Rosenberg, un avocat, avait fait parvenir à Runyan une liste d'instructions rédigées par son père après sa deuxième attaque, stipulant qu'il voulait être incinéré sans que les honneurs militaires soient rendus au cours de la cérémonie et que ses cendres soient répandues au-dessus de la réserve des Sioux, dans le Dakota du Sud. Bien qu'il fût juif, Rosenberg avait renoncé à la religion et se prétendait agnostique. Il voulait que ses cendres aillent chez les Indiens. Runyan trouvait cela tout à fait approprié, mais il se gardait bien de le dire. Dans l'antichambre, six agents du FBI buvaient du café en discutant nerveusement, à voix basse, des nouvelles menaces reçues dans le courant de la journée, certaines quelques heures seulement après l'allocution du Président. La nuit était tombée, il était presque l'heure d'escorter les juges à leur domicile. Chacun était maintenant placé sous la protection de quatre anges gardiens.

Devant la fenêtre, le juge Andrew McDowell, devenu,

à soixante et un ans, le plus jeune membre de la Cour, fumait la pipe et regardait la circulation. Si Jensen avait eu un ami parmi ses collègues, c'était McDowell. Fletcher Coal avait informé Runyan que non seulement le Président désirait assister aux obsèques de Jensen, mais qu'il avait l'intention de prononcer son éloge funèbre. Aucune des personnes présentes dans le bureau ne souhaitait entendre le Président. Runyan avait demandé à McDowell de prononcer quelques mots. Timide, détestant les discours en public, McDowell tortillait son nœud papillon en essayant de se représenter son ami, dans un fauteuil du cinéma minable, une corde autour du cou; c'était trop horrible. Jensen, un membre de la Cour suprême, un de ses distingués collègues, fréquentait incognito cet endroit sordide pour regarder des films dégoûtants et il était mort d'une manière cruelle. Quelle honte ! Il s'imagina dans l'église, seul devant la foule, le regard fixé sur la mère et les proches de Jensen tandis que toutes les pensées tourneraient autour du Montrose. Tout le monde murmurerait la même question à ses voisins : « Saviez-vous qu'il était gay ? » McDowell, quant à lui, l'ignorait et n'avait jamais eu le moindre soupçon. Non, il n'avait vraiment pas envie de faire un discours funèbre.

Le juge Ben Thurow, âgé de soixante-huit ans, se préoccupait moins d'enterrer les morts que de mettre la main sur les tueurs. Ancien procureur fédéral dans le Minnesota, il divisait les suspects en deux catégories : ceux qui étaient mus par la haine ou le désir de vengeance et ceux qui cherchaient à améliorer leur situation pour des arrêts à venir. Il avait donné l'ordre à ses assistants de commencer les recherches.

– Nous avons vingt-sept assistants et sept juges, déclara-t-il en faisant les cent pas, sans s'adresser à personne en particulier. Il est évident que, pendant une quinzaine de jours, nous n'allons pas faire grand-chose et que nous devrons attendre d'être au complet pour les décisions importantes. Cela pourra même prendre plusieurs mois. Je propose donc en attendant de mettre nos assistants au travail pour chercher les tueurs.

– Nous n'avons pas à remplacer la police, fit Manning d'un ton conciliant.

– Pouvons-nous au moins attendre qu'ils soient enterrés avant de jouer les Dick Tracy ? demanda McDowell sans tourner la tête.

– Je prendrai la direction des recherches, poursuivit Thurow sans tenir compte de leurs objections, comme à son habitude. Prêtez-moi vos assistants quinze jours et je me fais fort de dresser une liste de suspects sérieux.

– Le FBI est très compétent, Ben, glissa le chef. Il n'a pas sollicité notre aide.

– Je préfère ne pas parler du FBI, répliqua Thurow. Soit nous restons ici à respecter le deuil officiel en tournant en rond, soit nous retroussons nos manches pour démasquer ces salauds.

– Qu'est-ce qui te permet d'être si sûr d'arriver à tes fins ? demanda Manning.

– Je ne suis sûr de rien, mais cela vaut la peine d'essayer. Nos collègues ont été assassinés pour une raison précise et cette raison est directement liée à une affaire déjà jugée ou à un dossier en instance. S'il s'agit d'une vengeance, notre tâche est presque impossible. Tout le monde nous déteste pour une raison ou pour une autre ! Mais s'il ne s'agit ni de vengeance ni de haine, peut-être quelqu'un voulait-il que la composition de la Cour fût différente pour une affaire à venir. C'est bien ce qui m'intrigue. Qui aurait eu l'idée de tuer Abe et Glenn à cause de la manière dont ils pourraient voter à propos d'un dossier dont nous serons saisis dans quelques mois, l'an prochain ou dans cinq ans ? Je veux que les assistants passent en revue toutes les affaires en attente dans les tribunaux fédéraux de première instance.

– Allons, Ben ! fit McDowell en secouant la tête. Cela représente plus de cinq mille dossiers dont une toute petite partie seulement nous sera soumise. Autant chercher une aiguille dans une botte de foin.

Manning n'était pas plus convaincu.

– Écoutez, messieurs, dit-il, j'ai travaillé avec Abe Rosenberg pendant trente et un ans et j'ai souvent eu envie de lui tirer moi-même une balle dans la tête. Mais je l'aimais comme un frère. Ses idées libérales avaient cours dans les années 60 et 70, elles ont vieilli durant la décennie suivante et sont très mal acceptées aujourd'hui. Il est devenu un symbole de tout ce qui va mal dans notre pays. J'ai la conviction qu'il a été tué à l'instigation de l'un de ces groupes de fanatiques d'extrême droite et nous pouvons passer au crible les dossiers en instance sans rien trouver. C'est une vengeance, Ben. Rien d'autre qu'une vengeance.

– Et Glenn ? demanda Thurow.

– Notre ami avait des penchants particuliers. Cela avait dû se savoir et il était devenu une cible facile pour l'un de ces groupes. Ils exècrent les homosexuels, Ben.

– Ils nous exècrent tous, riposta Thurow sans cesser de marcher ; si c'est pour cela qu'ils ont tué, la police finira par les découvrir, avec un peu de chance. Mais imaginons qu'ils aient tué dans le but de manipuler la Cour. Imaginons qu'un groupe ait mis à profit cette période d'agitation et de violence pour éliminer deux d'entre nous et modifier par là la Cour. C'est tout à fait plausible.

– Quant à moi, déclara le chef après s'être éclairci la voix, je suis d'avis de ne rien faire avant qu'ils ne soient enterrés, ou incinérés. Je ne m'oppose pas à ta proposition, Ben, je te demande d'attendre quelques jours. Laissons les choses se calmer. Nous sommes encore sous le choc.

Thurow s'excusa et quitta la pièce, suivi de ses gardes du corps qui lui emboîtèrent le pas dans le couloir.

Le juge Manning se leva en s'aidant de sa canne et s'adressa à Runyan.

– Je n'irai pas à Providence, dit-il. Je déteste prendre l'avion et je hais les enterrements. Le mien aura lieu d'ici peu, j'évite donc tout ce qui peut me le rappeler. J'enverrai mes condoléances à la famille. Présente-leur, quand tu le verras, les excuses d'un homme qui se sent très vieux.

Il sortit à son tour, accompagné d'un assistant.

– Je crois qu'il y a du bon dans l'idée du juge Thurow, glissa Jason Kline. Il nous faut au moins passer en revue les affaires en instance et celles susceptibles de venir des juridictions inférieures. Les chances sont minimes, mais nous découvrirons peut-être quelque chose.

– Je suis d'accord, déclara le président. Mais ne trouvez-vous pas cela prématuré ?

– Si, mais j'aimerais quand même me mettre au travail.

– Non. Attendez lundi et vous seconderez Thurow dans ses recherches.

Kline haussa les épaules et se retira. Deux assistants le suivirent jusqu'au bureau de Rosenberg où, dans l'obscurité, ils terminèrent le brandy d'Abe.

Dans une salle de lecture du cinquième étage de la bibliothèque de droit, entre les rayons bourrés d'épais volumes rarement consultés, Darby Shaw parcourait le rôle des affaires soumises à la Cour suprême. Elle l'avait déjà parcouru deux fois, mais, bien que les controverses y fussent nombreuses, elle ne trouva rien de véritablement intéressant. L'affaire *Dumond* provoquait des émeutes; il y avait une histoire de pornographie enfantine dans le New Jersey, une autre de pédophilie dans le Kentucky, une douzaine de pourvois pour des condamnations à mort, autant d'affaires relatives aux droits civils et l'assortiment habituel de contestations en matière de fiscalité, d'urbanisme, de minorités indiennes et d'infractions aux lois antitrust. L'ordinateur avait fourni le résumé de chacune de ces affaires et elle avait établi une liste de suspects éventuels. Mais ils auraient inévitablement attiré l'attention sur eux et la liste était déjà dans la corbeille à papiers.

Callahan avait la conviction que les assassinats avaient été commis par les défenseurs de la race blanche, les néonazis ou le Klan, l'organisation terroriste la plus ancienne à opérer sur le territoire américain, un groupe de partisans musclés de l'ordre public. Il lui paraissait évident qu'il ne pouvait s'agir que de gens d'extrême droite. Darby n'en était pas aussi sûre. Ces derniers attiraient trop l'attention sur eux. Ils avaient proféré trop de menaces, lancé trop de pierres, organisé trop de défilés, débité trop de discours. Ils avaient besoin d'un Rosenberg vivant pour servir d'exutoire à leur inépuisable réserve de haine. Rosenberg leur permettait de s'exprimer. Darby pensait qu'il s'agissait de quelqu'un de bien plus dangereux.

Callahan, dans un bar de Canal Street, déjà ivre, attendait qu'elle vienne le rejoindre, bien qu'elle ne lui eût rien promis. Elle était allée le voir à l'heure du déjeuner et l'avait trouvé sur le balcon, plongé dans la lecture du recueil des opinions de Rosenberg. Il avait décidé d'annuler ses cours pendant une semaine, affirmant même qu'il ne serait peut-être plus en mesure d'enseigner, maintenant que son héros avait disparu. Elle l'avait quitté en lui conseillant de cesser de boire.

Peu après 22 heures, elle descendit au quatrième étage, dans la salle des ordinateurs. Celle-ci était vide. Darby prit place devant un moniteur et commença à tapoter sur le clavier jusqu'à ce qu'elle trouve ce qu'elle cherchait : l'imprimante commença à cracher des pages et des pages d'appels en instance dans les onze cours fédérales de tout le pays. Au bout d'une heure, quand l'imprimante se tut, elle était en possession d'une liasse de feuillets de quinze centimètres d'épaisseur énumérant les affaires soumises aux onze tribunaux. Elle transporta le dossier dans sa salle de lecture et le posa sur le bureau encombré. Il était plus de 23 heures, l'étage était désert. Une fenêtre étroite offrait une vue déprimante sur un parking et quelques arbres déplumés.

Elle se déchaussa et inspecta le vernis des ongles de ses orteils. Fixant le parking d'un regard vide, elle but une gorgée de Fresca tiède. Un premier postulat sautait aux yeux : les assassinats avaient été commis par le même groupe, pour les mêmes raisons. Sinon, les recherches seraient vaines. Le deuxième était plus délicat : le mobile n'était ni la haine ni la vengeance, mais la manipulation. Il y avait quelque part une affaire ou un dossier qui devait être soumis à la Cour suprême et quelqu'un voulait d'autres juges. Le troisième postulat était plus facile à accepter : l'affaire ou le dossier en question mettait en jeu des sommes colossales.

La réponse ne devait pas se trouver dans le listing posé devant elle. Elle le parcourut jusqu'à minuit, l'heure de la fermeture, et quitta la bibliothèque.

8

Le jeudi, à midi, une secrétaire apporta un gros sac taché de graisse et bourré de sandwichs et de rondelles d'oignon dans une salle de conférences humide, au cinquième étage de l'immeuble Hoover. Le centre de la pièce carrée était occupé par une table d'acajou, sur chaque côté étaient alignés les vingt sièges des responsables du FBI venus des quatre coins du pays. Des volutes de fumée bleutée s'accrochaient au lustre minable suspendu à un mètre cinquante au-dessus de la table.

Le directeur parlait. Fatigué, de mauvaise humeur, Voyles tirait sur son quatrième cigare de la journée et marchait lentement devant l'écran installé à l'extrémité de la table. La moitié de ses hommes écoutaient. Les autres piochaient dans les papiers empilés au milieu de la table et prenaient connaissance des rapports d'autopsie, de celui du labo sur la corde de nylon, de la fiche de Nelson Muncie et des documents préparés en hâte. Ils n'avaient pas grand-chose à se mettre sous la dent.

L'un de ceux qui écoutaient et lisaient le plus attentivement était l'agent Eric East qui, bien qu'il n'eût que dix ans d'ancienneté, était l'un des meilleurs enquêteurs du Bureau. Six heures plus tôt, Voyles lui avait confié la direction de l'enquête. Le reste de l'équipe avait été sélectionné dans le courant de la matinée et cette réunion de coordination était la première.

East écoutait avec attention, mais il savait déjà tout. L'enquête allait prendre plusieurs semaines, sans doute des mois. Les seuls indices étaient les balles, au nombre de neuf, le bout de corde et la tige d'acier du garrot. A

Georgetown, les voisins n'avaient rien vu; aucun individu suspect n'avait été remarqué au Montrose. Pas d'empreintes. Pas de fibres textiles. Rien. Il fallait un talent exceptionnel pour assassiner aussi proprement et un tel talent se monnaie très cher. Voyles était pessimiste sur leurs chances de découvrir les tueurs. Il valait mieux concentrer leurs efforts sur ceux qui les avaient engagés.

Le directeur continua de discourir sans cesser de tirer sur son cigare.

– Il y a sur la table un mémo concernant un certain Nelson Muncie, un milliardaire de Jacksonville, Floride, qui aurait proféré des menaces de mort contre Rosenberg. Les autorités de Floride ont la conviction que Muncie a déboursé une grosse somme pour éliminer un violeur et son avocat. Vous trouverez les détails dans le mémo. Ce matin, deux de nos hommes sont allés voir l'avocat de Muncie qui les a accueillis avec froideur. D'après l'avocat, Muncie est en voyage à l'étranger et il n'a, bien sûr, pas la moindre idée de la date de son retour. J'ai mis vingt agents sur l'enquête.

Voyles ralluma son cigare en jetant un coup d'œil à la feuille de papier posée devant lui.

– En numéro quatre, reprit-il, nous avons une organisation, Résistance blanche, un petit groupe de commandos, plus tout jeunes, que nous tenons à l'œil depuis trois ans. Il y a un mémo sur eux. Comme suspects, ils ne me paraissent pas très sérieux. Plutôt du genre à lancer des bombes incendiaires et à brûler des croix. Ils manquent de subtilité et, surtout, d'argent. Je doute fort qu'ils aient pu engager des tueurs aussi habiles que ceux que nous recherchons. Mais j'ai quand même mis vingt hommes sur le coup.

East déballa un gros sandwich, le renifla et décida de ne pas y toucher. Les rondelles d'oignon froid lui coupèrent d'appétit. Il continua à écouter et à prendre des notes. Le numéro six sur la liste sortait de l'ordinaire. Un psychopathe du nom de Clinton Lane avait déclaré la guerre aux homosexuels. Son fils unique, après avoir quitté la ferme familiale de l'Iowa pour se joindre à la communauté gay de San Francisco, avait été foudroyé par le sida. Fou de douleur, Lane avait mis le feu au local de l'association gay de Des Moines. Appréhendé et condamné à quatre ans de détention, il s'était évadé en 1989 et n'avait jamais été retrouvé. D'après le dossier, il avait mis sur pied un vaste réseau de trafic de cocaïne qui lui rapportait une fortune. Tout cet argent était investi dans sa guerre personnelle contre les homosexuels des deux sexes. Depuis cinq ans, le FBI essayait de le coincer, mais, selon toute vraisemblance, il s'était établi au Mexique. Il expédiait depuis plusieurs années des lettres de menaces au Congrès, à la Cour suprême et au Président. Voyles ne croyait guère à la culpabilité de Lane. Ce n'était qu'un dingue, à la cervelle tourneboulée, mais il ne fallait négliger aucune piste. Il n'avait mis que six agents sur celle-ci.

La liste comportait dix noms. Entre six et vingt des meilleurs agents spéciaux avaient été affectés à chacun des suspects. Un chef avait été placé à la tête de chaque unité. Il devrait faire deux fois par jour un rapport à East qui irait rendre compte au directeur. Une centaine d'agents supplémentaires seraient chargés de fouiner dans toute la région à la recherche d'indices.

Voyles recommanda la plus grande discrétion. Les journalistes allaient les suivre pas à pas et les progrès des différentes enquêtes devaient demeurer confidentiels. Seul le directeur s'adresserait à la presse et en dirait le moins possible.

Il se rassit et K.O. Lewis se lança d'une voix monocorde dans un laïus interminable sur les funérailles et les mesures de sécurité avant de faire part de la proposition du président Runyan de les aider dans leurs recherches.

Le regard fixé sur la liste, Eric East but lentement son café froid.

En trente-quatre ans, Abraham Rosenberg n'avait pas rédigé moins de douze cents opinions. Sa production était une source permanente d'étonnement pour les spécialistes. Il lui arrivait de se désintéresser des dossiers antitrust et des contentieux fiscaux, mais dès qu'une affaire présentait la plus petite possibilité de controverse, il fonçait tête baissée. Il rédigeait toutes sortes d'opinions, mais surtout des opinions dissidentes. Depuis trente-quatre ans, Rosenberg avait, d'une manière ou d'une autre, donné son avis sur tous les sujets brûlants, pour le plus grand plaisir des spécialistes qui publiaient des livres, des essais, des études critiques sur l'homme et ses travaux. Darby trouva cinq compilations reliées de ses opinions, accompagnées de commentaires et d'annotations. L'un de ces ouvrages contenait à lui seul ses opinions dissidentes les plus fameuses.

Darby sécha les cours du jeudi pour s'enfermer dans la salle de lecture du cinquième étage. Des listings étaient soigneusement empilés par terre. Les ouvrages consacrés à Rosenberg, ouverts et annotés, s'entassaient sur la table.

Ces deux assassinats n'avaient pas été commis sans raison. La vengeance, la haine étaient concevables, mais seulement pour Rosenberg. Si l'on ajoutait Jensen à l'équation, les deux mobiles étaient beaucoup moins vraisemblables. Certes, il était détestable, mais il n'avait jamais soulevé les passions comme Yount ou même Manning.

Elle ne trouva pas un seul ouvrage critique sur les écrits du juge Glenn Jensen. Il n'avait rédigé en six ans que vingt-huit opinions majoritaires, la plus faible production de tous les membres de la Cour. Il travaillait avec une lenteur désespérante et son style pouvait devenir d'une incohérence navrante.

En étudiant les opinions de Jensen, Darby constata, d'une année sur l'autre, un revirement total de ses positions idéologiques. Assez conséquent dans sa protection des droits des criminels, ses exceptions étaient assez nombreuses pour déconcerter les spécialistes. Dans cinq cas sur sept, il avait soutenu les Indiens. Il avait rédigé trois opinions majoritaires pour la défense de l'environnement. Il s'était presque toujours prononcé en faveur des contribuables dans les litiges fiscaux.

Mais cette lecture ne fournit pas le moindre indice à Darby. Trop versatile pour être pris au sérieux, Jensen était véritablement inoffensif en comparaison des huit autres magistrats.

Elle termina un autre Fresca tiède et décida qu'elle en avait assez fait pour la journée. Sa montre était dans un tiroir ; elle n'avait pas la moindre idée de l'heure. Callahan avait dessoûlé et l'avait invitée pour un dîner tardif au *Mr. B*, dans le Vieux Carré.

Assis dans un fauteuil du Bureau ovale, Dick Mabry, le rédacteur attitré des discours présidentiels, regardait Fletcher Coal et le Président lire la troisième mouture de l'éloge funèbre du juge Jensen. Coal avait refusé les deux premières et Mabry n'était pas tout à fait sûr de ce qu'ils voulaient. Quand Coal suggérait quelque chose, le Président exprimait son désaccord. Coal lui avait téléphoné dans la journée pour lui dire de laisser tomber l'éloge funèbre ; le Président n'assisterait pas aux obsèques. Puis le Président en personne avait appelé pour demander de préparer quelques mots, car Jensen avait été un ami et son homosexualité ne changeait rien à l'affaire.

Mabry savait que Jensen n'avait pas été un vrai ami, seulement un magistrat assassiné dont les funérailles bénéficieraient d'une large couverture médiatique.

Coal l'avait ensuite rappelé pour lui dire que le Président n'était pas sûr de venir, mais qu'il valait mieux préparer quelque chose, pour le cas où il se déciderait. Le bureau de Mabry se trouvait dans un bâtiment annexe, à côté de la Maison-Blanche, et, pendant la journée, des paris avaient été pris sur la présence du Président aux obsèques d'un homosexuel notoire. La cote était de trois contre un qu'il n'y assisterait pas.

– C'est bien mieux, Dick, déclara Coal en pliant la feuille.

– Oui, j'aime bien, fit le Président.

Mabry avait remarqué que le chef de la Maison-Blanche attendait en général l'approbation ou les critiques de Coal avant de donner son avis.

– Je peux recommencer, dit Mabry en se levant.

– Non, non, protesta Coal. Cela sonne bien, c'est très poignant. Parfait.

Il accompagna Mabry jusqu'à la porte.

– Qu'en pensez-vous ? demanda le Président.

– Il vaut mieux annuler. J'ai un mauvais pressentiment. Ce serait une excellente opération de relations publiques, si vous ne faisiez pas ce beau discours devant un corps découvert dans un cinéma porno. Trop risqué.

– Oui. Je pense que vous...

– Cette crise sert nos intérêts. Nous continuons à grimper dans les sondages et je ne veux pas courir le moindre risque.

– Faut-il envoyer quelqu'un à ma place ?

– Bien sûr. Que diriez-vous du vice-président ?

– Où est-il ?

– Il revient du Guatemala et sera là ce soir. Vous savez, poursuivit Coal avec un petit sourire, c'est une corvée à la mesure d'un vice-président. Assister à l'enterrement d'un homo.

– Parfait, gloussa le Président.

Le sourire s'effaça des lèvres de Coal qui se mit à faire les cent pas devant le bureau.

– Il y a un petit problème, reprit-il. L'enterrement de Rosenberg a lieu samedi, à quelques centaines de mètres d'ici.

– Je préférerais vivre une journée en enfer.

– Je sais, mais votre absence ne passerait pas inaperçue.

– Je pourrais me faire admettre à Walter Reed pour des douleurs dorsales ? Ça a déjà marché.

– Impossible. L'élection a lieu dans un an ; vous devez vous tenir loin des hôpitaux.

– Bon sang ! s'écria le Président en abattant les deux mains sur son bureau. Je ne peux pas aller à son enterrement, Fletcher, parce que je serais incapable de m'empêcher de sourire ! Rosenberg était exécré par quatre-vingt-dix pour cent des Américains, ajouta-t-il en se levant. Ils m'approuveront de ne pas être présent.

– Question de protocole et de savoir-vivre. Vous allez vous faire incendier par la presse si vous n'y assistez pas. Ce n'est quand même pas la mer à boire. Vous n'aurez pas à ouvrir la bouche. Il vous suffira d'arriver discrètement, de prendre une figure de circonstance et de vous laisser filmer. Cela ne prendra pas une heure.

Le Président avait repris son putter.

– Il faudra aussi que j'assiste à celui de Jensen.

– Absolument. Mais pas d'éloge funèbre.

– Je ne l'ai rencontré que deux fois, vous savez.

– Je sais. Vous vous rendez discrètement aux deux enterrements, vous ne dites rien et vous vous éclipsez avant la fin.

– Vous devez avoir raison, fit le Président avant de frapper la balle.

9

Thomas Callahan dormit seul et se réveilla tard. Il s'était couché de bonne heure, sans avoir bu, après avoir annulé ses cours pour la troisième journée d'affilée. L'enterrement de Rosenberg était prévu pour le lendemain, samedi, et, par respect pour celui dont il avait fait son idole, il refusait de donner un seul cours de droit constitutionnel avant que la dépouille ne soit mise en terre.

Il se prépara un café et alla s'asseoir en peignoir sur le balcon. Il faisait frisquet, le premier coup de froid de l'automne, et les bruits de la rue montaient jusqu'à lui. Il salua d'un signe de tête la vieille femme dont il ignorait le nom, qui se tenait sur le balcon d'en face. Bourbon Street était juste à côté et les touristes battaient déjà le pavé, le plan du quartier à la main, l'appareil photo en bandoulière. Si personne en général ne voyait le jour se lever dans le Vieux Carré, dès 10 heures, ses rues étroites étaient encombrées de camions de livraison et de taxis.

Pendant ces matinées d'oisiveté – elles étaient nombreuses –, Callahan savourait sa liberté. Il avait terminé ses études de droit depuis vingt ans et la plupart de ses anciens condisciples étaient astreints à des semaines de soixante-dix heures et à la pression continuelle des cabinets-usines juridiques. Il n'avait tenu que deux ans dans le privé. Recruté dès qu'il avait eu son diplôme en poche par un énorme cabinet de Washington composé de deux cents juristes, il s'était retrouvé dans un réduit aménagé en bureau, où il avait passé les six premiers mois à rédiger des requêtes. Puis on lui avait imposé un travail à la chaîne consistant à répondre douze heures par jour à des interrogatoires sur les dispositifs intra-utérins et à en facturer seize. On lui avait dit que, s'il parvenait à accomplir en dix ans le travail des vingt prochaines années, il pourrait être promu associé à l'âge de trente-cinq ans.

Comme il avait envie de vivre au-delà de cinquante ans, Callahan avait renoncé à ce travail de forçat du secteur privé. Après une maîtrise en droit, il était entré dans l'enseignement. Il se levait tard, travaillait cinq heures par jour, écrivait de loin en loin un article et profitait de la vie. Sans charges de famille, son salaire annuel de soixante-dix mille dollars suffisait amplement pour payer son duplex, sa Porsche et tout l'alcool dont il avait besoin. Si la mort devait le prendre jeune, ce serait à cause du whisky, non du travail.

Il avait renoncé à un certain nombre de choses. Plusieurs de ses anciens camarades d'études devenus associés dans de gros cabinets, avec papier à en-tête et revenus annuels d'un demi-million de dollars, fréquentaient les pontes d'IBM, de Texaco, de State Farm. Ils discutaient le bout de gras avec des sénateurs. Ils avaient des bureaux à Tokyo et à Londres. Callahan ne les enviait pas.

Gavin Verheek, l'un de ses meilleurs amis de faculté, avait lui aussi abandonné le privé pour entrer au service du gouvernement. Il avait d'abord travaillé pour le ministère de la Justice, division des droits civils, avant d'être muté au FBI où il était maintenant conseiller du directeur. Callahan devait se rendre le lundi suivant à Washington pour assister à un séminaire de professeurs de droit constitutionnel. Les deux hommes étaient convenus de se retrouver le soir pour dîner et boire.

Callahan devait téléphoner pour confirmer le dîner et la cuite prévus, et aussi pour essayer de lui tirer les vers du nez. Il composa le numéro de mémoire. L'appel fut renvoyé sur plusieurs postes et, après cinq bonnes minutes à demander Gavin Verheek, il l'eut enfin au bout du fil.

— Sois bref, fit Verheek sans préambule.

— Ça me fait tellement plaisir de t'entendre, dit Callahan.

— Comment vas-tu, Thomas ?

— Il est 10 heures et demie et je ne suis pas encore habillé. Je bois mon café sur le balcon, dans le Vieux Carré, et je regarde les passants dans Dauphine Street. Et toi, que fais-tu ?

– Quelle vie! Ici, il est 11 h 30 et je n'ai pas quitté mon bureau depuis que l'on a découvert les corps, c'est-à-dire mercredi matin.

– Ça me dégoûte, Gavin. Il va nommer deux néonazis.

– Tu comprends que, dans ma position, je ne puis faire aucun commentaire, mais je présume que tu es dans le vrai.

– Tu ne présumes rien du tout! Je suis sûr que tu as déjà vu la première liste, Gavin. Vous avez commencé à enquêter sur les antécédents, n'est-ce pas? Allez, Gavin, tu peux bien me le dire! Qui figure sur cette liste? Je ne dirai rien à quiconque!

– Moi non plus, Thomas. Mais il y a une chose que je peux te promettre : ton nom n'y figure pas.

– Je suis vexé.

– Comment va la petite?

– Laquelle?

– Allons, Thomas! Ton amie.

– Elle est belle, intelligente, douce et tendre...

– Continue.

– Qui les a tués, Gavin? J'ai le droit de savoir. Je suis un honnête contribuable et j'ai le droit de savoir qui les a tués.

– Comment s'appelle-t-elle, déjà?

– Darby... Qui les a tués et pourquoi?

– Tu as toujours su choisir les prénoms, Thomas. Je me souviens de certaines filles que tu as repoussées, parce que tu n'aimais pas leur prénom. Des filles splendides, excitantes, mais dont le prénom était trop banal. Darby... joli nom, à la consonance originale. Quand me la présentes-tu?

– Je ne sais pas.

– Elle s'est installée chez toi?

– Ce ne sont pas tes oignons, Gavin. Bon, réponds-moi : qui est responsable?

– Tu ne lis pas les journaux? Nous n'avons aucun suspect. Rien. *Nada*.

– Vous devez avoir une idée du mobile.

– Il y a des quantités de mobiles. Le fanatisme est partout. Bizarre d'avoir choisi ces deux-là, tu ne trouves pas? Pour Jensen, nous ne comprenons pas bien. Le directeur a donné l'ordre de passer en revue les affaires en instance, d'analyser les derniers arrêts, la répartition des voix, des conneries de ce genre.

– Une idée originale, Gavin. Tous les spécialistes de droit constitutionnel du pays jouent en ce moment au détective et s'efforcent de résoudre le mystère.

– Pas toi ?

– Non. J'ai pris une cuite en apprenant la nouvelle, mais ça va mieux maintenant. La petite, elle, s'est plongée dans les mêmes recherches que vous. Je ne la vois plus.

– Darby... joli nom. D'où vient-elle ?

– Denver. Est-ce que cela tient toujours pour lundi ?

– Peut-être. Voyles nous a demandé de travailler vingt-quatre heures sur vingt-quatre, jusqu'à ce que les ordinateurs nous disent qui est derrière ces assassinats. Mais j'espère pouvoir m'arranger pour te voir.

– Merci, Gavin. J'attends un rapport complet, pas seulement des potins.

– Thomas ! Thomas ! toujours en train d'essayer de me tirer les vers du nez. Et moi, comme d'habitude, je n'ai rien à te dire.

– Tu vas te soûler et tu me diras tout, Gavin. Comme d'habitude.

– Pourquoi n'amènerais-tu pas Darby ? Quel âge a-t-elle, à propos ? Dix-neuf ?

– Elle a vingt-quatre ans et elle n'est pas invitée. Une autre fois peut-être.

– Bon. Il faut que je te quitte, mon vieux. J'ai rendez-vous avec le directeur dans une demi-heure. Tu ne peux pas imaginer la tension qui règne ici.

Callahan raccrocha et composa le numéro de la bibliothèque de l'école de droit. Il demanda si Darby Shaw était passée. On lui répondit que non.

Darby gara sa voiture sur le parking presque vide du tribunal fédéral, dans Lafayette Street, et se dirigea aussitôt vers le greffe. A midi, un vendredi, il n'y avait pas d'audience en cours et les couloirs étaient déserts. Elle s'approcha d'un guichet ouvert et attendit. Une secrétaire, pressée d'aller déjeuner, à l'attitude affectée, s'avança vers le guichet.

– Je peux vous aider ? demanda-t-elle de ce ton que prennent les fonctionnaires subalternes qui n'ont pas la moindre envie de rendre service.

Darby glissa un bout de papier par l'ouverture du guichet.

– J'aimerais voir ce dossier, dit-elle.

La secrétaire jeta un coup d'œil au nom inscrit sur le papier et regarda Darby d'un air soupçonneux.

– Pourquoi ?

– Je n'ai pas d'explications à donner. Ces documents sont accessibles au public, non ?

– Sous certaines conditions.

– Avez-vous entendu parler de la liberté d'information ? demanda Darby en reprenant son bout de papier.

– Vous êtes avocat ?

– Je n'ai pas besoin d'être avocat pour consulter ce dossier.

La secrétaire ouvrit un tiroir d'où elle sortit un trousseau de clés.

– Suivez-moi, dit-elle en indiquant la direction d'un signe de tête.

Sur la porte une plaque indiquait : SALLE DU JURY, mais, à l'intérieur, il n'y avait ni tables ni chaises, rien que des classeurs et des cartons alignés le long des murs.

– C'est là-bas, fit la secrétaire avec un geste de la main, contre ce mur. Le reste de la pièce ne contient que de la paperasse. Dans le premier classeur vous trouverez les conclusions et les documents échangés. Le reste, ce sont les preuves produites, les pièces à conviction et les procès-verbaux des audiences.

– A quand remonte le procès ?

– A l'été dernier. Il a duré deux mois.

– Où est l'appel ?

– Pas encore interjeté. Je crois que le délai court jusqu'au 1er novembre. Vous êtes journaliste peut-être ?

– Non.

– Tant mieux. Comme vous le savez, la consultation de ces dossiers est effectivement libre, mais le juge d'instance a imposé certaines restrictions. Premièrement, il me faut votre nom et les heures d'entrée et de sortie de cette pièce. Deuxièmement, aucun document ne doit sortir d'ici. Troisièmement, aucun document de ce dossier ne peut être copié avant que l'appel soit formé. Quatrièmement, tout ce que vous touchez doit être remis là où vous l'avez trouvé. Ce sont les instructions du juge.

– Pourquoi n'ai-je pas le droit de faire des copies ? demanda Darby, le regard fixé sur les classeurs alignés le long du mur.

– Demandez-le au juge. Bon, comment vous appelez-vous ?

– Darby Shaw.

La secrétaire griffonna sur un bloc de bureau accroché près de la porte.

– Combien de temps allez-vous rester ?

– Je ne sais pas. Trois ou quatre heures.

– Nous fermons à 17 heures. Passez me voir quand vous partirez.

Elle referma la porte avec un petit sourire narquois. Darby ouvrit un tiroir bourré des documents échangés par les parties ; elle commença à feuilleter les dossiers et à prendre des notes. L'engagement de la procédure remontait à sept ans. D'un côté un plaignant, de l'autre trente-huit défendeurs, de grandes entreprises aux ressources énormes, qui avaient collectivement engagé et remercié pas moins de quinze cabinets juridiques des quatre coins du pays. De grosses firmes employant des centaines d'avocats dans des dizaines de bureaux.

Sept années de coûteuses escarmouches et le résultat était loin d'être acquis. Un affrontement sans merci. La décision du juge de première instance n'était qu'une victoire provisoire pour les défendeurs. Le demandeur prétendait dans ses motions faisant appel que le juge avait été soudoyé ou qu'une erreur avait été commise. Il y avait des cartons remplis de motions. Accusations réciproques. Succession de requêtes des deux parties demandant sanctions et amendes. Des pages et des pages de déclarations sous serment exposant en détail les mensonges et les abus dont les avocats et leurs clients s'étaient rendus coupables. L'un des avocats était mort entre-temps.

Un autre avait fait une tentative de suicide, d'après une camarade d'étude de Darby, qui avait vaguement travaillé sur l'affaire pendant le procès. Cette amie, qui faisait un stage dans un grand cabinet de Houston, bien que tenue à l'écart, avait recueilli quelques échos.

Darby déplia une chaise en regardant pensivement les classeurs. Il lui faudrait bien cinq heures pour dénicher tout ce qu'elle cherchait.

L'affaire avait été une contre-publicité au Montrose dont les clients, le plus souvent, portaient des lunettes de soleil en pleine nuit, entraient furtivement et ressortaient sans perdre de temps. Depuis que le corps d'un membre de la Cour suprême des États-Unis avait été découvert dans la salle, l'établissement, devenu fameux, attirait des curieux qui, à toute heure du jour et de la nuit, passaient lentement en voiture et prenaient des photos. La plupart des habitués avaient décampé; seuls les plus courageux osaient entrer quand les voitures se faisaient plus rares.

L'individu qui entra d'un pas rapide et paya sa place sans regarder le caissier ressemblait à un habitué. Casquette de base-ball, lunettes noires, jean, cheveux courts et blouson de cuir. Un bon déguisement, mais pas celui d'un homosexuel honteux de fréquenter ce genre d'établissement.

Il était minuit. L'homme monta l'escalier qui menait au balcon, le sourire aux lèvres, songeant à Jensen, avec le garrot autour du cou. La porte était fermée. Il redescendit et s'installa au parterre, dans la travée centrale, à une certaine distance des autres spectateurs.

Jamais il n'avait vu de films pour homosexuels et, après cette nuit-là, n'en verrait sans doute plus jamais d'autres. Il en était à son troisième cinéma porno. Il garda ses lunettes noires et s'efforça de ne pas regarder l'écran. Mais c'était difficile; il fut agacé.

Il y avait cinq autres spectateurs dans la salle. A quatre rangs devant, sur sa droite, un couple s'amusait et s'embrassait à pleine bouche. Dommage qu'il n'ait pas eu une batte de base-ball pour mettre fin à leurs souffrances. Ou bien un petit bout de corde de nylon jaune.

Il supporta vingt minutes d'obscénités et s'apprêtait à fouiller dans sa poche quand une main se posa sur son épaule. Avec douceur. Il parvint à garder son sang-froid.

– Puis-je m'asseoir à côté de vous ? demanda une voix plutôt grave et virile par-dessus son épaule.

– Non. Et vous pouvez retirer votre main.

La main se retira. Quelques secondes s'écoulèrent et il fut évident qu'il n'y aurait pas d'autre tentative. Puis il entendit l'inconnu s'éloigner.

C'était une véritable torture pour quelqu'un d'aussi violemment allergique à la pornographie. Il eut envie de vomir. Il jeta un coup d'œil derrière lui avant de plonger la main dans la poche de son blouson. Il sortit une petite boîte noire de quinze centimètres sur douze et de sept ou huit centimètres d'épaisseur. Il la posa au sol, entre ses jambes. A l'aide d'un scalpel, avec précaution, il fit une incision dans le coussin du fauteuil voisin, puis, après s'être assuré que personne ne regardait, il glissa la boîte à l'intérieur. C'était un vieux fauteuil à ressorts, une véritable antiquité, et il fallut tourner délicatement la boîte en tous sens avant de réussir à la mettre en place, le bouton de mise à feu et le tube à peine visibles à travers la fente.

Il poussa un long soupir. Le dispositif avait été fabriqué par un vrai professionnel, un génie des explosifs miniaturisés, mais il était peu plaisant de le transporter dans une poche de blouson, à quelques centimètres de son propre cœur. Il ne se sentait vraiment pas très à l'aise, même après que l'engin eut été dissimulé dans le fauteuil voisin.

C'était sa troisième opération de la nuit, il lui restait encore une cible, un cinéma où étaient projetés de vieux films pornographiques, hétérosexuels cette fois. Il en éprouvait presque de l'impatience et cela l'agaçait.

Il tourna la tête vers les deux amants qui ne prêtaient aucune attention au film et dont l'excitation devenait de plus en plus évidente. Il regretta qu'ils ne soient pas assis à sa place au moment où le gaz commencerait à s'échapper silencieusement de la petite boîte noire et quand, trente secondes plus tard, l'explosion embraserait instantanément tout ce qui se trouvait entre l'écran et le distributeur de pop-corn. Il aurait bien aimé voir ça.

Mais il appartenait à un groupe non violent, opposé aux attentats aveugles frappant des innocents ou des gens sans importance. Certes, ils avaient dû faire quelques victimes, mais leur spécialité était la destruction de structures utilisées par l'ennemi. Ils choisissaient des cibles faciles, non protégées : cliniques où était pratiqué l'avortement, locaux de l'ACLU, salles de spectacles pornographiques. Tout allait comme sur des roulettes; pas une seule arrestation en dix-huit mois.

Il était plus de minuit, l'heure de sortir et de regagner la voiture garée quatre rues plus loin pour y prendre une autre boîte noire et se rendre au Pussycat Cinema qui fermait à 1 h 30. Il ne savait plus très bien si le Pussycat venait en dix-huitième ou dix-neuvième position sur la liste, mais ce dont il était sûr, c'est que dans trois heures et vingt minutes, un coup terrible serait porté aux milieux du porno de Washington. Vingt-deux salles minables devaient recevoir dans la soirée une petite boîte noire et, à 4 heures du matin, après la fermeture, les salles vides seraient entièrement détruites. Trois cinémas présentant un programme continu avaient été rayés de la liste. Il appartenait à un groupe non violent.

Il rajusta ses lunettes noires en regardant une dernière fois le fauteuil voisin. A en juger par les sacs de pop-corn et les gobelets vides qui jonchaient le sol, la salle ne devait pas être nettoyée plus d'une fois par semaine. Personne ne remarquerait l'engin au milieu du rembourrage du siège éventré. Il actionna prudemment la commande et sortit.

10

Eric East n'avait jamais rencontré le Président ni même mis les pieds à l'intérieur de la Maison-Blanche. Il n'avait jamais non plus rencontré Fletcher Coal, mais il savait qu'il ne l'aimerait pas.

Quand il entra dans le Bureau ovale, le samedi matin, à 7 heures, avec le directeur du FBI et K. O. Lewis, il n'y eut ni sourires ni poignées de main. Voyles présenta East. Le Président, assis à son bureau, inclina la tête sans se lever. Coal était en train de parcourir un dossier.

Vingt cinémas porno avaient été ravagés par des incendies criminels dans la capitale, plusieurs salles brûlaient encore. De l'arrière de la limousine, ils avaient vu les panaches de fumée sur la ville. Le gardien de l'Angels avait été grièvement brûlé et se trouvait dans un état critique.

La nouvelle leur était parvenue une heure plus tôt : les attentats avaient été revendiqués sur une radio locale, au nom d'Armée secrète, par un correspondant anonyme qui avait annoncé d'autres actions du même type pour célébrer la mort de Rosenberg.

Le Président prit la parole. East le trouva fatigué. Il est vrai qu'il était très tôt pour lui.

– Combien de salles ont été incendiées ?

– Vingt ici, répondit Voyles. Dix-sept à Baltimore et une quinzaine à Atlanta. Il semble que les actions aient été soigneusement coordonnées, car toutes les explosions se sont produites à 4 heures précises.

– Monsieur le directeur, fit Coal en levant les yeux de

son dossier, êtes-vous certain qu'il s'agisse d'Armée secrète ?

– Jusqu'à présent, ils sont les seuls à avoir revendiqué ces attentats. C'est bien dans leur style. Oui, c'est fort possible.

Voyles avait répondu sans regarder une seule fois Fletcher Coal.

– Alors, demanda le Président, quand commencez-vous à procéder à des arrestations ?

– A l'instant précis où nous disposerons d'indices convergents et évidents, monsieur le Président. C'est la loi, vous comprenez.

– Je comprends que cette organisation est votre suspect numéro un pour l'assassinat de Rosenberg et Jensen, que vous avez la conviction qu'elle est responsable du meurtre d'un juge fédéral au Texas et qu'elle a très probablement incendié cette nuit cinquante-deux cinémas porno. Ce que je ne comprends pas, c'est pourquoi on les laisse tuer et incendier impunément. Nous ne sommes pas en état de siège, tout de même !

Le cou de Voyles devint cramoisi, mais il ne répondit pas. Il se contenta de détourner les yeux, pour ne pas affronter le regard furieux du Président. Lewis s'éclaircit la voix.

– Si je puis me permettre, monsieur le président, nous n'avons pas la certitude qu'Armée secrète soit impliquée dans les assassinats des magistrats. En réalité, nous ne disposons d'aucun indice en ce sens. Ce groupe fait seulement partie de la douzaine de pistes retenues. Comme je l'ai déjà dit, tout a été parfaitement calculé et organisé. Ce fut un travail de professionnels. De grands professionnels.

– Ce que vous voulez dire, monsieur Lewis, fit Fletcher Coal en s'avançant, c'est que vous n'avez pas la moindre idée de l'identité des responsables et que vous ne la découvrirez peut-être jamais.

– Non, ce n'est pas cela. Nous les trouverons, mais cela prendra du temps.

– Combien de temps ? demanda le Président.

C'était une question stupide, irréfléchie, qui ne pouvait avoir de réponse satisfaisante. East en voulut instinctivement au Président de l'avoir posée.

– Plusieurs mois, répondit Lewis.

– Combien ?

– Un certain nombre.

Le Président leva les yeux au plafond en secouant la tête. Il se leva avec une moue de dégoût et s'avança vers la fenêtre.

– Je refuse de croire qu'il n'y ait aucune relation entre les événements de cette nuit et le double assassinat. Je ne sais pas... Peut-être suis-je seulement paranoïaque.

Voyles adressa à Lewis un petit sourire en coin. Paranoïaque, anxieux, déphasé. Ce n'étaient pas les adjectifs qui manquaient.

– Je sens l'inquiétude me gagner, poursuivit le Président sans quitter la fenêtre des yeux, quand des tueurs se promènent en liberté et quand des bombes explosent dans les lieux publics. Qui pourrait me le reprocher ? Nous n'avons pas eu de président assassiné depuis trente ans.

– Oh ! je pense que vous ne risquez rien, monsieur le Président, protesta Voyles d'un ton légèrement goguenard. Le Service secret a la situation bien en main.

– Ravi de l'entendre. Dans ce cas, expliquez-moi pourquoi j'ai l'impression de vivre à Beyrouth.

Il continuait de leur tourner le dos et parlait très doucement.

Coal sentit que la situation devenait embarrassante. Il prit un gros dossier sur le bureau et s'adressa à Voyles d'un ton docte.

– Voici la première liste de candidats potentiels à la Cour suprême. Elle comporte huit noms et une notice biographique pour chacun. Elle a été établie par le ministère de la Justice. Au départ, nous avions retenu vingt noms, puis le Président, le ministre de la Justice et moi-même les avons réduits à huit. Aucun de ces hommes ne soupçonne que nous songeons à lui.

Voyles gardait la tête tournée de côté. Le Président revint lentement vers son bureau et prit son exemplaire du dossier.

– Certains sont très discutés, reprit Coal, et, si notre choix se fixe sur eux, il nous faudra livrer une rude bataille pour obtenir l'approbation du Sénat. Nous préférons ne pas engager le fer dès maintenant. Tout cela doit rester confidentiel.

– Vous êtes un imbécile, Coal ! s'écria Voyles en se retournant brusquement, les yeux étincelants de colère. Nous nous sommes déjà trouvés dans cette situation et je peux vous garantir que, dès que nous commencerons à poser des questions, le secret sera éventé. Vous nous demandez une enquête approfondie et vous vous imaginez que les personnes interrogées garderont le silence. Ce n'est pas comme cela que ça se passe, jeune homme!

Le regard brillant, Coal fit un pas de plus vers Voyles.

– Démerdez-vous pour qu'aucun de ces noms n'apparaisse dans les journaux avant l'annonce officielle! Faites en sorte que cela se passe comme il faut, monsieur le directeur! Évitez les fuites et tenez la presse à l'écart! C'est compris?

– Écoutez-moi bien, pauvre crétin! lança Voyles en se levant brusquement, le doigt tendu vers le secrétaire général. Si vous voulez enquêter sur eux, faites-le vous-même! Et ne commencez pas à me donner vos ordres de boy-scout!

Lewis s'avança pour s'interposer entre les deux hommes, le Président se dressa derrière son bureau et, pendant deux ou trois secondes, personne ne parla. Coal reposa le dossier et recula de quelques pas en tournant la tête. C'est au Président qu'il revenait de tenir le rôle de conciliateur.

– Asseyez-vous, Denton. Asseyez-vous donc.

Voyles s'assit sans quitter Coal des yeux. Le Président sourit à Lewis et tout le monde retrouva son siège.

– Nous sommes tous énervés, fit le Président d'un ton apaisant.

– Nous allons effectuer les enquêtes de routine sur vos juges, monsieur le Président, dit Lewis d'une voix posée. De la manière la plus confidentielle. Mais vous savez qu'il est impossible de nous assurer du silence de tout le monde.

– Oui, monsieur Lewis, je le sais. Mais je désire que toutes les précautions soient prises. Ces hommes sont jeunes et ils continueront à modifier et à remodeler la Constitution longtemps après ma mort. Ce sont des conservateurs purs et durs, et les journalistes vont se jeter sur eux à bras raccourcis. Il faut qu'ils aient un passé sans tache, sans secret honteux. Pas de drogues dans leur jeunesse, pas de bâtards, pas d'activités gauchistes pendant leurs études, pas de divorces. C'est compris? Je ne veux pas de mauvaises surprises.

– C'est compris, monsieur le Président. Mais nous ne pouvons vous garantir le secret absolu sur nos enquêtes.

– Faites pour le mieux.

– Bien, monsieur.

Lewis tendit le dossier à Eric East.

– Ce sera tout ? demanda Voyles.

Le Président jeta un coup d'œil dans la direction de Coal qui leur tournait le dos et regardait par la fenêtre.

– Oui, Denton, ce sera tout. J'aimerais que vous ayez terminé dans dix jours. Je tiens à agir aussi vite que possible.

– Vous aurez les résultats dans dix jours, affirma Voyles en se levant.

Callahan était de mauvaise humeur quand il frappa à la porte de l'appartement de Darby. Préoccupé, soucieux, il en avait gros sur le cœur, mais ne voulait pas faire de scène, car il y avait quelque chose de beaucoup plus important pour lui que de se défouler. Cela faisait quatre jours qu'elle l'évitait, depuis qu'elle jouait au détective et se barricadait dans la bibliothèque. Elle séchait les cours, ne répondait pas à ses messages téléphoniques; en un mot, elle le lâchait dans l'épreuve qu'il traversait. Mais il savait que, dès qu'elle ouvrirait la porte, il allait retrouver le sourire et qu'il ne lui en voudrait plus.

Il apportait du vin et une pizza Mama Rosa. Il était un peu plus de 22 heures. Il laissa son regard courir le long de la rue où s'alignaient duplex et bungalows. Il entendit le bruit de la chaîne de sûreté et se prit aussitôt à sourire.

– Qui est-ce ? demanda-t-elle dans l'entrebâillement de la porte.

– Thomas Callahan. Vous vous souvenez de moi ? Je vous adjure de me laisser entrer pour que nous puissions renouer notre amitié.

La porte s'ouvrit, Callahan entra. Elle prit le vin et l'embrassa sur la joue.

– Nous sommes toujours copains ?

– Oui, Thomas. J'étais très occupée.

Il traversa le séjour encombré et la suivit dans la cuisine. Un ordinateur trônait sur la table couverte de livres.

– Je t'ai téléphoné plusieurs fois. Pourquoi ne m'as-tu pas rappelé ?

– Je n'étais pas là, répondit-elle en ouvrant un tiroir d'où elle sortit un tire-bouchon.

– Tu as un répondeur. C'est à lui que j'ai parlé.

– Tu es venu me faire une scène, Thomas?

– Non! s'écria-t-il en baissant les yeux sur les jambes nues de Darby. Je te jure que je ne suis pas fâché! Ne m'en veux pas si j'ai l'air triste.

– Arrête!

– Quand allons-nous nous coucher?

– Tu as sommeil?

– Pas le moins du monde. Allons, Darby, cela fait déjà trois nuits.

– Cinq... C'est quoi, ta pizza?

Elle déboucha la bouteille et versa deux verres de vin sous le regard attentif de Callahan qui ne perdait pas un seul de ses gestes.

– C'est la spécialité du samedi soir, un mélange des restes de la semaine. Queues de crevettes, œufs, têtes de langoustines. Le vin n'est pas génial non plus. Je suis un peu à court d'argent en ce moment et, comme je pars demain, je dois surveiller mes dépenses. Je me suis aussi dit que j'allais passer te voir pour coucher avec toi, afin de ne pas succomber à Washington à la tentation de la chair avec une femme porteuse d'une maladie sexuellement transmissible. Qu'en penses-tu?

– On dirait de la saucisse et des poivrons, répondit Darby en déballant la pizza.

– Crois-tu que je vais pouvoir coucher avec toi?

– Nous verrons plus tard. Bois et bavardons un peu. Cela fait un bout de temps que nous n'avons pas eu une longue discussion.

– Moi, si. J'ai parlé à ton répondeur toute la semaine.

Il prit son verre et la bouteille, et la suivit dans le séjour où elle alluma la chaîne stéréo. Ils s'installèrent confortablement sur le canapé.

– Enivrons-nous, dit-il.

– Comme tu es romantique!

– Je vais te montrer si je suis romantique.

– Cela fait une semaine que tu n'as pas dessoûlé.

– Faux. Quatre-vingts pour cent de la semaine. C'est ta faute, tu me fuyais.

– Qu'est-ce qui ne va pas, Thomas?

– J'ai la tremblote. Je suis sur les nerfs et j'ai besoin de compagnie pour me détendre. Qu'en dis-tu?

Elle porta le verre à ses lèvres en étendant les jambes sur les genoux de Thomas qui retint son souffle comme si ce contact était douloureux.

– A quelle heure est ton avion?

– 13 h 30. C'est un vol direct. Je suis censé m'inscrire à 17 heures et j'ai un dîner à 20 heures. Après quoi, je serai peut-être obligé de traîner dans les rues à la recherche d'une âme sœur.

– D'accord, d'accord, dit-elle en souriant, tu vas te détendre. Mais je voudrais d'abord discuter un peu.

Callahan poussa un long soupir de soulagement.

– Je me sens capable de discuter dix minutes, mais, après, je m'effondre.

– Quel est le programme de lundi?

– Comme d'habitude. Huit heures de discussions futiles sur l'avenir du 5e amendement, puis une commission rédigera un rapport que personne n'approuvera. Même chose le mardi, avec débat, rapport, peut-être une ou deux altercations, puis nous nous séparerons sans rien avoir accompli et chacun regagnera ses pénates. J'arriverai en fin de soirée et j'aimerais te retrouver dans un bon restaurant. Nous pourrions ensuite aller chez moi discuter comme des intellectuels et faire l'amour comme des bêtes. Où est la pizza?

– Je vais la chercher.

– Ne bouge pas, dit-il en lui caressant les jambes. Je n'ai pas faim.

– Pourquoi assistes-tu à ces conférences?

– Parce que je suis membre du corps enseignant et qu'on attend plus ou moins de nous que nous participions à ce genre de réunions avec d'autres idiots cultivés pour approuver des rapports que personne ne lit. Si je n'y assistais pas, le doyen me reprocherait de mépriser le milieu universitaire.

– Tu es trop tendu, Thomas, dit-elle en remplissant les verres.

– Je sais. J'ai passé une semaine très pénible. Je ne peux pas me faire à l'idée qu'une troupe de primates va remodeler la Constitution. Dans dix ans, nous vivrons dans un État policier. Comme je ne peux rien faire pour éviter cela, il me faudra probablement recourir à l'alcool.

Darby porta le verre à ses lèvres sans le quitter des yeux. La musique était douce, les lumières tamisées.

– La tête commence à me tourner, murmura-t-elle.

– Ça ne m'étonne pas. Un verre et demi et il n'y a plus personne. Si tu étais irlandaise, tu pourrais picoler toute la nuit.

– Mon père était à moitié écossais.

– Pas suffisant, fit Callahan en allongeant les jambes sur la table basse pour se détendre. Je peux peindre tes orteils ? poursuivit-il en lui caressant les chevilles.

Elle ne répondit pas. Ses orteils étaient pour lui l'objet d'un véritable culte fétichiste et il insistait pour appliquer au moins deux fois par mois un vernis rouge vif sur ses ongles. Ils avaient vu dans *Bull Durham* une scène analogue et, même si Thomas n'était pas aussi sobre et soigné de sa personne que Kevin Costner, Darby avait fini par prendre plaisir à l'intimité de ce rite.

– On ne fait pas les orteils ce soir ?

– Plus tard. Tu as l'air fatigué.

– Je commence à me détendre, mais mon corps déborde d'énergie virile et tu ne me décourageras pas en répétant que j'ai l'air fatigué.

– Reprends un peu de vin.

Callahan se versa un autre verre et s'enfonça dans le canapé.

– Alors, Sherlock Holmes, qui a fait le coup ?

– Des professionnels. Tu n'as pas lu les journaux ?

– Bien sûr que si. Mais qui est derrière ces professionnels ?

– Je n'en sais rien. Après les attentats de la nuit dernière, tout le monde semble penser qu'il s'agit d'Armée secrète.

– Mais tu n'en es pas persuadée.

– Non. Il n'y a eu aucune arrestation et je n'en suis pas persuadée.

– Et, toi, tu as déniché un obscur suspect, inconnu du reste du pays ?

– J'en avais un, mais je commence à m'interroger. J'ai passé trois jours à suivre une piste, j'ai soigneusement récapitulé le tout sur mon ordinateur et imprimé une première version d'un scénario que je viens d'abandonner.

– Si je comprends bien, fit Callahan d'un air incrédule, tu as séché tes cours pendant trois jours, tu ne m'as pas donné signe de vie, tu as travaillé jour et nuit en te prenant pour Sherlock Holmes et tu as mis au panier le fruit de tes recherches...

– Il est là, sur la table.

– Je n'en crois pas mes oreilles. Dire que je viens de passer une semaine seul, à broyer du noir ! Je savais que c'était pour la bonne cause, que je souffrais dans l'intérêt de ma patrie, que tes recherches allaient aboutir et que tu me révélerais ce soir, demain au plus tard, le nom des coupables.

– Impossible, du moins pour le moment. Il n'y a ni fil conducteur ni corrélation entre les assassinats. J'ai failli faire griller les ordinateurs de l'école!

– Ah! ah! je te l'avais bien dit! Tu oublies, ma belle, que je suis un génie du droit constitutionnel! J'ai tout de suite su que Rosenberg et Jensen n'avaient rien d'autre en commun qu'une toge noire et des menaces de mort. Ils ont été éliminés par les néonazis, le KKK, la Mafia ou une autre organisation, parce que Rosenberg était ce qu'il était et parce que Jensen, la cible la plus facile, devenait quelque peu gênant.

– Dans ce cas, pourquoi n'as-tu pas appelé le FBI pour les éclairer? Je suis sûre qu'ils attendent ton appel avec impatience.

– Ne te mets pas en colère. Je suis désolé... Pardonne-moi.

– Tu dis des bêtises, Thomas.

– Oui, mais tu m'aimes quand même?

– Je ne sais pas.

– On dort ensemble? Tu me l'as promis.

– Nous verrons.

– Écoute, mon chou, je lirai ton mémoire, je te le jure. Et nous en parlerons, je te le jure aussi. Mais, pour l'instant, je n'ai pas les idées claires et je ne vais pas pouvoir continuer à discuter en attendant que tu prennes ma main faible et tremblante pour me conduire jusqu'à ta couche.

Elle le saisit par la nuque et l'attira à elle. Ils s'embrassèrent longuement, goulûment, avec une avidité confinant à la violence.

11

Le policier écrasa son pouce sur le bouton placé en face du nom de Gray Grantham et le tint appuyé vingt secondes. Puis il relâcha un instant la pression de son doigt. Il appuya de nouveau vingt secondes, souleva le pouce et recommença une troisième fois. Il trouvait cela assez drôle, car Grantham était un couche-tard qui n'avait pas dû dormir plus de trois ou quatre heures et il imaginait l'effet de ces sonneries prolongées se répercutant dans le couloir de l'appartement. Il enfonça une nouvelle fois le bouton, la tête tournée vers sa voiture en stationnement interdit au bord du trottoir, sous un réverbère. Un dimanche matin, avant l'aube, la rue était déserte. Il sonna vingt secondes, attendit et recommença.

Grantham était peut-être mort. Ou bien dans un état comateux après s'être couché très tard et avoir trop picolé. Peut-être était-il avec une femme et n'avait-il aucunement l'intention d'ouvrir. Encore vingt secondes.

– Qui est-ce ? grésilla la voix dans l'interphone.

– Police ! répondit l'homme qui était noir et s'amusait comme un fou.

– Que voulez-vous ?

– Et si j'avais un mandat ? poursuivit le policier en se retenant de rire.

– C'est Cleve ? demanda Grantham.

La voix était plus douce, mais le ton en était comme un peu vexé.

– Lui-même.

– Quelle heure est-il, Cleve ?

– Pas loin de 5 h 30.

– Cela doit valoir le coup.

– J'en sais rien. Sarge ne me dit rien, vous savez. Il m'a simplement demandé de vous réveiller, parce qu'il veut vous parler.

– Pourquoi veut-il toujours parler avant que le soleil soit levé ?

– Question stupide, Grantham.

– Ouais, fit Grantham après un silence, vous devez avoir raison. Je présume que Sarge veut me parler tout de suite.

– Non. Vous avez une demi-heure. Il vous demande d'être là-bas à 6 heures.

– Où ?

– A un petit café sur la 14e Rue, près du square Trinidad. Un endroit tranquille et sûr que Sarge aime bien.

– Comment fait-il pour dénicher des bistrots de ce genre ?

– Pour un journaliste, je trouve que vous posez des questions débiles. Le café s'appelle *Chez Glenda* et, si vous ne voulez pas être en retard, vous feriez mieux de vous mettre en route.

– Vous y serez ?

– Je passerai, juste pour m'assurer que tout va bien.

– Je croyais que vous aviez dit que l'endroit était sûr.

– Il est sûr pour le quartier. Vous trouverez ?

– Oui. J'arrive dès que possible.

– Je vous souhaite une bonne journée, Grantham.

Sarge était vieux, noir de peau, et sa chevelure ébouriffée d'un blanc éclatant. Il portait du matin au soir d'épaisses lunettes de soleil et la plupart de ses collègues de l'aile ouest de la Maison-Blanche le croyaient à demi aveugle. Il gardait la tête légèrement penchée sur le côté gauche et avait le sourire de Ray Charles. Il lui arrivait de se cogner dans les montants des portes et les bureaux quand il vidait les corbeilles à papier ou époussetait le mobilier. Il marchait lentement, avec précaution, et travaillait patiemment, toujours avec le sourire, prêt à échanger un mot gentil avec qui lui accordait un instant d'attention. On ne lui témoignait en général que froideur et indifférence; il n'était qu'un des concierges, un vieux Noir handicapé.

Mais Sarge n'avait pas les yeux dans sa poche. Son territoire était l'aile ouest où il faisait le ménage depuis trente ans. En travaillant, il ouvrait l'œil et écoutait de toutes ses oreilles. Il ne perdait pas une miette de ce que disaient des gens importants, trop pressés pour surveiller leurs paroles, surtout devant le pauvre vieux Sarge.

Il connaissait les cloisons les plus minces, savait quelles portes restaient ouvertes et par quels conduits d'aération passaient les voix. Il était capable de disparaître en un instant et de réapparaître dans l'ombre, là où les gens importants ne pouvaient le voir.

Sarge gardait pour lui la plus grande partie de ce qu'il apprenait. Mais, de loin en loin, il surprenait des bribes d'informations particulièrement savoureuses et il décidait en son âme et conscience d'en faire profiter autrui. Il demeurait extrêmement prudent. A trois ans de la retraite, il ne voulait pas prendre de risques.

Nul n'avait soupçonné Sarge d'être à l'origine de certaines fuites. Il y avait assez de bavards impénitents à la Maison-Blanche pour s'en accuser réciproquement. Sarge trouvait cela très amusant. Il parlait à Grantham, le journaliste du *Washington Post*, puis attendait avec impatience son article et se délectait des pleurs et des grincements de dents quand les têtes tombaient.

Sarge était une source digne de foi et il n'acceptait de parler qu'à Grantham. Son fils Cleve, le policier, arrangeait les entrevues, toujours à des heures bizarres, la nuit, dans des lieux discrets. Sarge gardait ses lunettes noires. Grantham en portait, lui aussi, avec une casquette ou un couvre-chef quelconque. Cleve s'asseyait en général à côté d'eux et surveillait les alentours.

Grantham arriva au lieu du rendez-vous quelques minutes après 6 heures et se dirigea vers un box, au fond de la salle. Il n'y avait que trois autres clients. Glenda faisait frire des œufs près de la caisse. Perché sur un tabouret, Cleve la regardait.

Sarge et Grantham se serrèrent la main. Une tasse de café attendait le journaliste.

— Toutes mes excuses, dit-il, je suis en retard.

— Ce n'est pas grave, mon ami. Je suis content de vous voir.

Sarge avait une voix râpeuse qu'il lui était difficile de réduire à un murmure. Mais personne n'écoutait.

Grantham avala son café d'un trait.

— Une semaine chargée à la Maison-Blanche, fit-il en reposant sa tasse.

– On peut dire ça, en effet. Beaucoup d'excitation. Une grande joie.

– Sans blague!

Grantham n'avait pas le droit de prendre des notes pendant ces entrevues, à la demande de Sarge qui avait fixé les règles.

– Mais oui, mon ami. Le Président et son entourage ont été transportés de joie à la nouvelle de la mort du juge Rosenberg. Vraiment très heureux.

– Et pour Jensen?

– Eh bien, comme vous avez dû le remarquer, le Président était à son enterrement, mais il n'a pas fait de discours. Il avait prévu un éloge funèbre auquel il a renoncé, car il n'a pas voulu louer un homosexuel.

– Qui avait écrit l'éloge funèbre?

– Toujours les mêmes et surtout Mabry. Il y a passé la journée du jeudi, puis on lui a demandé d'arrêter.

– Il a aussi assisté à l'enterrement de Rosenberg?

– Oui, mais il ne voulait pas y aller. Je l'ai entendu dire qu'il préférait passer une journée en enfer. Au dernier moment, il s'est dégonflé et a fini par venir. Si vous saviez comme la mort de Rosenberg lui a fait plaisir! Il y avait une atmosphère de fête le mercredi. Il a maintenant tous les atouts dans son jeu pour restructurer la Cour et il piaffe d'impatience.

Grantham écoutait attentivement.

– La liste des candidats est déjà assez courte, poursuivit Sarge. Dans un premier temps, ils avaient retenu une vingtaine de noms qui ont été réduits à huit.

– Qui a opéré la sélection?

– A votre avis? Le Président et Fletcher Coal, bien sûr. Ils sont terrorisés à l'idée qu'il pourrait y avoir des fuites. Il va sans dire que la liste ne comprend que de jeunes juges conservateurs, inconnus pour la plupart.

– Vous avez des noms?

– Deux seulement. Un certain Pryce, de l'Idaho, et MacLawrence, du Vermont. C'est tout ce que j'ai comme noms. Je crois que ce sont deux juges fédéraux. Je ne sais rien d'autre.

– Et l'enquête?

– Je n'ai pas entendu grand-chose, mais je vais continuer à tendre l'oreille. Il ne semble pas y avoir du nouveau.

– Rien d'autre?

– Non. Quand votre article sera-t-il publié ?

– Dans la matinée.

– Je vais bien m'amuser.

– Merci, Sarge.

Le jour s'était levé, le café commençait à devenir bruyant. Cleve s'approcha d'un pas nonchalant et prit place à côté de son père.

– Vous avez bientôt fini ?

– Oui, répondit Sarge, nous avons fini.

– Je crois qu'il faut partir, dit Cleve en faisant du regard le tour de la salle. Grantham sort le premier et je le suis. Toi, papa, tu peux rester aussi longtemps que tu veux.

– C'est trop gentil, fit Sarge.

– Messieurs, dit Grantham, je vous remercie.

Il traversa la salle en direction de la porte.

12

Verheek était en retard, comme à son habitude. Depuis vingt-trois ans que durait leur amitié, il n'était pas arrivé une seule fois à l'heure et il ne s'agissait jamais de quelques minutes. Verheek n'avait pas la notion du temps et ne s'en préoccupait pas. Il portait une montre qu'il ne regardait pas. Il arrivait au moins une heure en retard à ses rendez-vous, surtout quand la personne qui l'attendait était un ami de longue date qui ne se faisait aucune illusion et était toujours prêt à lui pardonner.

Callahan patienta donc au bar pendant une heure, ce qui lui convenait parfaitement. Après huit heures de discussions académiques, il n'avait plus que mépris pour la Constitution et ceux qui l'enseignaient. Il avait besoin de whisky et, après deux doubles Chivas, il se sentit mieux. Il se regarda dans le miroir tout en surveillant, derrière les rangées de bouteilles, le fond de la salle par où devait arriver Gavin Verheek. Rien d'étonnant à ce que son ami n'eût pas réussi à se faire une place dans le secteur privé où le respect de l'heure est une question de vie ou de mort.

Quand son troisième double whisky fut servi, une heure et onze minutes après l'heure convenue, il vit Verheek s'approcher du bar et commander une Moosehead.

– Excuse mon retard, lança Verheek en lui serrant la main. Je savais que tu apprécierais un tête-à-tête avec le Chivas.

– Tu as l'air fatigué, fit Callahan en l'inspectant des pieds à la tête.

Vieux et fatigué. Verheek vieillissait mal, il prenait du

poids. Sa calvitie s'était accentuée depuis leur dernière rencontre et son teint blafard faisait ressortir des cernes profonds autour des yeux.

– Combien pèses-tu maintenant ?

– Ça ne te regarde pas, répondit Verheek en lampant sa bière. Où est notre table ?

– Je l'ai réservée pour 20 h 30. Je pensais que tu aurais au moins une heure et demie de retard.

– Dans ce cas, je suis en avance.

– Si tu veux. Tu arrives directement du boulot ?

– Je vis au bureau en ce moment. Le directeur exige de nous au moins cent heures de travail par semaine en attendant que nous trouvions quelque chose. J'ai promis à ma femme que je serais à la maison pour Noël.

– Comment va-t-elle ?

– Bien. Elle a une patience à toute épreuve. Nous nous entendons bien mieux quand je vis au bureau.

C'était la troisième épouse de Verheek en dix-sept ans.

– J'aimerais la rencontrer, dit Callahan.

– Non, tu ne l'aimerais pas. J'ai épousé les deux premières pour le sexe et elles ont pris tellement de plaisir qu'elles ont voulu en faire profiter les autres. Elle, je l'ai épousée pour son argent et ce n'est pas une beauté. Elle ne te plairait vraiment pas. Je me demande si je pourrai tenir jusqu'à sa mort, soupira-t-il après avoir vidé sa bouteille.

– Quel âge a-t-elle ?

– C'est une question à ne pas poser. Je l'aime vraiment, tu sais, mais, après deux ans de mariage, je me rends compte que nous n'avons rien d'autre en commun qu'un vif intérêt pour la Bourse. Une autre, s'il vous plaît, ajouta-t-il à l'adresse du barman.

Callahan étouffa un petit rire en portant son verre à ses lèvres.

– Elle a de la fortune ?

– Pas autant que je le croyais. En fait, je ne sais pas ; je dirais à peu près cinq millions de dollars. Elle a nettoyé ses deux premiers maris et je pense que ce qui lui plaisait chez moi, c'était l'idée d'épouser un type tout à fait ordinaire. Et aussi le sexe, à ce qu'elle prétend. Elles disent toutes ça, tu sais.

– Depuis toujours, Gavin, tu as choisi des perdantes. Tu es attiré par les femmes névrosées et dépressives.

– Et je les attire aussi.

Il leva sa bouteille de bière et en but la moitié d'un trait.

– Pourquoi dînons-nous toujours ici? demanda-t-il.

– Je ne sais pas. Une espèce de tradition, peut-être. Cet endroit nous rappelle les bons souvenirs du temps de nos études.

– Nous détestions l'école de droit, Thomas. Tout le monde déteste les écoles de droit... et les avocats.

– Je vois que tu es de joyeuse humeur.

– Excuse-moi. J'ai dormi six heures depuis que les corps ont été découverts. Le directeur m'engueule au moins cinq fois par jour et je passe mon temps à engueuler mes subordonnés. C'est une véritable maison de fous là-bas.

– Finis ta bière, mon vieux; notre table est prête. Nous allons boire, manger, discuter et essayer de profiter des quelques heures que nous allons passer ensemble.

– Je t'aime plus que ma femme, Thomas. Le sais-tu?

– Ça ne veut pas dire grand-chose.

– Tu as raison.

Ils suivirent le maître d'hôtel qui les conduisit à une petite table dans un angle de la salle, celle qu'ils demandaient toujours. Callahan commanda une autre tournée et indiqua qu'ils n'étaient pas pressés de dîner.

– As-tu vu cette saleté d'article dans le *Washington Post*? demanda Verheek.

– Oui, je l'ai lu. Qui a vendu la mèche?

– Aucune idée. Le directeur a reçu la liste le samedi matin, de la main du Président en personne, qui a insisté sur la nécessité de garder le secret. Il ne l'a montrée à personne pendant le week-end et pourtant l'article, ce matin, cite les noms de Pryce et MacLawrence. Voyles est devenu fou furieux en le lisant et le Président a téléphoné quelques minutes plus tard. Le directeur a filé à la Maison-Blanche où le ton est monté. Il a essayé de se jeter sur Fletcher Coal, et K.O. Lewis a été obligé de le retenir. Cela a failli très mal tourner.

– C'est intéressant, fit Callahan qui, littéralement, buvait ses paroles.

– Oui. Si je te raconte tout ça, c'est parce que, tout à l'heure, quand j'aurai trop bu, tu me demanderas de te dire qui d'autre figure sur la liste et que je refuserai. Je veux te montrer que je suis ton ami, Thomas.

– Continue.

– Il est en tout cas absolument impossible que les fuites viennent de chez nous. Cela ne peut venir que de la Maison-Blanche. Il y a là-bas des tas de gens qui ne peuvent pas voir Coal en peinture.

– C'est probablement Coal qui est à l'origine de ces fuites.

– Possible. Ce type est une ordure et d'aucuns prétendent qu'il a donné les noms de Pryce et MacLawrence pour flanquer la trouille à tout le monde et qu'il nommera plus tard deux magistrats considérés comme plus modérés. Il en est parfaitement capable, le bougre.

– Je n'avais jamais entendu parler de Pryce ni de MacLawrence.

– Tu n'es pas le seul. Ils sont tous deux très jeunes, juste la quarantaine, et n'ont qu'une expérience limitée des salles d'audience. Nous n'avons pas encore enquêté sur eux, mais, à première vue, ce sont des conservateurs à tous crins.

– Et le reste de la liste ?

– On peut dire que tu ne perds pas de temps, toi. J'ai à peine terminé ma deuxième bière et tu ne peux déjà plus te retenir !

– Je voudrais des champignons farcis au crabe, demanda Verheek au serveur quand il apporta les boissons. Juste pour grignoter, je meurs de faim.

– Apportez-m'en aussi, dit Callahan en tendant son verre vide.

– Ne me repose pas cette question, Thomas. Quand nous sortirons, dans trois heures, tu seras peut-être obligé de me porter, mais je ne dirai rien et tu le sais très bien. Admettons simplement que Pryce et MacLawrence reflètent l'ensemble de la liste.

– Tous des inconnus ?

– En gros, oui.

Callahan but une petite gorgée de scotch en secouant la tête. Verheek enleva sa veste et desserra sa cravate.

– Revenons aux femmes, dit-il.

– Non.

– Quel âge a-t-elle ?

– Vingt-quatre, mais elle est très mûre pour son âge.

– Tu pourrais être son père.

– Je le suis peut-être. Va savoir !

– D'où vient-elle ?

– Denver, je te l'ai déjà dit.

– J'adore les filles de l'Ouest. Elles sont indépendantes et sans prétention, elles portent des Levi's et ont de longues jambes. J'en épouserai peut-être une, un jour. Elle a de l'argent ?

– Non. Son père est mort dans un accident d'avion, il y a quatre ans, et sa mère touche une pension.

– Alors, elle a de l'argent.

– Elle est à son aise.

– As-tu une photo ?

– Non. Ce n'est ni ma petite-fille ni le caniche à sa mémère.

– Pourquoi n'as-tu pas apporté de photo ?

– Je lui demanderai de t'en envoyer une. Pourquoi as-tu l'air de trouver ça si amusant ?

– C'est à pisser de rire. Le grand Thomas Callahan, l'homme qui change de femme comme de chemise, est tombé amoureux.

– Pas du tout.

– Ce doit être un record pour toi. Combien de temps, déjà ? Neuf mois ? Dix ? Te rends-tu compte que tu entretiens une liaison depuis près d'un an ?

– Huit mois et trois semaines, Gavin, mais n'en parle à personne. Ce n'est déjà pas si facile pour moi.

– Je serai muet comme une tombe. Donne-moi simplement les détails ; elle est grande ?

– Un mètre soixante-douze, cinquante et un kilos, jambes longues, jean serré, indépendante, sans prétention : le type de la fille de l'Ouest.

– Il faut absolument que je m'en trouve une. Tu comptes l'épouser ?

– Bien sûr que non ! Finis donc ta bière.

– Serais-tu devenu, comment dire, monogame ?

– Et toi ?

– Certainement pas ! Je ne l'ai jamais été. Mais ce n'est pas de moi que nous parlons, c'est de Thomas Callahan, éternel adolescent, libre comme l'air, qui présente tous les mois sa nouvelle conquête choisie parmi les plus belles femmes du monde. Dis-moi, Thomas, et ne mens pas à ton meilleur ami, dis-moi en me regardant dans les yeux : as-tu succombé à la monogamie ?

Verheek était à moitié penché sur la table, les yeux écarquillés, un sourire niais sur les lèvres.

– Pas si fort, souffla Callahan en regardant autour de lui.

– Réponds-moi.

– Donne-moi les autres noms qui figurent sur la liste et je te dirai tout.

– C'est bien joué, fit Verheek en se reculant. Je pense que la réponse est oui. Je pense que tu es amoureux de cette fille, mais trop lâche pour le reconnaître. Je pense que tu l'as dans la peau, mon vieux.

– D'accord, c'est vrai. Tu te sens mieux ?

– Oui, beaucoup mieux. Quand vas-tu me la présenter ?

– Quand vas-tu me présenter ta femme ?

– Tu t'égares, Thomas. Il y a une différence fondamentale entre les deux : tu n'as pas envie de connaître ma femme alors que je meurs d'impatience de faire la connaissance de Darby. Comprends-tu ? Je sais qu'elles sont très dissemblables.

Callahan prit son verre en souriant. Verheek s'installa plus confortablement en croisant les jambes sur le côté de la table, puis il porta la bouteille de bière à ses lèvres et renversa la tête en arrière.

– Tu es déjà bourré, mon vieux, fit Callahan.

– Désolé. Je bois aussi vite que je peux.

Les champignons furent servis dans des cassolettes brûlantes. Verheek commença à mastiquer furieusement. Callahan le regardait en silence. Le Chivas avait calmé les élancements de la faim et il allait attendre quelques minutes. De toute manière, il préférait l'alcool à la nourriture.

Quatre Arabes s'installèrent bruyamment à la table voisine. Ils commandèrent une tournée de Jack Daniel's et se mirent à jacasser.

– Qui les a tués, Gavin ?

Verheek continua à mastiquer une bonne minute avant d'avaler sa bouchée.

– Même si je le savais, je ne te le dirais pas. Mais je te jure que je n'en sais rien. Cette affaire dépasse l'entendement. Les tueurs ont disparu sans laisser de trace. Tout a été méticuleusement préparé et parfaitement exécuté. Il n'y a aucun indice.

– Pourquoi un double assassinat ?

Verheek enfourna un autre champignon farci.

– C'est simple, répondit-il. Tellement simple qu'on pourrait ne pas y penser. Il est tout à fait normal que ces deux-là aient été pris pour cible. Rosenberg n'avait aucun système de sécurité dans sa maison. N'importe quel monte-en-l'air pouvait s'y introduire et en ressortir à sa guise. Et le pauvre Jensen traînait à minuit dans des endroits mal famés. Ils s'exposaient beaucoup trop. A l'heure où ils ont été assassinés, les sept autres membres de la Cour étaient chez eux avec des agents du FBI. C'est pour cette raison qu'ils ont été choisis : ils se sont conduits stupidement.

– Mais qui les a choisis ?

– Quelqu'un qui disposait d'énormément d'argent. Les tueurs étaient des professionnels et il ne leur a probablement fallu que quelques heures pour quitter le pays. Nous supposons qu'ils étaient trois, peut-être plus. La boucherie chez Rosenberg peut avoir été l'œuvre d'un seul homme, mais nous pensons qu'ils étaient au moins deux pour Jensen. Un ou plusieurs faisaient le guet pendant que le type à la corde opérait. Même si cela s'est passé dans un petit cinéma minable, c'était un lieu public, il y avait des risques. Mais les tueurs étaient bons, vraiment très bons.

– J'ai entendu une autre hypothèse, selon laquelle il n'y aurait eu qu'un seul tueur.

– On raconte n'importe quoi. Il était impossible à un seul homme de les tuer tous les deux. Impossible.

– A ton avis, combien prennent des tueurs comme ceux-là ?

– Plusieurs millions de dollars ; il a aussi fallu beaucoup d'argent pour tout mettre au point.

– Mais vous n'avez aucune piste ?

– Écoute, Thomas, je ne participe pas à l'enquête. Il faudra que tu demandes à ceux qui sont sur l'affaire. Je suis sûr qu'ils en savent plus long que moi. Moi, je ne suis qu'un petit avocat qui travaille pour le gouvernement.

– Un petit avocat qui tutoie le président de la Cour suprême.

– Il appelle de temps en temps... Cette conversation m'ennuie. Revenons plutôt aux femmes. Je déteste discuter boulot.

– Lui as-tu parlé récemment, Gavin ?

– Tu ne lâches pas prise, hein ? Oui, Thomas, nous avons échangé quelques mots ce matin. Il a demandé aux vingt-sept assistants de la Cour de passer au crible les rôles des tribunaux fédéraux, dans l'espoir de dénicher quelque chose. Cela ne mènera nulle part et je ne le lui ai pas caché. Il y a dans chaque affaire soumise à la Cour suprême au moins deux parties et toutes ces parties auraient tout à gagner si deux ou trois juges disparaissaient pour être remplacés par d'autres magistrats plus favorables à leur cause. Il existe des milliers de recours dont la Cour suprême aura peut-être à connaître un jour et il n'est pas question d'en prendre un au hasard et de dire : « J'ai trouvé! C'est à cause de cela qu'ils sont morts! » C'est stupide.

– Que t'a-t-il répondu?

– Il est naturellement d'accord avec ma brillante analyse. Je pense qu'il a téléphoné après avoir lu l'article du *Post*, juste pour voir s'il pourrait obtenir quelque chose de moi. C'est fou ce que ces gars-là peuvent être gonflés!

Le serveur se pencha vers eux, l'air pressé.

Verheek jeta un coup d'œil au menu, le referma et le lui tendit.

– Espadon grillé, une portion de bleu, pas de légumes.

– Je vais me contenter des champignons, dit Callahan.

Le serveur s'éloigna. Callahan fouilla dans la poche de son manteau et en sortit une grosse enveloppe qu'il posa sur la table, près de la bouteille de bière vide.

– Jette un coup d'œil là-dessus, quand tu en auras l'occasion.

– Qu'est-ce que c'est?

– Une sorte de mémoire.

– Je déteste ça, Thomas. En fait, je déteste tout ce qui touche au droit, tous les gens de robe et, à une exception notable, mon meilleur ami, les professeurs de droit.

– C'est Darby qui l'a rédigé.

– Je le lirai dès ce soir... Ça parle de quoi?

– Je t'en ai déjà touché un mot. C'est une fille très fine, très intelligente et elle étudie avec ferveur. Elle écrit beaucoup mieux que la plupart des autres. Sa passion, je ne parle pas de celle qu'elle éprouve pour moi, bien entendu, est le droit constitutionnel.

– La pauvre!

– La semaine dernière, elle a séché tous ses cours quatre jours, sans donner signe de vie, pour mettre sur pied sa propre hypothèse à laquelle elle a maintenant renoncé. Mais lis quand même, c'est fascinant.

– Qui soupçonne-t-elle?

Des rires stridents éclatèrent à la table des Arabes qui se tapaient dans le dos et renversaient du whisky. Les deux hommes les regardèrent jusqu'à ce que le calme se rétablisse.

— Il n'y a rien de pire qu'un groupe d'ivrognes, soupira Verheek.

— Écœurant!

Verheek fourra l'enveloppe dans son manteau posé sur le dossier de sa chaise.

— Quelle est donc son hypothèse?

— C'est assez inattendu. Mais lis-le, ça n'engage à rien. Cela pourra peut-être vous mettre sur une piste.

— Je le lirai uniquement parce que c'est Darby qui l'a écrit. Comment est-elle au lit?

— Comment est ta femme?

— Riche. Sous la douche, dans la cuisine, chez l'épicier, elle est riche dans tout ce qu'elle fait.

— Ça ne peut pas durer.

— Elle demandera le divorce avant la fin de l'année. J'obtiendrai peut-être la maison et un peu d'argent de poche.

— Pas de contrat de mariage?

— Si, bien sûr, mais n'oublie pas que je suis avocat. Il plus de lacunes qu'une loi de réforme fiscale. Un bon copain pourtant l'a rédigé. Tu ne trouves pas cela merveilleux d'être un juriste?

— Parlons d'autre chose.

— Des femmes?

— J'ai une idée, Gavin. Tu as envie de la rencontrer, hein?

— Nous parlons bien de Darby?

— Oui, de Darby.

— Cela me ferait bien plaisir.

— Nous allons à Saint-Thomas pour Thanksgiving. Que dirais-tu de nous y retrouver?

— Suis-je obligé d'amener ma femme?

— Non, elle n'est pas invitée.

— Crois-tu qu'elle se baladera en string sur la plage? Qu'elle s'exhibera rien que pour nous?

— Probablement.

— Dis-moi que je ne rêve pas.

— Tu pourras louer un appartement à côté du nôtre et nous ferons des bringues à tout casser.

— Merveilleux! La vie est merveilleuse!

13

Après la quatrième sonnerie, le répondeur se mit en marche, le bip sonore retentit, mais il n'y eut pas de message. Quatre autres sonneries, déclenchement automatique du mécanisme, toujours pas de message. Une minute plus tard, nouvelle sonnerie ; Gray Grantham sortit le bras de son lit et décrocha. Il s'adossa à un oreiller :

– Qui est à l'appareil ? demanda-t-il en articulant péniblement.

Aucune lumière ne filtrait par la fenêtre.

– Je suis bien chez Gray Grantham, du *Washington Post* ? demanda le correspondant d'une voix basse et craintive.

– En personne. A qui ai-je l'honneur ?

– Je ne peux pas vous donner mon nom, fit la voix anonyme.

Le brouillard commença à se dissiper et Grantham regarda le réveil. 5 h 40.

– Bon, je n'ai pas besoin de connaître votre nom. Pourquoi m'appelez-vous ?

– J'ai lu votre article d'hier sur la Maison-Blanche et la liste des candidats à la Cour suprême.

– J'en suis ravi. Vous n'êtes pas le seul, vous savez, notre journal a un million de lecteurs. Pourquoi m'appelez-vous à cette heure indécente ?

– Pardonnez-moi. Je me suis arrêté à une cabine téléphonique en partant au travail. Je ne peux vous appeler ni de chez moi ni du bureau.

L'homme s'exprimait avec aisance ; la voix était claire et dénotait l'intelligence.

– Quel genre de bureau ?

– Je suis avocat.

Parfait. Il n'y avait qu'un demi-million d'avocats à Washington.

– Vous travaillez pour le gouvernement ou dans le privé ?

Une légère hésitation.

– Euh !... je préférerais ne pas répondre.

– Comme vous voulez. Mais, moi, je préférerais dormir. Allez-vous me dire pourquoi vous m'avez appelé ?

– Je sais peut-être quelque chose au sujet de Rosenberg et Jensen.

– Par exemple... ? dit Grantham en faisant pivoter ses jambes sur le bord du lit.

Un nouveau silence, plus long.

– Êtes-vous en train d'enregistrer notre conversation ?

– Non. Vous croyez que c'est souhaitable ?

– Je ne sais pas... J'ai l'esprit embrouillé et j'ai très peur, monsieur Grantham. Non, je préfère que ce ne soit pas enregistré. La prochaine fois peut-être...

– Comme vous voulez. Je vous écoute.

– Peut-on déterminer l'origine de cet appel ?

– Ce doit être possible. Mais, comme vous appelez d'une cabine, cela n'a pas d'importance.

– Je ne sais pas. J'ai peur, c'est tout.

– Ne craignez rien. Je vous jure que je n'enregistre rien et que je n'essaierai pas de chercher d'où venait l'appel. Maintenant, si vous me disiez ce qui vous préoccupe.

– Eh bien, je crois savoir qui a tué.

– Voilà une information du plus haut intérêt, lança Grantham en se levant.

– Et qui pourrait me coûter la vie. Croyez-vous qu'on me suit ?

– Qui ? Qui voudrait vous suivre ?

– Je ne sais pas.

Le volume de la voix diminua, comme si l'inconnu regardait par-dessus son épaule.

– Calmez-vous, fit Grantham en commençant à marcher le long de son lit. Pourquoi ne voulez-vous pas me dire votre nom ? Je vous jure que cela restera confidentiel.

– Garcia.

– Ce n'est pas votre vrai nom, n'est-ce pas ?

110

– Bien sûr que non, mais je n'ai rien trouvé de mieux.

– D'accord, Garcia. Dites-moi ce que vous avez à me dire.

– Je n'en suis pas tout à fait certain, mais je pense être tombé au bureau sur quelque chose que je n'aurais jamais dû découvrir.

– En avez-vous une copie ?

– C'est possible.

– Écoutez, Garcia, c'est vous qui m'avez appelé, oui ou non ? Voulez-vous parler ou pas ?

– Je n'en suis pas sûr. Que ferez-vous si je révèle quelque chose ?

– Je vérifierai minutieusement. Si nous devons accuser quelqu'un d'avoir fait assassiner deux membres de la Cour suprême, croyez-moi, nous ne prendrons pas de risques.

Il y eut un long silence. Grantham s'immobilisa près du rocking-chair et attendit.

– Garcia ? Vous êtes toujours là ?

– Oui. Pouvons-nous attendre pour en parler ?

– Bien sûr, mais nous pouvons aussi en parler maintenant.

– Il faut que je réfléchisse. Je n'ai rien avalé et je n'ai pas fermé l'œil depuis une semaine. Je suis incapable de penser juste. Je vous rappellerai peut-être.

– Bon, bon, c'est très bien... Vous pouvez m'appeler au journal, au...

– Non, je ne vous appellerai pas au journal. Excusez-moi de vous avoir réveillé.

Il raccrocha. Grantham considéra les numéros alignés sur son combiné et enfonça sept touches, attendit, puis appuya sur six autres et enfin sur quatre. Il écrivit un numéro sur un carnet posé près du téléphone et raccrocha. La cabine se trouvait dans la 15ᵉ Rue.

Gavin Verheek dormit quatre heures et se réveilla sans avoir dessoûlé. Quand il arriva, une heure plus tard, à l'immeuble Hoover, les brumes de l'alcool se dissipaient et le mal de crâne s'installait. Il s'en voulut et en voulut à Callahan qui dormirait probablement jusqu'à midi et se réveillerait frais comme une rose pour prendre son avion à destination de La Nouvelle-Orléans. Ils avaient quitté le restaurant à minuit, l'heure de la fermeture, commencé la tournée des bistrots et envisagé en rigolant d'aller voir un film porno. Mais, leur cinéma préféré ayant été détruit par une explosion, ils s'étaient contentés de picoler jusqu'à 3 heures du matin.

Verheek avait rendez-vous à 11 heures avec le directeur et il lui fallait donner l'impression d'avoir l'esprit vif et clair. Il ne s'en sentait pas capable. Il demanda à sa secrétaire de fermer la porte et lui expliqua qu'il avait attrapé un virus, peut-être celui de la grippe, et qu'il allait tranquillement rester à son bureau où on ne devait le déranger sous aucun prétexte, sauf si c'était de la plus haute importance. Elle regarda attentivement ses yeux et parut renifler un peu plus fort qu'à l'accoutumée. Les relents de bière ne s'évaporent pas totalement pendant le sommeil.

Elle sortit, referma la porte et il alla donner un tour de clé. Pour rendre les choses égales, il téléphona à Callahan dans sa chambre d'hôtel, mais il n'y eut pas de réponse.

Quelle vie! Son meilleur ami gagnait à peu près autant que lui, mais travaillait trente heures pendant les semaines les plus chargées et puisait à volonté dans un vivier de jeunes personnes consentantes, de vingt ans moins âgées que lui. Puis leur projet d'une semaine de vacances à Saint-Thomas lui revint en mémoire et l'image de Darby longeant la plage en string passa devant ses yeux. Il irait, même si cela devait déclencher un divorce.

Il fut pris d'une brusque nausée qui se propagea dans sa poitrine et remonta dans son œsophage. Il se baissa vivement et s'allongea par terre, sur la moquette de l'administration. Il inspira profondément et la douleur recommença à lui marteler le sommet du crâne. Le plafond ne tournait pas; c'était encourageant. Au bout de trois minutes, il fut évident qu'il n'allait pas vomir.

Sa serviette se trouvait à portée de main. Il la fit lentement glisser vers lui. A côté du journal du matin, il y trouva l'enveloppe, l'ouvrit, déplia les feuillets et commença à lire le mémoire, le tenant à deux mains, à quinze centimètres au-dessus de sa tête.

Il y avait treize feuilles de papier listing, imprimées avec double interligne et grandes marges. Cela ne lui parut pas insurmontable. Des annotations manuscrites avaient été ajoutées dans les marges et des passages entiers soulignés. Les mots PREMIÈRE VERSION étaient tracés au feutre en haut de la première page, le nom de Darby, son adresse et son numéro de téléphone dactylographiés sur la couverture.

Il allait parcourir le texte quelques minutes, le temps qu'il resterait allongé, puis, si tout se passait bien, il pourrait s'asseoir à son bureau et ferait mine de se conduire comme un important conseiller du gouvernement. Il pensa à Voyles et le martèlement s'intensifia.

Elle écrivait bien, dans un style un peu universitaire, avec de longues phrases regorgeant de grands mots. Mais la prose était claire. Elle évitait les ambiguïtés et ce jargon juridique dont raffolent la plupart des étudiants. Jamais elle ne réussirait à devenir une juriste au service du gouvernement des États-Unis.

Gavin n'avait jamais entendu parler de son suspect et il avait la conviction que son nom ne figurait sur aucune liste. D'un strict point de vue légal, ce n'était pas vraiment un mémoire, plutôt l'histoire d'un procès en Louisiane. Elle exposait succinctement les faits et les rendait intéressants. C'était vraiment palpitant et Gavin se mit à lire avec plus d'attention qu'il ne l'aurait imaginé.

L'exposé des faits prenait quatre feuillets, les trois suivants apportaient des précisions sur les parties. Il y avait là quelques longueurs, mais pas de quoi interrompre la lecture. La page huit proposait un résumé du procès. La suivante faisait état de l'appel. Les quatre dernières pages développaient une hypothèse hasardeuse sur l'élimination de Rosenberg et Jensen. Callahan avait dit qu'elle avait abandonné cette théorie ; du reste l'auteur semblait s'essouffler sur la fin.

Mais l'histoire était assez captivante pour qu'il consacre plusieurs minutes, oubliant sa gueule de bois, à lire ces treize pages de l'étudiante en droit, allongé sur la moquette d'une propreté douteuse, alors qu'il avait cinquante mille autres choses à faire.

On frappa timidement à la porte. Verheek se mit sur son séant, se leva avec précaution et s'avança jusqu'à la porte.

– Oui ?

– C'est moi, monsieur, dit la secrétaire. Pardonnez-moi de vous déranger, mais le directeur veut vous voir dans son bureau, dans dix minutes.

– Comment ? fit Verheek en ouvrant la porte.

– Oui, monsieur, dans dix minutes.

Il se frotta les yeux et respira profondément.

– Pour quoi faire ?

– Je me ferais taper sur les doigts si je posais ce genre de question.

– Avez-vous de l'eau dentifrice ?

– Euh ! oui, monsieur, je crois. Vous en voulez ?

– Je ne vous l'aurais pas demandé si je n'en voulais pas. Apportez-la-moi. Et du chewing-gum ?

– Oui, monsieur. Vous en voulez aussi ?

– Apportez-moi l'eau dentifrice, le chewing-gum et de l'aspirine, si vous en trouvez.

Il repartit vers son bureau, se laissa tomber dans son fauteuil, se prit la tête entre les mains et commença à se masser les tempes. Il entendit ouvrir et fermer bruyamment des tiroirs, et vit sa secrétaire revenir avec tout ce qu'il avait demandé.

– Merci. Ne m'en veuillez pas si j'ai été un peu sec. Faites passer ce document à Eric East, au quatrième étage, poursuivit-il en montrant le mémoire posé sur un fauteuil, près de la porte. Ajoutez un mot de ma part, lui demandant d'y jeter un coup d'œil quand il aura une minute.

La secrétaire sortit avec le mémoire.

Fletcher Coal ouvrit la porte du Bureau ovale et s'adressa d'un ton grave à K. O. Lewis et Eric East. Le Président était à Porto Rico pour constater les dégâts causés par un ouragan et le directeur du FBI refusait de rencontrer Coal en l'absence du chef de l'exécutif. Il lui envoyait ses sous-fifres.

Coal leur indiqua un canapé d'un geste de la main et alla s'asseoir de l'autre côté de la table basse. Sa veste était boutonnée, sa cravate impeccable. Jamais un instant de laisser-aller chez cet homme. Eric East avait entendu les bruits qui couraient sur ses habitudes : il travaillait vingt heures par jour, sept jours par semaine, ne buvait que de l'eau et la plupart de ses repas provenaient d'un distributeur automatique, au sous-sol de la Maison-Blanche. Il lisait à la vitesse d'un ordinateur et passait quotidiennement plusieurs heures à éplucher mémorandums, rapports, courrier et des montagnes de propositions de loi. Il avait une mémoire d'éléphant. Cela faisait maintenant une semaine qu'ils apportaient chaque jour un rapport sur les progrès de l'enquête et le remettaient à Coal qui en dévorait le contenu et le retenait par cœur pour le rendez-vous suivant. Toute inexactitude leur valait une volée de bois vert. Tout le monde le détestait, mais il forçait le respect. Il était plus intelligent et travaillait plus dur que les autres. Et il le savait.

Il étalait sa suffisance dans le Bureau ovale abandonné par son locataire. Son patron était à l'étranger, en représentation devant les caméras, mais le véritable détenteur du pouvoir était là, pour tenir les rênes du pays.

Lewis posa sur la table le dernier rapport, épais de dix centimètres.

— Il y a du nouveau ? demanda Coal.

— Peut-être. En procédant à une inspection de routine des enregistrements des caméras de la sécurité de l'aéroport Charles-de-Gaulle, à Paris, les autorités françaises ont cru reconnaître un visage. Elles ont comparé avec les films pris sous des angles différents par deux autres caméras placées dans le hall et ont averti Interpol. Le visage est déguisé, mais Interpol a la conviction qu'il s'agit de Khamel, le terroriste. Vous devez avoir entendu...

— Oui, je connais.

— Les Français ont étudié attentivement le film et sont presque certains qu'il est arrivé à Paris sur un vol direct, mercredi dernier, une dizaine d'heures après la découverte du corps de Jensen.

— Le Concorde ?

— Non, un vol United Airlines. D'après l'heure et l'emplacement des caméras, il leur est possible de déterminer les portes et les vols.

— Et Interpol est entré en contact avec la CIA ?

— Oui. Gminski en a été informé vers 13 heures.

— En sont-ils vraiment sûrs ? demanda Coal, le visage impassible.

— A quatre-vingts pour cent. Khamel est maître dans l'art du déguisement et cela ne lui ressemble guère de voyager sur un vol commercial. Cela laisse planer un doute. Nous avons des photos et un résumé pour le Président. J'ai étudié ces photos et, sincèrement, je ne sais pas quoi en penser, mais Interpol dit le reconnaître.

— Il ne s'était jamais laissé photographier depuis plusieurs années, n'est-ce pas ?

— Pas à notre connaissance. Le bruit court qu'il passe

sur le billard se faire modifier le visage tous les deux ou trois ans.

Coal réfléchit quelques secondes.

— Très bien, fit-il, admettons que ce soit Khamel et qu'il ait trempé dans les assassinats. Que faut-il en penser ?

— Que nous ne le retrouverons jamais. A ce jour, au moins neuf pays, y compris Israël, le recherchent activement. Cela signifie aussi qu'il a reçu beaucoup d'argent pour exercer ses talents chez nous. Nous savons depuis le début que le ou les tueurs étaient des professionnels et qu'ils avaient quitté le pays avant que les corps ne soient refroidis.

— Cela ne nous avance guère.

— On peut dire ça, en effet.

— Très bien. Qu'avez-vous d'autre ?

— Eh bien, fit Lewis après avoir lancé un coup d'œil à East, nous avons le rapport quotidien.

— Vos rapports ne contiennent plus grand-chose d'intéressant depuis quelques jours.

— C'est vrai. Nous avons trois cent quatre-vingts agents qui travaillent douze heures par jour sur l'affaire. Dans la journée d'hier, ils ont interrogé cent soixante personnes dans trente États différents. Nous avons...

— Épargnez-moi les détails, coupa Coal en levant la main. Je lirai le rapport. Peut-on considérer qu'il n'y a rien de nouveau ?

— Peut-être l'amorce d'une nouvelle piste, répondit Lewis en se tournant vers East qui tenait à la main un exemplaire du mémoire.

— Qu'est-ce que c'est ? demanda le secrétaire général.

East se tortilla nerveusement. Le document avait remonté toute la journée les échelons de la hiérarchie et fini par atterrir sur le bureau de Voyles qui l'avait lu avec intérêt. Il avait trouvé l'hypothèse bien fragile pour mériter une grande attention, mais le Président y était mentionné et l'idée de donner des sueurs froides à Coal et à son patron l'enchantait. Il avait chargé Lewis et East de remettre ce mémoire à Coal et de le présenter comme une piste intéressante que le Bureau prenait très au sérieux. Pour la première fois depuis une semaine, Voyles avait souri en imaginant ces idiots du Bureau ovale qui tenteraient de se mettre à couvert après avoir pris connaissance de ce petit mémoire. « N'hésitez pas,

116

leur avait dit le directeur. Précisez que nous comptons mettre vingt agents sur l'affaire. »

– C'est une hypothèse qui est venue à notre connaissance dans ces dernières vingt-quatre heures, expliqua East, et qui a éveillé la curiosité de M. Voyles. Il redoute qu'elle ne porte préjudice au Président.

Le visage impénétrable, Coal ne laissait rien paraître de ses sentiments.

– Comment cela ? demanda-t-il.

– Tout est là-dedans, dit East en posant le mémoire sur la table.

Le regard de Coal se posa fugitivement sur le document, puis revint se fixer sur le visage d'East.

– Très bien, fit-il. Je le lirai plus tard. C'est tout, messieurs ?

– Oui, répondit Lewis, se levant et boutonnant sa veste. Nous allons vous laisser.

Coal les accompagna jusqu'à la porte.

Il n'y avait pas de fanfare quand Air Force One, l'avion présidentiel, se posa sur la base d'Andrews, peu après 22 heures. Il n'y avait ni proches ni amis pour accueillir le Président qui, dès sa descente de l'appareil, s'engouffra dans sa limousine. Coal l'y attendait. Le Président s'enfonça dans la banquette arrière.

– Je ne vous attendais pas, dit-il, tandis que la limousine prenait la direction de la Maison-Blanche.

– Je suis désolé. Il faut que nous parlions.

– Il est tard et je suis fatigué.

– Et l'ouragan ?

– Impressionnant. Il a ravagé un million de cabanes et de huttes de carton-pâte, et il ne nous reste plus qu'à leur filer deux milliards de dollars pour construire de nouveaux abris et des centrales électriques. Ils ont besoin d'un bon ouragan tous les cinq ans.

– Votre déclaration pour la presse est prête.

– Parfait. Qu'avez-vous de si important à me dire ?

Coal lui tendit une copie de ce qui portait maintenant le nom de mémoire du Pélican.

– Je n'ai pas envie de lire, protesta le Président. Expliquez-moi de quoi il retourne.

– Voyles et sa bande d'incapables ont déniché un suspect auquel personne n'avait pensé. Un suspect éminemment discret, qui n'aurait jamais dû attirer l'attention. Une étudiante en droit zélée de Tulane a rédigé ce qui a fini par atterrir sur le bureau de Voyles. Il l'a lu et a décidé que ce n'était pas dépourvu d'intérêt. N'oublions pas qu'ils cherchent désespérément des pistes. Cette hypothèse est tirée par les cheveux au point qu'elle devient incroyable et, à première vue, elle ne m'inquiète pas. C'est Voyles qui m'inquiète. Il a décidé de s'engager à fond sur cette piste et la presse ne perd pas un seul de ses gestes. Il y a des risques de fuites.

— Nous ne pouvons pas intervenir dans les recherches.

— Nous pouvons les orienter. Gminski vous attend à la Maison-Blanche et...

— Gminski !

— Détendez-vous. Je lui ai remis une copie en personne, il y a trois heures, et lui ai fait jurer de garder le silence. Peut-être est-il incompétent, mais il sait garder un secret. J'ai beaucoup plus confiance en lui qu'en Voyles.

— Je n'ai confiance ni en l'un ni en l'autre.

Coal buvait du petit-lait. Il tenait à être le seul dépositaire de la confiance présidentielle.

— Je crois, poursuivit-il, que vous devriez demander à la CIA d'enquêter immédiatement. J'aimerais savoir à quoi m'en tenir avant que Voyles ne commence à fouiner partout. Ils ne trouveront rien, mais, si nous en savons plus long que Voyles, vous pourrez le convaincre de laisser tomber. Cela me paraît la solution la plus raisonnable.

— C'est une affaire intérieure, répliqua le Président avec agacement. La CIA n'a pas à y mettre son nez. Ce serait probablement illégal.

— Théoriquement, oui. Mais Gminski fera bien ça pour vous et il peut s'en charger vite et bien.

— C'est illégal.

— Cela s'est déjà fait, vous savez. Très souvent.

Le Président tourna la tête vers la portière. Il avait les yeux rougis et gonflés, mais pas de fatigue ; il avait dormi trois heures dans l'avion. Mais il avait passé la journée à prendre un air grave et triste pour les caméras et il avait du mal à sortir de la peau de son personnage.

Il prit le mémoire et le lança sur la banquette.

— C'est quelqu'un que nous connaissons ?

— Oui.

14

En raison de son intense vie nocturne, La Nouvelle-Orléans prend son temps pour s'éveiller. Elle demeure silencieuse longtemps après l'aube, puis se secoue lentement et se prépare sans hâte pour le matin. Elle ne connaît pas la bousculade de l'heure de pointe, sauf sur le trajet des banlieues et dans les artères commerçantes du centre. Il en va de même pour beaucoup de grandes villes. Mais, dans le Vieux Carré, le cœur de La Nouvelle-Orléans, l'odeur du whisky de la nuit, du jambalaya et du rouget fumé flotte dans les rues désertes jusqu'à ce que le soleil y parvienne. Une ou deux heures plus tard, règne l'arôme du café et des beignets du French Market; c'est à ce moment-là que les trottoirs commencent à s'animer.

Pelotonnée dans un fauteuil du petit balcon, Darby buvait lentement son café en attendant les premiers rayons du soleil. A quelques mètres d'elle, derrière la porte-fenêtre, Callahan, enroulé dans les draps, dormait comme une souche. Elle sentait de temps en temps un souffle d'air, mais, vers midi, l'humidité reviendrait. Elle serra le peignoir autour de son cou et respira l'odeur de son eau de Cologne. Cela lui rappela son père et les grandes chemises de coton flottantes qu'il lui prêtait quand elle était adolescente. Les manches relevées jusqu'au coude, un pan tombant derrière les genoux, elle arpentait les couloirs des galeries marchandes avec ses copines, persuadée d'être vraiment « cool ». Son père était son ami. A la fin de ses études secondaires, elle eut la libre disposition de la garde-robe paternelle, à condition que tout soit parfaitement nettoyé, repassé et replacé sur les cintres. Elle se souvenait de l'odeur de Grey Flannel dont il s'aspergeait quotidiennement le visage.

S'il avait encore été de ce monde, il aurait quatre ans de plus que Thomas Callahan. La mère de Darby s'était remariée et installée à Boise. Son frère vivait en Allemagne et ils se voyaient rarement. Son père avait été le ciment de cette famille dont les membres s'étaient éparpillés après sa disparition.

L'accident d'avion avait fait vingt autres victimes et, avant même que toutes les dispositions eussent été prises pour les obsèques, les avocats commencèrent à appeler. Tel avait été son premier contact avec le monde juridique; elle n'en avait pas gardé un bon souvenir. Le notaire de famille s'y connaissait mieux en matière immobilière qu'en procédure. Un avocat en mal de clients victimes d'accidents avait contacté son frère et l'avait persuadé d'engager rapidement des poursuites en dommages-intérêts. L'homme de loi s'appelait Herschel et la famille souffrit deux ans tandis qu'Herschel atermoyait, mentait et sabotait leur cause. Ils arrivèrent à un accord une semaine avant le procès : un demi-million de dollars. Après avoir payé les honoraires d'Herschel, Darby reçut cent mille dollars.

Elle décida de devenir avocat. Si un type aussi brouillon qu'Herschel était capable de faire ce métier et de gagner gros, elle ferait aussi bien et pour des causes plus nobles. Elle pensait souvent à Herschel et se promettait, une fois reçue à l'examen du barreau, de l'attaquer en justice pour faute professionnelle. Elle voulait travailler dans un cabinet spécialisé dans la défense de l'environnement; il ne lui serait pas difficile de trouver un poste.

Elle n'avait pas touché aux cent mille dollars. Le nouveau mari de sa mère, cadre dans une usine de papeterie, était beaucoup plus fortuné. Peu après son remariage, sa mère avait partagé l'argent entre Darby et son frère, affirmant qu'il lui rappelait son défunt mari et que c'était un geste symbolique. Elle aimait encore leur père, mais maintenant une nouvelle vie, dans une nouvelle ville, avec un nouveau mari qui prendrait sa retraite dans cinq ans s'ouvrait devant elle et elle avait plus d'argent qu'il ne lui en fallait. Darby s'était interrogée sur ce geste symbolique, mais elle avait accepté.

Les cent mille dollars étaient devenus deux cents. Elle

en avait placé la majeure partie dans des holdings financiers, choisissant ceux qui n'avaient pas d'intérêts dans l'industrie chimique et les compagnies pétrolières. Elle conduisait une Accord et vivait simplement. Sa garde-robe était celle d'une étudiante et provenait de ventes directes d'usine. Elle fréquentait avec Callahan les meilleurs restaurants de La Nouvelle-Orléans et ils ne dînaient jamais deux fois dans le même établissement. Chacun payait toujours sa part.

Il ne se souciait guère d'argent et ne la harcelait pas de questions pour savoir d'où venait le sien. Elle en avait plus que la moyenne des étudiants, mais Tulane avait aussi son lot de gosses de riches.

Ils sortirent ensemble un mois avant de faire l'amour. Elle fixa les règles du jeu, qu'il accepta avec empressement. Il n'y aurait pas d'autres femmes; ils resteraient discrets; il devrait arrêter de boire comme un trou.

Il respecta les deux premières règles, mais continua à boire. Son père, son grand-père, ses frères étaient tous de gros buveurs et il ne pouvait en être autrement pour lui. Mais, pour la première fois de sa vie, Thomas Callahan était amoureux et il savait à partir de quelle quantité le scotch risquait de troubler ses rapports avec Darby. Il faisait attention. Hors la mort de Rosenberg et le choc qu'elle avait provoquée, il ne commençait jamais à boire avant 17 heures. Quand ils étaient ensemble, il repoussait la bouteille de Chivas dès qu'il estimait risquer d'être diminué par l'alcool.

C'était amusant de voir ce type de quarante-cinq ans tomber amoureux pour la première fois. Il s'efforçait d'affecter une apparence de détachement, mais, dans les moments d'intimité, il se conduisait comme un collégien.

Elle l'embrassa sur la joue, lui couvrit les jambes de l'édredon, s'assura que ses vêtements étaient bien pliés sur une chaise. Elle sortit et referma doucement la porte à clé. Le soleil commençait à briller entre les maisons de Dauphine Street. Le trottoir était vide.

Elle avait un cours dans trois heures, puis celui de Thomas, à 11 heures. Il lui fallait aussi songer à préparer un examen blanc consistant à rédiger un pourvoi en appel. La poussière commençait à se déposer sur ses dossiers. Elle avait deux cours à rattraper. Il était temps de redevenir étudiante. Elle venait de passer quatre jours à jouer au détective et le regrettait déjà.

L'Accord était garée à une centaine de mètres, dans une rue perpendiculaire.

Les hommes la suivirent du regard en y prenant plaisir. Jean serré, sweater ample, longues jambes, lunettes de soleil, pas de maquillage. Ils la regardèrent fermer la porte de la rue et suivre rapidement le trottoir, puis elle tourna au premier carrefour. Les cheveux mi-longs étaient châtains, avec des reflets roux.

C'était bien elle.

Il avait apporté son déjeuner dans un sac en papier marron et trouvé dans le parc un banc libre où il s'était assis, le dos tourné à New Hampshire Avenue. Il détestait Dupont Circle, avec ses bandes de clodos, de drogués, de pervers, de hippies vieillissants et de punks en cuir noir, aux cheveux rouges, toujours l'injure à la bouche. De l'autre côté de la fontaine, un individu vêtu avec recherche rassemblait à l'aide d'un haut-parleur un groupe de défenseurs des animaux pour aller manifester devant la Maison-Blanche. Les jeunes vêtus de cuir les couvraient d'injures et de lazzis, mais quatre policiers à cheval restaient à proximité afin d'éviter tout débordement.

Il consulta sa montre tout en épluchant une banane. Midi. Il aurait préféré déjeuner ailleurs. L'entrevue serait brève. Il continua à regarder les braillards en cuir noir et vit son contact se frayer un chemin dans la foule. Ils échangèrent un regard, un petit signe de tête; l'homme vint s'asseoir à côté de lui. Il s'appelait Booker et travaillait pour la CIA. Ils se rencontraient de temps en temps, quand les communications devenaient trop embrouillées et que leurs chefs respectifs avaient besoin de rapports concrets, à l'abri des oreilles indiscrètes.

Booker commença à décortiquer quelques cacahuètes grillées dont il jeta les restes sous le banc circulaire.

— Comment va M. Voyles? demanda-t-il.

— D'une humeur de chien, comme d'habitude.

— Gminski est resté à la Maison-Blanche jusqu'à minuit, poursuivit Booker en avalant une poignée de cacahuètes.

Aucune réaction. Voyles le savait déjà.

122

– C'est la panique là-bas, reprit Booker. Ce petit mémoire leur a filé une de ces trouilles! Nous aussi, nous l'avons lu; nous sommes certains que cela ne vous a pas fait une grande impression, mais Coal est dans ses petits souliers et il a fait partager son inquiétude au Président. A notre avis, vous avez simplement eu envie de vous amuser un peu aux dépens de Coal et de son patron et, vu que le mémoire parle du Président et qu'il y a cette photo, nous pensons que vous devez bien rigoler. Vous me comprenez?

Il prit une grosse bouchée de banane et garda le silence.

Les défenseurs des animaux s'éloignèrent en désordre sous les quolibets des punks.

– Quoi qu'il en soit, reprit l'agent de la CIA, ce ne sont pas nos oignons et nous aurions dû rester en dehors de cette affaire. Mais le Président nous demande maintenant d'enquêter dans le plus grand secret sur ce mémoire avant que vous ne vous lanciez sur la piste. Il est persuadé que cela ne mènera nulle part et veut en être sûr afin de pouvoir convaincre Voyles de laisser tomber.

– Cela ne mènera nulle part.

Le regard de Booker se posa sur un ivrogne qui pissait dans le bassin. Les policiers à cheval s'éloignaient dans le soleil.

– Alors, Voyles a envie de s'amuser un peu, c'est bien ça?

– Nous ne négligeons aucune piste.

– Mais vous n'avez pas vraiment de suspects?

– Non, répondit-il en finissant sa banane. Pourquoi ont-ils si peur que nous enquêtions sur cette piste si fragile?

– Leur raisonnement est très simple, répondit Booker en croquant une petite cacahuète. Ils sont furieux que les noms de Pryce et MacLawrence aient été divulgués et en rejettent la responsabilité sur vous. Ils se méfient de Voyles comme de la peste. Si le FBI commence à s'intéresser de près au mémoire du Pélican, ils redoutent que la presse ne le découvre; ce serait une catastrophe pour le Président. N'oublions pas que l'élection a lieu dans un an, etc.

– Qu'a dit Gminski au Président?

– Qu'il ne souhaitait pas s'immiscer dans une enquête du FBI, que nous avions mieux à faire et que ce serait complètement illégal. Mais, devant l'insistance du Président et les menaces de Coal, il a fini par accepter. Voilà pourquoi je suis venu vous retrouver ici.

– Voyles vous en sait gré.

– Nous commençons les recherches demain, mais toute cette histoire est ridicule. Nous allons faire semblant de nous activer en restant aussi discrets que possible et, dans huit jours, nous dirons au Président que cette hypothèse ne tenait pas debout.

Il plia son petit sac en papier et se leva.

– Très bien, je vais en rendre compte à Voyles. Merci.

Il prit la direction de Connecticut Avenue et, s'écartant des punks, se fondit dans la foule.

Grantham gardait les yeux fixés sur le moniteur posé sur une table encombrée, au milieu du brouhaha de la salle de rédaction. Ce qu'il attendait n'arrivait pas et il fixait l'écran d'un air excédé. Le téléphone sonna. Il enfonça une touche et décrocha sans quitter l'écran des yeux.

– Gray Grantham.

– C'est Garcia.

Il oublia le moniteur.

– Oui, quoi de neuf ?

– J'ai deux questions. D'abord, les appels au journal sont-ils enregistrés ? Ensuite, pouvez-vous en déterminer l'origine ?

– Non et oui, dans l'ordre. Nous n'enregistrons qu'avec l'accord de notre correspondant et nous pouvons déterminer l'origine de l'appel, mais nous ne le faisons pas. Je croyais vous avoir entendu dire que vous ne m'appelleriez pas au journal.

– Voulez-vous que je raccroche ?

– Non, il n'y a pas de problème. Je préfère parler à 3 heures de l'après-midi au journal qu'à 6 heures du matin au lit.

– Excusez-moi. J'ai peur, c'est tout. Je vous parlerai aussi longtemps que j'aurai confiance en vous, monsieur Grantham, mais, si jamais vous me mentez, tout sera terminé.

– Marché conclu ! Quand commencez-vous ?

– Je ne peux rien vous dire maintenant. Je suis dans une cabine et je n'ai pas le temps.

– Vous m'avez dit que vous aviez une copie de quelque chose.

– Non, j'ai dit que je pourrais avoir une copie. Nous verrons cela.

– Parfait. Quand pourrez-vous me rappeler ?

– Il faut prendre rendez-vous ?

– Non, mais je suis souvent sorti.

– Je vous rappelle demain, à l'heure du déjeuner.

– J'attendrai ici.

Garcia raccrocha. Grantham enfonça sept touches, puis six, puis quatre. Il écrivit le numéro et feuilleta les pages jaunes jusqu'à ce qu'il trouve la compagnie des cabines publiques. On lui indiqua que le numéro était celui d'une cabine de Pennsylvania Avenue, près du ministère de la Justice.

15

La dispute commença au dessert, moment du repas où Callahan préférait consommer sous forme de liquide. Avec gentillesse elle énuméra ce qu'il avait déjà bu dans le courant de la soirée : deux doubles scotches en attendant qu'une table se libère, un autre avant de commander, et, pour accompagner le poisson, deux bouteilles de vin blanc dont elle avait pris deux verres en tout et pour tout. Il buvait trop vite et commençait à devenir bêtement sentimental ; quand elle eut terminé son énumération, il était fâché. Il commanda un Drambuie en guise de dessert, parce que c'était une de ses boissons préférées et qu'il en faisait maintenant une question de principe. Il éclusa son verre d'un trait et en commanda un second, ce qui mit Darby hors d'elle.

Elle but son café en gardant obstinément le silence. Le restaurant était plein à craquer et elle désirait partir sans faire de scène et rentrer seule chez elle.

La dispute s'envenima sur le trottoir, dès qu'ils furent sortis du restaurant. Il extirpa de sa poche les clés de la Porsche ; elle déclara qu'il était trop bourré pour conduire et qu'il ferait mieux de les lui donner. Il serra les clés dans sa main et se dirigea en titubant vers le parking, trois rues plus loin. Elle cria qu'elle rentrait à pied. Il lui souhaita de profiter de la balade. Elle le suivit, marchant derrière la sihouette vacillante dont la vue l'emplissait de gêne. Elle se fit implorante. Son taux d'alcool dans le sang était trop élevé ; il était professeur de droit ; il allait tuer quelqu'un. Il accéléra le pas, un écart le rapprocha dangereusement du bord du trottoir dont il s'écarta en titubant. Il cria par-dessus son épaule qu'il conduisait mieux, bourré, qu'elle sans avoir bu. Elle se laissa distancer. Elle était déjà montée une fois en voiture avec lui, quand il était dans cet état, et savait ce qu'un ivrogne peut faire au volant d'une Porsche.

Il traversa la rue sans regarder, les mains dans les poches, comme s'il était sorti faire une petite promenade près de chez lui, avant d'aller se coucher. Il rata le bord du trottoir et s'étala de tout son long en lâchant une bordée de jurons. Il parvint à se relever avant qu'elle vienne à son aide. Il pesta et lui demanda de lui foutre la paix. Elle le supplia de lui donner les clés. Il la repoussa d'une bourrade et, avec un ricanement, lui souhaita de nouveau une bonne balade. Jamais, elle ne l'avait vu dans cet état. Ivre ou non, même en colère, il n'avait jamais porté la main sur elle.

A côté du parking se trouvait un bouge crasseux, aux fenêtres couvertes d'enseignes au néon vantant des marques de bière. Elle regarda par la porte ouverte, dans l'espoir de trouver de l'aide, mais se rendit compte que c'était idiot en constatant qu'il n'y avait à l'intérieur que des ivrognes.

– Thomas! hurla-t-elle en le voyant s'approcher de la Porsche. Je t'en prie! Laisse-moi conduire!

Elle resta sur le trottoir, comme enracinée.

Il continua de tituber vers la voiture, lui fit signe de partir et marmonna des choses incompréhensibles. Il ouvrit la portière, se baissa et disparut entre les voitures en stationnement. Le moteur démarra puis rugit.

Darby s'appuya au mur, à quelques mètres de la sortie du parking. Elle tourna la tête vers la rue, souhaitant presque voir apparaître une voiture de police. Elle préférait qu'il passe la nuit au poste plutôt qu'à la morgue.

Comme elle habitait trop loin pour rentrer à pied, elle allait attendre que la Porsche ait disparu, puis appellerait un taxi et refuserait de le voir pendant une semaine. Au moins une semaine. « Bonne balade », se répéta-t-elle. Il donna un nouveau coup d'accélérateur et fit crisser les pneus.

L'explosion la projeta sur le trottoir. Elle se retrouva à quatre pattes, la tête contre l'asphalte. Étourdie par le choc, elle perçut très vite la chaleur du brasier et vit une gerbe de petits débris enflammés retomber sur la chaussée. Elle tourna un regard horrifié vers le parking. Projetée en l'air, la Porsche avait fait un demi-tonneau avant de s'écraser sur le toit. Les pneus, les roues, les portières et les pare-chocs se détachèrent de la coque. La voiture, dévorée par les flammes, n'était plus qu'une boule de feu.

Darby s'élança en hurlant vers le brasier. Des débris continuaient à tomber autour d'elle et la chaleur la tenait à distance. Elle s'arrêta à une dizaine de mètres, les mains plaquées sur la bouche pour étouffer ses hurlements.

Une deuxième explosion retourna la voiture et le souffle repoussa Darby. Elle trébucha, sa tête heurta violemment le pare-chocs d'un autre véhicule. Quand son visage toucha le sol, elle le trouva brûlant et perdit connaissance.

Le bistrot se vida, les ivrognes s'agglutinèrent sur le trottoir, regardant la Porsche en feu. Deux d'entre eux essayèrent de s'approcher, mais la chaleur leur brûla le visage et les empêcha d'avancer. Une épaisse fumée noire s'élevait du brasier, deux autres voitures prirent feu en quelques secondes. Des cris de panique retentirent, des voix fusèrent en tous sens.

– A qui est cette voiture ?
– Appelez le 911 !
– Est-ce qu'il y avait quelqu'un à l'intérieur ?
– Appelez les pompiers !

On la tira en arrière par les coudes, au milieu de la foule rassemblée sur le trottoir. Elle répétait : « Thomas. Thomas. Thomas. » Quelqu'un apporta un linge mouillé et l'appliqua sur son front.

La foule continuait de grossir, l'agitation s'étendit dans la rue. Des sirènes. Elle entendit des sirènes en reprenant ses esprits. Elle sentit une bosse derrière sa tête et le contact d'un linge froid sur son visage. Elle avait la bouche sèche.

– Thomas, murmura-t-elle. Thomas.

– Tout va bien, tout va bien, murmura un Noir penché sur elle.

Il lui soutenait la tête et lui tapotait le bras. D'autres visages étaient baissés vers elle et elle vit des hochements de tête rassurants.

– Tout va bien.

Les hurlements des sirènes s'amplifièrent. Elle retira doucement le linge mouillé et s'efforça d'accommoder. Des lumières rouges et bleues clignotaient dans la rue. Le bruit des sirènes était assourdissant. Elle se releva à demi et on l'aida à s'adosser au mur du café, sous les enseignes lumineuses. Puis tout le monde recula, mais les regards restèrent braqués sur elle.

– Vous n'avez rien de cassé, mademoiselle ? demanda le Noir.

Incapable de répondre, elle ne fit même pas un effort pour essayer. Sa tête éclatait.

– Où est Thomas ? demanda-t-elle, les yeux fixés sur une fissure du trottoir.

Ils échangèrent des regards perplexes. La première voiture de pompiers freina à cinq ou six mètres d'elle et la foule s'écarta. Des hommes casqués, en uniforme, bondirent du véhicule et s'éparpillèrent dans toutes les directions.

– Où est Thomas ? répéta-t-elle.

– Qui est Thomas, mademoiselle ? demanda le Noir.

– Thomas Callahan, répondit-elle doucement, comme si tout le monde le connaissait.

– Il était dans la voiture ?

Elle hocha la tête, ferma les yeux. Outre les hurlements des sirènes lui parvenaient des cris affolés et les crépitements du feu. Cela sentait le brûlé.

Deux autres camions de pompiers s'arrêtèrent dans un grand fracas. Un policier se fraya un passage dans la foule.

– Police ! Écartez-vous ! Police !

Il joua des coudes jusqu'à ce qu'il découvre Darby. Il s'agenouilla devant elle et lui agita une plaque sous le nez.

– Bonjour, madame. Sergent Rupert, police de La Nouvelle-Orléans.

Darby entendit, mais n'eut aucune réaction. Le visage de ce Rupert, avec ses cheveux en broussaille, sa casquette de base-ball et son blouson noir et or des Saints, était à quelques centimètres du sien. Elle fixa sur lui un regard vide.

– C'est votre voiture, madame ? J'ai entendu quelqu'un dire que c'était votre voiture.

Elle secoua la tête en signe de dénégation.

Rupert la saisit sous les épaules pour la relever. Il lui parlait, lui demandait si elle se sentait bien tout en la forçant à se mettre debout et cela lui fit un mal de chien. Sa tête lui semblait éclatée, bousillée, elle était en état de choc, mais ce crétin n'en avait rien à faire. Elle se retrouva sur ses pieds, mais ses genoux refusaient de la porter et elle était toute molle. Il ne cessait de lui demander comment elle se sentait. Le Noir considérait le flic comme on regarde un fou.

Ses jambes soutinrent enfin Darby et elle traversa la foule avec Rupert pour passer derrière un camion de pompiers, faire le tour d'un second et arriver devant une voiture de police banalisée. La tête baissée, elle s'empêchait de regarder dans la direction du parking. Rupert parlait sans arrêt. Elle perçut le mot ambulance. Il ouvrit la portière avant et la fit asseoir avec précaution.

Un autre flic s'accroupit devant la portière ouverte et commença à la harceler de questions. Il portait un jean et des bottes de cow-boy, à bout pointu. Darby pencha le buste en avant et enfouit la tête dans ses mains.

— Je crois que j'ai besoin d'aide, dit-elle.

— Bien sûr, ma petite dame. Les secours sont en route. Juste deux ou trois questions. Comment vous appelez-vous ?

— Darby Shaw. J'ai la tête qui tourne et je me demande si je ne vais pas vomir.

— L'ambulance arrive. C'est votre voiture qui brûle ?

— Non.

Une autre voiture de police, avec des inscriptions, des insignes, des feux clignotants s'immobilisa dans un grand crissement de pneus devant celle de Rupert. Il disparut aussitôt. Le policier aux bottes de cow-boy claqua sa portière et elle se retrouva seule dans la voiture. Elle se plia en deux et vomit entre ses jambes. Elle se mit à pleurer. Elle avait froid. Elle baissa la tête, la posa sur le dossier du siège du conducteur et se roula en boule. Le silence. Puis le noir.

Quelqu'un frappait à la vitre, au-dessus de sa tête. Elle ouvrit les yeux, vit un homme en uniforme, coiffé d'une casquette portant un insigne. La portière était fermée.

— Ouvrez votre portière, madame !

Elle se redressa et ouvrit.

— Vous avez trop bu ? demanda l'homme.

— Non, répondit-elle d'une toute petite voix, le crâne parcouru de violents élancements.

— C'est votre voiture ? poursuivit l'homme en ouvrant entièrement la portière.

Elle se frotta les yeux. Son cerveau ne fonctionnait pas normalement.

– Est-ce votre voiture, madame?

– Non! lança-t-elle en le foudroyant du regard. C'est la voiture de Rupert.

– Très bien. Qui est ce Rupert?

Il ne restait plus qu'un seul camion de pompiers et la plupart des curieux s'étaient dispersés. L'homme devant la portière ne pouvait être qu'un policier.

– Le sergent Rupert, expliqua-t-elle. Un flic comme vous.

– Sortez de cette voiture, madame! lança-t-il, l'air furieux.

Darby sortit péniblement par l'autre portière et attendit sur le trottoir. Au loin un pompier continuait d'arroser la carcasse calcinée de la Porsche.

Un second policier vint rejoindre le premier et ils s'approchèrent d'elle.

– Comment vous appelez-vous? demanda le premier policier.

– Darby Shaw.

– Que faisiez-vous sans connaissance dans cette voiture?

– Je ne sais pas, répondit-elle en se retournant vers le véhicule. J'ai été assommée et Rupert m'a emmenée dans la voiture. Où est passé Rupert?

Les deux policiers se regardèrent.

– Mais qui est donc ce Rupert? demanda le premier.

La question la rendit folle furieuse et cette flambée de colère lui remit les idées en place.

– Rupert a dit qu'il était flic.

– Comment vous êtes-vous assommée? demanda le second policier.

Darby lui lança un regard noir et tendit le doigt vers le parking, de l'autre côté de la rue.

– J'aurais dû être dans la voiture qui a brûlé, dit-elle. Je n'y étais pas et je suis là, à écouter vos questions idiotes. Où est Rupert?

Les deux policiers se regardèrent avec perplexité.

– Restez là, ordonna le premier.

Il se dirigea vers une autre voiture de police devant laquelle un homme en complet s'adressait à un petit groupe. Ils échangèrent quelques mots à voix basse, puis le policier en tenue et l'homme en civil revinrent vers Darby.

– Je suis le lieutenant Olson, de la police de La Nou-velle-Orléans, dit l'homme en civil. Connaissiez-vous l'homme qui se trouvait dans cette voiture? poursuivit-il en montrant le parking.

Elle sentit ses genoux se dérober sous elle et se mordit les lèvres. Elle hocha la tête.

– Comment s'appelle-t-il?

– Thomas Callahan.

– C'est ce que nous a dit l'ordinateur, fit Olson en s'adressant au premier policier. Et maintenant, qui est ce Rupert?

– Il a dit qu'il était de la police! hurla Darby.

– Je suis désolé, dit Olson d'un ton compatissant. Nous n'avons personne de ce nom chez nous.

Elle sanglotait bruyamment. Olson l'aida à marcher jusqu'à la voiture de Rupert et la prit par les épaules tan-dis que ses pleurs s'apaisaient et qu'elle s'efforçait de retrouver son calme.

– Vérifie les plaques, ordonna Olson au second poli-cier en tenue qui nota rapidement le numéro minéralo-gique de la voiture.

Avec une légère pression de la main sur ses épaules, Olson regarda Darby dans les yeux.

– Étiez-vous avec Callahan?

Elle acquiesça de la tête. Quelques larmes coulaient encore sur ses joues. Olson lança un coup d'œil au pre-mier policier.

– Comment êtes-vous montée dans cette voiture? demanda-t-il d'une voix douce, en détachant les mots.

Elle s'essuya les yeux avec le doigt et leva la tête vers le lieutenant.

– Ce Rupert m'a dit qu'il était de la police, il m'a éloi-gnée du lieu de l'explosion pour m'amener ici. Il m'a fait asseoir dans la voiture et un second flic, qui portait des bottes de cow-boy, a commencé à me poser des questions. Quand une autre voiture de police est arrivée, ils ont dis-paru. Après, j'ai dû tomber dans les pommes. Je ne sais plus... J'aimerais voir un médecin.

– Va chercher ma voiture, dit Olson au policier qui restait.

Son collègue revint, l'air perplexe.

– Je n'ai pas trouvé trace de ce numéro minéralogique, dit-il. Probablement de fausses plaques.

Olson conduisit Darby vers sa voiture.

– Je l'emmène à Charity, dit-il à ses deux subordonnés. Finissez votre boulot et attendez-moi ici. Que personne ne s'approche de l'épave, nous l'examinerons plus tard.

Dans la voiture d'Olson, au milieu des crachotements de la radio, elle garda les yeux fixés sur le parking. Quatre véhicules avaient brûlé. De la Porsche retournée, il ne restait que des débris calcinés. Une poignée de pompiers et de secouristes étaient groupés à proximité. Un policier déroulait un ruban jaune pour isoler le parking.

Elle porta la main à la bosse de sa nuque. Pas de sang.

Olson claqua la portière et la voiture s'éloigna en direction de l'avenue Saint-Charles. Le gyrophare projetait ses éclairs bleus, mais Olson n'avait pas branché la sirène.

– Avez-vous envie de parler ? demanda-t-il.

– Oui, répondit-elle. Il est mort, n'est-ce pas ?

– Oui, Darby. Je suis navré. Si j'ai bien compris, il était seul dans la voiture.

– Oui.

– Comment vous êtes-vous blessée ?

Il lui tendit un mouchoir et elle s'essuya les yeux.

– Je suis tombée. Il y a eu deux explosions et je pense que la seconde m'a jetée à terre. Je ne me souviens de rien. Soyez gentil, dites-moi qui est ce Rupert.

– Pas la moindre idée. Je n'ai pas de collègue de ce nom et aucun flic d'ici ne porte des bottes de cow-boy.

Elle réfléchit pendant que la voiture parcourait plusieurs centaines de mètres.

– Quelle était la profession de Callahan ? reprit-il.

– Il était professeur de droit à Tulane. C'est là que je fais mes études.

– Qui aurait voulu le tuer ?

Elle secoua la tête en regardant les feux réglant la circulation.

– Vous êtes sûr que c'était prémédité ?

– Sans le moindre doute. On a utilisé un explosif très puissant. Nous avons trouvé un morceau de pied coincé entre les mailles d'un grillage, à vingt-cinq mètres du lieu de l'explosion. Oh ! excusez-moi ! Oui, Darby, il a été assassiné.

– On s'est peut-être trompé de voiture ?

– C'est toujours possible. Nous allons tout vérifier. Vous auriez dû être avec lui dans la voiture, si je ne me trompe ?

Elle essaya de parler, mais ne put retenir ses larmes. Elle enfouit son visage dans le mouchoir.

Il gara la voiture entre deux ambulances, près de l'entrée des urgences de l'hôpital et laissa le gyrophare allumé. Il l'aida à descendre et la conduisit dans la salle mal tenue où attendaient une cinquantaine de personnes plus ou moins blessées. Elle trouva un siège près du distributeur d'eau. Olson alla s'adresser à une femme derrière un guichet et il haussa la voix, mais Darby ne comprit pas ce qu'il disait. Un petit garçon au pied enveloppé dans une serviette tachée de sang pleurait sur les genoux de sa mère. Une jeune Noire était près d'accoucher. Il n'y avait ni médecin ni infirmière. Personne ne semblait pressé.

Olson vint s'accroupir devant elle.

– Il n'y en a que pour quelques minutes. Ne bougez pas. Je vais déplacer la voiture et je reviens. Vous avez envie de parler ?

– Oui, bien sûr.

Il quitta la salle. Elle vérifia de nouveau s'il y avait du sang, n'en trouva pas. La porte à deux battants s'ouvrit toute grande et deux infirmières revêches s'avancèrent vers la jeune Noire. Elles l'entraînèrent sans ménagement et disparurent dans le couloir.

Darby attendit un peu, puis les suivit. Avec ses yeux rougis par les larmes et son mouchoir elle pouvait passer pour la mère d'un enfant accidenté. Un désordre indescriptible régnait dans le couloir où s'agitaient infirmières et aides soignantes au milieu des gémissements des patients. Elle aperçut un écriteau SORTIE. Elle franchit une porte, déboucha dans un autre couloir et poussa une seconde porte qui donnait sur une plate-forme de chargement. L'allée devant elle était éclairée. Ne cours pas ; sois forte ; tout va bien ; personne ne te regarde. Elle se retrouva dans la rue, marchant d'un pas vif. L'air frais séchait ses larmes. Elle ne voulait plus pleurer.

Olson allait prendre son temps et, à son retour, il penserait qu'on l'avait appelée et qu'elle recevait des soins. Il attendrait. Longtemps.

Elle tourna dans plusieurs rues et reconnut Rampart Street. Le Vieux Carré était juste devant. Maintenant, on ne la retrouverait plus. Il y avait des passants dans Royal Street, des touristes qui rentraient en flânant. Elle se sentit plus en sécurité. Elle entra dans le Holiday Inn et paya avec sa carte de crédit une chambre au cinquième étage. Après avoir mis le verrou et la chaîne à la porte, elle se recroquevilla sur le lit, toutes lumières allumées.

La riche Mme Verheek tourna son corps replet vers le bord du lit et décrocha.

– C'est pour toi, Gavin! cria-t-elle en direction de la salle de bains.

Gavin sortit, la moitié du visage couverte de mousse à raser et saisit le combiné tandis que son épouse s'enfonçait au plus profond du lit. Comme une truie se vautrant dans la gadoue, songea-t-il.

– Allô! fit-il sèchement.

C'était une voix de femme qu'il ne connaissait pas.

– Darby Shaw à l'appareil. Savez-vous qui je suis?

Il ne put s'empêcher de sourire en se représentant fugitivement la jeune femme en string sur une plage de Saint-Thomas.

– Oui. Je pense que nous avons un ami commun.

– Avez-vous pris connaissance de l'hypothèse que j'ai avancée?

– Oui, oui. Le mémoire du Pélican, comme nous l'avons baptisé.

– Qui, nous?

Gavin s'installa dans un fauteuil, près de la table de nuit. Ce n'était pas par politesse qu'elle appelait.

– Pourquoi téléphonez-vous, Darby?

– Je cherche des réponses, monsieur Verheek. Je suis terrifiée.

– Appelez-moi Gavin.

– D'accord, Gavin. Où se trouve le mémoire en ce moment?

– Ici et là. Que se passe-t-il?

– Je vous répondrai dans une minute. Expliquez-moi d'abord ce que vous avez fait du mémoire.

– Eh bien, je l'ai lu, puis je l'ai transmis à un autre service, il a circulé de main en main pour finir sur le bureau du directeur qui l'a trouvé intéressant.

– Qui d'autre que des agents du FBI l'a vu?

– Je ne peux pas répondre à cette question, Darby.

– Dans ce cas, je ne vous dirai pas ce qui est arrivé à Thomas.

Verheek prit une minute de réflexion. Elle attendit patiemment.

– Très bien, dit-il enfin. Oui, des gens qui ne font pas partie du FBI l'ont vu. Mais je ne sais ni qui ni combien.

– Il est mort, Gavin. Il a été assassiné cette nuit, vers 10 heures. Quelqu'un a fait exploser la voiture dans laquelle nous aurions dû être tous les deux. J'ai eu beaucoup de chance de m'en sortir, mais ils sont après moi.

Penché au-dessus du téléphone, Verheek prenait fébrilement des notes.

– Êtes-vous blessée ?
– Physiquement, tout va bien.
– Où êtes-vous ?
– A La Nouvelle-Orléans.
– En êtes-vous certaine, Darby ? Oui, naturellement, vous en êtes certaine... Mais, enfin, merde, qui a pu vouloir le tuer ?
– J'ai rencontré au moins deux personnes cette nuit.
– Comment avez...
– C'est une longue histoire. Qui a lu ce mémoire, Gavin ? Thomas vous l'a remis lundi, dans la soirée. Il est passé de main en main, dites-vous, et, quarante-huit heures plus tard, Thomas est tué. Et j'aurais dû l'être, moi aussi, dans l'explosion. Vous ne croyez pas que le mémoire est tombé en de mauvaises mains ?
– Êtes-vous en danger ?
– Comment le saurais-je ?
– Où êtes-vous ? Quel est votre numéro de téléphone ?
– Pas si vite, Gavin ! J'avance pas à pas. Je vous appelle d'une cabine, alors, ne faites pas le malin.
– Allons, Darby ! Faites-moi confiance ! Thomas Callahan était mon meilleur ami. Vous devez vous en remettre à nous.
– Ce qui signifie ?
– Écoutez, Darby, donnez-moi un quart d'heure et une dizaine de nos agents passeront vous prendre. Je sauterai dans un avion et j'arriverai avant midi. Vous ne pouvez pas rester dans la rue.
– Pourquoi, Gavin ? Qui me recherche ? Expliquez-moi !
– Je vous expliquerai en arrivant.
– Je ne sais pas. Thomas est mort, parce qu'il vous a parlé. Pour le moment, je n'ai pas très envie de vous rencontrer.
– Je ne sais qui est responsable ni pourquoi, Darby, mais je vous assure que vous êtes dans une situation très dangereuse. Nous avons les moyens de vous protéger.
– Plus tard, peut-être.

Il inspira longuement et s'assit sur le bord du lit.

– Vous pouvez me faire confiance, Darby.

– D'accord, je vous fais confiance. Mais qui sont les autres? Cette affaire a pris des proportions inquiétantes. On dirait que mon petit mémoire a déplu à quelqu'un.

– A-t-il souffert?

Elle eut une seconde d'hésitation.

– Je ne pense pas, répondit-elle d'une voix blanche.

– Voulez-vous me rappeler dans deux heures? Au bureau. Je vais vous donner un numéro.

– Donnez toujours, je vais réfléchir.

– Je vous en prie, Darby! Dès mon arrivée, je demanderai à voir le directeur. Rappelez-moi à 8 heures, heure de la Louisiane.

– Donnez-moi ce numéro.

L'explosion avait eu lieu trop tard pour que la nouvelle figure dans l'édition du jeudi matin du *Times-Picayune*. Darby feuilleta fébrilement le quotidien dans sa chambre d'hôtel. Pas une ligne. Elle alluma le téléviseur et vit un reportage en direct montrant la Porsche calcinée sur le parking, au milieu des débris, protégée par des rubans jaunes. La police retenait la thèse de l'homicide. Pas de suspects. Pas de commentaire. Puis le nom de la victime, Thomas Callahan, un universitaire en vue, professeur de droit à Tulane, âgé de quarante-cinq ans. Le doyen apparut en gros plan, un micro sous le nez, et parla de Callahan et de sa disparition bouleversante.

La disparition bouleversante, la fatigue, la peur, le chagrin; Darby enfouit la tête dans l'oreiller. Elle ne supportait pas de pleurer et se promit que ses larmes étaient les dernières qu'elle versait. Trop d'affliction ne pouvait entraîner que sa propre mort.

16

Certes, cette crise était une aubaine, les sondages continuaient à grimper, Rosenberg avait disparu, l'image de marque du Président se trouvait rehaussée dans une Amérique satisfaite de savoir qu'il tenait fermement les rênes du pouvoir, les démocrates se faisaient tout petits, la réélection était dans la poche. Mais il en avait marre de cette crise et des réunions matutinales qu'elle provoquait. Marre de F. Denton Voyles, de sa suffisance et de son arrogance, marre de voir ce petit bonhomme courtaud, enveloppé dans un trench-coat froissé, regarder par la fenêtre pendant qu'il s'adressait au président des États-Unis. Voyles allait arriver d'une minute à l'autre pour une de ces réunions fixées avant le petit déjeuner, où, dans une atmosphère tendue, il ne révélait qu'une partie de ce qu'il savait.

Oui, le Président en avait marre d'être tenu dans l'ignorance, de se contenter de bribes d'informations que Voyles condescendait à lui jeter. De son côté, Gminski lui en jetait aussi quelques-unes et il était censé satisfaire sa curiosité de ces miettes. A côté d'eux, il ne savait rien. Par bonheur, il avait Coal pour éplucher leurs paperasses, pour s'en souvenir et s'assurer qu'ils jouaient franc jeu.

Mais il en avait marre de Coal aussi, de ce travailleur infatigable, de cette intelligence infaillible, de sa propension à commencer chaque journée quand le soleil était encore au-dessus de l'Atlantique et à programmer chaque minute de chaque heure, jusqu'à ce que le soleil soit passé au-dessus du Pacifique. Après quoi, Coal emportait chez lui un plein carton de papiers qu'il lirait, déchiffrerait et

138

classerait avant de revenir, quelques heures plus tard, repu par le fatras qu'il venait de dévorer. Quand Coal était fatigué, il dormait cinq heures par nuit, en règle générale, trois ou quatre lui suffisaient. Il quittait chaque soir son bureau de l'aile ouest à 23 heures et lisait dans sa limousine pendant tout le trajet ; le moteur avait à peine eu le temps de refroidir qu'il remontait en voiture pour reprendre la route de la Maison-Blanche. Il considérait comme une honte d'arriver à son bureau après 5 heures du matin et estimait que, s'il était capable de travailler cent vingt heures par semaine, tout le monde pouvait en faire au moins quatre-vingts. C'est ce qu'il exigeait des autres. Au bout de trois ans, il était devenu impossible de tenir le compte des fonctionnaires de la Maison-Blanche virés par Coal, parce qu'ils ne tenaient pas le rythme de quatre-vingts heures de travail hebdomadaires. Il y avait, au moins trois fois par mois, une nouvelle victime.

Pour Coal, les plus beaux matins étaient ceux où, dans une atmosphère tendue, se tenait une réunion orageuse. Depuis une semaine, ses relations empoisonnées avec Voyles le stimulaient tout particulièrement. Debout dans le Bureau ovale où deux secrétaires s'affairaient, il parcourait le courrier tandis que le Président feuilletait le *Washington Post*.

Le Président le regardait à la dérobée. Complet noir impeccable, chemise blanche, cravate de soie rouge, un peu trop de gomina sur les cheveux, juste au-dessus des oreilles. Il en avait par-dessus la tête de lui, mais tout s'arrangerait quand la crise serait terminée et qu'il pourrait se remettre au golf, laissant Coal régler les détails. Il se dit que, lui aussi, à trente-sept ans, possédait ce dynamisme et cette énergie inépuisables, mais il n'était pas dupe.

Coal claqua des doigts et tourna un regard menaçant vers les secrétaires qui s'éclipsèrent sans demander leur reste.

— Il vous a donc dit qu'il refusait de venir si j'étais présent, fit Coal, le sourire aux lèvres. C'est à mourir de rire.

— Je crois qu'il ne vous aime pas beaucoup, dit le Président.

— Il n'aime que les gens qu'il peut écraser.

— Je pense qu'il va falloir être très gentil avec lui.

— Vous devez être très clair, poursuivit Coal, il faut

qu'il laisse tomber. Cette hypothèse est si fragile que c'en est risible, mais, entre ses mains, cela peut s'avérer dangereux.

– Qu'est devenue la petite étudiante ?

– Nous enquêtons, mais elle semble inoffensive.

Le Président se leva et s'étira. Coal fourragea dans les papiers. L'interphone bourdonna et une secrétaire annonça Voyles.

– Je vous laisse, dit Coal.

Il allait écouter et regarder un peu plus loin. Sur ses instances, trois caméras en circuit fermé avaient été placées dans le Bureau ovale. Les moniteurs se trouvaient dans l'aile ouest, dans une petite pièce toujours fermée dont il était le seul à détenir la clé. Sarge connaissait la destination de cette pièce, mais ne s'était pas donné la peine d'y entrer. Pourtant, l'existence de ces caméras invisibles était censée être top secret.

Le Président était rassuré de savoir que Coal allait voir le déroulement de l'entrevue. Il accueillit Voyles à la porte avec une chaleureuse poignée de main et le conduisit vers le canapé pour une discussion tout à fait amicale. Voyles n'était pas dupe ; il savait que Coal devait écouter. Et regarder.

En gage de bonne volonté, il enleva son trench-coat et le posa sur un fauteuil. Il refusa le café qu'on lui proposait.

Le Président croisa les jambes. Il portait le même cardigan marron que lors de son allocution télévisée.

– Denton, commença-t-il du ton grave du patriarche, je tiens à m'excuser pour Fletcher Coal. Il manque de délicatesse.

Voyles acquiesça d'un léger signe de tête. Quel imbécile ! Il y avait assez de micros et de fils électriques dans ce bureau pour électrocuter la moitié des bureaucrates de Washington. Coal était tapi quelque part au sous-sol et écoutait le Président parler de son manque de délicatesse.

– C'est vrai qu'il peut se conduire comme un âne bâté, grogna Voyles.

– C'est vrai, je dois le tenir à l'œil. Il est très intelligent, c'est un bourreau de travail, mais il a tendance à en faire un peu trop.

– C'est une ordure et je n'hésiterai pas à le lui dire en face, poursuivit Voyles en levant les yeux vers le portrait de Thomas Jefferson au-dessus duquel une caméra enregistrait toute la scène.

– Bon, eh bien, je vais faire en sorte qu'il ne soit pas dans vos pattes jusqu'à la fin de cette affaire.

– Bonne idée.

Le Président but lentement une gorgée de café en réfléchissant à ce qu'il allait dire. Voyles n'avait pas la réputation d'être causant.

– J'ai un service à vous demander.

– Oui, monsieur, fit Voyles en posant sur lui un regard impassible.

– J'ai besoin de précisions sur cette hypothèse du Pélican. L'idée paraît saugrenue, mais mon nom y est quand même mentionné, non ? J'aimerais savoir si vous la prenez en considération.

Voilà qui est amusant, songea Voyles en réprimant un sourire. Le mémoire a donc fait mouche ; le Président et Coal ont la pétoche. Ils en ont pris connaissance le mardi, ont passé la journée du lendemain à se faire du mouron et, dès le jeudi matin, les voilà qui implorent des détails sur ce qui pouvait passer pour une farce d'étudiant.

– Nous enquêtons, monsieur le Président.

C'était un mensonge, mais comment le Président aurait-il pu le savoir ?

– Nous suivons toutes les pistes, reprit Voyles, nous ne négligeons aucun suspect. Je ne vous aurais rien fait parvenir si ce n'était pas sérieux.

Les rides se creusèrent sur le front présidentiel et Voyles se retint de rire.

– Qu'avez-vous appris ?

– Pas grand-chose, mais l'enquête ne fait que commencer. Nous avons reçu le mémoire il y a quarante-huit heures et j'ai quatorze agents sur l'affaire, à La Nouvelle-Orléans. Des vérifications de routine.

Son mensonge avait un tel accent de vérité qu'il imagina Coal en train de s'étouffer de rage.

Quatorze ! Le Président reçut la nouvelle avec la violence d'un coup de poing ; il se redressa et posa sa tasse sur une table. Quatorze agents fédéraux furetaient dans les coins, montraient leur plaque, posaient des questions. La découverte du pot aux roses n'était plus qu'une question de temps.

– Quatorze, dites-vous. En effet, cela paraît sérieux.

– Nous prenons cela très au sérieux, monsieur le Président, fit Voyles d'un ton sévère. Les assassinats remontent à une semaine et les recherches piétinent.

Nous mettons les bouchées doubles dès qu'une piste se présente. Mes hommes travaillent jour et nuit.

— Je comprends, mais quel crédit accordez-vous à cette hypothèse ?

Cela devenait de plus en plus drôle. Le mémoire n'avait pas encore été transmis à La Nouvelle-Orléans. En réalité, le bureau de La Nouvelle-Orléans n'avait même pas été prévenu! Il avait seulement demandé à Eric East de leur envoyer une copie et de se renseigner discrètement. Ce ne serait qu'une fausse piste, comme la centaine d'autres qu'ils suivaient.

— Je doute que cela nous mène quelque part, monsieur le Président, mais il nous incombe de le vérifier.

Le front du Président se détendit, l'ombre d'un sourire joua sur ses lèvres.

— Je n'ai pas besoin de vous rappeler, Denton, que cette bêtise pourrait nous faire du tort si, d'aventure, la presse venait à l'apprendre.

— Nous tenons la presse à l'écart de nos recherches, monsieur.

— Je sais, la question n'est pas là. J'aimerais simplement que vous ne donniez pas suite à cette hypothèse. Ce que je veux dire, c'est que c'est ridicule et que je risque d'être éclaboussé. Vous me comprenez, n'est-ce pas ?

— Êtes-vous en train de me demander de renoncer à enquêter sur un suspect ? lança Voyles sans ambages.

Coal se pencha vers son écran. Non! Ce que je vous demande, c'est de ne pas vous occuper de ce fichu mémoire! Il faillit le crier. S'il était en face de lui, il le dirait à Voyles sans mâcher ses mots, il lui mettrait les points sur les i et lui en flanquerait une, à ce poussah, s'il la ramenait! Mais il était enfermé dans cette pièce, loin de l'action, et, dans l'immédiat, c'était préférable.

Le Président changea de position et recroisa les jambes.

— Allons, Denton, vous me comprenez. Vous pouvez espérer prendre de plus gros poissons. La presse est à l'affût de vos faits et gestes et brûle de savoir sur qui portent les soupçons. Vous les connaissez et je n'ai pas besoin de vous rappeler que je ne compte pas que des amis dans cette corporation. Même mon propre attaché de presse ne peut me voir en peinture. Ha, ha! gardez-le donc sous le coude pendant un certain temps. Laissez tomber et occupez-vous des vrais suspects. Même si ce n'est qu'une plaisanterie, elle pourrait me causer beaucoup de tort.

Voyles fixa sur lui un regard dur, implacable. Le Président changea de nouveau de position.

– Et la piste Khamel? reprit-il. Cela semble intéressant, non?

– C'est possible.

– Oui. A propos de chiffres, combien d'hommes avez-vous mis sur Khamel?

– Quinze, répondit Voyles en faisant un violent effort pour ne pas éclater de rire.

Le Président resta coi. Le suspect numéro un avait quinze agents sur le dos et ce fichu mémoire presque autant!

Coal sourit en secouant la tête. Voyles s'empêtrait dans ses mensonges. Au bas de la page quatre du rapport de la veille, Eric East et K.O. Lewis avaient indiqué trente agents, pas quinze. Détendez-vous, murmura Coal à l'adresse de son patron, en se penchant vers l'écran. Il est en train de jouer avec vous comme le chat avec la souris.

Mais le Président était loin d'être détendu.

– Bon Dieu, Denton, pourquoi pas plus de quinze? Je croyais que cette piste était à prendre très au sérieux.

– Ils sont peut-être plus nombreux. C'est moi qui ai la responsabilité de l'enquête, monsieur le Président.

– Je sais et vous faites du bon boulot. Je ne veux pas me mêler de ce qui ne me regarde pas. Je vous demande seulement de concentrer vos efforts dans d'autres directions. C'est tout. J'ai failli dégobiller en lisant ce mémoire. Si la presse en prenait connaissance et se mettait à fouiner partout, je serais cloué au pilori.

– Vous me demandez donc de laisser tomber?

Le Président se pencha vers Voyles, l'air farouche.

– Je ne vous demande rien, Denton, je vous donne l'ordre de ne plus vous en occuper. Gardez le mémoire sous le coude une quinzaine de jours. Envoyez vos hommes ailleurs. Si jamais il se confirme qu'il y a anguille sous roche, vous reprendrez votre enquête. C'est encore moi qui commande ici, ne l'oubliez pas!

Voyles s'inclina avec un petit sourire.

– J'ai quelque chose à vous demander en échange, dit-il. Fletcher Coal, votre éminence grise, m'a fait porter le chapeau devant la presse. On m'a descendu en flamme au sujet des mesures de sécurité que nous avions prises pour assurer la protection de Rosenberg et Jensen.

Le Président hocha gravement la tête.

– Demandez à votre bouledogue de me foutre la paix, de ne plus s'approcher de moi et j'oublie le mémoire.

– Je ne fais pas de marché.

Voyles eut un ricanement de mépris, mais conserva son calme.

– Très bien, dit-il, j'expédie dès demain cinquante agents à La Nouvelle-Orléans. Et cinquante autres le lendemain. Ils passeront leur temps à brandir leur plaque sous le nez des gens et feront tout leur possible pour attirer l'attention sur eux.

Le Président se leva d'un bond et s'avança rapidement vers les fenêtres donnant sur la Roseraie. Voyles, immobile dans son fauteuil, attendit la suite.

– D'accord, d'accord! Marché conclu! Je vais demander à Coal de vous laisser tranquille.

Voyles se leva à son tour et s'approcha du bureau.

– Je n'ai pas confiance en lui et s'il se manifeste une seule fois pendant cette enquête, notre accord sera rompu et je suivrai la piste du mémoire en employant tous les moyens dont je dispose.

– C'est d'accord, lança le Président en levant les mains et en souriant de toutes ses dents.

Voyles souriait, le Président souriait et, dans son réduit, Fletcher Coal souriait devant son écran. Éminence grise. Bouledogue. Il était radieux. C'est avec ce genre d'expressions que l'on écrit l'Histoire.

Il éteignit les écrans et sortit en donnant un tour de clé. Ils en avaient encore pour dix minutes à discuter des enquêtes sur les antécédents des candidats; il écouterait dans son bureau, où il avait le son mais pas l'image. Il devait participer à 9 heures à une réunion du personnel, puis, à 10 heures, signifier son congé à quelqu'un, après quoi il ferait un peu de dactylographie. Pour la plupart de ses mémorandums, Coal utilisait un dictaphone et remettait la bande à une secrétaire, mais, de temps à autre, il estimait nécessaire de recourir à un mémo fantôme. Ces notes, toujours très controversées, circulaient dans toute l'aile ouest et finissaient en général par être divulguées aux journalistes. Comme elles n'étaient pas signées, elles traînaient sur tous les bureaux. Coal s'emportait et accusait tout le monde. Il lui était arrivé de virer des fonctionnaires à cause de ces mémos fantômes qui, tous, provenaient de sa machine à écrire.

Le dernier, un seul feuillet comportant quatre paragraphes à simple interligne, résumait ce qu'il savait sur Khamel et son départ en avion de Washington. Il y avait ajouté quelques vagues allusions aux Libyens et aux Palestiniens. Coal admira son œuvre, se demandant combien de temps s'écoulerait avant que ce mémo ne soit publié par le *Washington Post* ou le *New York Times*. Il s'amusa à faire un pari sur celui des deux grands quotidiens qui le passerait le premier.

Le directeur du FBI était à la Maison-Blanche d'où il partirait directement prendre un avion pour New York. Il ne reviendrait que le lendemain. Gavin mit le siège devant le bureau de K.O. Lewis, attendant qu'une occasion se présente. Il finit par arriver à ses fins.

— Tu as l'air d'avoir peur, fit Lewis, manifestement irrité, mais toujours courtois.

— Je viens de perdre mon meilleur ami.

Lewis attendit des précisisons.

— Il s'appelait Thomas Callahan. C'est ce prof de Tulane qui m'a remis le mémoire du Pélican, celui qui a circulé chez nous avant d'être transmis à la Maison-Blanche et Dieu sait où. Mon ami est mort dans l'explosion de sa voiture, la nuit dernière, à La Nouvelle-Orléans. Un attentat.

— Je suis navré.

— La question n'est pas là. La bombe était à l'évidence destinée à éliminer en même temps Thomas Callahan et Darby Shaw, l'auteur du mémoire.

— J'ai vu son nom sur la couverture.

— Exact. Ils sortaient ensemble et auraient dû se trouver tous deux dans la voiture quand elle a explosé. Elle a échappé à l'attentat. J'ai été réveillé par un coup de téléphone à 5 heures du matin : c'était elle, absolument terrifiée.

Lewis écoutait, mais son attention s'était déjà relâchée.

— Tu ne peux pas être certain que c'était une bombe.

— Elle me l'a affirmé. Il y a eu un grand boum et tout a explosé. Ce dont je suis certain, c'est qu'il est mort.

— Et tu penses qu'il peut y avoir un lien entre cet attentat et le mémoire ?

Gavin était un juriste, peu versé dans l'art de l'enquête policière, et il ne voulait pas paraître trop crédule.

— C'est possible... Oui, je pense. A ton avis ?

– Aucune importance, Gavin. Je viens d'avoir Voyles au téléphone : la chasse au pélican vient de fermer. Je ne suis même pas sûr qu'elle ait jamais été ouverte, en tout cas, nous ne nous en occupons plus.

– Mon meilleur ami a été tué dans l'explosion de sa voiture !

– Désolé. Je suis sûr que les autorités de Louisiane font leur boulot.

– C'est une faveur que je te demande.

– Je n'ai pas de faveur à accorder, Gavin. Nous avons assez de pain sur la planche et, si le directeur nous dit d'arrêter, nous arrêtons. Tu es libre de lui parler, mais je ne te le conseille pas.

– Je n'ai pas dû m'y prendre comme il fallait. Je croyais que tu m'écouterais et que tu ferais au moins semblant d'être intéressé.

– Gavin, tu as mauvaise mine, lança Lewis en faisant le tour de son bureau. Tu peux prendre ta journée.

– Non. Je vais regagner mon bureau, attendre une heure, puis je reviendrai ici et nous recommencerons tout. Veux-tu faire un nouvel essai dans une heure ?

– Inutile, Gavin. Voyles a été très clair.

– La fille aussi. Mon ami a été assassiné et maintenant, Darby se cache à La Nouvelle-Orléans, elle est morte de peur, elle nous appelle à son secours et nous sommes trop occupés pour l'aider.

– Sincèrement désolé.

– Non, tu ne l'es pas. Dire que tout cela est ma faute. J'aurais mieux fait de jeter aux ordures cette saleté de mémoire.

– Non, Gavin, il nous a été très utile.

Lewis posa la main sur son épaule, comme pour indiquer que l'entretien touchait à sa fin et qu'il commençait à se lasser de ces sornettes. Gavin se dégagea brusquement et se dirigea vers la porte.

– C'est ça, je vous ai donné quelque chose pour vous amuser. J'aurais dû tout brûler.

– Cela a trop de valeur pour être brûlé, Gavin.

– Je ne renonce pas. Je serai de retour dans une heure et nous reprendrons tout depuis le début. Cela n'aurait pas dû se passer comme ça, ajouta Verheek avant de claquer la porte.

Elle entra chez Rubinstein Brothers, dans Canal Street, et se glissa entre les présentoirs de chemises pour hommes. Personne ne la suivait. Elle choisit rapidement une parka marine, des lunettes d'aviateur unisexe et une casquette, pour homme, mais qui lui allait bien. Elle régla ses achats avec une carte de crédit. Tandis que la vendeuse attendait que la carte passe, elle enleva les étiquettes et enfila la parka. Celle-ci était ample, flottante, dans le style des vêtements que Darby portait à la fac. Elle rentra ses cheveux sous le col montant. La vendeuse l'observait discrètement. Elle ressortit dans Magazine Street et se fondit dans la foule.

Au moment où elle débouchait dans Canal Street, un car déversa sa cargaison de passagers qui s'engouffrèrent dans le Sheraton. Elle se joignit à eux, traversa le hall en direction des téléphones publics, chercha le numéro et appela Mme Chen, sa logeuse qui habitait l'appartement contigu. Darby demanda si elle avait vu ou entendu quelque chose. Oui, très tôt, on avait frappé à sa porte. Il faisait encore nuit, mais le bruit l'avait réveillée. Elle n'avait vu personne, juste entendu taper. Oui, sa voiture était encore dans la rue. Tout va bien, mademoiselle ? Oui, tout va bien, merci.

Darby regarda les touristes, puis appela Gavin au FBI, au numéro qu'il lui avait donné. Après avoir refusé pendant trois minutes de donner son nom et répété celui de Gavin, elle finit par avoir gain de cause.

– Où êtes-vous ? demanda-t-il.

– Je vais vous expliquer quelque chose : j'ai décidé pour l'instant de ne dire ni à vous ni à quiconque où je me trouve. Ce n'est pas la peine de le demander.

– D'accord. C'est vous qui menez le jeu.

– Merci. Qu'a dit M. Voyles ?

– Il était à la Maison-Blanche et je n'ai pu le joindre. J'essaierai de lui parler dans le courant de la journée.

– Je ne vous félicite pas, Gavin. Vous êtes au bureau depuis près de quatre heures et vous n'avez absolument pas avancé. Je m'attendais à mieux de votre part.

– Un peu de patience, Darby.

– Cette patience me coûtera la vie. Ils sont à mes trousses, n'est-ce pas, Gavin ?

– Je ne sais pas.

– Que feriez-vous à ma place, sachant que j'aurais dû être assassinée comme les deux membres de la Cour suprême, qu'on a fait sauter la voiture d'un petit prof de droit et qu'on dispose de milliards de dollars qu'on n'hésite pas à employer pour semer des cadavres ? Que feriez-vous, Gavin ?

– Je m'adresserais au FBI.

– C'est ce que Thomas a fait et il en est mort.

– Merci, Darby. Ce n'est pas juste de dire ça.

– Peu importe ce qui est juste, peu importe ce que j'éprouve. La seule chose qui compte pour moi, c'est de rester en vie jusqu'à midi.

– Ne rentrez pas chez vous.

– Pas si bête ! Ils sont déjà passés et je suis sûre qu'ils surveillent l'appartement de Thomas.

– Où est sa famille ?

– Ses parents vivent à Naples, Floride. Je suppose que l'université les préviendra. Je n'en sais rien. Il a un frère à Mobile et j'avais pensé l'appeler pour essayer d'expliquer ce qui se passe.

Un visage attira son attention. Un individu s'était mêlé au groupe de touristes massés devant la réception et tenait un journal plié à la main. Il affectait la nonchalance, mais sa démarche était un peu hésitante et ses yeux allaient et venaient en tous sens. C'était un visage en lame de couteau, avec des lunettes rondes et un front luisant de sueur.

– Écoutez-moi bien, Gavin, et notez ce que je vous dis ! Je reconnais un homme que j'ai déjà vu, il y a peu de temps, pas plus d'une heure... Un mètre quatre-vingt-huit ou dix, maigre, des lunettes, une trentaine d'années, front dégarni, cheveux bruns. Il est parti... Ça y est, il est parti.

– Qui est-ce ?

– Désolée, on ne nous a pas présentés !

– Est-ce qu'il vous a vue ? Dites-moi où vous êtes !

– Dans le hall d'un hôtel. Je ne sais pas s'il m'a vue. Je fiche le camp en vitesse.

– Darby ! Écoutez-moi ! Où que vous alliez, restez en contact avec moi. D'accord ?

– J'essaierai.

Les toilettes étaient juste à l'angle. Elle s'y enferma et attendit une heure.

17

Le photographe s'appelait Croft. Il avait collaboré sept ans au *Washington Post*, mais sa troisième condamnation pour une affaire de stupéfiants lui avait valu neuf mois de détention. Depuis sa libération conditionnelle, il travaillait en free-lance et s'était inscrit sous cette rubrique dans les pages jaunes de l'annuaire. Le téléphone ne sonnait pas souvent. Son boulot consistait en partie à photographier discrètement des gens ignorant qu'ils faisaient l'objet d'une surveillance. La plupart de ses clients étaient des avocats spécialistes du divorce, qui avaient besoin de produire des clichés compromettants devant la justice. Au bout de deux ans, Croft avait appris quelques trucs du métier et se considérait maintenant comme un privé, certes minable, à part entière. Il prenait quarante dollars de l'heure, quand on les lui donnait.

Il avait aussi pour client Gray Grantham, un vieux copain du journal qui l'appelait quand il voulait des choses pas très propres. Grantham était un journaliste sérieux, respectueux de l'éthique professionnelle, juste un peu fouineur sur les bords, qui faisait appel à lui quand il avait un sale boulot. Il aimait bien Grantham, car il ne cachait pas que le boulot n'était pas très propre. Les autres étaient tellement hypocrites.

Il avait emprunté la Volvo de Grantham, car elle avait un téléphone. Il était midi, il fumait un joint en guise de déjeuner et se demandait si l'odeur disparaîtrait une fois baissées toutes les vitres. Il travaillait mieux à moitié défoncé. Quand on passe ses journées devant des motels, il vaut mieux être défoncé.

Des bouffées d'air venant du côté passager chassaient la fumée vers Pennsylvania Avenue. Fumer un joint dans une voiture en stationnement était interdit, mais il n'était pas vraiment inquiet. Il avait moins de trente grammes sur lui et son agent de probation fumait lui aussi. Pourquoi s'en faire ?

La cabine téléphonique était à cent cinquante mètres, sur le trottoir, à une certaine distance de la chaussée. Avec le téléobjectif, il aurait presque pu lire l'annuaire posé sur la tablette. Du gâteau. Dans la cabine, une grosse dame occupait tout l'espace et parlait avec les mains. Croft tira sur son joint et jeta un coup d'œil dans le rétroviseur pour s'assurer qu'il n'y avait pas de flics en vue. Il y avait de la circulation sur cette avenue et une voiture en stationnement interdit risquait d'être emmenée à la fourrière.

A midi vingt, la grosse dame s'extirpa de la cabine et un jeune homme bien habillé, qu'il n'avait pas remarqué, se glissa à l'intérieur et referma la porte. Croft prit son Nikon et posa l'objectif sur le volant. Il faisait frais, le soleil brillait et le trottoir grouillait de monde. Les épaules et les têtes défilaient à vive allure. Un trou dans la foule, un cliché. Un trou, un cliché. Le sujet composait un numéro en jetant des coups d'œil inquiets. C'était leur homme.

Il parla trente secondes, le téléphone de la voiture sonna trois fois. C'était le signal de Grantham qui le prévenait depuis le journal. C'était bien leur homme et il continuait à parler. Croft mitrailla la cabine. Prends tout ce que tu peux, lui avait dit Grantham. Un trou dans la foule. Clic ! Clac ! Des têtes et des épaules. Un nouveau trou. Clic ! Clac ! L'homme continuait à lancer autour de lui des regards rapides, mais le dos tourné à la rue. Gros plan de visage. Clic ! Croft termina un rouleau de trente-six poses en deux minutes, puis saisit un autre Nikon. Il vissa le téléobjectif et attendit qu'un groupe soit passé sur le trottoir.

Il tira la dernière bouffée et jeta le reste du pétard par la vitre. C'était si facile. Bien sûr, il fallait du talent pour capturer la vérité d'un visage en studio, mais ce travail dans la rue était bien plus marrant. Il y avait une véritable jouissance dans le fait de prendre en cachette des clichés d'un visage.

Le sujet n'était pas très bavard. Il raccrocha, parcourut

nerveusement le trottoir du regard, ouvrit la porte de la cabine, lança encore quelques coups d'œil alentour et se dirigea vers Croft. Clic! Clac! Clic! Clac! Gros plan de visage. Plan moyen. Il hâtait le pas, se rapprochait. Magnifique! Magnifique! Croft mitrailla fébrilement, puis, au dernier moment, posa le Nikon sur le siège et tourna la tête vers la chaussée tandis que le sujet passait devant la voiture avant de disparaître derrière un groupe de secrétaires.

L'imbécile! Quand on se sent traqué, ne jamais téléphoner deux fois du même endroit.

Garcia cherchait à se protéger. Non seulement il avait une femme et un enfant, mais il crevait de peur. Il devait songer à sa carrière et, s'il était réglo, s'il tenait sa langue, il deviendrait riche. Pourtant, il avait envie de parler. Il continua de discourir sur son envie de parler, car il avait quelque chose à dire, mais ne parvenait pas à se décider. Il ne faisait confiance à personne.

Grantham ne posa pas de questions. Il l'écouta pour laisser à Croft le temps de faire son boulot. Garcia finirait par cracher le morceau; il en avait trop envie. Il avait déjà appelé trois fois et commençait à se sentir plus à l'aise avec son nouvel ami le journaliste qui, pour avoir souvent joué à ce petit jeu, en connaissait les règles. Il convenait dans un premier temps de rester détendu, de laisser la confiance s'établir, de traiter l'interlocuteur avec cordialité et respect, de parler du bien, du mal, de moralité. Après, ce dernier racontait ce qu'il avait à dire.

Les clichés étaient magnifiques. Quand il avait le choix, il ne s'adressait pas à Croft, en général si défoncé que cela se voyait sur ses photos, mais Croft était roublard, discret, il connaissait bien le métier et pouvait se libérer rapidement. Il avait choisi douze clichés, tiré des agrandissements de format 12 × 18 et trouvait le résultat extraordinaire. Profil droit et profil gauche. Gros plan de visage dans la cabine. Gros plan de face. Plan moyen à six mètres. Du gâteau, lui avait dit Croft.

Très séduisant, soigné de sa personne, Garcia n'avait pas la trentaine. Cheveux bruns et courts, yeux noirs. Peut-être d'origine hispanique, mais le teint n'était pas basané. Vêtement coûteux, complet marine, pure laine probablement. Ni rayures ni motifs. Col blanc classique et cravate de soie. Chaussures noires ou bordeaux au cuir brillant. L'absence de serviette était le seul détail qui clochait. Mais c'était l'heure du déjeuner et il avait dû sortir en hâte passer son coup de fil et regagner aussi vite son bureau. Le ministère de la Justice n'était qu'à un pâté de maisons de la cabine.

Grantham continua d'étudier la photo en surveillant la porte du coin de l'œil. Sarge n'arrivait jamais en retard. Il faisait sombre et la salle se remplissait. Grantham était le seul Blanc à cinq cents mètres à la ronde. Sur les dizaines de milliers de juristes employés par le gouvernement à Washington, il en avait vu quelques-uns qui savaient s'habiller, mais pas beaucoup. Surtout chez les plus jeunes. Leur salaire de départ était de quarante mille dollars par an et les vêtements n'avaient pas une grande importance pour eux. Il n'en allait pas de même pour Garcia, trop jeune et trop bien habillé pour travailler dans la fonction publique.

Il était donc dans le privé, entré depuis trois ou quatre ans dans un cabinet où il gagnait dans les quatre-vingt mille dollars par an. Génial! Le champ des investigations se réduisait à cinquante mille avocats, un chiffre en augmentation constante.

La porte s'ouvrit pour laisser le passage à un policier en tenue. Malgré la fumée, Grantham reconnut Cleve. C'était un établissement respectable, sans tables de jeu ni entraîneuses, la présence d'un policier n'avait rien d'alarmant. Cleve s'installa en face de Grantham.

— C'est vous qui avez choisi cet endroit? demanda le journaliste.

— Oui. Il ne vous plaît pas?

— Écoutez, Cleve, ce que nous voulons, c'est ne pas nous faire remarquer, d'accord? Je suis venu recueillir des informations secrètes livrées par un employé de la Maison-Blanche. Ce n'est pas de la petite bière. Répondez-moi franchement, Cleve : croyez-vous que le petit Blanc que je suis passe inaperçu dans cette salle?

— Je ne voudrais pas vous décevoir, Grantham, mais vous n'êtes pas aussi connu que vous l'imaginez. Regardez ces types au bar.

Ils se tournèrent vers le bar où étaient alignés des ouvriers du bâtiment.

— Je vous parie mon salaire qu'aucun d'eux n'a lu le *Washington Post*, n'a entendu parler de Gray Grantham et n'a rien à foutre de ce qui se passe à la Maison-Blanche.

– Bon, d'accord. Où est Sarge ?

– Sarge ne se sent pas bien. Il m'a remis un message pour vous.

Ça n'allait pas du tout. Il pouvait présenter Sarge comme une source anonyme, mais pas son fils ni un autre intermédiaire.

– Qu'est-ce qui ne va pas ?

– L'âge, tout simplement. Il ne veut pas vous parler ce soir, mais il a dit que c'était urgent.

Grantham attendit patiemment la suite.

– J'ai une enveloppe dans ma voiture. Elle est fermée, bien collée et tout, et il m'a interdit de l'ouvrir. Il me l'a fourrée dans la main en me disant : « Tu remettras ça à M. Grantham. Je crois que c'est important. »

– Allons-y.

Ils traversèrent la salle et sortirent. La voiture de police était garée le long du trottoir. Cleve ouvrit la portière avant droite et prit l'enveloppe dans la boîte à gants.

– Il a pris ça dans l'aile ouest.

Grantham glissa l'enveloppe dans sa poche. Sarge n'était pas du genre à faucher et, depuis qu'ils se connaissaient, il ne lui avait jamais remis un document.

– Merci, Cleve.

– Il n'a pas voulu me dire ce que c'était... Simplement que je n'avais qu'à attendre un peu et que je le lirais dans le journal.

– Dites à Sarge que je le serre contre mon cœur.

– Je suis sûr qu'il en sera bouleversé.

La voiture de police s'éloigna et Grantham se dirigea en hâte vers sa Volvo qui empestait la marijuana. Il verrouilla sa portière, alluma le plafonnier et déchira l'enveloppe. C'était à l'évidence un mémo de la Maison-Blanche, à usage interne, qui parlait d'un tueur du nom de Khamel.

Il traversa la ville à toute allure. Quittant Brighwood, il descendit la 16ᵉ Rue vers le centre ville. Il était presque 19 h 30 et, s'il parvenait à rédiger son article en une heure, il passerait dans la dernière édition de Washington, le tirage le plus important des six éditions mises sous presse à 22 h 30. Grâce au petit téléphone de voiture qu'il avait acheté, il appela Smith Keen, le rédacteur en chef adjoint, en charge des investigations, qui était encore dans la salle de rédaction, au cinquième étage. Puis il demanda à un copain du service étranger de lui sortir tout ce qu'il avait sur Khamel.

Il y avait quelque chose de louche dans ce mémo qui abordait des sujets trop sensibles pour être mis par écrit et n'aurait jamais dû traîner sur un bureau comme s'il s'agissait des dernières instructions sur le café, les bouteilles d'eau minérale ou la durée des congés. Quelqu'un, probablement Fletcher Coal, désirait que tout le monde sache que les soupçons se portaient sur Khamel, un Arabe ayant des liens étroits avec la Libye, l'Iran et l'Irak, trois pays dirigés par des fous furieux professant la haine de l'Amérique. Quelqu'un, dans cette Maison-Blanche peuplée de cinglés, voulait voir cet article à la une.

Mais c'était un article explosif, tout à fait digne de la une! A 21 heures, avec l'aide de Smith Keen, il avait terminé. Ils dénichèrent deux vieilles photos d'un homme dont on pensait généralement qu'il s'agissait de Khamel, mais il y avait si peu de ressemblances entre elles qu'on avait du mal à croire qu'elles représentaient le même individu. Keen décida de publier les deux. Le dossier Khamel n'était pas épais. Beaucoup de rumeurs et de légendes, mais pas grand-chose de tangible. Grantham mentionna le pape, le diplomate britannique, le banquier allemand, les soldats israéliens. Il tenait maintenant de source sûre, une source digne de foi, à la Maison-Blanche, que Khamel était l'un des principaux suspects de l'enquête sur l'assassinat des juges Rosenberg et Jensen.

Elle battait le pavé depuis vingt-quatre heures et était toujours en vie. Si elle réussissait à tenir jusqu'au lendemain matin, elle aurait une nouvelle journée pour réfléchir à ce qu'il convenait de faire. Pour l'heure, elle se sentait trop fatiguée. Elle occupait une chambre au Marriott, au quinzième étage, la porte verrouillée, toutes les lumières allumées, une bombe de Mace sur le couvre-lit. Ses beaux cheveux châtain-roux remplissaient un sac en papier, au fond du placard. La dernière fois qu'elle s'était coupé elle-même les cheveux, elle avait trois ans et sa mère lui avait administré une bonne fessée.

Avec de mauvais ciseaux, il lui avait fallu deux heures pour les couper très court en conservant un semblant de style. Elle les cacherait sous une casquette ou un chapeau aussi longtemps qu'il le faudrait. Elle avait mis deux autres heures à les teindre en noir. Elle aurait pu les décolorer pour devenir blonde, mais la ruse eût été grossière. Supposant qu'elle avait affaire à des professionnels, l'idée lui était venue en achetant la teinture, sans qu'elle pût s'expliquer pourquoi, que ceux qui la traquaient devaient s'attendre à ce qu'elle se teigne en blonde. Et puis zut! La teinture se vendait en flacons et, si elle se réveillait avec des cheveux qui ne lui plaisaient pas, elle pourrait devenir blonde. La stratégie du caméléon. Changer de couleur tous les jours pour les rendre fous. Clairol proposait au moins quatre-vingt-cinq nuances.

Elle était épuisée, mais redoutait de dormir. Elle n'avait pas aperçu de la journée le type du Sheraton, mais, plus elle voyait de monde, plus les visages se ressemblaient. Elle savait qu'il était encore là, quelque part. Et il avait des amis. Pour ceux qui avaient assassiné Rosenberg et Jensen avant de se débarrasser de Thomas Callahan, elle serait une cible facile.

Elle ne pouvait récupérer sa voiture et ne voulait pas en louer une. Les agences de location conservent des traces du paiement et ils devaient être aux aguets. Elle aurait pu prendre l'avion, mais ils surveillaient les aéroports. Ou encore l'autocar, mais elle n'avait jamais acheté un billet ni mis le pied dans un Greyhound.

Quand ils auraient compris qu'elle leur avait échappé, ils supposeraient qu'elle allait chercher à fuir. Elle aurait une réaction d'amateur, de petite étudiante dévorée par le chagrin après avoir vu son homme griller dans sa voiture en flammes. Elle n'aurait qu'une idée en tête, quitter la ville au plus vite, et il ne leur resterait plus qu'à la cueillir.

Elle se sentait bien dans la ville, avec ses myriades de chambres d'hôtel, ses innombrables ruelles, ses flopées de bistrots, ses foules de promeneurs dans les rues Bourbon, Chartres, Dauphine, Royal, tout ce quartier du Vieux Carré qu'elle connaissait comme sa poche. Pendant quelques jours, elle irait d'un hôtel à l'autre, mais combien de temps? Elle ne savait ni jusqu'à quand, ni même pourquoi. Cela lui semblait simplement la conduite la plus intelligente à suivre dans sa situation. Elle ne se montrerait pas de la matinée et essaierait de mettre ce temps à profit pour dormir. Elle changerait tous les jours de vêtements, de coiffure, de lunettes. Elle se mettrait à fumer et garderait une cigarette aux lèvres. Elle continuerait à changer d'hôtel jusqu'à ce qu'elle en ait assez; ensuite, elle se déciderait peut-être à partir. C'était normal d'avoir peur. Ce qu'il fallait, c'était garder les idées claires et elle s'en sortirait.

Elle envisagea d'appeler la police, mais ils allaient lui demander son nom, enregistrer sa déposition et ça pouvait être dangereux. Inutile d'appeler le frère de Thomas, à Mobile, dans l'immédiat, le pauvre ne pouvait rien faire pour l'aider. Appeler le doyen, mais comment lui expliquer le lien entre le mémoire, Gavin Verheek, le FBI, la voiture piégée, Rosenberg et Jensen, les tueurs à ses trousses, et le convaincre qu'elle disait vrai ? Non, pas le doyen. De toute façon, elle ne l'aimait pas. Une ou deux amies de l'école de droit peut-être ? Mais les gens jasent, des oreilles indiscrètes pouvaient traîner dans les bars, écoutant ce que l'on disait de ce pauvre Callahan. Elle avait envie de parler à Alice Stark, sa meilleure amie. Alice devait être inquiète et elle irait voir la police pour signaler la disparition de son amie Darby Shaw. Elle appellerait Alice dès le lendemain.

Elle demanda au service qu'on lui monte une salade mexicaine et une bouteille de vin rouge. Elle la boirait tout entière, puis s'installerait dans un fauteuil, face à la porte, la bombe de Mace à la main, jusqu'à ce qu'elle succombe au sommeil.

18

La limousine de Gminski fit un demi-tour périlleux dans Canal Street, comme si la rue lui appartenait, et s'arrêta brutalement devant le Sheraton. Les deux portières arrière s'ouvrirent et Gminski descendit le premier ; trois assistants, chargés de sacs et de serviettes, lui emboîtèrent le pas.

Il était presque 2 heures du matin et le directeur de la CIA était manifestement pressé. Sans même tourner la tête vers la réception, il se dirigea droit vers les ascenseurs. Ses assistants trottèrent derrière lui et s'effacèrent pour le laisser entrer le premier dans la cabine. L'ascenseur monta au sixième étage sans qu'un mot fût échangé.

Trois agents attendaient dans une chambre d'angle. L'un d'eux ouvrit la porte et Gminski se rua à l'intérieur sans un hochement de tête pour les saluer. Les assistants jetèrent les bagages sur un lit. Gminski se débarrassa de sa veste et la lança sur un fauteuil.

– Où est-elle ? aboya-t-il en se tournant vers l'agent Hooten.

Son collègue Swank écarta les rideaux et Gminski s'avança vers la fenêtre. Swank lui montra le Marriott, de l'autre côté de la rue, légèrement de biais.

– Elle est au quinzième, troisième chambre à partir de la rue. C'est encore allumé.

– Vous en êtes certain ? demanda Gminski, le regard rivé sur l'hôtel.

– Oui, monsieur. Nous l'avons vue entrer et elle a payé avec une carte de crédit.

– Pauvre gamine, soupira Gminski en s'écartant de la fenêtre. Où a-t-elle passé la nuit précédente ?

– Au Holiday Inn de Royal Street. Encore une carte de crédit.

– Avez-vous remarqué si quelqu'un la suivait ?

– Non.

– Donnez-moi de l'eau, ordonna Gminski à un des assistants qui se précipita vers le seau à glace et fit tinter les glaçons.

Assis sur le bord du lit, Gminski croisa les doigts et en fit craquer les jointures.

– Qu'en pensez-vous ? demanda-t-il à Hooten, l'aîné des trois agents.

– Ils remuent ciel et terre pour la retrouver. Elle utilise des cartes de crédit. Je ne lui donne pas quarante-huit heures.

– Elle n'est pas complètement idiote, objecta Swank. Elle s'est coupé les cheveux et les a teints en noir. Jamais elle ne reste longtemps au même endroit. Il semble évident qu'elle n'a pas l'intention de quitter La Nouvelle-Orléans avant un petit moment. Je lui donne soixante-douze heures avant de se faire repérer.

– Cela prouve qu'elle a mis dans le mille avec son petit mémoire, fit Gminski après avoir bu une gorgée d'eau. Cela prouve aussi que notre ami est aux abois. Où est-il en ce moment ?

– Nous n'en savons rien, répondit vivement Hooten.

– Il faut le trouver.

– Personne ne l'a vu depuis trois semaines.

– Que faut-il faire, à votre avis ? demanda Gminski en posant son verre sur le bureau pour prendre une clé de chambre.

– Nous pouvons essayer de l'alpaguer, suggéra Hooten.

– Ce ne sera pas facile, glissa Swank. Elle est peut-être armée, il pourrait y avoir du grabuge.

– Ce n'est qu'une gosse effrayée, fit Gminski, et elle n'est pas de notre monde. Nous ne pouvons nous permettre d'enlever de simples citoyens en pleine rue.

– Dans ce cas, elle ne tiendra pas longtemps, affirma Swank.

– Comment comptez-vous vous y prendre ?

– Il y a différents moyens, répondit Hooten. L'enlever dans la rue ou pénétrer dans sa chambre. En partant tout de suite, je peux y être dans moins de dix minutes. Ce n'est pas si difficile, nous n'avons pas affaire à une professionnelle.

Tous les regards demeurèrent fixés sur Gminski qui s'était mis à marcher lentement de long en large. Il regarda sa montre.

– Je ne suis pas partisan de l'enlèvement, déclara-t-il. Nous allons dormir quatre heures et nous nous retrouverons ici à 6 h 30. Espérons que le sommeil nous portera conseil. Si vous parvenez à me convaincre que la meilleure solution est de l'enlever, je vous donnerai le feu vert. D'accord, messieurs ?

Ils acquiescèrent docilement de la tête.

Le vin fit son effet. Après s'être assoupie dans le fauteuil, Darby gagna le lit et dormit profondément. Le téléphone sonna. Le couvre-lit pendait sur un côté et elle avait les pieds sur les oreillers. Ses paupières restaient collées. Son esprit engourdi était encore perdu dans les rêves, mais, quelque part au plus profond du cerveau, quelque chose s'était déclenché qui lui disait que le téléphone sonnait.

Elle ouvrit les yeux, ne distingua pas grand-chose. Le jour était levé, les lumières allumées, le téléphone devant elle. Elle n'avait pas demandé qu'on la réveille. Elle réfléchit un instant avant d'en être sûre. Non, elle n'avait rien demandé. Elle s'assit au bord du lit et écouta. Cinq sonneries, dix, quinze, vingt. Cela ne cesserait donc jamais ? C'était peut-être un faux numéro, mais on aurait dû raccrocher au bout de vingt sonneries.

Ce n'était pas un faux numéro. Ses idées se firent plus claires ; elle se pencha vers l'appareil. A part le réceptionniste, et peut-être son chef, ou un employé du service des chambres, personne ne savait qu'elle occupait cette chambre. Elle avait donné un seul coup de fil pour commander son repas.

Le téléphone se tut. Parfait, un faux numéro. Elle se dirigeait vers la salle de bains quand les sonneries reprirent. Elle compta : à la quatorzième, elle décrocha.

– Allô !

– Darby, c'est Gavin Verheek. Tout va bien ?

– Comment avez-vous eu ce numéro ? demanda-t-elle en s'asseyant sur le lit.

– Nous avons des moyens. Écoutez-moi, avez-vous...

– Attendez, Gavin... Attendez un peu. Laissez-moi réfléchir. C'est la carte de crédit, n'est-ce pas ?

– Oui, c'est la carte de crédit. La piste du papier, comme on dit. Je travaille pour le FBI, Darby. Pour nous, ce n'est pas difficile.

– Alors, ils peuvent faire la même chose.

– Je suppose. Vous devez rester dans de petits hôtels et payer en espèces.

Elle sentit un nœud se former dans son estomac et s'étendit sur le lit. Comme ça, tout simplement, la piste du papier. Elle aurait déjà pu être morte. Morte sur la piste du papier.

– Vous êtes toujours là, Darby ?

– Oui, fit-elle, vérifiant d'un coup d'œil que la chaîne de sûreté était toujours sur la porte. Oui, je suis là.

– Vous sentez-vous en sécurité ?

– Je le croyais.

– J'ai des nouvelles pour vous. Il y aura un service funèbre demain, à 15 heures, sur le campus. L'inhumation aura lieu juste après. J'ai parlé à son frère et, au nom de sa famille, il m'a demandé de porter le cercueil. J'arriverai dans la soirée. Je pense que nous devrions nous voir.

– Pour quoi faire ?

– Il faut me faire confiance, Darby. Votre vie est en danger, vous devez m'écouter.

– Qu'est-ce que vous mijotez ?

– Que voulez-vous dire ? demanda Gavin après un silence.

– Que vous a dit M. Voyles ?

– Je ne lui ai pas parlé.

– Je croyais que vous étiez son avocat, ou quelque chose comme ça. Que se passe-t-il, Gavin ?

– Nous ne prenons aucune mesure, pour l'instant.

– Ce qui signifie ? Expliquez-moi.

– C'est pour cela que nous devons nous rencontrer. Je ne veux pas parler au téléphone.

– Le téléphone fonctionne parfaitement et, dans l'immédiat, vous n'aurez rien de plus. Je vous écoute, Gavin.

– Pourquoi ne me faites-vous pas confiance ? fit-il, d'un ton vexé.

– Attention, je vais raccrocher ! Je n'aime pas ça. Si le FBI sait où je suis, il y a peut-être quelqu'un de chez vous qui m'attend dans le couloir.

160

– Ne dites pas de bêtises, Darby. Réfléchissez. Je connais le numéro de votre chambre depuis une heure et je me suis contenté de vous appeler. Je vous jure que nous sommes de votre côté.

Elle prit le temps de réfléchir. Cela paraissait logique, mais ils l'avaient retrouvée si facilement.

– J'écoute, fit-elle. Vous n'avez pas parlé à votre directeur, mais le FBI ne prend aucune mesure. Expliquez-moi pourquoi.

– Je n'en sais rien. Voyles a pris hier la décision de garder votre mémoire sous le coude et donné l'ordre de laisser tomber cette piste. C'est tout ce que je puis vous dire.

– C'est peu. Est-il au courant de la mort de Thomas ? Sait-il que je devrais être morte parce que j'ai écrit ce mémoire et que, quarante-huit heures après que Thomas vous l'a remis, à vous, son vieux pote, on a essayé de nous tuer tous les deux ? Sait-il tout cela, Gavin ?

– Je ne pense pas.

– Cela veut dire non, n'est-ce pas ?

– Oui. Cela veut dire non.

– Très bien. Alors, écoutez-moi. Croyez-vous que Thomas a été tué à cause du mémoire ?

– Probablement.

– Ce qui veut dire oui, n'est-ce pas ?

– Oui.

– Merci. Si Thomas a été tué pour cette raison, nous savons qui l'a fait assassiner. Le sachant, nous savons qui a fait assassiner Rosenberg et Jensen. D'accord, Gavin ?

Verheek eut un instant d'hésitation.

– Dites oui, bon sang ! lança sèchement Darby.

– Je vais dire probablement.

– Parfait. Pour un juriste, *probablement* signifie oui. Je sais que vous ne pouvez pas faire plus. Votre *probablement* est très fort et pourtant vous me dites que le FBI abandonne la piste de mon suspect.

– Calmez-vous, Darby. Nous pouvons nous voir ce soir pour discuter de tout ça. Je sais que je peux vous sauver la vie.

Elle glissa doucement le combiné sous un oreiller avant de se diriger vers la salle de bains. Elle se brossa les dents, coiffa rapidement le peu de cheveux qui lui restait, puis jeta les articles de toilette et ses vêtements de rechange dans un sac de toile neuf. Elle mit la parka, la casquette, les lunettes noires et referma silencieusement la porte en sortant de la chambre. Le couloir était vide. Elle monta deux étages à pied, prit l'ascenseur pour redescendre au dixième et l'escalier jusqu'au rez-de-chaussée. La porte donnant dans le hall qui semblait désert s'ouvrait juste à côté des toilettes. Elle s'y glissa rapidement et attendit un moment.

Vendredi matin, dans le Vieux Carré. L'air était frais, pur, sans les relents de nourriture et de péché qui y flottaient habituellement. 8 heures; trop tôt pour le quartier. Darby fit quelques centaines de mètres sur le trottoir pour s'éclaircir les idées et réfléchir à l'organisation de la journée à venir. Dans Dumaine Street, près de Jackson Square, elle entra dans un café qu'elle connaissait. Au fond de la salle presque vide il y avait un taxiphone. Elle se versa elle-même une grande tasse de café qu'elle alla poser sur une table, près du téléphone. Elle serait tranquille.

Elle eut Verheek au bout du fil en moins d'une minute.

– J'écoute, dit-il.

– Où avez-vous pris une chambre? demanda-t-elle, sans quitter des yeux la porte du café.

– Au Hilton, au bord du fleuve.

– Je sais où il est. Je vous appellerai tard dans la soirée ou demain matin, de bonne heure. Et cessez de me traquer. J'ai du liquide maintenant, plus de cartes de crédit.

– C'est très habile, Darby. Continuez à vous déplacer.

– Je serai peut-être morte avant que vous n'arriviez.

– Mais non. Pouvez-vous trouver le *Washington Post*?

– Pourquoi?

– Achetez-en un dès que possible, l'édition de ce matin. Il y a un article sympa qui parle de Rosenberg et Jensen, et qui développe une hypothèse sur l'identité du meurtrier.

– J'y vais tout de suite. Je vous rappellerai.

Le premier kiosque n'avait pas le *Post*. Elle prit la direction de Canal Street, revenant sur ses pas, surveillant ses arrières. Elle descendit Saint Ann Street, longea les magasins d'antiquités de Royal Street, puis les bars sordides de Bienville Street, passant d'un trottoir à l'autre, jusqu'à ce qu'elle arrive au French Market. Elle marchait d'un pas vif, d'une allure dégagée, l'air affairé, jetant, der-

162

rière ses lunettes noires, des coups d'œil dans toutes les directions. S'ils étaient encore là, dans l'ombre, s'ils ne l'avaient pas encore perdue, ils étaient vraiment très forts.

Elle acheta le *Washington Post* et le *Times-Picayune* à un vendeur à la criée et s'installa à une table du Café du Monde.

L'article faisait la une. Citant une source confidentielle, il développait la légende de Khamel et faisait état de sa brusque mise en cause dans les assassinats. Dans sa jeunesse, Khamel tuait pour ses convictions; maintenant, il le faisait pour l'argent. Beaucoup d'argent, s'il fallait en croire un ancien spécialiste du renseignement qui tenait à conserver l'anonymat. Les photos accompagnant l'article étaient floues, indistinctes, et, placées côte à côte, elles avaient quelque chose d'inquiétant. Il ne pouvait s'agir de la même personne. Le spécialiste du renseignement expliquait que l'homme n'était pas identifiable et qu'il n'existait pas une seule photo de lui depuis plus de dix ans.

Un garçon s'approcha enfin de la table; elle commanda un café et un petit pain. Le spécialiste du renseignement ajoutait que beaucoup croyaient Khamel mort, mais, d'après Interpol, son dernier forfait remontait à six mois. L'ancien agent secret ne pensait pas que Khamel ait pu prendre un vol commercial; il était l'un des hommes les plus recherchés par le FBI.

Darby ouvrit lentement le quotidien de La Nouvelle-Orléans. La mort de Thomas ne faisait pas la une, mais sa photo se trouvait en page deux, avec un article sur plusieurs colonnes. La police considérait l'affaire comme un homicide, mais manquait d'indices. Une femme de race blanche avait été vue sur les lieux du drame, peu avant l'explosion. D'après le doyen, la nouvelle avait jeté la consternation à l'école de droit. La police n'avait rien à révéler, ou si peu. La cérémonie funèbre était fixée au lendemain, sur le campus. Le doyen affirmait qu'il s'agissait d'une erreur tragique. S'il y avait eu volonté de tuer, on s'était trompé de cible.

Les yeux embués de larmes, elle sentit à nouveau la peur l'assaillir. Peut-être était-ce simplement une erreur? La violence couvait dans cette ville où les cinglés étaient légion. Peut-être quelqu'un s'était-il trompé et n'avait pas piégé la bonne voiture? Peut-être imaginait-elle seulement qu'elle était poursuivie?

Elle remit ses lunettes noires et étudia la photo de Thomas. C'était celle du bulletin annuel de l'école; elle y retrouva le petit sourire narquois qu'il arborait en général dans son rôle de professeur. Il était rasé de près, follement séduisant.

L'article de Grantham sur Khamel, publié le vendredi matin, provoqua une vive émotion à Washington. Comme il n'était question ni du mémo ni de la Maison-Blanche, toutes les conversations roulèrent sur l'identité de l'informateur.

Elles étaient particulièrement vives au siège du FBI. Dans le bureau du directeur, Eric East et K.O. Lewis faisaient nerveusement les cent pas tandis que Voyles s'entretenait au téléphone avec le Président, pour la troisième fois en deux heures. Voyles pestait, non pas directement contre le Président, mais contre son entourage. Il pesta contre Coal et, quand le Président répliqua sur le même ton, il suggéra de brancher le détecteur de mensonges et d'y faire passer tout le personnel de la Maison-Blanche, en commençant par Coal, pour savoir d'où provenaient ces putains de fuites. Et lui-même, oui, lui-même, Voyles, s'y soumettrait. Oui, ainsi que tous ceux qui travaillaient dans l'immeuble Hoover. Ils se remirent à gueuler de plus belle. Voyles était cramoisi, le front couvert de sueur, peu lui importait que ce fût le Président qui l'écoutait tempêter, car il savait que Coal n'en perdait pas une miette.

Le Président finit naturellement par avoir le dernier mot et se lança dans un interminable sermon. Voyles s'essuya le front avec un mouchoir, s'enfonça dans son vieux fauteuil pivotant de cuir et entreprit de faire des exercices de respiration afin de réduire sa tension et de ralentir son pouls. Il avait survécu à une première crise cardiaque, il savait qu'une seconde le guettait et il avait confié à maintes reprises à Lewis que Fletcher Coal et son idiot de patron finiraient par avoir sa peau. Mais il avait dit la même chose des trois derniers présidents. Il pinça les rides profondes qui sillonnaient son front et s'enfonça un peu plus dans son siège.

– Nous pouvons faire cela, monsieur le Président.

Voyles était presque devenu aimable. C'était un homme sujet à des changements d'humeurs aussi brusques que radicaux. Il se fit soudain courtois et charmeur.

– Je vous remercie, monsieur le Président. A demain. Vous pouvez compter sur moi.

Il reposa délicatement le combiné sur son support.

– Il nous demande de placer le journaliste du *Post* sous surveillance, expliqua-t-il, les yeux fermés. Il dit que nous l'avons déjà fait et que rien ne nous empêche de le refaire. Je lui ai dit que c'était d'accord.

– Quel genre de surveillance ? demanda Lewis.

– Nous allons nous contenter de lui filer le train. Deux hommes, vingt-quatre heures sur vingt-quatre. Juste pour savoir ce qu'il fait le soir, avec qui il couche... Il est célibataire, non ?

– Divorcé depuis sept ans, répondit Lewis.

– Il faudra surtout éviter de nous faire repérer. Utiliser des agents en civil et changer d'équipe tous les trois jours.

– Il s'imagine vraiment que les fuites viennent de chez nous ?

– Non, je ne crois pas. Si elles venaient d'ici, pourquoi nous demanderait-il de surveiller le journaliste ? Je crois qu'il sait que cela vient de la Maison-Blanche. Et il veut mettre la main sur les coupables.

– Ce n'est qu'un petit service qu'il nous demande, ajouta Lewis d'un ton conciliant.

– Oui. Ne vous faites surtout pas repérer, hein ?

Le bureau de L. Matthew Barr se trouvait au troisième étage d'un vieil immeuble délabré de « M » Street, à Georgetown. Il n'y avait pas de plaque sur les portes. Un garde armé, en civil, surveillait la porte de l'ascenseur. La moquette était usée et le mobilier défraîchi. La poussière s'accumulait et il sautait aux yeux que l'Unité n'avait pas d'argent à gaspiller en frais d'entretien.

L'Unité dirigée par Barr était une officine occulte, sans existence officielle, rattachée au Comité pour la réélection du Président. Ce CRP disposait d'une suite de bureaux cossus à Rosslyn, où les fenêtres s'ouvraient, où les secrétaires souriaient et où les femmes de ménage s'activaient toutes les nuits. Ce n'était assurément pas le cas à Georgetown.

Fletcher Coal sortit de l'ascenseur et fit un petit signe de tête au garde qui lui rendit son salut sans un mot. Ils se connaissaient de longue date. Coal s'engagea dans le dédale de bureaux minables en direction de celui de Barr. Coal se flattait d'être franc avec lui-même et il pouvait dire qu'il ne craignait pas un seul homme à Washington, à l'exception peut-être de Matthew Barr. Parfois, il le craignait, parfois non, mais il l'admirait toujours.

Barr était un ancien marine, un ancien de la CIA, un ancien espion, avec une double condamnation pour des arnaques à la sécurité qui lui avaient rapporté des millions de dollars jamais retrouvés. Il avait tiré quelques mois dans un pénitencier fédéral, mais rien de vraiment sérieux. Coal en personne l'avait recruté pour prendre la direction de cette Unité qui disposait d'un budget annuel de quatre millions de dollars, entièrement en espèces, provenant de différentes caisses noires. Barr était à la tête d'une poignée de voyous parfaitement entraînés qui effectuaient discrètement les sales boulots de l'Unité.

La porte du bureau de Barr était toujours fermée à clé. Il se leva pour l'ouvrir et fit entrer Coal. L'entrevue serait brève, comme à l'accoutumée.

— Laissez-moi deviner ce qui vous amène, commença Barr. Vous voulez découvrir qui est à l'origine des fuites.

— D'une certaine manière, oui. Vous allez filer le train nuit et jour à ce journaliste pour savoir qui le rencontre. Il a des tuyaux de premier ordre et je crains que cela ne vienne de chez nous.

— La Maison-Blanche fuit de partout.

— Il est vrai qu'il y a des problèmes, mais l'histoire de Khamel est un coup monté. C'est moi qui ai tout organisé.

— Je m'en doutais, fit Barr avec un mince sourire. Elle arrive quand même trop à propos.

— Avez-vous déjà eu l'occasion de le rencontrer?

— Non, répondit Barr. Il y a dix ans, nous étions sûrs de sa mort. C'est une situation qu'il aime bien. Mais ce type n'a aucun orgueil; il ne se fera jamais prendre. Il est capable de vivre six mois dans une favella de Sao Paulo, de se nourrir de racines et de rats, puis de sauter dans un avion pour assassiner un diplomate à Rome avant d'aller passer quelques mois à Singapour. Ce n'est pas le genre de type à lire les coupures de presse qu'on lui consacre.

166

– Quel âge a-t-il?

– En quoi cela peut-il vous intéresser?

– Ce type me fascine. Je crois savoir qui l'a engagé pour tuer nos deux magistrats.

– Vraiment? Est-ce un secret que vous pouvez partager?

– Non. Il est encore trop tôt.

– Il a entre quarante et quarante-cinq ans, ce qui n'est pas très vieux. Dès l'âge de quinze ans, il a tué un général libanais. On peut donc dire qu'il a déjà une longue carrière derrière lui. C'est ainsi que l'on forge une légende. Il peut donner la mort avec les deux mains, les deux pieds, une clé de voiture, un crayon, n'importe quoi. C'est un tireur d'élite. Il parle douze langues. Vous devez déjà avoir entendu tout ça, non?

– Oui, mais je trouve ça drôle.

– C'est vrai. Il est considéré comme le meilleur et le plus cher des tueurs à gages du monde. Au début, Khamel n'était qu'un terroriste comme les autres, mais il avait trop de qualités pour continuer à lancer des bombes. Voilà comment il est devenu tueur à gages et, maintenant, il ne travaille plus que pour l'argent.

– Quel est son prix?

– Bonne question. Cela doit se situer dans une fourchette de dix à vingt millions de dollars et, à ce tarif-là, je n'en vois qu'un seul autre. Certains affirment qu'il partage ses gains avec des groupes terroristes, mais ce ne sont que des on-dit. Si j'ai bien compris, vous voulez que je trouve Khamel et que je vous le ramène?

– Laissez Khamel tranquille. J'ai apprécié ce qu'il a fait chez nous.

– Il est très doué.

– Tout ce que je vous demande, c'est de suivre Gray Grantham et de voir qui il rencontre.

– Vous avez des idées?

– Une ou deux, répondit Coal en lançant une enveloppe sur le bureau. Je pense à un certain Milton Hardy, un des gardiens de l'aile ouest. Il est là depuis longtemps et, même s'il donne l'impression d'être à demi aveugle, je pense qu'il n'a pas les yeux dans sa poche. Suivez-le huit ou quinze jours. Tout le monde l'appelle Sarge. Prenez des dispositions pour l'éliminer.

– C'est génial, Coal! Nous allons gaspiller tout cet argent pour filer le train à un nègre aveugle!

– Faites simplement ce que je vous demande. Allons jusqu'à trois semaines.

Sur ce, Coal se leva et se dirigea vers la porte.

– Vous savez donc qui a engagé le tueur ? demanda Barr.

– Nous le saurons bientôt.

– L'Unité n'attend qu'un signe de vous pour passer à l'action.

– Je n'en doute pas.

19

Mme Chen était la propriétaire de l'appartement dont elle louait la moitié à des étudiantes en droit, depuis quinze ans. Tatillonne, mais discrète, elle ne se mêlait pas de leur vie privée, tant que tout était calme. L'appartement se trouvait à cinq cents mètres du campus.

La nuit était tombée quand on frappa à la porte. La logeuse vit en ouvrant une jolie jeune femme aux cheveux bruns et courts, et au sourire nerveux. Très nerveux.

Mme Chen la considéra sans aménité, attendant qu'elle explique la raison de cette visite tardive.

— Je m'appelle Alice Stark, je suis une amie de Darby. Je peux entrer ?

Elle jeta un coup d'œil par-dessus son épaule. La rue était silencieuse et déserte. Mme Chen vivait seule, portes et fenêtres hermétiquement closes, mais c'était là une bien jolie jeune fille au sourire innocent, et, s'il s'agissait d'une amie de Darby, elle pouvait lui faire confiance. Elle ouvrit donc la porte toute grande et Alice entra.

— Il s'est passé quelque chose ? demanda Mme Chen.

— Oui. Disons que Darby a des ennuis, mais je ne peux rien dire. Vous a-t-elle téléphoné dans l'après-midi ?

— Oui, elle m'a dit qu'une jeune femme passerait chez elle.

Alice inspira profondément, se forçant à paraître calme.

— Cela ne prendra qu'une minute, fit-elle. Darby m'a dit qu'il y avait une porte qui donnait directement dans son appartement. Je préfère ne pas emprunter la porte d'entrée, ni celle de derrière.

Mme Chen lança un regard interrogateur, mais ne posa pas de questions.

– Quelqu'un est-il entré dans l'appartement depuis deux jours ? reprit Alice tandis que Mme Chen la précédait dans un couloir étroit.

– Je n'ai vu personne. J'ai entendu frapper hier matin, avant le lever du jour, mais je n'ai pas regardé qui c'était.

Elle écarta une table placée devant la porte de communication, fit tourner une clé dans la serrure et ouvrit.

– Elle m'a demandé d'aller seule, fit Alice en passant devant Mme Chen. Vous n'y voyez pas d'inconvénient ?

La logeuse aurait bien aimé savoir de quoi il retournait, mais, avec un petit signe de tête, elle referma la porte derrière Alice. La porte donnait dans un petit vestibule brusquement plongé dans l'obscurité. Sur la gauche se trouvait le séjour, mais l'interrupteur ne marchait pas. Alice s'immobilisa dans le noir. Il faisait chaud et une forte odeur de poubelle flottait dans l'appartement obscur. Elle savait qu'il lui faudrait se débrouiller seule, mais elle n'était qu'une étudiante en deuxième année, pas un de ces frimeurs de détectives privés.

Ressaisis-toi ! Elle fouilla dans son grand sac à main pour chercher un stylo-torche. Elle en avait pris trois, en cas. En cas de quoi ? Elle n'en savait rien. Darby avait été très claire : il ne fallait pas que l'on puisse voir une lumière par la fenêtre. Ils étaient peut-être à l'affût.

Alice lui avait demandé de qui elle parlait. Darby avait répondu qu'elle n'en savait rien, qu'elle lui expliquerait plus tard, mais qu'il fallait d'abord inspecter l'appartement.

Alice y avait été invitée une douzaine de fois depuis un an, mais était toujours passée par la porte d'entrée, avec les lumières et tout. Elle connaissait toutes les pièces et était persuadée de pouvoir s'orienter dans le noir. Mais sa belle assurance s'était envolée. Il ne restait plus que la peur qui la glaçait.

Ressaisis-toi ! Tu vois bien qu'il n'y a personne ! Ils ne se seront pas installés dans l'appartement, avec la curieuse qui habite juste à côté. S'ils sont passés, ils ont dû se contenter d'une visite rapide.

Elle examina le bout de la torche pour s'assurer qu'elle fonctionnait. Elle éclairait avec la force d'une allumette à la flamme mourante. Alice dirigea le faisceau lumineux vers le sol où il dessina un cercle indécis, de la grosseur d'une petite orange et qui tremblotait.

Sur la pointe des pieds, elle tourna l'angle du mur et s'avança dans le séjour. Darby avait dit qu'il y avait une petite lampe sur une étagère, près de la télévision, et qu'elle restait allumée. Elle faisait office de veilleuse, répandant une lumière diffuse dans le séjour, du côté de la cuisine. Mais Darby lui avait menti, ou l'ampoule était grillée, ou quelqu'un l'avait dévissée. En fait, cela n'avait guère d'importance ; ce qui comptait, c'est que le séjour et la cuisine étaient dans les ténèbres.

Elle avança sur le tapis du séjour, pas à pas, vers la table de la cuisine où devait se trouver l'ordinateur. Elle heurta l'angle de la table basse, la torche s'éteignit. Elle la secoua. Rien. Elle plongea la main dans son sac pour en prendre une seconde.

Dans la cuisine, l'odeur était plus forte. L'ordinateur était sur la table, à côté d'un assortiment de classeurs vides et de recueils de jurisprudence. Elle l'examina à la lueur du petit pinceau lumineux et découvrit le bouton de mise en marche, sur le devant. Elle l'actionna et l'écran s'alluma lentement. Il émettait une clarté verte qui éclairait la table, sans dépasser les limites de la cuisine.

Alice prit place devant le clavier et commença à tapoter. Elle trouva le menu, la bibliothèque, puis les fichiers. Le répertoire s'afficha sur l'écran ; elle l'étudia attentivement. Il aurait dû y avoir une quarantaine de lignes, mais elle n'en vit que dix. La majeure partie de la mémoire du disque dur avait été effacée. Elle mit l'imprimante laser en marche et, en quelques secondes, le répertoire fut imprimé. Elle déchira la feuille et la fourra dans son sac.

La torche à la main, elle se leva pour inspecter tout le bazar autour de l'ordinateur. Darby avait estimé à une vingtaine le nombre de ses disquettes, mais elles avaient toutes disparu. Des recueils traitaient de droit constitutionnel et de procédure civile, ouvrages arides qui ne pouvaient intéresser personne restaient ainsi que des classeurs à soufflets, tous rouges, soigneusement empilés, mais vides.

Le travail était impeccable et minutieux. Un ou plusieurs inconnus avaient dû passer deux bonnes heures à effacer et rassembler différents documents avant de repartir avec le contenu d'une serviette ou d'un sac.

Alice retourna dans le séjour et regarda par la fenêtre sur le côté de la maison. L'Accord rouge était encore là, à moins de deux mètres de la fenêtre. Elle paraissait intacte.

Elle vissa l'ampoule de la veilleuse, actionna deux fois de suite le commutateur : il marchait parfaitement. Elle dévissa de nouveau l'ampoule, exactement comme on l'avait laissée.

Ses yeux s'étaient accoutumés à l'obscurité. Elle distinguait maintenant les contours des portes et des meubles. Elle éteignit l'ordinateur et regagna le vestibule en traversant le séjour.

Mme Chen l'attendait derrière la porte de communication.

– Ça va ? demanda-t-elle.

– Tout va bien, répondit Alice. Il suffira d'ouvrir l'œil. Je vous appelerai dans un ou deux jours pour savoir si quelqu'un est passé. Et, s'il vous plaît, ne parlez de ma visite à personne.

Mme Chen écouta avec attention tout en replaçant la table devant la porte.

– Et pour sa voiture ?

– Pas de problème. Vous pouvez jeter un coup d'œil de temps en temps.

– Mademoiselle Darby va bien ?

– Elle ira bien, répondit Alice, s'arrêtant devant la porte de la rue. Je pense qu'elle reviendra dans quelques jours. Je vous remercie, madame Chen.

La logeuse referma la porte, poussa le verrou et regarda par une petite fenêtre. La jeune femme s'éloigna sur le trottoir et disparut dans la nuit.

Vendredi soir dans le Vieux Carré ! L'équipe de football de Tulane jouait le lendemain au Superdôme et les supporters avaient déjà déferlé par milliers dans la ville, se garant n'importe où, bloquant les rues, se répandant sur les trottoirs en hordes bruyantes, envahissant les bars. A 21 heures, le cœur du quartier historique était plein.

Alice gara sa voiture dans Poydras Street, loin de l'endroit où elle voulait aller, et c'est avec une heure de retard qu'elle entra dans le bar à huîtres bondé de St. Peter Street. Il n'y avait pas une table libre ; les clients s'entassaient au bar, sur trois rangs. Alice recula dans un angle, près d'un distributeur de cigarettes et fouilla du regard la foule composée en majeure partie d'étudiants venus assister au match.

Un garçon s'avança directement vers elle.

– Vous cherchez une autre fille ? demanda-t-il de but en blanc.

– Euh! oui, répondit Alice après une hésitation.

– Faites le tour du bar, expliqua-t-il en indiquant la direction. Dans la première salle sur la droite, il y a quelques tables. Je crois que votre amie est là-bas.

Darby était assise dans un box, penchée sur une bouteille de bière, protégée par une casquette et des lunettes noires. Alice lui saisit la main et la serra longuement.

– Je suis contente de te voir.

Elle considéra la nouvelle coiffure de son amie avec un petit sourire. Quand Darby enleva ses lunettes, elle vit ses yeux rougis et cernés.

– Je ne savais pas qui appeler, fit Darby.

Alice écoutait, l'air interdit, ne sachant que penser, incapable de détacher son regard des cheveux de Darby.

– Qui t'a fait cette coiffure ? demanda-t-elle.

– Mignon, non ? Je crois que le style punk revient à la mode et je suis sûre que cela plaira beaucoup quand j'aurai des entretiens pour trouver du boulot.

– Pourquoi as-tu fait ça ?

– On a essayé de me tuer, Alice. Mon nom figure sur une liste noire établie par des gens sans pitié. Je crois qu'ils me suivent.

– Te tuer ? C'est bien ce que tu as dit. Mais qui voudrait te tuer, Darby ?

– Je ne sais pas très bien. As-tu remarqué quelque chose chez moi ?

Alice cessa de fixer les cheveux de Darby et lui tendit la feuille sur laquelle était imprimé le répertoire. Darby l'étudia attentivement. Elle ne s'était pas fait des idées; ce n'était ni un cauchemar ni une erreur; la voiture piégée était bien celle qui était visée. Rupert et le cow-boy s'apprêtaient à lui faire un mauvais parti. Le visage qu'elle avait reconnu était bien celui de l'homme lancé à sa recherche. Ils étaient entrés chez elle et avaient effacé ce qu'ils voulaient effacer. Ils étaient toujours sur sa piste.

– Et les disquettes ?

– Il n'y en a plus. Pas une seule. Les classeurs étaient soigneusement empilés sur la table de la cuisine, mais vides. Tout le reste semblait en ordre. Ils ont dévissé l'ampoule de la petite lampe du séjour pour que l'appartement reste plongé dans l'obscurité. J'ai vérifié; elle fonctionne normalement. Ce sont des gens très méticuleux.

— Et Mme Chen ?

— Elle n'a rien remarqué.

— Écoute, Alice, poursuivit Darby en glissant la feuille dans une de ses poches, je commence à avoir une trouille bleue. Il est inutile que l'on te voie avec moi. Ce n'était peut-être pas une bonne idée de t'appeler.

— Qui sont ces gens ?

— Je ne sais pas. Après avoir tué Thomas, ils ont essayé de me supprimer. J'ai eu de la veine de m'en sortir, mais ils me pourchassent.

— Mais pourquoi, Darby ?

— Tu n'as pas besoin de le savoir et je ne veux rien t'expliquer. Plus tu en sauras, plus tu seras en danger. Fais-moi confiance, Alice. Je ne peux pas te révéler ce que je sais.

— Je n'en parlerai à personne, je te le jure.

— Et si on te force à parler ?

Alice jeta un rapide coup d'œil dans la petite salle, comme si tout allait bien, puis son regard revint se poser sur le visage de Darby. Très liées depuis leur première année de fac, elles avaient étudié de longues heures ensemble, partagé les notes de cours, révisé les examens, fait équipe dans les exercices de simulation de procès, échangé des confidences sur les hommes. Alice était, du moins Darby l'espérait-elle, la seule étudiante au courant de sa liaison avec Callahan.

— Je veux t'aider, Darby. Je n'ai pas peur.

Darby fit lentement tourner entre ses doigts la bouteille de bière à laquelle elle n'avait pas encore touché.

— Eh bien, moi, je suis terrifiée, dit-elle. J'étais là quand il est mort, Alice. Le sol a tremblé, l'explosion l'a tué sur le coup et j'aurais dû être à ses côtés. C'est moi qui étais visée.

— Va voir les flics.

Pas tout de suite ; plus tard, peut-être. J'ai peur d'y aller. Thomas s'est adressé au FBI, deux jours plus tard, on a voulu nous liquider tous les deux.

— C'est donc le FBI qui te poursuit ?

— Je ne crois pas. Mais ils ont trop parlé et c'est venu aux oreilles de quelqu'un qui n'aurait pas dû entendre.

— Parlé de quoi ? Allons, Darby, c'est moi, ta meilleure amie ! Cesse de te faire prier !

Darby but une infime gorgée de bière. Évitant d'affronter le regard d'Alice, elle garda les yeux baissés sur la table.

– Je t'en prie, Alice, laisse-moi un peu de temps. Et puis cela ne rime à rien de te mettre au courant de quelque chose qui pourrait te coûter la vie. Si tu veux m'aider, reprit-elle après un long silence, assiste au service funèbre, demain. Ouvre l'œil et fais courir le bruit que je t'ai appelée de Denver. Tu diras que j'habite chez une tante, sous un nom que tu ignores, que j'interromps mes études jusqu'à la fin du semestre, mais que je reviendrai au printemps. Fais en sorte que cette rumeur se répande. Je pense que certains écouteront de toutes leurs oreilles.

– D'accord. L'article du journal mentionnait la présence d'une jeune femme blanche près du lieu de l'explosion, laissant entendre qu'il pourrait s'agir d'un suspect ou autre chose.

– Plutôt autre chose. C'était moi et j'aurais dû être la seconde victime. Je lis les journaux à la loupe. Crois-moi, la police n'a aucun indice.

– D'accord, Darby. Tu es plus maligne que moi. Plus que n'importe qui. Qu'est-ce que je fais maintenant ?

– Pour commencer, tu vas sortir par derrière. Au fond du couloir des toilettes, tu verras une porte blanche. Elle donne dans une réserve, puis dans la cuisine, puis dans une ruelle. Ne t'arrête pas en chemin. La ruelle mène à Royal Street. Prends un taxi jusqu'à ta voiture. Assure-toi que tu n'es pas suivie.

– Tu parles sérieusement ?

– Regarde mes cheveux, Alice. Crois-tu que je les aurais saccagés, si je me fichais de toi ?

– Bon, je te crois. Et après ?

– Va au service funèbre, commence à répandre la rumeur de mon départ ; je t'appellerai dans deux jours.

– Où dors-tu, en ce moment ?

– Un peu partout. Je ne reste jamais longtemps au même endroit.

Alice se leva, embrassa Darby sur la joue et disparut.

Deux heures durant, Verheek fit les cent pas dans la chambre, prenant des revues qu'il jetait aussitôt, commandant à boire, déballant ses affaires avant de se remettre à marcher de long en large. Pendant les deux heures qui suivirent, il resta assis au bord du lit, une bouteille de bière tiède à la main, les yeux rivés sur le téléphone. Il se dit qu'il allait attendre jusqu'à minuit, après quoi... Que ferait-il, après?

Elle avait dit qu'elle téléphonerait.

Si seulement elle téléphonait, il pourrait lui sauver la vie.

A minuit, il lança une dernière revue par terre et quitta sa chambre. Un agent du bureau de La Nouvelle-Orléans lui avait donné un petit coup de main en lui communiquant le nom de deux bars de nuit proches du campus, fréquentés par les étudiants en droit. C'est là qu'il irait pour se mêler à la foule, boire une bière et ouvrir ses oreilles toutes grandes. Les étudiants étaient sortis pour le match de football. Elle n'y serait pas, mais cela n'avait pas d'importance, puisqu'il ne l'avait jamais vue. Il pourrait peut-être apprendre quelque chose, glisser un nom dans la conversation, laisser une carte de visite, se lier avec quelqu'un qui la connaissait ou qui connaissait quelqu'un qui la connaissait. Ses chances de succès étaient minimes, mais ce serait toujours mieux que de rester devant ce fichu téléphone.

Il trouva un tabouret au bar du Barrister, un rade situé à quelques centaines de mètres du campus. Une agréable atmosphère estudiantine y régnait, avec des calendriers d'équipes de football et des photos de jolies filles épinglées aux murs. La clientèle était bruyante et jeune. Personne n'avait plus de trente ans.

Le barman avait l'allure d'un étudiant. Après sa deuxième bière, la foule s'éclaircit, le bar fut à moitié vide. La vague suivante ne tarderait pas à déferler.

Verheek commanda une troisième bière. Il était 1 h 30.

– Vous êtes étudiant en droit? demanda-t-il au barman.

– Ouais...

– Ce n'est quand même pas si terrible.

– J'ai fait des trucs plus drôles, répondit le jeune homme en nettoyant le comptoir autour des distributeurs de cacahuètes.

Verheek évoqua avec nostalgie les barmen qui servaient ses bières, du temps où il était étudiant. Ces gars-là étaient maîtres dans l'art de la conversation. Capables de parler de n'importe quoi.

– Je suis avocat, annonça Verheek en désespoir de cause.

Super! Ce mec est avocat! Vraiment pas banal! Le barman s'éloigna tranquillement.

Sale petit merdeux! J'espère que tu vas te ramasser! Gavin saisit rageusement sa bière et se retourna vers la salle. Il se sentait comme un grand-père au milieu de gamins. Il avait détesté l'école de droit et n'en conservait que de mauvais souvenirs, mais il avait vécu quelques vendredis soir mémorables dans les bars de Georgetown, avec son pote Callahan. Ça, c'étaient de bons souvenirs.

– Quel genre d'avocat ?

Le barman était revenu. Gavin se retourna en souriant.

– Conseiller spécial pour le FBI.

– Vous travaillez à Washington, fit l'étudiant sans cesser d'astiquer le zinc.

– Oui, je suis venu pour le match de foot. Je suis un supporter des Redskins.

Il détestait les Redskins et toutes les équipes de football. Ne lance pas la conversation là-dessus, se dit-il.

– Où faites-vous vos études ? reprit Gavin.

– Ici, à Tulane. J'aurai terminé en mai.

– Et après ?

– J'irai probablement à Cincinnati un ou deux ans, comme assistant dans un cabinet.

– Vous devez être un bon étudiant.

– Une autre bière ? fit le jeune homme, éludant la question avec un haussement d'épaules.

– Non, merci. Avez-vous eu Thomas Callahan comme prof ?

– Bien sûr. Vous le connaissiez ?

– J'ai fait mes études de droit avec lui, à Georgetown. Je m'appelle Gavin Verheek, ajouta-t-il, tirant de sa poche une carte de visite qu'il tendit au jeune homme.

Le barman y jeta un coup d'œil poli avant de la poser à côté des glaçons. Le bar était calme et il commençait à en avoir assez de ce bavardage.

– Connaissez-vous une étudiante du nom de Darby Shaw ?

– Pas personnellement, répondit le jeune homme en se tournant vers la salle, mais je sais qui c'est. Elle doit être en deuxième année. Pourquoi ? ajouta-t-il d'un ton soupçonneux, après un long silence.

– Nous devons lui parler.

Nous, c'est-à-dire le FBI. Pas seulement lui, Gavin Verheek. Le « nous » faisait plus sérieux.

– Il lui arrive de venir ici ?

– Je l'ai aperçue deux ou trois fois. Difficile de ne pas la remarquer.

– C'est ce que j'ai entendu dire, fit Gavin avec un signe de la tête en direction de la salle. Croyez-vous que ces gars-là la connaissent ?

– Ça m'étonnerait. Ils sont tous en première année. Écoutez-les : ils sont en train de discuter de droit foncier, de perquisition et de séquestre.

Oui, comme au bon vieux temps, songea Gavin, sortant de sa poche une douzaine de cartes qu'il posa sur le zinc.

– Je vais rester quelques jours au Hilton. Si vous la voyez, si vous apprenez quelque chose, faites-moi parvenir une carte.

– D'accord. Hier soir, un flic est passé et a posé des questions. Vous croyez qu'elle est impliquée dans la mort de Callahan ?

– Non, absolument pas. Nous devons simplement lui parler.

– Je vais ouvrir l'œil.

Verheek paya ses bières, remercia et sortit. Il descendit le trottoir jusqu'au Half Shell. Il était près de 2 heures du matin. A l'instant où il poussa la porte, épuisé, à moitié ivre, un orchestre se déchaîna. Dans la salle sombre et bondée, cinquante membres d'une confrérie d'étudiants et leurs cavalières d'un club féminin se mirent à danser sur les tables. Gavin se fraya un passage dans la cohue et se réfugia au fond de la salle, près du bar autour duquel s'agglutinait une foule compacte qui refusait de s'écarter. En jouant des coudes, il parvint à prendre une bière au bar, frappé de nouveau par la différence d'âge entre ces jeunes gens et lui. Il se retira dans un recoin sombre bourré de monde. C'était décourageant. Il ne s'entendait même pas penser. Comment espérer entretenir une conversation ?

Il observa les barmen. Tous jeunes, tous étudiants. Le plus âgé – il n'avait sûrement pas trente ans – était en train de vérifier les notes, comme s'il s'apprêtait à fermer. Gavin ne perdait pas un de ses gestes précipités, les gestes de quelqu'un qui ne songe qu'à partir.

Le barman enleva prestement son tablier, le lança dans un coin, se baissa derrière le bar et disparut. Gavin joua des coudes dans la foule et parvint à le rattraper au moment où il s'engouffrait dans la cuisine. Il tenait déjà une carte du FBI à la main.

– Excusez-moi, fit-il en agitant la carte devant le visage du barman. Je travaille pour le FBI. Vous vous appelez?

Le jeune homme s'immobilisa et considéra Verheek d'un air égaré.

– Euh!... Fountain. Jeff Fountain.

– Très bien, Jeff; vous n'avez pas à vous inquiéter. J'ai juste deux ou trois questions.

Ils étaient seuls dans la cuisine.

– J'en ai pour une minute, insista Gavin.

– Bon, d'accord. Que voulez-vous savoir?

– Vous êtes étudiant en droit, n'est-ce pas?

Dites oui, jeune homme, je vous en prie! Son ami du FBI local l'avait assuré que la plupart des barmen étaient étudiants en droit.

– Oui, à l'université Loyola.

Loyola! Merde! il n'avait pas pensé à cela.

– C'est bien ce qu'il me semblait. Vous avez peut-être entendu parler de Thomas Callahan, un prof de Tulane. Son enterrement a lieu demain.

– Bien sûr, les journaux ne parlent que de ça. La plupart de mes amis vont à Tulane.

– Connaîtriez-vous Darby Shaw, une étudiante de deuxième année? Une très jolie fille.

– Oui, répondit Fountain en souriant. Elle est sortie avec un de mes copains, l'an dernier. Elle passe de temps en temps.

– Quand l'avez-vous vue pour la dernière fois?

– Il y a un ou deux mois.

– Nous devons lui parler, dit Gavin en tendant à Fountain un petit paquet de cartes. Ne jetez pas ces cartes; je vais rester quelques jours au Hilton. Si jamais vous la voyez ou si vous apprenez quelque chose, faites-moi parvenir une de ces cartes.

– Que voulez-vous que j'apprenne?

– Quelque chose à propos de Callahan. Nous avons vraiment besoin de la voir, vous comprenez?

– Oui, oui, fit l'étudiant en fourrant les cartes dans sa poche.

Verheek le remercia et se replongea dans la mêlée, avançant pas à pas, surprenant au vol des bribes de conversation. Une bande joyeuse rentrait dans la salle et Gavin se fraya un passage jusqu'à la porte. Ce n'était vraiment plus de son âge.

Six rues plus loin, il gara sa voiture devant le siège d'une association d'étudiants, à proximité du campus. La dernière étape de sa virée nocturne était une petite salle de billard mal éclairée et à moitié vide. Il alla commander une bière au bar et parcourut la salle du regard. Il y avait quatre tables de billards et deux parties en cours. Un jeune homme en tee-shirt s'approcha et commanda une bière. Sur le devant du tee-shirt vert et gris l'inscription ÉCOLE DE DROIT TULANE était suivie de ce qui ressemblait à un numéro matricule.

— Vous êtes étudiant en droit ? demanda sans hésiter Gavin.

Le jeune homme se tourna vers lui en sortant de la monnaie de la poche de son jean.

— Hélas ! oui.

— Connaissiez-vous Thomas Callahan ?

— Qui êtes-vous ?

— FBI. Callahan était un ami.

L'étudiant but une gorgée de bière, l'air soupçonneux.

— Je suivais ses cours de droit constitutionnel.

Comme Darby, se dit Verheek en s'efforçant de dissimuler son excitation.

— Vous connaissez peut-être Darby Shaw.

— Pourquoi me demandez-vous ça ?

— Nous devons lui parler, c'est tout.

— Qui, nous ?

De plus en plus soupçonneux, l'étudiant se rapprocha de Gavin, comme pour exiger des réponses franches.

— FBI, répéta Gavin, faussement nonchalant.

— Vous avez une plaque ou quelque chose ?

— Bien sûr, fit Gavin en sortant une carte de sa poche.

L'étudiant la lut attentivement avant de la lui rendre.

— Vous êtes un juriste, pas un agent spécial.

C'était un argument valable et Verheek savait qu'il risquait son poste si le directeur apprenait qu'il posait des questions en se faisant passer pour un agent.

— En effet, je suis avocat. Callahan et moi avons fait nos études ensemble.

— Alors, pourquoi voulez-vous voir Darby Shaw ?

Le barman s'était rapproché et tendait l'oreille.

— Vous la connaissez ?

– Je ne sais pas, répondit l'étudiant.

A l'évidence, il mentait, mais n'était pas disposé à parler.

– Elle a des ennuis?

– Non. Vous la connaissez, n'est-ce pas?

– Peut-être. Peut-être pas.

– Quel est votre nom?

– Montrez-moi une plaque et je vous dirai mon nom.

Gavin but une longue goulée et fit un petit sourire au barman.

– Il faut que je la voie, vous comprenez? C'est très important. Je vais rester quelques jours au Hilton. Si vous la voyez, demandez-lui de m'appeler.

Il tendit la carte à l'étudiant qui la prit et s'éloigna sans un mot.

A 3 heures, Gavin Verheek ouvrit la porte de sa chambre d'hôtel et alla directement vers le téléphone. Pas de messages. Il ne savait pas où était Darby, mais en tout cas, elle n'avait pas appelé. En supposant qu'elle était encore vivante.

20

Garcia appela Grantham pour la dernière fois le samedi, à l'aube, deux heures à peine avant ce qui devait être leur premier rendez-vous. Il annonça qu'il jetait l'éponge. Le moment était mal choisi. Si le scandale éclatait, quelques avocats influents et leurs clients fortunés seraient mouillés jusqu'au cou, et, comme ces gens-là n'étaient pas habitués à être mouillés, ils en entraîneraient d'autres dans le bain. Garcia risquait d'être éclaboussé. Il avait une femme, une petite fille, un boulot dont il pouvait supporter les inconvénients, car il était très bien payé. Pourquoi courir des risques ? Il n'avait rien fait de mal. Sa conscience était pure.

– Alors, pourquoi m'appeler ? demanda Grantham.

– Je crois savoir pourquoi on les a assassinés. Je n'en suis pas certain, mais j'ai une idée assez précise des raisons. J'ai vu quelque chose, vous comprenez ?

– Cela fait une semaine que nous avons la même conversation au téléphone, Garcia. Vous prétendez avoir vu ou détenir quelque chose. Mais cela ne sert à rien, si vous ne me le montrez pas.

Grantham ouvrit un dossier et en sortit les agrandissements de l'homme dans la cabine téléphonique.

– C'est une obligation morale qui vous pousse, Garcia. Voilà pourquoi vous voulez parler.

– C'est vrai, mais il n'est pas impossible qu'ils sachent que je suis au courant. Ils me traitent bizarrement, ces derniers temps, comme s'ils cherchaient à savoir si j'ai vu quelque chose. Mais ils ne peuvent me le demander, parce qu'ils n'en sont pas sûrs.

– Vous parlez des types de votre cabinet?

– Oui. Non... attendez un peu! Comment savez-vous que je travaille dans un cabinet? Je ne vous ai rien dit.

– C'est facile à comprendre. Vous partez trop tôt au travail pour être un fonctionnaire. Vous êtes donc dans l'un des cabinets de deux cents avocats où l'on exige une centaine d'heures de travail hebdomadaire des collaborateurs et des associés les plus jeunes. Le jour de votre premier coup de fil, quand vous m'avez dit que vous étiez en route pour le bureau, il était 5 heures du matin.

– Très bien. Que savez-vous d'autre?

– Pas grand-chose. Nous tournons autour du pot, Garcia. Si vous n'êtes pas décidé à parler, vous n'avez qu'à raccrocher. J'ai du sommeil à rattraper.

– Faites de beaux rêves, dit Garcia.

Il raccrocha. Grantham fixa longuement le récepteur muet.

Trois fois en huit ans, il avait changé de numéro. Il vivait par le téléphone et ses meilleures enquêtes avaient eu un appel téléphonique comme point de départ. Mais, pendant ou après chacune de ces enquêtes, il en recevait une multitude d'autres, sans intérêt, venant d'informateurs qui se sentaient obligés d'appeler à toute heure du jour et de la nuit pour déballer leur petite histoire. Comme il avait la réputation d'être un journaliste qui préférerait affronter un peloton d'exécution plutôt que de divulguer ses sources, les appels se succédaient sans interruption. Quand il n'en pouvait plus, il demandait un nouveau numéro, sur liste rouge. Une période de vaches maigres s'ensuivait et il se hâtait de figurer de nouveau dans l'annuaire de Washington.

Son nom s'y trouvait: Gray S. Grantham. Le seul Grantham de tout l'annuaire. On pouvait le joindre au journal douze heures par jour, mais il était tellement plus discret et plus intime de l'appeler à son domicile, de préférence à des heures indues, quand il essayait de dormir.

Après avoir fulminé une demi-heure contre Garcia, il s'était rendormi. Quand la sonnerie retentit de nouveau, il décrocha en tâtonnant dans l'obscurité.

– Allô!

Ce n'était pas Garcia, mais une voix de femme.

– Je suis bien chez Gray Grantham, du *Washington Post*?

– Lui-même. Et vous, qui êtes-vous ?

– Êtes-vous toujours sur l'affaire Rosenberg et Jensen ?

Il se mit sur son séant et regarda la pendule : 5 h 30.

– C'est une grosse affaire et nous avons beaucoup de monde dessus. Mais, en effet, j'enquête sur les assassinats.

– Avez-vous entendu parler du mémoire du Pélican ?

Il inspira profondément, fouillant dans ses souvenirs.

– Le mémoire du Pélican. Non, qu'est-ce que c'est ?

– Une petite hypothèse pas bien méchante sur l'identité du meurtrier. Le mémoire a été emporté à Washington dimanche dernier, par un professeur de droit de l'université Tulane de Louisiane, Thomas Callahan. Il l'a remis à un ami qui travaille pour le FBI. Le mémoire a circulé, l'affaire a fait boule de neige et Callahan est mort mercredi soir, à La Nouvelle-Orléans, dans l'explosion de sa voiture.

Il alluma la lumière et prit fébrilement des notes.

– D'où téléphonez-vous ?

– De La Nouvelle-Orléans. Ne cherchez pas d'où j'appelle, je suis dans une cabine.

– Comment savez-vous tout cela ?

– C'est moi qui ai rédigé le mémoire.

Il était maintenant complètement réveillé, les yeux écarquillés, la respiration précipitée.

– Très bien, fit-il. Puisque vous l'avez écrit, dites-moi de quoi il parle.

– Je ne veux pas procéder comme cela. Même si vous en aviez une copie, vous ne pourriez pas publier un article.

– On parie ?

– Non, vous ne pourriez pas. Il faudrait procéder à des vérifications très minutieuses.

– Pas de problème. Nous avons déjà le Klan, le terroriste Khamel, Armée secrète, les néonazis...

– Pas du tout. Ce n'est aucun de ces groupes ; ils font beaucoup trop parler d'eux. Le mémoire dévoile la piste d'un suspect infiniment plus discret.

Le combiné collé contre l'oreille, il faisait fébrilement les cent pas le long du lit.

– Pourquoi ne pouvez-vous pas me révéler son identité ?

– Plus tard, peut-être. Vous semblez toujours obtenir comme par magie des tas de renseignements. Voyons ce que vous trouverez.

184

– Pour Callahan, il sera facile de vérifier. Un coup de fil suffira. Donnez-moi vingt-quatre heures.

– J'essaierai d'appeler lundi matin. Si nous devons faire équipe, monsieur Grantham, il vous faudra me montrer quelque chose. La prochaine fois que je téléphonerai, j'espère que vous aurez quelque chose à m'apprendre.

– Êtes-vous en danger ? demanda-t-il.

– Je crois, répondit-elle, dans la cabine obscure. Dans l'immédiat, ça va.

A en juger par sa voix, il lui donnait à peu près vingt-cinq ans. Elle avait rédigé un mémoire et connaissait le prof de droit.

– Êtes-vous avocate ? demanda-t-il.

– Non, monsieur Grantham, et ne perdez pas votre temps à vous renseigner sur moi. Sinon, je m'adresse à un autre.

– D'accord. Il vous faut un nom.

– J'en ai déjà un, merci.

– Je veux dire un nom de code.

– Comme dans les histoires d'espions ? Hé ! hé ! ça pourrait être drôle !

– A vous de choisir : un nom de code ou votre vrai nom.

– Vous êtes un malin. Appelez-moi donc le Pélican.

Les parents de Thomas, d'origine irlandaise, étaient de bons catholiques alors que leur fils s'était depuis longtemps détourné de la religion. Ils formaient un beau couple, dignes dans le malheur, élégants et bien bronzés. Thomas ne parlait pas souvent d'eux. Ils entrèrent tous deux dans la chapelle, main dans la main, pour prendre place au premier rang de la famille. Le frère de Mobile était plus petit et paraissait bien plus âgé. Thomas lui avait dit qu'il était éthylique.

Il avait fallu une demi-heure pour que le cortège d'étudiants et de collègues de la faculté se tasse dans la petite chapelle. Le match de football avait lieu le soir même et de nombreux étudiants étaient restés sur le campus. Un car de télévision stationnait dans la rue ; un cameraman filmait à distance respectueuse la façade de la chapelle, sous la surveillance attentive d'un policier du campus qui l'empêchait de s'approcher.

C'est bizarre de voir les filles en robe et talons hauts, les garçons en costume et cravate, songea le Pélican. Le visage collé contre la vitre, dans une salle obscure, au troisième étage de Newcomb Hall, elle observait les étudiants qui se rassemblaient par petits groupes pour discuter à voix basse en finissant leur cigarette. Sous sa chaise il y avait quatre quotidiens qu'elle avait déjà lus. Elle était là depuis deux heures et avait lu à la lumière du jour en attendant le service funèbre. Persuadée que les méchants étaient tapis dans les buissons autour de la chapelle, elle n'avait pas eu le choix. Elle faisait l'apprentissage de la patience : arrivée tôt, elle resterait tard et mettrait l'obscurité à profit pour se déplacer. S'ils la découvraient, peut-être préféreraient-ils en finir vite avec elle et tout serait terminé.

Elle prit une serviette en papier et s'en tamponna les yeux. Ce n'était pas grave de pleurer maintenant, mais il fallait que ce soit la dernière fois. Tout le monde entré, le car de télévision s'éloigna. D'après le journal, l'inhumation aurait lieu dans la plus stricte intimité, après l'office funèbre. Il n'y avait pas de cercueil dans la chapelle.

Elle s'était dit que le moment serait idéal pour prendre la fuite, louer une voiture et se rendre à Baton Rouge d'où elle sauterait dans le premier avion pour n'importe quelle destination autre que La Nouvelle-Orléans. Elle quitterait le pays pour s'installer à Montréal ou à Calgary. Elle resterait cachée un an, s'il le fallait, en attendant que la lumière soit faite sur l'affaire et les méchants sous les verrous.

Ce n'était qu'un rêve. Le moyen le plus rapide de voir la justice triompher passait par elle. Elle en savait plus long que quiconque. Les fédéraux avaient commencé à tourner autour d'elle, puis s'étaient éloignés et devaient s'être lancés sur une autre piste. Bien que proche du directeur, Verheek n'avait rien obtenu. Elle allait devoir reconstituer le film des événements. Son petit mémoire avait provoqué la mort de Thomas et maintenant les autres étaient à ses trousses. Elle connaissait l'identité de l'homme qui avait fait assassiner Rosenberg, Jensen et Callahan. Elle était sans doute la seule.

Elle sursauta. C'était lui ! Le maigre au visage en lame de couteau ! En costume et cravate, avec une mine de circonstance, il se dirigeait rapidement vers la chapelle. C'était bien lui ! Celui qu'elle avait vu dans le hall du

Sheraton – quand était-ce? – le jeudi matin. Elle téléphonait à Verheek quand elle l'avait vu passer, remar-
quant aussitôt son allure louche.

Il s'arrêta devant la porte, regarda nerveusement
autour de lui. Quel imbécile! Il n'était vraiment pas discret! Son regard demeura fixé un instant sur les trois voitures garées au bord du trottoir, à une quinzaine de
mètres. Il ouvrit la porte et pénétra dans la chapelle. De
mieux en mieux! Les salauds qui avaient assassiné Thomas allaient se joindre à la famille pour lui rendre un dernier hommage!

Elle écrasa le nez sur la vitre. Les voitures étaient trop
loin, mais elle avait la certitude que, dans l'une d'elles, un
guetteur était à l'affût. Ils devaient se douter que, malgré
son chagrin, elle ne serait pas assez bête pour se jeter dans
la gueule du loup en venant pleurer son amant. Oui, ils le
savaient : cela faisait deux jours et demi qu'elle leur filait
entre les doigts. Le temps des larmes était fini.

Dix minutes plus tard, le maigre ressortit seul, alluma
une cigarette et, les mains dans les poches, se dirigea d'un
pas nonchalant vers les trois voitures. Il avait l'air triste.
Le pauvre!

Il passa sans s'arrêter devant les véhicules. Dès qu'il fut
hors de vue, une portière de la voiture du milieu s'ouvrit,
un homme en sweat-shirt vert de Tulane en descendit. Il
suivit la rue dans la direction prise par le maigre. Lui
était courtaud, râblé, massif. Une vraie barrique.

Il disparut à l'angle de la chapelle. Darby demeurait
immobile, en équilibre sur le bord de sa chaise. Une
minute plus tard, elle vit réapparaître les deux hommes
derrière le bâtiment. Ils parlaient à voix basse. Presque
aussitôt, le maigre s'éloigna et disparut au bout de la rue.
La Barrique regagna rapidement sa voiture. Il resta au
volant, attendant la sortie de l'office pour scruter une dernière fois les visages, au cas où elle aurait quand même
été assez bête pour venir.

Il avait fallu moins de dix minutes au maigre pour se
glisser dans la chapelle, dévisager les deux cents personnes qui y étaient réunies et décider qu'elle ne se trouvait pas dans l'assemblée. Peut-être avait-il cherché des
cheveux auburn? Ou blonds décolorés? Non, plus probablement ils avaient déjà des hommes à l'intérieur, abîmés en apparence dans les prières et l'affliction, cher-
chant furtivement quelqu'un qui pourrait lui ressembler.

Un signe de la tête ou un clin d'œil au maigre aurait suffi.

Ils étaient partout.

La Havane semblait le sanctuaire idéal pour Khamel. Peu lui importait que sa tête fût mise à prix dans une dizaine, ou même une centaine de pays. Fidel était un admirateur et, occasionnellement, un client. Ils buvaient ensemble, partageaient des femmes, fumaient le cigare. Il vivait comme un prince : un beau petit appartement dans la vieille ville, calle de Torre, une voiture avec chauffeur, un banquier capable de transférer en un clin d'œil de l'argent aux quatre coins du monde, des embarcations de toute taille, un avion militaire, si besoin était, et de jolies jeunes femmes à profusion. Il parlait la langue du pays et n'avait pas la peau blanche. Il adorait La Havane.

Un jour, il avait accepté un contrat pour éliminer Fidel, mais n'avait pu se résoudre à le faire. Sur place, deux heures avant le moment fatidique, il avait compris qu'il ne pourrait pas. Il avait trop d'admiration pour lui ; à l'époque, il ne tuait pas toujours pour de l'argent. Il avait donc retourné sa veste et tout avoué à Fidel. Ils avaient simulé un guet-apens, la rumeur s'était répandue que le grand Khamel avait été abattu dans les rues de La Havane.

Il s'était promis de ne plus voyager sur un vol commercial. Les photographies prises à Paris étaient un trop gros risque pour un professionnel de sa réputation. Il commençait à perdre la main, à commettre des imprudences au crépuscule de sa carrière. Avoir sa photo à la une des journaux américains ! Quelle honte ! Son client avait manifesté son mécontentement.

Le bateau était une goélette de douze mètres, avec deux hommes d'équipage et une jeune femme, tous Cubains. Elle était encore dans une cabine ; il en avait fini avec elle juste avant de voir apparaître les lumières de Biloxi. Maintenant, il ne pensait plus qu'au boulot, inspectait le canot, préparait son sac, sans ouvrir la bouche. Accroupi sur le pont, l'équipage se tenait prudemment à distance.

À 21 heures précises, ils mirent le canot à la mer. Khamel y lança son sac et se laissa glisser dans l'embarcation. Ils entendirent le bruit du moteur tandis que le canot s'enfonçait dans les ténèbres du golfe du Mexique. La goélette devait rester à l'ancre jusqu'à l'aube, puis remettre le cap sur La Havane. Au cas où ils seraient découverts et où l'on commencerait à poser des questions, de faux papiers parfaitement imités faisaient d'eux des citoyens américains.

Khamel avança avec prudence sur les flots paisibles, évitant les bouées lumineuses et s'écartant des rares embarcations. Lui aussi avait de faux papiers, et en outre trois armes dans son sac.

Cela faisait de longues années qu'il n'avait pas eu deux contrats le même mois. Après avoir été prétendument abattu à Cuba, il n'avait plus fait parler de lui pendant cinq ans. La patience était son fort; il acceptait en moyenne une mission par an.

Sa prochaine victime n'attirerait pas l'attention. Il ne viendrait à l'esprit de personne de le soupçonner. C'était un petit boulot, mais son client s'était montré intraitable et, comme il se trouvait dans la région et qu'il y avait un joli paquet à la clé, il voguait encore une fois vers une plage, dans un canot pneumatique, espérant de toutes ses forces que son vieux copain Luke serait cette fois déguisé non pas en fermier, mais en pêcheur.

Il n'accepterait pas d'autre contrat avant un bon moment; ce serait peut-être même le dernier. Il avait plus d'argent qu'il ne pourrait en dépenser ou en distribuer et il commençait à commettre de petites erreurs.

Au loin, il distingua la jetée et changea de cap pour s'en écarter. Il avait une demi-heure devant lui. Il suivit le littoral sur un quart de mille, puis repartit vers la côte. A deux cents mètres du rivage, il coupa le moteur, le détacha de son support et le jeta à l'eau. Il s'allongea dans le canot, utilisant une rame en plastique pour diriger l'embarcation, et aborda sans bruit dans un endroit sombre, derrière une rangée de bâtiments en brique. Dans soixante centimètres d'eau, il perfora la toile imperméable à l'aide d'un couteau de poche. Le canot s'enfonça et disparut. La plage était déserte.

Luke se tenait à l'extrémité de la jetée, seul. A 23 heures précises, il était à l'endroit convenu, avec sa canne à pêche, coiffé d'une casquette blanche dont la visière oscillait tandis qu'il scrutait les ténèbres pour apercevoir le canot. Il regarda sa montre.

Un homme apparut brusquement à côté de lui, comme par magie.

– Luke ? fit-il doucement.

Luke sursauta ; ce n'était pas le mot de passe. Il avait une arme dans la boîte contenant son matériel de pêche, entre ses jambes, mais il ne pouvait pas l'atteindre.

– Sam ? demanda-t-il.

Peut-être n'avait-il pas bien compris. Peut-être Khamel n'avait-il pu trouver la jetée dans son canot.

– Oui, Luke, c'est bien moi. Pardon pour le changement de programme. Des ennuis avec le canot.

Luke poussa un soupir de soulagement.

– Où est le véhicule ? demanda Khamel.

Luke lança un coup d'œil fugace dans sa direction. C'était bien Khamel. Le visage protégé par des lunettes noires, il avait la tête tournée vers l'océan.

Luke indiqua un bâtiment de la tête.

– La Pontiac rouge, à côté de la boutique de spiritueux.

– Combien de temps faut-il jusqu'à La Nouvelle-Orléans ?

– Une demi-heure, répondit Luke en commençant à enrouler son moulinet.

Khamel fit un pas en arrière et le frappa deux fois à la base du cou. Un coup de chaque main. Les vertèbres cervicales brisées sectionnèrent la moelle épinière. Luke bascula vers l'avant avec un petit gémissement. Khamel le regarda mourir, puis fouilla ses poches pour y prendre les clés de la voiture. Avant de s'éloigner, il poussa du pied le corps dans l'eau.

Edwin Sneller, si tel était son nom, glissa doucement la clé sous la porte, sans l'ouvrir. Khamel la ramassa et ouvrit la porte de la chambre voisine. Il entra, s'avança rapidement jusqu'au lit où il posa son sac, puis se dirigea vers la fenêtre aux rideaux ouverts. Au loin, il aperçut le fleuve. Il observa les lumières du Vieux Carré.

Il repartit vers le téléphone et composa le numéro de la chambre de Sneller.

– Parlez-moi d'elle, fit doucement Khamel, la tête baissée vers la moquette.

– Il y a deux photos dans la serviette.

Khamel l'ouvrit et y prit les clichés.

– Je les ai, fit-il.

– Elles sont numérotées, un et deux. La première

vient de l'annuaire de l'école de droit et date d'un an à peu près. Nous n'avons rien trouvé de plus récent. Comme il s'agit de l'agrandissement d'une photo d'identité, elle n'est pas très bonne. L'autre remonte à deux ans, à l'époque où elle était à l'université d'Arizona.

— Belle femme, fit Khamel en contemplant les deux photos.

— Oui, très belle. Mais elle n'a plus sa magnifique chevelure. Jeudi soir, elle a payé une chambre d'hôtel avec une carte de crédit. Vendredi matin, après l'avoir ratée de peu, nous avons trouvé par terre de longs cheveux et une petite tache sur la moquette. L'échantillon prélevé nous a appris qu'il s'agit de teinture noire pour cheveux. D'un noir d'encre.

— Quel dommage !

— Nous ne l'avons pas revue depuis mercredi soir. Elle est insaisissable : carte de crédit le mercredi pour sa chambre d'hôtel, une autre carte de crédit le lendemain, dans un autre hôtel, et, depuis, plus rien. Elle a retiré vendredi après-midi cinq mille dollars en espèces de son compte courant et nous avons perdu sa piste.

— Elle a peut-être quitté la ville.

— C'est possible, mais je ne crois pas. Quelqu'un a visité son appartement la nuit dernière. Nous y avions posé des micros et nous sommes arrivés deux minutes trop tard.

— Vous n'êtes pas très rapides, on dirait.

— C'est une grande ville. Nous avons posté des hommes à l'aéroport et à la gare. Nous surveillons la maison de sa mère, dans l'Idaho. Rien. Je crois qu'elle est encore ici.

— Où peut-elle se cacher ?

— Elle se déplace, change d'hôtel, utilise des téléphones publics, ne se montre plus dans les lieux qu'elle avait l'habitude de fréquenter. La police de La Nouvelle-Orléans est à sa recherche. Ils l'ont interrogée mercredi, après l'explosion, mais elle leur a faussé compagnie. Nous cherchons, la police cherche, elle finira bien par se montrer.

— Pourquoi a-t-elle échappé à l'explosion ?

— Très simple. Elle n'était pas montée dans la voiture.

— Qui a fabriqué la bombe ?

— Je ne peux pas le dire, répondit Sneller après une hésitation.

Khamel ébaucha un mince sourire en sortant de la serviette plusieurs plans de la ville.

— Qu'y a-t-il sur ces plans ?

— Juste quelques endroits qui peuvent vous intéresser. Son appartement, celui de son amant, l'école de droit, les hôtels où elle est passée, le lieu de l'explosion, quelques-uns de ses bars préférés.

— Jusqu'à présent, elle n'a pas quitté le Vieux Carré ?

— Elle est rusée. C'est l'endroit où il y a le plus de cachettes.

Khamel prit la photo la plus récente et alla s'asseoir sur l'autre lit. Il aimait ce visage. Même en l'imaginant avec des cheveux bruns et courts, il le fascinait. Il allait la tuer, mais il n'y prendrait aucun plaisir.

— Dommage ! fit-il à mi-voix, comme pour lui-même.

— Oui, dit Sneller. Dommage !

21

En arrivant à La Nouvelle-Orléans, Gavin Verheek se sentait déjà vieux et fatigué; après deux nuits passées à faire la tournée des bars, il était épuisé, à bout de forces. Il était entré dans le premier bistrot juste après l'enterrement et, pendant sept heures d'affilée, avait descendu bière sur bière en compagnie d'une ribambelle de jeunes gens pleins d'énergie à qui il avait dû tenir d'interminables discours sur les délits et les contrats, les grands cabinets de Wall Street, toutes choses pour lesquelles il n'avait que mépris. Il savait qu'il n'aurait pas dû confier à des inconnus qu'il appartenait au FBI. Il n'appartenait pas au FBI; il n'avait pas de plaque.

Le samedi soir, il fit ainsi cinq ou six bars. Tulane perdit encore, et, après le match, les débits de boissons furent envahis par des groupes de supporters nerveux. Voyant qu'il n'y avait plus rien à espérer, Verheek rentra à minuit.

Il s'était abîmé dans un sommeil profond, sans prendre le temps de se déchausser, quand le téléphone sonna. Il bondit sur l'appareil.

– Allô! Allô!

– Gavin? demanda une voix féminine.

– Darby! C'est vous?

– Qui voulez-vous que ce soit?

– Pourquoi n'avez-vous pas appelé plus tôt?

– Je vous en prie, ne commencez pas à poser des questions stupides. Je suis dans une cabine, ne cherchez pas à localiser l'appel.

– Allons, Darby! Je vous jure que vous pouvez me faire confiance.

– D'accord, je vous fais confiance. Quelle est la prochaine étape?

Il regarda sa montre et entreprit de dénouer ses lacets.

– A vous de me le dire. Que voulez-vous faire? Combien de temps comptez-vous rester cachée à La Nouvelle-Orléans?

– Comment savez-vous que je suis ici?

Il ne répondit pas tout de suite.

– C'est vrai, reprit-elle, je suis à La Nouvelle-Orléans. Et je présume que vous allez me fixer un rendez-vous, nous allons devenir très bons amis, je vais me livrer, persuadée que vous me protégerez jusqu'à la fin de mes jours.

– Exactement, fit Gavin. Vous allez mourir dans les jours qui viennent, si vous ne le faites pas.

– Venez-en au fait, voulez-vous?

– Très bien. Vous jouez à un jeu dont vous ignorez les règles.

– Qui veut ma peau, Gavin?

– Il y a plusieurs possibilités.

– Qui, Gavin?

– Je ne sais pas.

– C'est vous qui jouez un drôle de jeu, Gavin. Comment voulez-vous que je vous fasse confiance, si vous ne me dites rien?

– Très bien... Je pense que l'on peut affirmer sans risque de se tromper que votre mémoire a tapé juste. Vous êtes dans le vrai : son existence n'aurait pas dû être connue de certaines personnes et c'est ce qui a provoqué la mort de Thomas. Vous devez aussi savoir qu'ils vous élimineront dès qu'ils vous trouveront.

– Nous savons qui a fait assassiner Rosenberg et Jensen, n'est-ce pas, Gavin?

– Oui, je pense que nous le savons.

– Dans ce cas, pourquoi le FBI n'agit-il pas?

– Peut-être essaie-t-on d'étouffer l'affaire.

– Je vous remercie de dire cela, Gavin. Merci infiniment.

– Cela pourrait me coûter mon poste.

– A qui voulez-vous que j'en parle? Qui essaie d'étouffer quoi, Gavin?

– Je ne suis sûr de rien. Nous nous sommes intéressés

de près à votre mémoire, jusqu'à ce que la Maison-Blanche fasse pression sur nous. Maintenant, nous abandonnons cette piste.

– Oui, je comprends. Mais pourquoi s'imaginent-ils qu'il suffira de m'éliminer pour que le silence retombe sur l'affaire ?

– Je n'ai rien à vous répondre. Peut-être croient-ils que vous en savez plus long que ce que vous avez écrit.

– Vous permettez que je vous raconte quelque chose ? Juste après l'explosion, pendant que Thomas était dans la voiture en flammes, j'ai à moitié perdu connaissance. Un policier, qui disait s'appeler Rupert, m'a aidée à me relever et m'a emmenée dans sa voiture où un autre policier, en jean et bottes de cow-boy, a commencé à me poser des questions. J'étais malade, encore en état de choc. Puis Rupert et son complice ont disparu et ne sont pas revenus. Ce n'étaient pas des flics, Gavin. Ils ont assisté à l'explosion puis, voyant que je n'étais pas dans la voiture piégée, ont changé de tactique. Je ne pouvais pas le savoir, mais, à une ou deux minutes près, j'aurais probablement reçu une balle dans la tête.

Les yeux fermés, Verheek écoutait.

– Pourquoi ont-ils disparu ? demanda-t-il.

– Je n'en sais rien. Je pense qu'ils ont pris peur quand les vrais flics sont arrivés. J'étais montée dans leur voiture, Gavin. Ils me tenaient.

– Vous devez vous placer sous notre protection, Darby. Je vous en prie !

– Vous souvenez-vous de notre conversation téléphonique de jeudi matin, quand j'ai cru reconnaître un homme que je vous ai décrit ?

– Naturellement.

– Je l'ai revu hier, devant la chapelle. Il était avec des amis.

– Et vous, où étiez-vous ?

– J'observais. Il est arrivé quelques minutes après le début de l'office, est resté moins d'un quart d'heure à l'intérieur, puis il est ressorti pour retrouver son ami la Barrique.

– Qui ?

– Un type qui fait partie de la bande : la Barrique, Rupert, Cow-boy et le Maigre. De drôles de numéros. Je suis sûre qu'il y en a d'autres, mais je n'ai pas encore eu le plaisir de les rencontrer.

– Votre prochaine rencontre avec l'un d'eux sera la dernière, Darby. Il ne vous reste certainement pas plus de quarante-huit heures à vivre.

– Nous verrons bien. Combien de temps restez-vous à La Nouvelle-Orléans ?

– Quelques jours. J'avais prévu de ne pas repartir avant de vous avoir retrouvée.

– Eh bien, me voilà. Je vous appellerai peut-être demain.

– D'accord, Darby, soupira Verheek. Comme vous voudrez. Mais soyez prudente.

Elle raccrocha. Il balança l'appareil au pied du lit en jurant.

Deux pâtés de maisons plus loin, quinze étages plus haut, Khamel regardait la télévision en marmonnant entre ses dents. C'était un film dont l'action se passait dans une grande ville. Les personnages parlaient anglais, sa troisième langue, et il répétait tout le dialogue en s'efforçant de prendre un accent américain. Il était capable de faire cela plusieurs heures d'affilée. Il avait assimilé la langue à Belfast, où il vivait dans la clandestinité, et avait vu en vingt ans plusieurs centaines de films américains. Sa préférence allait aux *Trois Jours du Condor*. Il avait dû le voir à quatre reprises avant de comprendre qui tuait qui et pourquoi. Il aurait pu tuer Redford.

Il répéta chaque phrase à voix haute. On lui avait affirmé que son anglais pouvait passer pour celui d'un Américain, mais à la moindre erreur, à la plus petite faute, il perdrait la jeune femme.

La Volvo était garée dans un parking, à deux cents mètres du domicile de son propriétaire qui déboursait cent dollars par mois pour une place et la sécurité censée être incluse dans le prix. Les deux hommes poussèrent une porte qui aurait dû être fermée à clé.

C'était une GL de 1986, sans dispositif antivol, et il ne fallut que quelques secondes pour ouvrir la portière du conducteur. L'un des deux hommes s'assit sur le capot et alluma une cigarette. Il était presque 4 heures du matin.

Le deuxième homme ouvrit une petite boîte à outils

sortie de sa poche et commença à démonter le téléphone de voiture dont Grantham avait fait l'acquisition avec le sentiment honteux de passer pour un jeune cadre dynamique. La lumière du plafonnier était suffisante et l'homme travaillait vite. Un jeu d'enfant. Après avoir ouvert le récepteur, il y plaça un micro miniaturisé qu'il fixa avec une goutte de colle. Une minute plus tard, il descendit de la voiture et alla s'accroupir près du pare-chocs arrière. Son collègue à la cigarette lui tendit un petit cube noir qu'il plaça sous le châssis, derrière le réservoir d'essence. C'était un émetteur aimanté qui transmettrait des signaux pendant six jours et qu'il faudrait remplacer ensuite.

Toute l'opération prit moins de sept minutes. Le lundi matin, dès que Grantham pénétrerait dans l'immeuble du *Washington Post*, ils s'introduiraient chez lui pour mettre ses téléphones sur écoute.

22

Sa deuxième nuit dans le « bed and breakfast » fut bien meilleure que la première. Elle dormit jusqu'au milieu de la matinée. Peut-être commençait-elle à s'habituer ? Le regard fixé sur les rideaux de la minuscule fenêtre, elle songea qu'elle n'avait pas fait de cauchemars, qu'il n'y avait pas eu de mouvements menaçants dans l'obscurité, pas de pistolets ni de couteaux dirigés vers elle. Elle sortait d'un sommeil profond, un sommeil de plomb, et continua longuement de regarder les rideaux pour donner à son cerveau le temps de se remettre à fonctionner.

Elle essayait de s'astreindre à une sévère discipline de l'esprit. C'était son quatrième jour sous l'identité du Pélican et, pour atteindre le cinquième, il lui faudrait réfléchir avec la rigueur d'un tueur méticuleux. C'était son quatrième jour de vie supplémentaire. Elle aurait dû être morte.

Dès qu'elle ouvrait les yeux, dès qu'elle avait pris conscience qu'elle était bien vivante, que la porte ne grinçait pas, que le plancher ne craquait pas, qu'il n'y avait pas de tueur caché dans le placard, sa première pensée était pour Thomas. La violence du choc causé par sa mort commençait à s'atténuer et il devenait un peu plus facile de chasser de son esprit le fracas de l'explosion et le grondement du brasier. Elle savait que la mort avait été instantanée. Il n'avait pas souffert.

Elle pouvait donc évoquer d'autres souvenirs, le contact du corps de Thomas contre le sien, ses murmures et ses petits rires d'après l'amour, quand il avait envie d'« agaceries ». Il était très câlin, il aimait jouer, l'embrasser, la caresser après l'amour, avec de petits gloussements. Il était éperdument amoureux; pour la première fois de sa vie, il lui arrivait de bêtifier avec une femme. Maintes fois, au milieu d'un cours, Darby avait pensé à ces câlineries et ces gloussements de plaisir; il lui avait fallu se mordre les lèvres pour ne pas pouffer de rire.

Elle aussi, elle l'aimait, et son chagrin était profond. Elle aurait voulu rester au lit une semaine et verser toutes les larmes de son corps. Le lendemain de l'enterrement de son père, un psychiatre lui avait expliqué que l'âme a besoin de s'abandonner au chagrin pendant une période brève, mais très intense, avant de passer à l'étape suivante. Le chagrin est nécessaire; l'âme doit souffrir sans retenue avant de reprendre le dessus. Elle avait suivi le conseil et pleuré son père sans se retenir pendant quinze jours, puis s'était lassée et avait pu passer à autre chose. Cela avait marché.

Mais pas pour Thomas. Elle ne pouvait hurler et balancer des objets comme elle aurait voulu le faire. Rupert, le Maigre et toute la bande la privaient de ce chagrin salutaire.

Après les premières minutes consacrées à Thomas, c'est vers eux que son esprit se tourna. Où l'attendraient-ils aujourd'hui? Où pouvait-elle aller sans se faire repérer? Après deux nuits au même endroit, devait-elle chercher une autre chambre? Oui, elle en trouverait une, après la tombée de la nuit. Elle téléphonerait dans un établissement aussi modeste pour réserver une chambre. Où les autres s'étaient-ils installés? Se contentaient-ils de parcourir les rues dans l'espoir de tomber sur elle? Savaient-ils où elle avait passé la nuit? Non. Sinon, elle serait déjà morte. Savaient-ils qu'elle était devenue blonde?

Penser à ses cheveux la fit sortir du lit. Elle s'avança vers le miroir au-dessus du bureau et se regarda. Ses cheveux étaient encore plus courts, presque blancs. Pas mal. Elle avait passé trois heures à cette transformation, la veille au soir. Si elle survivait deux jours de plus, elle les couperait plus ras et les teindrait de nouveau en noir. Si elle survivait encore une semaine, elle finirait entièrement rasée.

Une crampe d'estomac la fit penser à la nourriture. Elle ne mangeait rien et cela ne pouvait continuer. Il était 10 heures. Curieusement on ne servait pas de petit déjeuner le dimanche matin. Elle allait risquer le coup et sortir pour acheter un gâteau et l'édition dominicale du *Washington Post*. Elle verrait bien s'ils la reconnaissaient, maintenant qu'elle était blonde.

Elle prit une douche rapide, se coiffa en un rien de temps. Pas de maquillage. Elle enfila un treillis, un blouson neuf, des lunettes d'aviateur : elle était prête pour le combat.

Pas une fois en quatre jours, Darby n'était sortie d'un bâtiment par la porte principale. Elle se glissa dans la cuisine obscure, ouvrit la porte de derrière et s'engagea dans la ruelle donnant sur l'arrière de la petite pension. La température était assez fraîche pour qu'un blouson d'aviateur n'attire pas les regards. Que tu es bête! songeait-elle. Dans le Vieux Carré on pouvait se promener déguisé en ours polaire sans attirer l'attention. Elle suivit la ruelle d'un pas vif, les mains enfoncées dans les poches, le regard en alerte derrière les lunettes noires.

Il la vit quand elle monta sur le trottoir, près de Burgundy Street. Sa coiffure sous la casquette n'était pas la même, mais elle mesurait toujours un mètre soixante-douze et n'y pouvait rien changer. Elle avait toujours ses longues jambes et sa démarche particulière. Après quatre jours de traque, il était capable de la repérer dans la foule, quoi qu'elle eût fait à son visage et à ses cheveux. Les bottes de cow-boy – peau de serpent, bout pointu – se posèrent sur le trottoir et la filature commença.

Elle était rusée, tournait à chaque carrefour, changeait de trottoir, marchait bon train, sans aller trop vite. Il imagina qu'elle se dirigeait vers Jackson Square où elle pourrait se mêler à la foule compacte du dimanche. Elle pourrait flâner au milieu des touristes et des badauds, manger quelque chose, profiter du soleil, acheter un journal.

Darby alluma nonchalamment une cigarette, tira une bouffée et se remit en marche. Elle ne pouvait pas avaler la fumée. Elle avait essayé en vain trois jours plus tôt. Quelle ironie du sort, si elle devait survivre à cette épreuve pour mourir d'un cancer du poumon! Fasse le ciel que je meure d'un cancer du poumon!

Il était assis à la terrasse bondée d'un café, à l'angle de St.Peter et Charles Street, à moins de trois mètres d'elle. Une fraction de seconde plus tard, il la vit à son tour. Il ne l'aurait pas reconnue, si elle n'avait eu un léger mouvement de recul en le voyant. Sans cette brève hésitation et le regard qui la trahit, il n'aurait sans doute eu que des soupçons. Elle continua de marcher, mais accéléra le pas.

C'était la Barrique. Il s'était levé d'un bond et zig-zaguait entre les tables quand elle se retourna. A hauteur d'homme, il ne paraissait plus du tout aussi corpulent qu'elle l'avait cru, mais vif et très musclé. Elle le perdit dans Chartres Street, quand elle se glissa entre les arches de la cathédrale Saint-Louis. L'église était ouverte. L'idée lui vint d'entrer, comme dans un asile où il n'aurait pas osé la tuer. Mais il l'aurait supprimée aussi bien dans ce lieu inviolable, en pleine rue, au milieu de la foule. Il l'aurait tuée n'importe où. Il était derrière et elle voulait savoir à quelle vitesse il allait. Se contentait-il de marcher rapidement, d'un air dégagé ? Était-il obligé de courir ? Ou fonçait-il sur le trottoir en bousculant tout le monde et en s'apprêtant à se jeter sur elle dès qu'il l'aper-cevrait ? Elle continua, pressant encore le pas.

Elle tourna à gauche dans Saint Ann Street, traversa la rue et allait arriver dans Royal Street quand elle jeta un nouveau coup d'œil par-dessus son épaule. Il était là. Sur l'autre trottoir, toujours à sa poursuite.

Ce regard inquiet qu'elle jeta derrière elle dissipa les derniers doutes de l'homme qui se mit à courir.

Va jusqu'à Bourbon Street, se dit-elle. Le coup d'envoi du match de football devait être donné quatre heures plus tard et les supporters des Saints répandus en force dans les rues faisaient la fête avant le match, car il n'y aurait pas grand-chose à fêter après. Elle tourna dans Royal Street, fit quelques foulées à toute allure et ralentit. Quand elle le vit apparaître, il trottinait, mais était prêt à démarrer à fond de train. Darby gagna le milieu de la chaussée où un groupe de supporters traînaient pour tuer le temps. Elle tourna à gauche, dans Dumaine Street, et prit ses jambes à son cou. Bourbon Street était juste devant et il y avait un monde fou.

Maintenant, elle l'entendait. Inutile de se retourner. Il était là, derrière, et il gagnait du terrain. Quand elle déboucha dans Bourbon Street, la Barrique n'avait plus que quelques foulées de retard et la poursuite allait s'achever. Elle découvrit ses sauveurs à la porte d'un bar, qui faisaient une sortie tumultueuse. Trois armoires à glace ridiculement accoutrées, arborant les couleurs noir et or des Saints, déboulèrent au milieu de la rue au moment où Darby passait en courant.

– Au secours! hurla-t-elle de toutes ses forces en se retournant pour montrer son poursuivant. Au secours! Il veut me violer!

Une agression sexuelle dans les rues de La Nouvelle-Orléans n'a rien d'exceptionnel, mais les armoires à glace n'allaient pas laisser cette fille se faire violenter sous leurs yeux.

– Aidez-moi, je vous en prie! ajouta-t-elle d'un ton implorant.

Le silence se fit dans la rue. Tout le monde s'immobilisa, y compris la Barrique. Il n'hésita qu'un instant, s'élança de nouveau vers elle. Les trois Saints lui barrèrent résolument le passage, les bras croisés, le regard dur. Tout fut terminé en quelques secondes. La Barrique frappa des deux mains en même temps : du tranchant de la droite à la gorge du premier, du poing de la gauche sur la bouche du deuxième. Ils s'affaissèrent en hurlant. Le troisième Saint n'avait pas l'intention de baisser pavillon ; ses deux potes se tordaient de douleur et il n'aimait pas du tout ça. C'eût été un jeu d'enfant pour la Barrique de le neutraliser, mais le premier de ses adversaires tomba sur son pied droit, ce qui lui fit perdre l'équilibre. Au moment où il dégageait sa jambe, Benjamin Chop, de Thibodaux, Louisiane, lui balança un grand coup de pied dans l'aine. En se fondant dans la foule, Darby entendit un hurlement de douleur.

Avant que son adversaire n'ait touché le sol, Benjamin Chop lui balança un autre coup de pied, dans les côtes, cette fois. Le deuxième Saint, le visage couvert de sang et les yeux fous, chargea et le massacre commença. La Barrique se roula en boule, les mains jointes sur ses testicules horriblement douloureux tandis que les autres faisaient pleuvoir sur lui une grêle de coups de pied. « Les flics! » finit par hurler quelqu'un. Ce cri sauva la vie de la Barrique. Benjamin Chop et le deuxième Saint aidèrent leur copain à se relever, et ils s'engouffrèrent tous trois dans un bar. La Barrique se remit debout et s'éloigna en se traînant comme un chien heurté par un camion, mais vivant et résolu à aller mourir dans sa niche.

Darby se réfugia au fond d'un pub de Decatur Street, elle commanda d'abord un café, puis une bière, ensuite un café, puis une bière. Ses mains tremblaient et elle avait des crampes à l'estomac. Une odeur délicieuse de « po-boy » lui chatouillait les narines, mais elle était incapable d'avaler quoi ce fût de solide. Après sa troisième bière, elle commanda une assiette de crevettes et passa à l'eau de source.

L'alcool l'avait calmée, les crevettes lui remplirent l'estomac. Comme elle se sentait en sécurité, elle se dit qu'elle ferait aussi bien de regarder le match à la télévision et d'attendre l'heure de la fermeture.

Au coup d'envoi, le pub était bondé. Le regard rivé sur l'écran géant placé au-dessus du bar, les clients s'enivraient consciencieusement. Darby encourageait, elle aussi, l'équipe des Saints. Elle se prit à espérer que les trois supporters qui l'avaient sauvée n'avaient pas de mal et qu'ils passaient un bon moment devant la télé. Autour d'elle, la foule hurlait et conspuait les Redskins de Washington.

Darby resta dans son coin bien après la fin du match, puis se coula dans la rue à la faveur de l'obscurité.

Dans le courant du dernier quart temps, tandis que les Saints étaient menés de douze points, Edwin Sneller reposa le combiné sur son support et éteignit le téléviseur. Il fit quelques pas pour se dégourdir les jambes et composa le numéro de la chambre de Khamel.

– Écoutez-moi parler anglais, dit le tueur. Dites-moi si vous percevez un accent.

– Non, fit Sneller, c'est bien. Elle est ici. L'un de nos hommes l'a vue ce matin à Jackson Square. Il l'a suivie un moment avant de la perdre.

– Comment l'a-t-il perdue ?

– Peu importe. Elle a réussi à lui échapper, mais ce qui compte, c'est qu'elle est encore ici. Elle a les cheveux très courts, presque blancs.

– Blancs ?

Sneller détestait se répéter, surtout pour un connard de cette espèce.

– Il a dit que les cheveux n'étaient pas blonds, mais blancs et qu'elle portait un pantalon de treillis vert avec un blouson d'aviateur brun. Il ne comprend pas comment, mais elle l'a reconnu et a pris la fuite.

– Comment a-t-elle pu le reconnaître ? Elle l'avait déjà vu ?

Ce type posait des questions idiotes. Dire qu'il était considéré comme un surhomme !

– Je ne peux pas vous répondre.

– Que pensez-vous de mon anglais?

– Parfait. Il y a une petite carte sous votre porte. Vous devriez y jeter un coup d'œil.

Khamel posa le combiné sur un oreiller et se dirigea vers la porte. Quelques secondes plus tard, il était de retour.

– Qui est-ce? demanda-t-il.

– Il s'appelle Verheek. Hollandais d'origine, mais nationalité américaine. Il travaille à Washington, au siège du FBI. A l'évidence, il était très lié avec Callahan. Ils ont terminé leurs études la même année, à Georgetown, et Verheek assistait au service funèbre. La nuit dernière, il traînait dans un café, pas très loin du campus, et cherchait à se renseigner sur la fille. Il y a deux heures, l'un de nos hommes, se faisant passer pour un agent du FBI, a lié conversation avec le barman, un étudiant en droit qui la connaît. Ils ont discuté en regardant le match et, au bout d'un moment, le barman lui a montré cette carte. Regardez au dos. Il est au Hilton, chambre 1909.

– Il y en a pour cinq minutes à pied, fit Khamel, penché sur le plan de la ville étalé sur le lit.

– Oui. Nous avons passé quelques coups de fil à Washington. Verheek est avocat, ce n'est pas un agent. Il connaissait Callahan; il se peut qu'il connaisse la fille. En tout cas, il est évident qu'il cherche à la retrouver.

– Croyez-vous qu'elle se confierait à lui?

– Probablement.

– Que pensez-vous de mon anglais?

– Parfait.

Khamel attendit une heure avant de sortir. En costume et cravate, il se mêla à la foule, promeneur anonyme descendant Canal Street, vers le fleuve. Un gros sac de sport à la main, une cigarette aux lèvres, il entra cinq minutes plus tard dans le hall du Hilton et se fraya un passage au milieu des grappes de supporters revenant du Superdôme. Il prit l'ascenseur jusqu'au vingtième étage et redescendit à pied au dix-neuvième.

Il frappa à la porte de la chambre 1909; pas de réponse. Si elle était restée entrebâillée avec la chaîne de sûreté, il se serait excusé, prétextant s'être trompé de chambre. Si elle s'était entrouverte sans la chaîne, il l'aurait poussée d'un grand coup de pied pour se ruer à l'intérieur. Mais la porte ne s'ouvrit pas.

Ce pauvre Verheek devait être dans un bar, à distribuer des cartes de visite et implorer tous les étudiants qu'il voyait de lui parler de Darby Shaw. Quel abruti!

Il frappa de nouveau. Rien. Il glissa discrètement une réglette de plastique de quinze centimètres de long entre la porte et le chambranle et la fit doucement remuer, jusqu'à ce qu'il perçoive un petit claquement. Une serrure n'était pas un obstacle pour Khamel. Il était capable, en moins de trente secondes, d'ouvrir la portière verrouillée d'une voiture et de mettre le moteur en marche.

Il entra, referma la porte et posa son sac sur le lit. Comme un chirurgien, il sortit des gants de sa poche et les tira soigneusement sur ses doigts. Il plaça délicatement sur la table le calibre 22 et le silencieux.

Il ne lui fallut pas longtemps pour s'occuper du téléphone. Il brancha sous le lit le magnétophone qui pouvait rester plusieurs semaines avant d'être découvert. Il appela deux fois la météo pour s'assurer que tout fonctionnait. Parfait.

Ce pauvre Verheek était un plouc. La plupart des vêtements dans la chambre étaient sales, lancés vaguement vers une valise posée sur une table. Il n'avait même pas déballé ses affaires. Un sac à linge suspendu dans le placard contenait une chemise sale.

Khamel effaça les traces de son passage et alla se tapir au fond du placard. Il avait une patience à toute épreuve et pouvait attendre des heures sans bouger. Il gardait le pistolet à la main, juste au cas où l'autre pomme ouvrirait brusquement le placard. Il serait dans ce cas obligé de le tuer d'une balle. Sinon, il se contenterait d'écouter.

23

Ce dimanche, Gavin renonça à poursuivre la tournée des bars. Cela ne menait à rien. Elle l'avait appelé et, comme elle ne fréquentait plus ces lieux nocturnes, à quoi bon continuer ? En outre, il buvait et mangeait trop et il en avait assez de La Nouvelle-Orléans. Il avait déjà réservé une place dans l'avion du lundi en fin d'après-midi, et, si elle ne le rappelait pas, il mettrait un terme à sa brève carrière de détective.

Ce n'était pas sa faute, mais elle demeurait introuvable. Les chauffeurs de taxis eux-mêmes se perdaient dans le dédale des rues. Voyles allait hurler dès le lundi midi. Il avait fait tout son possible.

Étendu sur son lit, en caleçon, il feuilletait une revue en dédaignant la télévision. Il était presque 23 heures. Il attendrait jusqu'à minuit, puis, si elle n'avait pas appelé, il essaierait de dormir.

Le téléphone sonna à 23 heures précises. Gavin éteignit la télévision à l'aide de la télécommande.

— Allô !

C'était elle.

— C'est moi, Gavin.

— Vous êtes toujours vivante !

— À peine.

— Que s'est-il passé ? demanda Verheek en s'asseyant au bord du lit.

— Ils m'ont repérée ce matin et l'un d'eux, mon vieil ami la Barrique, m'a pourchassée dans le Vieux Carré. Vous ne le connaissez pas, mais c'est celui qui surveillait tout le monde, à l'entrée de la chapelle.

– Et vous avez réussi à lui échapper ?

– Oui... Par miracle, mais j'ai réussi.

– Qu'est-il donc arrivé à votre ami la Barrique ?

– Il a été grièvement blessé dans la partie la plus sensible de son individu. En ce moment, il doit être alité, une poche de glace dans son caleçon. Il n'était plus qu'à quelques mètres de moi quand il a été pris à partie par un groupe de costauds... J'ai très peur, Gavin.

– Il vous avait suivie ?

– Non, nous nous sommes trouvés nez à nez, dans la rue.

Verheek garda le silence quelques secondes. Sa voix tremblait, même si elle maîtrisait ces tremblements. Elle avait de la peine à conserver son sang-froid.

– Écoutez, Darby, j'ai pris un billet d'avion pour demain après-midi. Je travaille, vous savez, et mon chef compte sur moi au bureau. Je ne peux pas me permettre de rester encore un mois à La Nouvelle-Orléans en espérant que vous ne vous ferez pas tuer et que vous finirez par me faire confiance. Je pars demain et je pense que le mieux serait que vous m'accompagniez.

– Pour aller où ?

– A Washington. Chez moi... N'importe où ailleurs que là où vous êtes.

– Et alors, que se passera-t-il ?

– Eh bien, pour commencer, vous vivrez. J'interviendrai en votre faveur auprès du directeur et je vous promets la sécurité. Nous vous aiderons, je vous le garantis ! Ce sera mieux que de vivre comme une bête traquée.

– Qu'est-ce qui vous fait croire que nous pourrons partir tranquillement en avion ?

– Vous serez protégée par trois agents du FBI. Je ne suis pas idiot, Darby. Dites-moi simplement où vous voulez que nous nous retrouvions et je passe vous chercher dans un quart d'heure, avec trois agents. Ces gars-là ont des gros pistolets ; ils n'ont pas peur de la Barrique et de ses copains. Nous vous ferons quitter la ville dès ce soir et, demain, vous serez à Washington. Je vous promets que vous rencontrerez le grand chef, l'honorable F. Denton Voyles, et nous verrons bien ce qui se passera.

– Je croyais que le FBI était dessaisi de l'affaire.

– Pour l'instant, oui, mais cela peut changer.

– D'où viendraient donc vos trois agents ?

– J'ai des amis.

Elle réfléchit. Quand elle reprit la parole, ce fut d'une voix plus ferme.

— Derrière votre hôtel se trouve un centre commercial appelé Riverwalk. Il y a des restaurants et...

— Je connais. J'y ai passé deux heures cet après-midi.

— Très bien. Au deuxième niveau vous trouverez un magasin de vêtements, Frenchmen's Bend.

— Je l'ai vu.

— Demain, à midi précis, vous attendrez devant l'entrée. Vous resterez cinq minutes sans bouger.

— Je vous en prie, Darby! Demain, à midi, vous ne serez plus de ce monde. Cessez donc de jouer à cache-cache!

— Faites ce que je vous dis, Gavin. Comme nous ne nous sommes jamais rencontrés, je ne sais pas à quoi vous ressemblez; vous porterez donc une chemise noire et une casquette de base-ball rouge.

— Où voulez-vous que je trouve ça?

— Débrouillez-vous.

— Bon, d'accord, je me débrouillerai. Je suppose que vous allez aussi me demander de me gratter le nez avec une pelle ou quelque chose de ce genre. C'est ridicule!

— Je ne me sens pas ridicule et, si vous ne la fermez pas tout de suite, nous annulons tout!

— C'est votre peau qui est en jeu.

— Gavin, je vous en prie!

— Excusez-moi. Je ferai comme vous voudrez, mais je trouve l'endroit bien passant.

— En effet. Je me sens plus en sécurité dans la foule. Vous attendrez cinq minutes devant l'entrée un journal plié à la main. Je vous observerai. Au bout de cinq minutes, vous entrerez dans la boutique et vous irez vers la droite, au rayon du fond, où vous trouverez des sahariennes. Je vous rejoindrai là-bas.

— Et vous, comment serez-vous habillée?

— Ne vous occupez pas de moi.

— Bon. Que ferons-nous, après?

— Nous quitterons la ville. Mais rien que vous et moi; personne d'autre ne doit être au courant. C'est bien compris?

— Pas très bien, non. Je peux assurer votre protection.

— Non, Gavin, c'est moi qui donne les ordres. Je suis seule à décider. Ne me parlez plus de vos trois amis, d'accord?

208

– D'accord... Comment comptez-vous quitter la ville ?

– J'ai un plan.

– Je n'aime pas vos plans, Darby. Des tueurs sont sur vos talons et vous voulez m'entraîner dans cette sale histoire. Ce n'est pas ce que je voulais. Il est beaucoup plus sûr de faire les choses à ma manière. Pour vous comme pour moi.

– Mais vous viendrez quand même, demain à midi ?

– Oui, fit-il, debout devant le lit, les yeux fermés. Oui, j'y serai. J'espère simplement que vous tiendrez jusque-là.

– Combien mesurez-vous ?

– Un mètre soixante-dix-huit.

– Et combien pesez-vous ?

– Je redoutais cette question. En général, je triche sur mon poids. Quatre-vingt-dix kilos, mais je vais maigrir. C'est juré.

– Je verrai ça demain, Gavin.

– J'espère aussi vous voir, Darby.

La communication fut interrompue. Il raccrocha. « Bordel de merde ! » hurla-t-il dans le silence de la chambre. Il fit quelques pas le long du lit, puis se dirigea vers la salle de bains, s'y enferma et ouvrit le robinet de la douche.

Pendant dix minutes, sous la douche, il pesta contre Darby. En s'essuyant, il dut s'avouer qu'il pesait en réalité plus près de cent kilos que de quatre-vingt-dix et, sous la toise, il ne dépassait guère le mètre soixante-quinze. Son corps lui fit horreur. Il devait rencontrer le lendemain une fille sensationnelle, disposée à remettre son sort entre ses mains et il ressemblait à un poussah !

Il ouvrit la porte, la chambre était plongée dans l'obscurité. Pourquoi dans l'obscurité ? Il avait laissé les lumières allumées ! Merde ! Il tendit la main vers l'interrupteur près de la coiffeuse.

Le premier coup lui écrasa le larynx. Un coup parfait, venant du mur, asséné latéralement. Gavin poussa un grognement de douleur ; ses genoux se dérobèrent sous lui, ce qui rendit le second coup plus facile, comme celui d'une hache s'abattant sur un tronc d'arbre. Atteint avec une terrible violence à la base du crâne, Gavin mourut sur-le-champ.

Khamel actionna l'interrupteur et baissa les yeux vers ce corps flasque, à la nudité repoussante. Il n'était pas du genre à admirer son œuvre. Comme il ne voulait pas de traces de frottement sur la moquette, il hissa le corps adipeux sur ses épaules et le jeta en travers du lit. Rapidement, sans gestes inutiles, Khamel alluma la télévision, mit le volume au maximum, ouvrit son sac et en sortit un automatique, calibre 25, qu'il plaça soigneusement sur la tempe droite de feu Gavin Verheek. Il prit les deux oreillers pour couvrir le pistolet et la tête, et pressa la détente. Puis il passa à l'opération la plus délicate : il glissa un oreiller sous la tête, lança l'autre par terre et referma soigneusement les doigts de la main droite du cadavre sur la crosse de l'arme, à trente centimètres de la tempe.

Il prit le magnétophone sous le lit et brancha le fil du téléphone directement dans la prise murale. Il enfonça une touche, écouta et reconnut la voix féminine. Il éteignit le téléviseur.

Chaque contrat était différent. Il lui était arrivé une fois, à Mexico, de traquer une proie près de trois semaines avant de la surprendre au lit, en compagnie de deux prostituées. C'était une erreur stupide, mais, au long de sa carrière, il avait su tirer profit d'un certain nombre d'erreurs de ce genre. Ce gros plein de soupe les avait multipliées, essayant de glaner des renseignements, parlant à tort et à travers, distribuant des cartes de visite qui portaient au dos le numéro de sa chambre. Il avait fourré son gros nez dans le monde impitoyable des tueurs professionnels et cela lui avait fatalement coûté la vie.

Avec un peu de chance, la police se contenterait d'inspecter la chambre, vite fait bien fait, avant de conclure au suicide. Après leur travail de routine, ils se poseraient quelques questions auxquelles ils ne pourraient apporter de réponse satisfaisante. Comme la victime était un avocat occupant un poste élevé au FBI, une autopsie serait pratiquée dans les vingt-quatre heures et, le surlendemain, quelqu'un découvrirait qu'il ne s'agissait pas d'un suicide.

Le surlendemain, la fille serait morte et, lui, depuis longtemps à Managua.

24

Ses sources habituelles et officielles à la Maison-Blanche niaient avoir entendu parler du mémoire. Sarge n'était pas au courant. Des coups de téléphone passés à tout hasard au FBI n'avaient rien donné. Un ami travaillant au ministère de la Justice ne savait rien non plus. Il enquêta tout le week-end, en pure perte. Le quotidien de La Nouvelle-Orléans dont il réussit à trouver un exemplaire lui apporta la confirmation de la mort de Callahan. Quand il prit la communication le lundi matin, dans la salle de rédaction, il n'avait rien de nouveau à apprendre au Pélican. Mais elle avait appelé.

Elle annonça d'entrée de jeu qu'elle téléphonait d'une cabine et qu'il ne servait à rien d'essayer de localiser l'appel.

— Je continue à chercher, dit-il. Si le mémoire est parvenu à Washington, il est soigneusement protégé.

— Je vous assure qu'il y est parvenu et je comprends qu'il soit protégé.

— Je suis sûr que vous pourriez m'en dire beaucoup plus long.

— Beaucoup plus, en effet. Comme j'ai échappé de peu à la mort, hier, il est possible que je me décide à faire des révélations plus tôt que prévu. Je préfère parler pendant que je suis encore en vie.

— Qui a essayé de vous tuer ?

— Ceux qui ont liquidé Rosenberg et Jensen, puis se sont débarrassés de Thomas Callahan.

— Connaissez-vous leurs noms ?

— Non, mais, depuis mercredi, j'ai vu au moins quatre

d'entre eux. Ils sont ici et arpentent les rues en attendant que je fasse une bêtise pour me régler mon compte.

– Combien de personnes sont au courant de l'existence de votre mémoire ?

– Bonne question. Callahan l'a fait passer au FBI et je crois savoir que, de là, il a été transmis à la Maison-Blanche où, à l'évidence, il a fait l'effet d'une bombe. Après, je ne sais plus. Tout ce que je puis dire, c'est que, deux jours après l'avoir montré au FBI, Callahan était assassiné. J'ajoute que j'aurais dû, moi aussi, mourir dans l'explosion.

– Vous étiez avec lui ?

– J'étais tout près, mais pas assez pour partager son sort.

– C'est donc vous la jeune femme dont l'identité n'a pas été révélée, qui se trouvait sur le lieu de l'attentat ?

– Oui, c'est ce que dit le journal.

– Dans ce cas, la police sait qui vous êtes.

– Je m'appelle Darby Shaw, je suis étudiante en deuxième année, à Tulane. Thomas Callahan était mon professeur et mon amant. J'ai écrit ce mémoire et le lui ai remis ; vous connaissez la suite. Vous prenez des notes ?

– Oui, oui, j'écoute, répondit Grantham en continuant de griffonner fébrilement.

– Je commence à en avoir ma claque du Vieux Carré et je vais changer d'air dès aujourd'hui. Je vous rappellerai d'un autre endroit. Vous est-il possible de consulter les rapports financiers de la dernière campagne présidentielle ?

– La consultation est libre.

– Je sais. Combien de temps vous faudra-t-il pour avoir certains renseignements ?

– Quels renseignements ?

– La liste des principaux bailleurs de fonds du Président lors de la dernière élection.

– Ce n'est pas difficile. Je peux l'avoir dans le courant de l'après-midi.

– Faites-le ; je vous rappellerai demain matin.

– D'accord. Êtes-vous en possession d'un exemplaire du mémoire ?

– Non, répondit-elle après un instant d'hésitation, mais je le connais par cœur.

– Et vous connaissez le responsable des assassinats ?

– Oui. Dès que je vous l'aurai révélé, votre nom figurera sur la liste noire.

– Dites-le donc maintenant.

– Ne précipitons pas les choses. Je vous rappelle demain.

La communication fut coupée ; Grantham raccrocha. Il prit son bloc et traversa la salle de rédaction bourdonnante pour gagner le bureau vitré de Smith Keen, un des rédacteurs en chef. Keen était un type vigoureux dont la politique de la porte ouverte provoquait un bazar permanent dans son bureau. Il terminait une conversation téléphonique quand Grantham fit irruption et ferma la porte.

– Cette porte reste ouverte, lança sèchement Keen.

– Il faut que je te parle.

– Nous parlerons quand la porte sera ouverte. Va l'ouvrir tout de suite !

– Attends une seconde, protesta Grantham, les paumes des mains tournées vers Keen pour indiquer que l'affaire était sérieuse. J'ai des choses à te dire.

– D'accord. De quoi s'agit-il ?

– Je suis sur un gros coup, Smith.

– Je m'en doute. Puisque tu as fermé la porte, je sais que c'est important.

– Je viens d'avoir une deuxième conversation téléphonique avec une jeune femme du nom de Darby Shaw. Elle sait qui a fait assassiner Rosenberg et Jensen.

Keen s'enfonça lentement dans son fauteuil, le regard soupçonneux.

– Comme tu dis, mon gars, c'est un gros coup. Mais comment le sais-tu ? Et comment le sait-elle ? As-tu des preuves ?

– Je n'ai pas encore de quoi faire un papier, mais elle m'a déjà fait des révélations. Tiens, lis ça.

Il lui tendit une copie de l'article relatant la mort de Callahan. Keen le lut attentivement.

– Bon, fit-il. Qui est Callahan ?

– Il y a une semaine, Callahan est venu à Washington, porteur d'un document connu sous le nom de mémoire du Pélican, qu'il a remis au FBI. A l'évidence, ce document désigne le responsable du double assassinat. Après avoir circulé dans les bureaux du FBI, le mémoire a été transmis à la Maison-Blanche où l'on perd sa trace. Deux jours plus tard, Callahan tourne pour la dernière fois la clé de contact de sa Porsche. Darby Shaw affirme être la jeune femme non identifiée dont parle le journal. Elle était, ce soir-là, avec Callahan et ils auraient dû périr tous les deux dans l'explosion.

– Pourquoi elle ?

– C'est elle qui a écrit le mémoire, Smith. Du moins, elle le prétend.

Keen s'enfonça un peu plus dans son siège et posa les pieds sur le bureau, la photo de Callahan devant les yeux.

– Où est ce mémoire ?

– Aucune idée.

– Que contient-il ?

– Je n'en sais rien.

– Dans ce cas, nous n'avons rien de tangible.

– Pas encore. Mais imaginons que cette Darby m'en révèle la teneur.

– Quand pourrait-elle le faire ?

– Bientôt, je pense, répondit Grantham après un instant d'hésitation. Très bientôt.

Kenn lança le journal sur le bureau en secouant la tête.

– Si nous avions le mémoire, Gray, ce serait un papier extraordinaire, mais nous ne pourrions pas le passer avant d'avoir effectué toutes sortes de vérifications minutieuses, très complètes.

– Tu me donnes le feu vert pour continuer ?

– Oui, mais tiens-moi au courant d'heure en heure. Tu n'écris pas un mot avant de m'en avoir parlé.

Grantham eut un petit sourire et ouvrit la porte.

Ce n'était pas un boulot à quarante dollars de l'heure. Ni trente, ni même vingt. Croft savait qu'il aurait de la chance s'il parvenait à en arracher quinze à Grantham pour une surveillance idiote qui revenait à chercher une aiguille dans une botte de foin. S'il avait eu autre chose, il aurait dit à Grantham de s'adresser ailleurs ou de s'en occuper lui-même.

Mais les temps étaient durs, il ne pouvait cracher sur moins de quinze dollars de l'heure. Il termina un joint dans les toilettes, tira la chasse et sortit. Les yeux cachés derrière de grosses lunettes noires, il suivit le couloir donnant dans l'atrium où quatre ascenseurs transportaient un millier d'avocats dans leurs petits bureaux. Ils allaient passer la journée à râler et menacer. Le visage de Garcia était gravé dans sa mémoire. Il voyait même en rêve le jeune avocat au visage intelligent, au physique agréable, au corps mince, vêtu d'un complet de bonne coupe. S'il le voyait, il le reconnaîtrait.

Il s'adossa à un pilier et déplia un journal, essayant de distinguer les visages derrière les lunettes noires. Il y avait des avocats partout, marchant à petits pas pressés, l'air suffisant, un attaché-case à la main. Comme il détestait cette engeance ! Et pourquoi s'habillaient-ils tous de la même façon ? Complet noir, chaussures noires, cravate neutre. De-ci de-là, un non-conformiste égaré dans la foule arborait un nœud papillon. Mais d'où venaient-ils, tous ? Quand il avait été arrêté pour son affaire de drogue, les premiers à lui rendre visite avaient été des pénalistes au ton agressif, engagés par le *Washington Post*. Puis il avait pris un autre avocat, un crétin aux honoraires faramineux, incapable de dénicher la salle d'audience.

Deux heures dans la matinée, deux heures pendant la pause de midi, deux heures le soir, puis Grantham l'enverrait faire le guet dans un autre immeuble. Il n'était pas cher payé et, dès qu'il trouverait mieux, il laisserait tomber. Il avait dit à Grantham que cela ne servirait à rien, que ce serait un coup d'épée dans l'eau ; Grantham avait acquiescé en lui demandant de garder la main au pommeau. Ils ne pouvaient rien faire d'autre. Garcia avait trop peur, il n'appellerait plus.

Il avait deux photos dans sa poche. Il avait consulté l'annuaire pour dresser une liste de tous les cabinets du bâtiment. C'était une longue liste ! Il y avait douze étages en majeure partie occupés par des cabinets grouillant de ces drôles de messieurs. Il s'était fourré dans un nid de vipères.

A 9 h 30, la foule s'éclaircit et il crut reconnaître quelques visages sortant des ascenseurs en route vers les prétoires, les agences et les commissions. Croft gagna discrètement la sortie, franchit le tambour et se retrouva sur le trottoir.

Quatre rues plus loin, Fletcher Coal faisait nerveusement les cent pas devant le bureau du Président, un combiné collé à l'oreille. Il se renfrogna, ferma les yeux, puis tourna un visage sombre, comme pour signifier : « Mauvaise nouvelle, patron. Très mauvaise nouvelle. » Le Président, une lettre à la main, lança un regard interrogateur au secrétaire général par-dessus ses lunettes. Cette manie de Coal de faire les cent pas à la manière de Hitler lui portait vraiment sur les nerfs et il se promit de lui en toucher un mot.

Coal écrasa le combiné sur son support.

— Ne soyez pas si violent! lança le Président.

— Désolé, fit Coal. C'était Zikman : Gray Grantham l'a appelé il y a une demi-heure pour lui demander s'il était au courant de l'existence du mémoire.

— Merveilleux. Fantastique... Comment a-t-il pu s'en procurer une copie?

— Zikman n'est pas au courant, fit Coal en se remettant à aller et venir. Son ignorance était donc sincère.

— Son ignorance est toujours sincère. Ce type bat tous les records de crétinisme, je ne veux plus le voir.

— Comme vous voulez.

Coal prit place devant le bureau et joignit les mains devant son menton. Il s'absorba dans ses pensées et le Président fit mine de ne pas s'occuper de lui. Les deux hommes réfléchirent en silence un moment.

— Voyles en aurait-il divulgué le contenu? demanda enfin le Président.

— Peut-être, si ce contenu a vraiment été divulgué. Grantham est un bluffeur, c'est connu. Rien ne nous prouve qu'il a vu le mémoire. Peut-être en a-t-il simplement entendu parler et cherche-t-il à se renseigner.

— Vous voulez rire! Imaginez un peu qu'ils sortent un papier sur ce foutu mémoire! Que ferons-nous?

Le Président frappa du plat de la main sur son bureau et se leva d'un bond.

— Que ferons-nous, Fletcher? Ce journal veut ma peau! ajouta-t-il, l'air accablé, en se traînant jusqu'à la fenêtre.

— Ils ne passeront pas un article sans avoir fait un recoupement avec une autre source et il n'y a pas d'autre source, car il n'y a pas un mot de vrai dans ce mémoire. C'est une idée en l'air qui n'aurait jamais dû faire tant de bruit.

L'air maussade, le Président continua de regarder par la fenêtre.

— Comment cela a-t-il pu venir aux oreilles de Grantham?

Coal s'était remis en mouvement, mais beaucoup plus lentement.

– Qui sait ? Nous étions les seuls à être au courant. Nous avons reçu un exemplaire qui est en lieu sûr, dans mon bureau. J'en ai personnellement fait une photocopie que j'ai remise à Gminski en lui faisant jurer le silence.

Le Président émit un petit ricanement sans détourner la tête de la fenêtre.

– Bon, concéda Coal, vous avez raison. Il peut y avoir en ce moment un millier de copies qui circulent dans toute la ville. Mais ce texte ne présente aucun danger, sauf, bien entendu, si notre ami est effectivement coupable de ce dont on l'accuse. Dans ce cas...

– Dans ce cas, je suis cuit !

– On peut même dire que nous sommes cuits.

– Combien cela nous a-t-il rapporté ?

– Plusieurs millions, directement et indirectement.

Il aurait pu ajouter légalement et illégalement, mais le Président n'avait suivi ces transactions que de très loin. Il préféra garder le silence.

– Pourquoi n'appelez-vous pas Grantham ? demanda le Président en s'avançant lentement vers le canapé. Tirez-lui les vers du nez, voyez ce qu'il sait. S'il bluffe, vous comprendrez très vite. Qu'en dites-vous ?

– Je ne sais pas.

– Vous lui avez déjà parlé, non ? Tout le monde connaît Grantham.

– Oui, fit pensivement Coal, allant et venant derrière le canapé, je lui ai déjà parlé. Mais, si je lui passe un coup de fil de but en blanc, cela lui mettra la puce à l'oreille.

– Ouais, vous devez avoir raison.

Chacun de son côté, ils faisaient les cent pas le long du canapé.

– Quels sont les risques ? demanda enfin le Président.

– Notre ami peut être impliqué. Vous avez demandé à Voyles de le laisser tranquille. Si la presse le montre du doigt, Voyles cherchera à se couvrir en révélant que vous lui avez demandé d'enquêter sur d'autres suspects et d'abandonner la piste qui mène à notre ami. Le *Post* criera au scandale et nous accusera d'avoir voulu étouffer l'affaire. Nous pourrons dire adieu à votre réélection.

– C'est tout ?

– Non, répondit Coal après un instant de réflexion. Je tiens aussi à dire que tout cela est dingue. Le mémoire est une pure invention, Grantham ne trouvera rien et je vais être en retard à ma réunion.

Sur ce, il se dirigea d'un pas décidé vers la porte.

– J'ai une partie de squash à midi, ajouta-t-il. Je serai de retour à 13 heures.

Le Président regarda la porte se fermer et poussa un soupir de soulagement. Il devait faire dix-huit trous dans l'après-midi. Au diable le mémoire! Si Coal n'était pas inquiet, pourquoi le serait-il?

Il composa un numéro de téléphone, attendit patiemment et finit par avoir Bob Gminski au bout du fil. Le directeur de la CIA était un piètre golfeur, l'un des rares joueurs que le Président était capable d'humilier; il l'invita à jouer avec lui. Gminski l'assura qu'il serait ravi de partager sa partie. Il avait des milliers de choses à faire, mais comment refuser une invitation du Président?

– Au fait, Bob, que devient cette histoire de pélican, à La Nouvelle-Orléans?

Gminski se racla la gorge et s'efforça de répondre d'un ton détaché.

– Eh bien, monsieur, j'ai dit vendredi à Fletcher Coal que c'est le produit d'une imagination fertile, un excellent récit de fiction. Je pense que son auteur devrait abandonner ses études de droit et embrasser une carrière de romancière. Ah! ah! ah!

– Parfait, Bob. Rien de sérieux, à votre avis?

– Nous poursuivons notre enquête.

– Rendez-vous à 15 heures.

Le Président raccrocha et se leva aussitôt pour prendre son putter.

25

Le centre commercial de Riverwalk, qui s'étend sur quatre cents mètres le long du Mississippi, est un lieu très fréquenté. Au pied de Poydras Street, à deux pas du Vieux Carré, il abrite deux cents boutiques, cafés et restaurants, sur plusieurs niveaux, la plupart sous le même toit, plusieurs donnant directement sur une promenade en planches, en bordure du fleuve.

Darby arriva à 11 heures. Elle but un express au fond d'un petit bistrot, un journal ouvert devant elle, essayant de paraître calme. Frenchmen's Bend était au niveau inférieur. Elle se sentait très nerveuse et le café n'arrangea pas les choses.

Elle avait dans sa poche une liste de tout ce qu'elle devait faire, une succession d'étapes précises, à des moments précis, y compris des mots et des phrases retenus par cœur, pour le cas où les choses se passeraient mal et où Gavin Verheek ferait des bêtises. Elle n'avait dormi que deux heures et passé le reste du temps à élaborer et transcrire des plans d'action. Si elle devait mourir, ce ne serait pas faute de préparation.

Elle ne pouvait faire confiance à Gavin Verheek. Il travaillait pour une agence gouvernementale de maintien de l'ordre, pas toujours très respectueuse des lois. Il était aux ordres d'un homme au passé lourd de crises de paranoïa et de coups fourrés. Cet homme était responsable devant un président à la tête d'un gouvernement composé d'imbéciles. Ce même président avait des amis louches et fortunés qui lui versaient des sommes colossales.

Mais, dans l'immédiat, elle n'avait personne d'autre à

qui faire confiance. Au bout de cinq jours de traque, après avoir frôlé la mort à deux reprises, elle jetait l'éponge. La Nouvelle-Orléans avait perdu tout attrait. Elle avait besoin d'aide et, si elle devait se confier à des policiers, les fédéraux valaient bien les autres.

11 h 45. Elle paya son café, attendit le passage d'un groupe de promeneurs et leur emboîta le pas. Il y avait une douzaine de clients à l'intérieur de Frenchmen's Bend, quand elle passa devant l'entrée où Gavin devait arriver dix minutes plus tard. Elle pénétra dans une librairie, deux boutiques plus loin. Il y avait au moins trois magasins proches où elle pouvait se cacher tout en surveillant le lieu du rendez-vous. Elle choisit la librairie, car les vendeurs ne harcelaient pas le chaland et il était normal de passer un certain temps pour consulter les ouvrages. Elle regarda d'abord les revues, puis, trois minutes avant l'heure convenue, elle se glissa entre deux présentoirs de livres de cuisine et chercha Gavin.

Callahan lui avait dit un jour qu'il n'arrivait jamais à l'heure. Une heure de retard n'était pas grand-chose pour lui, mais elle ne lui laisserait que quinze minutes de battement avant de tirer sa révérence.

Elle l'attendait à midi précis et il arriva à l'heure. Sweat-shirt noir, casquette de base-ball rouge, journal plié à la main. Il était un peu plus mince qu'elle ne l'avait imaginé, mais avait quand même quelques kilos de trop. Elle sentit son cœur s'emballer. Calme-toi, se dit-elle. Calme-toi, bon sang!

Elle cacha son visage avec un livre de cuisine et regarda par-dessus. Il avait les cheveux gris, le teint hâlé, des lunettes de soleil. Il ne tenait pas en place et paraissait nerveux, comme au téléphone. Il faisait passer son journal d'une main à l'autre, se dandinait et lançait autour de lui des regards inquiets.

Tout allait bien. Elle aimait ce qu'elle voyait. Il y avait chez lui un côté vulnérable, un comportement qui n'était pas celui d'un professionnel et révélait que, lui aussi, était effrayé.

Au bout de cinq minutes, il franchit la porte comme elle le lui avait demandé et tourna à droite avant de se diriger vers le fond du magasin.

Khamel avait été entraîné à regarder la mort en face. Il l'avait frôlée à maintes reprises, sans jamais avoir peur. Après trente ans passés à attendre la mort, rien, absolument rien, ne pouvait agir sur ses nerfs. Seul le sexe l'excitait un peu, mais c'était vraiment tout. Sa fébrilité était feinte, ses petits mouvements nerveux simulés. Il avait survécu à des affrontements avec des hommes presque aussi doués que lui et ce rendez-vous avec une jeune fille aux abois ne devrait pas poser de problèmes. Il se planta devant les sahariennes et s'efforça de paraître nerveux.

Il avait un mouchoir dans sa poche ; il venait d'attraper un gros rhume et sa voix serait un peu rauque et voilée. Il avait repassé cent fois l'enregistrement pour s'assurer qu'il imitait parfaitement les inflexions, le débit et le léger accent du Middle West de Verheek. Mais comme la voix était un peu plus nasillarde, il avait emporté un mouchoir.

Aussi difficile qu'il lui fût de laisser quelqu'un s'approcher par-derrière, il ne pouvait faire autrement. Il ne la vit pas. Elle était derrière lui, tout près, quand il entendit sa voix.

– Gavin ?

Il pivota brusquement sur ses talons. Elle tenait un panama blanc et parlait au chapeau.

– Darby, fit-il en sortant son mouchoir comme s'il devait éternuer.

Elle avait les cheveux dorés, plus courts que les siens.

– Partons d'ici, dit-il. Cette idée ne me plaît pas.

Elle ne plaisait pas à Darby non plus. C'était lundi, ses copines étaient tranquillement en train d'assister à leurs cours alors qu'elle, en tenue de camouflage, jouait à l'espionne avec ce type qui pouvait causer sa mort.

– Faites simplement ce que je vous dis, d'accord ? Où avez-vous pris froid ?

Il éternua dans le mouchoir et parla d'une voix très rauque. Cela semblait être pénible.

– Hier soir, répondit-il. A cause de la climatisation. Partons d'ici.

– Suivez-moi.

Ils sortirent du magasin. Darby lui prit la main et ils descendirent rapidement un escalier donnant sur les planches de la promenade.

– Les avez-vous vus ? demanda-t-il.

– Non, pas encore. Mais je suis sûre qu'ils ne sont pas loin.

– Mais où m'emmenez-vous, comme ça ? l'interrogea-t-il.

Ils marchaient si vite qu'ils couraient presque et parlaient sans se regarder.

– Suivez-moi et ne posez pas de questions.

– Vous allez trop vite, Darby. Nous allons nous faire remarquer. Ralentissez... Écoutez, c'est complètement idiot. Il me suffit de donner un coup de téléphone et nous serons en sécurité. Je peux avoir trois agents ici, dans dix minutes.

Il était content de lui, tout allait bien. Ils se tenaient par la main comme deux fugitifs craignant pour leur vie.

– Pas question !

Elle ralentit l'allure. Il y avait de plus en plus de monde autour d'eux, une queue s'était formée devant le *Bayou Queen*, un bateau à roues à aubes. Ils prirent place en bout de file.

– Qu'est-ce que ça veut dire ? lança-t-il.

– Vous ne cessez donc jamais de râler ? répliqua-t-elle dans un murmure.

– Non, surtout pour des bêtises, et celle-ci est de taille. Vous voulez monter à bord de ce bateau ?

– Oui.

– Pourquoi ?

Il éternua derechef, puis fut pris d'une quinte de toux. Il aurait pu la liquider sur-le-champ, d'une seule main, mais il y avait des gens partout. Des gens devant, des gens derrière. Il se faisait un point d'honneur de travailler proprement en toutes circonstances et l'endroit était mal choisi. Il allait la suivre à bord du bateau, poursuivre le jeu quelques minutes et il verrait bien ce qui se passerait. Il lui réglerait son compte sur le pont supérieur, balancerait le corps dans le fleuve et se mettrait à hurler. Encore une noyade tragique... Cela devait marcher. Sinon, il lui faudrait faire preuve de patience. Dans une heure, elle serait morte. Comme Verheek était un râleur, il devait continuer à râler.

– Parce que j'ai une voiture sur un parking, à deux kilomètres en amont, là où le bateau s'arrêtera dans une demi-heure, expliqua-t-elle à voix basse. Nous descendons de bateau, nous montons dans la voiture et nous nous tirons au plus vite.

La file commençait à avancer.

– Je n'aime pas les bateaux; ils me donnent le mal de mer. C'est trop dangereux, Darby.

Il recommença à tousser et regarda autour de lui comme un homme traqué.

– Détendez-vous, Gavin, tout ira bien.

Khamel tira sur son pantalon. Il avait acheté une taille cinquante-six pour loger les huit caleçons et shorts superposés. Avec un sweat-shirt extra-large, il pouvait donner l'impression de peser quatre-vingt-cinq kilos au lieu des soixante-huit qu'il faisait réellement. En tout cas, cela semblait marcher.

Ils avaient presque atteint la passerelle du *Bayou Queen*.

– Je n'aime pas ça, marmonna-t-il, assez fort pour qu'elle l'entende.

– Allez-vous vous taire!

L'homme arriva en courant au bout de la queue et commença à écarter les touristes chargés de sacs et d'appareils photo, qui se tenaient en rangs serrés, comme si une balade sur le fleuve était la plus belle croisière du monde. Il avait déjà tué, mais jamais au milieu d'une pareille foule. Entre les têtes, il distinguait la nuque aux courts cheveux blonds. Il continua à jouer frénétiquement des coudes dans la file. Il entendit des protestations et des jurons, mais n'y prêta aucune attention. Un pistolet était dans sa poche; quand il ne fut plus qu'à quelques mètres de la fille, il sortit rapidement son arme qu'il garda à la main, le bras le long de sa jambe droite. La fille était maintenant près de la passerelle, presque sur le bateau. Il accéléra l'allure, bousculant tout le monde sans ménagement. Des cris furieux s'élevèrent, mais, dès que les touristes virent le pistolet, les cris se transformèrent en hurlements. La fille tenait par la main un homme qui ne cessait de parler avec agitation. Elle s'apprêtait à poser le pied sur la passerelle. D'une violente bourrade, il écarta la dernière personne qui lui faisait obstacle, plaqua le canon du pistolet sur la nuque surmontée d'une casquette rouge de base-ball et pressa la détente. Des cris retentirent tandis que les gens se jetaient au sol.

Le faux Gavin s'affaissa sur la passerelle. Darby recula en poussant un hurlement horrifié. La détonation résonnait dans ses oreilles; elle percevait des cris, voyait les gens montrer du doigt l'inconnu au pistolet, qui s'enfuyait à toutes jambes en direction d'une rangée de boutiques. Un individu massif brandissait un appareil photo en lançant des imprécations derrière lui; Darby eut le temps de le voir disparaître dans la foule. Peut-être l'avait-elle déjà vu; elle était incapable de réfléchir. Elle hurlait à pleins poumons et ne pouvait s'arrêter.

– Il a une arme! cria une femme, tout près du bateau.

La foule s'écarta du blessé, à quatre pattes, un pistolet dans la main droite, qui se balançait pathétiquement d'avant en arrière, comme un nourrisson essayant de ramper. Le sang coulant de son menton formait une flaque sous sa tête qu'il relevait avec peine au-dessus des planches, les yeux fermés. Il parvint à se traîner sur quelques centimètres et ses genoux atteignirent la flaque de sang.

La foule continuait de reculer, horrifiée à la vue de l'homme qui réunissait ses dernières forces dans sa lutte contre la mort. Il continua d'avancer en oscillant, sans suivre de direction précise, s'efforçant simplement de bouger, de vivre. Il se mit à pousser de longs gémissements de douleur dans une langue que Darby ne connaissait pas.

Le sang coulait à flots du nez, sur le menton. Les plaintes continuaient dans cette langue inconnue. Deux hommes de l'équipage du bateau s'avancèrent sur la passerelle. Ils redoutaient apparemment de s'approcher du moribond. Le pistolet leur faisait peur.

Une femme éclata en sanglots, suivie d'une autre. Darby fit un nouveau pas en arrière.

– Il est égyptien, affirma une petite noiraude.

Cette révélation ne provoqua aucune réaction dans la foule pétrifiée.

Le mourant poussa sur ses bras pour atteindre le bord des planches. Le pistolet tomba à l'eau. L'homme se traîna sur le ventre jusqu'à ce que sa tête arrive au-dessus de l'eau et que le sang coule dans le fleuve. D'autres cris s'élevèrent des derniers rangs et deux policiers se ruèrent vers lui.

Cent personnes s'approchèrent avec précaution pour voir le mort. A contre-courant du mouvement de la foule, Darby recula lentement et quitta la scène du crime. La police aurait des questions à poser et, comme elle n'avait pas de réponses, elle préférait éviter les complications. Elle se sentait faible et avait besoin de s'asseoir pour réfléchir. Il y avait un bar à huîtres dans le centre commercial. Elle traversa la salle bondée et gagna les toilettes.

Darby quitta Riverwalk peu après la tombée de la nuit. L'hôtel Westin se trouvait à deux pâtés de maisons et elle espérait l'atteindre sans se faire abattre sur le trottoir. Elle avait changé de vêtements et portait un imperméable noir tout neuf, comme l'étaient les lunettes de soleil et le chapeau. Elle commençait à en avoir assez de dépenser tant d'argent pour des vêtements qui servaient si peu. Elle commençait à en avoir assez d'un tas de choses.

Elle arriva saine et sauve au Westin. Il n'y avait pas de chambre de libre, mais elle passa une heure à boire des cafés dans le salon bien éclairé. Il était temps de quitter la ville, mais elle devait éviter toute imprudence. Il fallait bien calculer son coup.

Peut-être réfléchissait-elle trop ? Peut-être l'avaient-ils compris et bâtissaient-ils leur stratégie en conséquence ?

Elle quitta le Westin et héla un taxi dans Poydras Street. Le chauffeur était un vieux Noir tassé derrière son volant.

– Je dois absolument aller à Baton Rouge, dit-elle.

– Seigneur ! Ça fait une drôle de course, mam'zelle !

– Combien ? demanda-t-elle vivement.

– Cent cinquante, répondit-il après un rapide calcul.

Elle se pencha sur la banquette arrière et lança deux billets sur le siège avant.

– En voilà deux cents. Roulez aussi vite que possible et ne quittez pas votre rétro des yeux. Je suis peut-être suivie.

Il arrêta le compteur, fourra les billets dans la poche de sa chemise. Darby s'allongea et ferma les yeux. Ce n'était pas une décision très intelligente, mais, si elle restait, elle finirait par se faire prendre. Le vieux Noir conduisait vite et bien ; en quelques minutes, ils furent sur l'autoroute.

L'écho de la détonation ne retentissait plus dans ses oreilles, mais elle entendait encore le coup de feu, elle le voyait à quatre pattes, se balançant d'avant en arrière, essayant de prolonger sa vie d'un tout petit instant. Un jour, Thomas avait appelé Verheek le Hollandais, précisant que ce surnom avait été abandonné après l'école de droit, quand ils s'étaient mis à penser sérieusement à leur carrière. Il avait dit le Hollandais, pas l'Égyptien.

Elle avait à peine eu le temps d'apercevoir le tueur avant qu'il ne prenne la fuite. Une silhouette vaguement familière. Il avait tourné une fois la tête sur sa droite en courant et cela lui avait rappelé quelque chose. Mais elle poussait à ce moment des hurlements hystériques et c'était trop flou dans son souvenir.

Tout se brouillait dans sa tête. A mi-chemin de Baton Rouge, elle sombra dans un profond sommeil.

26

Voyles se tenait derrière le fauteuil pivotant de son bureau. Le directeur du FBI avait ôté sa veste et sa cravate, sa chemise froissée était à moitié déboutonnée. Il était 21 heures et, à en juger par l'état de la chemise, il avait passé au moins quinze heures au bureau. Et il ne semblait pas avoir l'intention de partir.

Le combiné sur l'oreille, il écouta attentivement, puis marmonna quelques instructions et raccrocha. Devant le bureau, K.O. Lewis ne le quittait pas des yeux. La porte était ouverte, les lumières allumées, tout le monde au travail. Dans l'atmosphère pesante, quelques murmures étouffés se faisaient entendre de-ci de-là.

– C'était Eric East, annonça Voyles, s'installant doucement dans son fauteuil. Il est là-bas depuis deux heures et on vient de terminer l'autopsie. Il a tout regardé. Une seule balle tirée dans la tempe droite, mais la mort a été provoquée par un coup sur les deuxième et troisième vertèbres cervicales. Elles ont été réduites en fragments. Pas de traces de poudre sur la main. Un autre coup a gravement endommagé le larynx sans provoquer la mort. Il était entièrement nu. Heure estimée du décès : entre 22 et 23 heures.

– Qui a découvert le corps ? demanda Lewis.

– Des femmes de chambre sont passées ce matin, à 11 heures. Voulez-vous vous charger de l'annoncer à sa femme ?

– Bien sûr, fit Lewis. Quand le corps arrivera-t-il ici ?

– D'après East, ils l'expédieront dans deux ou trois heures ; il devrait arriver vers 2 heures du matin.

N'oubliez pas de dire que nous nous mettons à sa disposition. Dites-lui aussi que j'envoie dès demain matin une centaine d'agents ratisser La Nouvelle-Orléans. Assurez-lui que nous mettrons la main sur le tueur, etc.

– Il y a des indices ?

– Probablement pas. East m'a dit qu'ils étaient dans la chambre d'hôtel depuis 15 heures et que le boulot semble très propre. Aucune trace d'effraction. Pas de signes de résistance. Rien qui puisse nous mettre sur une piste, mais il est encore un peu tôt.

Voyles frotta longuement ses yeux injectés de sang, plongé dans ses pensées.

– Comment a-t-il pu se rendre là-bas pour assister à un enterrement et se faire assassiner à son tour ? demanda Lewis au bout d'un moment.

– Il furetait partout pour se renseigner sur ce fameux mémoire. L'un de nos agents, un nommé Carlton, a raconté à East que Gavin essayait de retrouver la fille, qu'elle l'avait appelé et qu'il aurait peut-être besoin d'un coup de main pour assurer sa protection. Carlton avait discuté deux ou trois fois avec lui et lui avait fourni l'adresse de quelques bars fréquentés par les étudiants. C'est tout. Il dit aussi qu'il était un peu inquiet de voir Gavin crier sur les toits qu'il faisait partie du FBI. Il le trouvait trop maladroit.

– Quelqu'un a-t-il vu la fille ?

– Elle doit être morte à l'heure qu'il est. J'ai donné l'ordre au bureau de La Nouvelle-Orléans de retrouver son cadavre, si c'est possible.

– Les gens tombent comme des mouches à cause de son petit mémoire. Quand allons-nous nous décider à prendre cette piste au sérieux ?

Voyles montra la porte d'un signe de la tête. Lewis se leva pour la fermer. Le directeur s'était relevé. Il réfléchissait à haute voix en faisant craquer les jointures de ses doigts.

– Nous devons absolument nous couvrir dans cette affaire. Je pense qu'il faudrait mettre au moins deux cents agents dessus et, en même temps, essayer de rester aussi discrets que possible. Il y a un aspect louche dans cette histoire, elle sent très mauvais. Mais j'ai promis au Président que nous allions abandonner la piste. Il me l'a demandé en personne et j'ai accepté, en partie parce que nous pensions à l'époque que ce n'était qu'un canular.

Vous savez, poursuivit-il avec un mince sourire, j'ai enregistré notre conversation, le jour où il m'a demandé de laisser tomber. J'imagine que Coal et lui enregistrent tout ce qui se dit dans un rayon d'un kilomètre autour de la Maison-Blanche, alors, pourquoi ne pas faire comme eux ? J'avais un micro sur moi. J'ai écouté la bande : l'enregistrement est parfait.

– Je ne vous suis pas.

– C'est pourtant simple. Nous fonçons et nous déclenchons une enquête de grande envergure. Si c'est bien notre homme, nous bouclons l'affaire, nous obtenons les mises en accusation et tout le monde est content. Mais il n'y aura pas de temps à perdre. Pendant ce temps, l'idiot et Coal ignoreront tout de l'enquête. Si la presse découvre quelque chose et si l'auteur du mémoire a vu juste, je ferai en sorte que le pays tout entier apprenne que le Président nous a demandé de fermer les yeux sur les agissements de l'un de ses amis.

– Un coup mortel, fit Lewis en souriant.

– Et comment ! Coal en fera une hémorragie cérébrale et le Président ne s'en relèvera pas. N'oublions pas que l'élection a lieu dans un an.

– Cette perspective m'enchante, Denton, mais il va d'abord falloir résoudre l'énigme.

Voyles se débarrassa de ses chaussures et commença à faire les cent pas derrière le fauteuil.

– Nous allons remuer ciel et terre, K.O., mais ce ne sera pas facile. Si c'est bien Mattiece, nous serons face à un homme très riche ayant tout organisé dans les moindres détails et utilisé les services de tueurs efficaces pour supprimer deux membres de la Cour suprême. Ces gens-là ne parlent pas et ne laissent pas de traces. Prenons l'exemple de notre ami Gavin : nous allons perdre deux mille heures à passer l'hôtel au peigne fin et je parie que nous ne trouverons pas le moindre indice. Comme pour Rosenberg et Jensen.

– Et Callahan.

– Et Callahan. La fille aussi, probablement, si jamais nous retrouvons son corps.

– Je me sens un peu responsable, Denton. Gavin est venu me voir jeudi matin, après avoir appris la mort de Callahan, et je ne l'ai pas écouté. Je savais qu'il devait descendre à La Nouvelle-Orléans, mais je n'ai pas voulu l'écouter.

– Sa perte me chagrine. Gavin était un bon avocat et un fidèle collaborateur. Ce sont des choses qui comptent et j'avais confiance en lui. Mais il s'est fait tuer, parce qu'il est allé trop loin. Il n'avait pas à jouer au super-flic et à mener sa petite enquête pour retrouver la fille.

Lewis se leva et s'étira.

– Je ferais mieux d'aller voir Mme Verheek, dit-il. Que faut-il lui raconter ?

– Dites-lui que cela ressemble à un cambriolage, que la police locale n'a pas encore de certitudes, qu'elle continue d'enquêter et que nous en saurons plus demain. Dites-lui que je suis effondré et que nous ferons tout ce qu'elle veut.

La limousine de Coal se rangea brusquement le long du trottoir, pour laisser passer une ambulance. Le véhicule roulait au hasard des rues, selon un rituel fréquent quand Coal et Matthew Barr se rencontraient pour parler d'affaires vraiment pas propres. Confortablement installés à l'arrière, les deux hommes discutaient, un verre à la main. Coal buvait de l'eau minérale, Barr tenait une boîte de Budweiser achetée dans un libre-service. Aucun des deux ne tourna la tête au passage de l'ambulance.

– Il faut absolument découvrir ce que Grantham sait, dit Coal. Aujourd'hui, il a téléphoné à Zikman, à Trandell, son adjoint, à Nelson DeVan, l'un de mes anciens assistants qui siège maintenant au Comité pour la réélection. Tous ces gens dans la même journée et il peut y en avoir d'autres. Grantham s'est lancé à fond de train sur la piste du Pélican.

– Croyez-vous qu'il a lu le mémoire ? demanda Barr tandis que la limousine redémarrait.

– Non, certainement pas. S'il savait ce que ce dernier contient, il n'enquêterait pas tous azimuts. Mais une chose est certaine : il en connaît l'existence.

– C'est un bon journaliste; je suis sa carrière depuis plusieurs années. Il aime agir dans l'ombre et a mis sur pied un réseau d'informateurs. Il a écrit quelques conneries, mais, en général, ses articles sont bien documentés.

– C'est ce qui m'inquiète. Ce type est têtu comme une mule et ne lâchera pas sa proie.

Barr but une gorgée de bière.

– Il va sans dire que ce serait trop vous demander de me révéler ce que contient ce mémoire.

– Ne me demandez rien, fit Coal. C'est tellement confidentiel que j'en ai la tremblote.

– Mais comment Grantham a-t-il eu vent de son existence ?

– Excellente question. C'est précisément ce que je veux savoir. Comment a-t-il découvert ce mémoire et que sait-il exactement ? Quelles sont ses sources dans cette affaire ?

– Son téléphone de voiture est sur écoute, mais nous n'avons pas encore pu entrer chez lui.

– Pourquoi ?

– Nous avons failli nous faire surprendre ce matin par sa femme de ménage. Nous recommencerons demain.

– Ne vous faites pas pincer, Barr. Souvenez-vous du Watergate !

– C'étaient des ringards, Fletcher. Nous, nous sommes compétents.

– Tant mieux... Dites-moi donc si vous et vos compagnons si compétents êtes capables de poser un micro sur le poste de Grantham, au journal ?

Barr tourna vers Coal un regard ahuri.

– Vous avez perdu la tête ? Absolument impossible ! Les locaux du journal grouillent de monde à toute heure du jour et de la nuit ! Ils ont un service de sécurité et tout le tremblement !

– Je suis sûr que c'est réalisable.

– Eh bien, réalisez-le, Coal. Puisque vous êtes si fort, faites-le vous-même !

– Réfléchissez quand même à la manière dont vous pourriez vous y prendre. Pensez-y un peu, c'est tout ce que je vous demande.

– D'accord. J'ai déjà réfléchi : c'est impossible.

Cela sembla amuser Coal ; Barr sentit la moutarde lui monter au nez. La limousine se dirigeait vers le centre de la capitale.

– Posez des micros dans son appartement, ordonna Coal après un silence. Je veux un rapport deux fois par jour sur tous les appels donnés et reçus.

La limousine s'arrêta et Barr descendit.

27

Dupont Circle, à l'heure du petit déjeuner. Il faisait frisquet, les drogués et les travelos dormaient encore. Quelques clodos traînaient, épaves à la dérive. Mais le soleil était levé et il se sentait en sécurité. Qu'aurait-il eu à craindre et de qui ? Il était toujours un agent du FBI et il avait une arme. Il quittait rarement son bureau et n'avait pas utilisé son flingue depuis quinze ans, mais avec quel plaisir il le sortirait !

Il s'appelait Trope. C'était un assistant de Voyles, assistant dont les fonctions étaient si particulières que seul le directeur était au courant de ses petites conversations avec Booker, de la CIA. Assis sur un banc circulaire, le dos tourné à New Hampshire Avenue, il déballa son petit déjeuner acheté en route : banane et muffin. Il regarda sa montre ; Booker était toujours à l'heure. Il arrivait le premier, cinq minutes avant Booker, la discussion était toujours brève, il repartait le premier. Ils étaient tous deux des bureaucrates blanchis sous le harnais et très proches de leurs patrons qui, de temps en temps, en avaient assez de se demander ce que l'autre pouvait bien fabriquer ou, plus simplement, avaient juste besoin d'avoir rapidement un renseignement.

Trope était son vrai nom ; il se demanda si Booker était le vrai nom de son contact. Probablement pas. A Langley la paranoïa était telle que le dernier des gratte-papier devait utiliser un pseudonyme.

Là-bas, même les secrétaires doivent avoir trois ou quatre noms, se dit-il en prenant une grosse bouchée de banane.

Booker s'approcha du bassin d'un pas nonchalant, un gobelet de café à la main. Il lança un regard circulaire, puis vint s'asseoir près de son ami. Comme Voyles avait demandé ce rendez-vous, c'était à Trope d'ouvrir la discussion.

– Nous avons perdu un homme à La Nouvelle-Orléans.

– Il l'a bien cherché, fit Booker, les mains serrées sur sa tasse de café.

– Peu importe, il est mort. Aviez-vous quelqu'un là-bas ?

– Oui, mais nous ne savions pas que, lui, était là-bas. Nous étions tout près, mais pour surveiller quelqu'un d'autre. Que faisait-il ?

– Nous ne savons pas, répondit Trope en déballant son muffin. Il est descendu pour l'enterrement, a essayé de trouver la fille, s'est fait repérer et voilà. Du boulot de professionnel, hein ?

D'une bouchée, il termina sa banane avant de passer au muffin.

Depuis quand se permet-on au FBI de porter un jugement sur la manière de tuer les gens ? se demanda Booker en prenant une petite gorgée de café brûlant.

– Pas mal, fit-il avec un haussement d'épaules. D'après ce que nous savons, on a essayé maladroitement de maquiller le crime en suicide.

– Où est la fille ? demanda Trope.

– Nous l'avons perdue. Peut-être est-elle à Manhattan, mais nous n'en sommes pas certains. Nous poursuivons les recherches.

– Eux aussi, dit Trope, avalant une gorgée de café froid.

– Je n'en doute pas.

Ils regardèrent un clochard se lever en vacillant de son banc et s'étaler de tout son long. Sa tête heurta le sol avec un bruit sourd, mais il ne dut rien sentir. Quand il se retourna, ils virent son front couvert de sang.

Booker jeta un coup d'œil à sa montre. Leurs entrevues étaient toujours très brèves.

– Quelle conduite M. Voyles compte-t-il suivre ? demanda Booker.

– Il fonce ! Il a envoyé, dès hier soir, cinquante agents à La Nouvelle-Orléans et il y en aura d'autres aujourd'hui. Il n'aime pas perdre des hommes, surtout quand il les connaît personnellement.

– Et avec la Maison-Blanche ?

– Il ne leur dira rien et peut-être ne l'apprendront-ils pas. Que savent-ils exactement ?

– Ils savent qui est Mattiece.

La réponse arracha un petit sourire à Trope.

– Où se trouve M. Mattiece en ce moment ?

– Personne ne sait. On ne l'a guère vu à l'intérieur de nos frontières, ces trois dernières années. Il possède au moins une demi-douzaine de résidences; il a plusieurs avions, plusieurs bateaux. Impossible de suivre sa trace.

Trope termina son muffin et fourra l'emballage dans le sac en papier.

– Le mémoire a fait mouche, reprit-il.

– Dans le mille ! S'il avait gardé son sang-froid, personne n'y aurait prêté attention, mais il est devenu fou furieux et a commencé à éliminer tout le monde. Plus il y aura de meurtres, plus le mémoire deviendra crédible.

Trope consulta sa montre; déjà trop long, mais cela valait la peine.

– Voyles a dit que nous pourrions avoir besoin de votre aide.

– D'accord, fit Booker en inclinant la tête. Mais ce sera très difficile. D'abord, l'assassin présumé est mort; ensuite, l'intermédiaire présumé est insaisissable. C'était un complot parfaitement préparé, mais tous les comploteurs ont disparu. Nous allons essayer de retrouver Mattiece.

– Et la fille ?

– Oui, elle aussi.

– Qu'essaie-t-elle de faire ?

– De rester en vie, tout simplement.

– Vous ne pouvez pas mettre la main sur elle ? demanda Trope.

– Non. D'une part, nous ne savons pas où elle est, d'autre part, nous ne pouvons nous permettre d'enlever dans la rue des citoyens innocents. Pour l'instant, elle se méfie de tout le monde.

Trope se leva, son café et son sac en papier à la main.

– Comment lui en vouloir ?

Et il s'éloigna sans rien ajouter.

Grantham tenait devant lui une photo floue qu'il venait de recevoir de Phoenix par fax. Elle représentait

Darby à l'âge de vingt ans, ravissante étudiante de troisième année, à l'université de l'Arizona. Darby venait de Denver et avait choisi la biologie comme matière principale. Grantham avait appelé vingt Shaw dont il avait trouvé le numéro dans l'annuaire de Denver avant d'abandonner. Le deuxième fax lui avait été envoyé de La Nouvelle-Orléans par un correspondant d'Associated Press. C'était une photocopie de sa carte d'étudiante de première année, à Tulane. Elle avait les cheveux plus longs. Dans la revue de l'université, le correspondant avait déniché une autre photo de Darby buvant un Coca au cours d'un pique-nique de l'école de droit. Elle portait un sweater ample et un jean délavé qui mettait ses formes en valeur ; à l'évidence, la photo avait été placée dans la revue par un admirateur de la jeune femme. On l'aurait crue découpée dans *Vogue*. Quelque chose ou quelqu'un faisait rire Darby ; elle avait des dents parfaites et une physionomie expressive. Grantham l'avait punaisée sur le panneau de liège à côté de son bureau.

Il y avait un quatrième fax, une photo de Thomas Callahan, pour les archives.

Les pieds sur le bureau, il regarda sa montre : presque 9 h 30, ce mardi matin. La salle de rédaction bourdonnait comme une ruche. Il avait passé quatre-vingts coups de téléphone en vingt-quatre heures et possédait en tout et pour tout ces quatre photos et une pile de déclarations de financement de la dernière campagne présidentielle. Il tournait en rond, mais pourquoi s'en faire ? Elle allait tout lui révéler.

Il feuilleta le *Post* du jour et tomba sur un papier parlant d'un nommé Gavin Verheek et de sa fin tragique. Le téléphone sonna : c'était Darby.

— Avez-vous lu le *Washington Post* ? demanda-t-elle sans préambule.

— J'écris dans ce journal, ne l'oubliez pas.

Elle n'était pas d'humeur à badiner.

— L'article sur l'avocat du FBI assassiné à La Nouvelle-Orléans, vous l'avez vu ?

— J'étais en train de le lire. Cela vous concerne ?

— On peut dire ça, oui. Ouvrez bien vos oreilles, Grantham. Callahan a remis vendredi dernier le mémoire à Verheek qui était son meilleur ami. Verheek est venu à La Nouvelle-Orléans pour assister à l'enterrement. Je lui ai parlé au téléphone ce week-end. Il voulait m'aider, mais j'avais trop peur. Nous devions nous rencontrer hier, à midi. Il a été assassiné dimanche soir, vers 23 heures, dans sa chambre d'hôtel. Vous avez tout noté ?

– Oui, je note.

– Verheek n'est pas venu à notre rendez-vous. Évidemment, il était mort. J'ai eu peur et j'ai quitté La Nouvelle-Orléans. Je suis à New York.

– Très bien, fit Grantham sans cesser d'écrire frénétiquement. Qui a tué Verheek ?

– Je n'en sais rien. Mais mon histoire n'est pas terminée. J'ai lu le *Washington Post* et le *New York Times* de la première à la dernière page, nulle part il n'y est fait mention d'un autre assassinat à La Nouvelle-Orléans. Celui de l'homme avec qui j'étais et que je croyais être Verheek. C'est une longue histoire.

– On dirait, oui. Quand me la raconterez-vous ?

– Quand pouvez-vous venir à New York ?

– Je peux y être à midi.

– Pas de précipitation. Disons plutôt demain. Je vous appellerai demain, à la même heure, avec des instructions. Il faudra être prudent, Grantham.

Il considéra d'un regard admiratif la jeune fille souriante, moulée dans son jean, sur le panneau de liège.

– Appelez-moi donc Gray. D'accord ?

– Comme vous voudrez. Il y a des gens très puissants, effrayés par ce que j'ai écrit. Si je vous raconte tout, vous risquez votre peau. J'ai vu des cadavres, Gray. J'ai entendu une bombe exploser et un coup de feu près de moi. J'ai vu un homme tué d'une balle dans la nuque et je ne sais ni qui il était ni pourquoi on l'a abattu. Tout ce que je sais, c'est qu'il connaissait l'existence du mémoire. J'ai remis ma vie entre ses mains et il a été abattu devant cinquante personne. En le regardant agoniser, l'idée m'est venue qu'il n'était peut-être pas celui que je croyais. En lisant le journal ce matin, j'ai compris que ce n'était pas du tout un ami.

– Qui l'a tué ?

– Nous en parlerons quand nous nous verrons.

– D'accord, Darby.

– Il y a encore un détail à régler. Je vous raconterai tout ce que je sais, mais vous ne mentionnerez pas mon nom. Ce que j'ai écrit a déjà causé la mort de trois personnes et il ne fait guère de doute que je serai la prochaine victime. Mais je ne tiens pas à aller au-devant des ennuis. Jamais mon identité ne sera dévoilée. C'est d'accord, Gray?

– Marché conclu.

– J'ai envie de vous faire confiance, mais je ne sais pas très bien pourquoi. Si jamais j'ai le moindre doute à votre sujet, je disparaîtrai.

– Vous avez ma parole, Darby. Je le jure.

– Je pense que vous commettez une erreur. Ce ne sera pas une enquête comme les autres; celle-ci peut vous coûter la vie.

– Vous pensez à ceux qui ont tué Rosenberg et Jensen?

– Oui.

– Savez-vous qui les a tués?

– Je sais qui a payé pour les faire assassiner. Je connais son nom; je connais ses activités; je connais ses opinions politiques.

– Et vous me le direz demain?

– Si je suis encore en vie.

Il y eut un long silence.

– Il serait peut-être préférable de parler tout de suite, dit-il enfin.

– Peut-être. Mais je vous appellerai demain matin.

Après avoir raccroché, Grantham admira longuement la photo aux contours imprécis de la belle étudiante persuadée qu'elle allait bientôt mourir. Il se laissa aller à des pensées chevaleresques de vaillance et de galanterie. Elle avait vingt-cinq ans, aimait les hommes d'âge mûr, s'il fallait en croire la photo de Callahan, et c'est à lui, à lui seul, qu'elle accordait sa confiance. Il réussirait; il la protégerait.

Le cortège de limousines s'éloignait lentement vers le sud. Le Président avait un discours à prononcer une heure plus tard, à College Park, et profitait du trajet pour se détendre. En bras de chemise, il lisait le texte que Mabry avait écrit pour lui. Secouant la tête, il faisait des annotations dans la marge. En temps normal, cela aurait été une agréable balade en voiture pour faire un petit discours dans un magnifique campus. Mais les circonstances étaient inhabituelles : Coal se trouvait à ses côtés.

En règle générale, Coal s'arrangeait pour éviter les déplacements. Le secrétaire général chérissait les moments d'absence du Président qui lui permettaient d'avoir la haute main sur la Maison-Blanche. Mais, ce jour-là, ils avaient des sujets importants à aborder.

– J'en ai marre des discours de Mabry, lança le Président avec agacement. Ils se ressemblent tous. Je suis certain d'avoir prononcé le même, la semaine dernière, à la convention du Rotary.

– Pour l'instant, c'est lui le meilleur, mais je lui cherche un remplaçant, fit Coal, sans lever les yeux du mémo qu'il était en train de parcourir.

Il avait lu le discours et ne le trouvait pas si mauvais. Mais Mabry les rédigeait tous depuis six mois et ses idées commençaient à sentir le réchauffé. Coal avait décidé de se débarrasser de lui.

– Qu'est-ce que c'est? demanda le Président, désignant de la tête le mémo que tenait Coal.

– La dernière liste des candidats à la Cour.

– Combien en reste-t-il?

– Trois : Siler-Spence, Watson et Calderon, répondit Coal en tournant une page.

– Bravo, Fletcher! Une femme, un Noir et un Cubain! Et les Blancs? Je vous avais dit que je voulais de jeunes Blancs. Des magistrats jeunes, des conservateurs purs et durs, au passé irréprochable, avec de longues années devant eux. N'est-ce pas ce que j'avais dit?

– Leur désignation n'a pas encore été ratifiée par le Sénat, répondit Coal sans lever le nez.

– Elle le sera! J'exercerai toutes les pressions qu'il faudra, mais elle le sera! Savez-vous que neuf électeurs blancs sur dix ont voté pour moi?

– Quatre-vingt-quatre pour cent.

– Exact. Alors, qu'avez-vous à reprocher aux Blancs?

– Il ne s'agit pas vraiment de soigner une clientèle électorale.

– Bien sûr que si! C'est du népotisme pur et simple! Je récompense mes amis, je châtie mes ennemis. C'est le seul moyen de survivre en politique. Il faut savoir renvoyer l'ascenseur. Je n'arrive pas à croire que votre choix se porte sur une bonne femme et un nègre. Vous perdez la boule, Fletcher!

Coal tourna une autre page. Il avait déjà entendu ce discours.

– La seule chose qui me préoccupe, fit-il posément, c'est votre réélection.

– Et moi, alors ? J'ai nommé tant d'Asiatiques, d'Hispaniques, de femmes et de Noirs qu'on pourrait me
prendre pour un démocrate ! Enfin, Fletcher, qu'est-ce
que vous avez contre les Blancs ? Il doit bien y avoir dans
ce pays au moins une centaine de bons juges conservat-
teurs tout à fait compétents, non ? Pourquoi n'arrivez-
vous pas à en dénicher deux, juste deux, qui me ressemblent et pensent comme moi ?

– Vous avez rassemblé quatre-vingt dix pour cent des
voix des électeurs d'origine cubaine.

Le Président lança le texte du discours sur le siège et
saisit le *Washington Post* du jour.

– Bon, commençons par Calderon. Quel âge a-t-il ?

– Cinquante et un ans. Marié, huit enfants. Catho-
lique, enfance pauvre, a réussi à être admis à Yale et en
est sorti diplômé. Très solide, très conservateur. Pas de
taches, pas de scandales. A suivi une cure de désintoxication, il y a vingt ans, mais a cessé de boire. Définitivement.

– A-t-il fumé du hasch dans sa jeunesse ?

– Il le nie farouchement.

– Tout cela me plaît bien, fit le Président en parcourant la une du quotidien.

– A moi aussi. Le ministère de la Justice et le FBI ont
fait une enquête approfondie et n'ont absolument rien
trouvé. Préférez-vous passer à Siler-Spence ou à Watson ?

– Quelle idée de s'appeler Siler-Spence ? Qu'est-ce
qu'elles ont, ces bonnes femmes, à utiliser deux noms ?
Imaginons qu'elle se soit appelée Skowinski et qu'elle ait
épousé un type du nom de Levondowski. Se sentirait-elle
obligée dans sa petite tête de femme libérée de s'appeler
Gwendolyn Skowinski-Levondowski jusqu'à la fin de ses
jours ? C'est de la rigolade ! Jamais je ne nommerai une
femme avec deux noms !

– Vous l'avez déjà fait.

– Qui ?

– Kay Jones-Roddy, notre ambassadrice au Brésil.

– Vous n'avez qu'à la rappeler et la virer.

Coal ébaucha un mince sourire et posa le mémo sur la
banquette. Il tourna la tête pour regarder la circulation.
Ils choisiraient plus tard le second magistrat. Pour Calderon, c'était réglé et, comme il voulait Linda Siler-Spence,
il soutiendrait le Noir pour forcer le Président à la choisir. Manipulation élémentaire.

– Je crois qu'il vaudrait mieux attendre encore quinze jours avant l'annonce officielle.

– Comme vous voulez, marmonna le Président sans interrompre sa lecture d'un article en première page.

Il annoncerait les nominations quand il le jugerait bon, sans tenir compte de l'avis de Coal. Il n'était pas encore convaincu que les deux noms devaient être révélés en même temps.

– Le juge Watson est noir, très conservateur et a une réputation de sévérité, reprit Coal. Ce serait l'homme idéal.

– Je ne sais pas, murmura le Président, plongé dans la lecture de l'article sur Gavin Verheek.

Coal l'avait déjà lu; il était en page deux. Verheek était mort dans une chambre du Hilton de La Nouvelle-Orléans, dans des circonstances mystérieuses. D'après le journal, le FBI n'avait aucune piste et ignorait pour quelles raisons Verheek se trouvait en Louisiane. Voyles était profondément attristé par la disparition de ce collaborateur modèle, etc.

– Notre ami Grantham ne fait plus parler de lui, dit le Président en feuilletant le journal.

– Il cherche. Je pense qu'il a entendu parler du mémoire, mais n'arrive pas à découvrir ce qu'il contient. Il a téléphoné à tout le monde, sans savoir très bien quoi demander. Il tourne en rond.

– Hier, j'ai joué au golf avec Gminski, fit le Président d'un air satisfait. Il m'a assuré qu'il avait les choses en main. Nous avons discuté à cœur ouvert tout au long des dix-huit trous. C'est un joueur exécrable, qui met toutes ses balles dans le sable ou dans l'eau. Enfin, je me suis bien amusé!

Coal n'avait jamais touché un club de golf et ne supportait pas les discussions oiseuses sur les handicaps et autres manies des adeptes de ce sport.

– Croyez-vous que Voyles ait envoyé des hommes à La Nouvelle-Orléans? demanda-t-il.

– Non. Il m'a donné sa parole qu'il ne ferait rien. Je ne lui fais pas confiance, c'est le moins qu'on puisse dire, mais Gminski n'a fait aucune allusion à Voyles.

– Et Gminski, vous lui faites confiance? lança Coal d'un ton dubitatif.

– Absolument pas, mais, s'il savait quelque chose à propos du mémoire, je pense qu'il m'en ferait part...

Le Président acheva sa phrase en hésitant, conscient de la naïveté de ses propos. Coal poussa un grognement sceptique.

Ils traversèrent l'Anacostia et entrèrent dans le Prince George County. Le Président reprit le texte de son discours et regarda par la vitre. Deux semaines s'étaient écoulées depuis le double assassinat et les sondages lui donnaient encore plus de cinquante pour cent d'opinions favorables. Les démocrates n'avaient trouvé aucun candidat pour occuper le terrain. Il était donc en position de force et allait encore la consolider. Les Américains étaient fatigués de la drogue, du crime, des minorités tapageuses qui polarisent l'attention des médias, de ces abrutis de libéraux qui interprètent la Constitution en faveur des criminels et des extrémistes. Il était l'homme du moment. L'annonce simultanée de la nomination de deux membres de la Cour suprême : voilà ce qu'il léguerait à la postérité.

Il ne put retenir un petit sourire. Décidément, cette tragédie était une aubaine.

28

Le taxi freina brutalement à l'angle de la Cinquième Avenue et de la 52ᵉ Rue. Conformément aux instructions de Darby, Gray régla rapidement la course et descendit, son sac à la main. Le conducteur de la voiture bloquée derrière klaxonnait furieusement en faisant des bras d'honneur. Quel plaisir de retrouver New York!

Il était presque 17 heures, les piétons marchaient en rangs serrés sur le trottoir de la Cinquième Avenue et il comprit que c'était ce qu'elle voulait. Ses instructions étaient très précises. Prendre l'avion de National à La Guardia, sur un vol donné; puis un taxi jusqu'à l'hôtel Vista, dans le World Trade Center; aller au bar, prendre un verre, peut-être deux, surveiller ses arrières; au bout d'une heure, se faire déposer en taxi à l'angle de la Cinquième Avenue et de la 52ᵉ Rue. Marcher rapidement, porter des lunettes noires, être très vigilant. S'il était filé, il pouvait causer leur mort à tous deux.

Elle l'avait obligé à tout écrire. C'était un peu ridicule, un peu exagéré, mais elle avait pris un ton péremptoire. D'ailleurs, il n'avait pas eu envie de protester. Elle avait dit qu'elle avait de la chance d'être encore en vie et ne voulait plus courir le moindre risque. S'il voulait lui parler, il ferait exactement ce qu'elle indiquait.

Il avait donc obéi. Jouant des coudes dans la foule, marchant vite, il suivit le trottoir jusqu'à la 59ᵉ Rue, monta l'escalier du Plaza, traversa le hall et ressortit devant Central Park South. Personne n'aurait pu le suivre. Si elle prenait toujours autant de précautions, personne ne pouvait la suivre non plus.

Le trottoir longeant Central Park South était noir de monde et il accéléra encore le pas à l'approche de la Sixième Avenue. Il était surexcité ; il avait beau essayer de se maîtriser, la perspective de la rencontrer l'enfiévrait. Au téléphone, elle avait été calme, méthodique, s'efforçant d'écarter la peur et l'indécision. Elle n'était qu'une étudiante, qui ne savait pas très bien ce qu'elle faisait et serait probablement morte dans une semaine ou même plus tôt, mais c'était elle qui fixait les règles. N'oubliez jamais que vous pouvez être suivi, avait-elle dit. Elle avait réussi à échapper pendant sept jours à la meute lancée à ses trousses et savait de quoi elle parlait.

Elle lui avait demandé d'entrer discrètement au St. Moritz, à l'angle de la Sixième Avenue, où elle lui avait réservé une chambre au nom de Warren Clark. Il régla en espèces et prit l'ascenseur jusqu'au neuvième étage. Ensuite, il devait attendre. Il resterait donc dans la chambre et attendrait.

Il demeura une heure devant la fenêtre ; la nuit tombait sur Central Park. Puis le téléphone sonna.

— Monsieur Clark ? demanda une voix de femme.

— Euh ! oui.

— C'est moi. Êtes-vous venu seul ?

— Oui. Où êtes-vous ?

— Six étages au-dessus de vous. Prenez l'ascenseur jusqu'au dix-huitième, puis redescendez trois étages à pied. Chambre 1520.

— D'accord. Tout de suite ?

— Oui, je vous attends.

Il se brossa de nouveau les dents, se donna un coup de peigne. Cinq minutes plus tard, il arrivait devant la porte de la chambre 1520. Il se sentait l'âme d'un collégien le jour de son premier rendez-vous. Il n'avait pas eu un tel trac depuis le lycée, avant les matchs de football.

Mais il s'appelait Gray Grantham, il était journaliste au *Washington Post*, il travaillait sur un article et allait rencontrer une femme. La routine. Ressaisis-toi, mon vieux !

Il frappa et attendit une réponse.

— Qui est là ?

— Grantham.

Le verrou tourna, la porte s'ouvrit lentement. Les cheveux longs avaient disparu, mais, quand elle sourit, il retrouva la fille de *Vogue*.

— Entrez, dit-elle en lui serrant vigoureusement la main.

Elle referma la porte et poussa le verrou.

– Voulez-vous boire quelque chose ?

– Volontiers. Qu'est-ce que vous avez ?

– De l'eau, avec des glaçons.

– Génial !

– Par ici, dit-elle, s'avançant dans le petit salon où la télévision était allumée, sans le son.

Il posa son sac sur la table et s'assit sur le canapé. Elle se dirigea vers le bar et il eut quelques secondes pour admirer son jean. Pas de chaussures, ample sweat-shirt dont le grand décolleté laissait entrevoir d'un côté une bretelle de soutien-gorge.

Elle lui tendit un verre d'eau et alla s'asseoir dans un fauteuil, près de la porte.

– Merci, dit-il.

– Avez-vous mangé ?

– Je n'avais pas d'instructions à ce sujet.

– Excusez-moi, fit-elle en étouffant un petit rire. J'en ai bavé, vous savez. Nous allons nous faire monter quelque chose.

Il acquiesça en souriant.

– D'accord. Je suis d'accord pour tout ce que vous voulez.

– J'ai envie d'un gros cheeseburger avec des frites et d'une bière bien fraîche.

– Parfait.

Elle saisit le combiné et passa la commande. Grantham s'avança jusqu'à la fenêtre et regarda les phares des voitures en files continues sur la Cinquième Avenue.

– J'ai vingt-quatre ans, dit-elle. Et vous ?

Quand il se retourna, elle avait changé de place et buvait son verre d'eau assise sur le canapé.

– Trente-huit, répondit-il en prenant place dans le fauteuil le plus proche d'elle. Marié une fois, divorcé il y a sept ans et trois mois. Pas d'enfants. Je vis seul avec un chat. Pourquoi avez-vous choisi le St. Moritz ?

– Ils avaient des chambres libres et j'ai réussi à les convaincre qu'il fallait les payer en espèces, sans présenter une pièce d'identité. L'hôtel vous plaît ?

– Très agréable. Il a connu des jours meilleurs.

– Nous ne sommes pas en vacances.

– Il est très bien. Combien de temps allons-nous y rester, à votre avis ?

Elle l'observa attentivement. Six ans auparavant, il

avait publié un livre sur les scandales du ministère du Logement et de l'Urbanisme, livre qui ne s'était pas bien vendu, mais dont elle avait déniché un exemplaire dans une bibliothèque de prêt, à La Nouvelle-Orléans. Il faisait largement six ans de plus que sur la photo de la jaquette, mais il vieillissait bien, avec quelques cheveux grisonnants sur les tempes.

— Je ne sais pas combien de temps vous resterez, répondit-elle. En ce qui me concerne, mes projets peuvent changer à tout instant. Il suffirait que je reconnaisse un visage dans la rue pour sauter dans un avion pour la Nouvelle-Zélande.

— Quand avez-vous quitté La Nouvelle-Orléans ?

— Lundi soir. J'ai pris un taxi jusqu'à Baton Rouge et il était encore facile de suivre ma piste. Puis un avion jusqu'à Chicago où j'ai acheté quatre billets pour des destinations différentes, y compris Boise, où habite ma mère. J'ai sauté au dernier moment dans l'avion de La Guardia et je ne pense pas avoir été suivie.

— Vous êtes en sécurité ici.

— Dans l'immédiat, peut-être. Mais nous serons traqués tous les deux quand votre article sera publié. En admettant qu'il le soit un jour.

— Cela dépend de ce que vous allez me raconter, dit Grantham en faisant tinter ses glaçons. Cela dépendra aussi des vérifications que nous effectuerons auprès d'autres sources.

— C'est votre problème. Moi, je vais vous raconter ce que je sais et, après, vous vous débrouillerez.

— D'accord. On commence quand ?

— Après avoir mangé ; je préfère avoir l'estomac plein. Vous n'êtes pas trop pressé ?

— Bien sûr que non. J'ai toute la nuit, toute la journée de demain et les jours suivants. Ce sera l'article le plus explosif de ces vingt dernières années et je resterai aussi longtemps que vous aurez des révélations à me faire.

Darby sourit, puis elle détourna la tête. Une semaine plus tôt, jour pour jour, elle était avec Thomas au bar de Mouton's. Il portait ce soir-là un blazer de soie noir, une chemise en jean, une cravate rouge et une veste de toile kaki. Des chaussures, mais pas de chaussettes. Sa chemise était déboutonnée, sa cravate dénouée. Ils avaient parlé des îles Vierges, de Thanksgiving et de Gavin Verheek en attendant leur table. Il buvait vite, ce qui n'avait rien d'inhabituel, et avait fini par se soûler. C'est à cela qu'elle devait la vie.

Elle avait l'impression d'avoir vécu un an en sept jours, mais, maintenant, elle avait une conversation bien réelle avec une personne bien vivante et qui ne voulait pas sa mort. Elle croisa les pieds sur la table basse et commença à se détendre. Ce n'était pas désagréable d'avoir dans sa chambre ce journaliste dont le visage disait : « Ayez confiance. » Et pourquoi pas ? A qui d'autre pouvait-elle donner sa confiance ?

– A quoi pensez-vous ? demanda-t-il.

– Cela fait juste une semaine, qui m'a semblé durer une éternité. Il y a une semaine, j'étais une étudiante comme les autres, qui bossait dur pour être parmi les meilleurs. Regardez-moi aujourd'hui.

Il la regarda. S'efforçant de garder un air détaché, de ne pas prendre un air niais de collégien béat d'admiration, il la regarda. Les cheveux noirs, très courts, lui allaient assez bien, mais il les préférait comme sur le fax.

– Parlez-moi de Thomas Callahan.

– Pourquoi ?

– Je ne sais pas. Il joue un rôle important dans cette histoire, non ?

– Oui. J'y viendrai plus tard.

– Très bien. Votre mère vit donc à Boise ?

– Oui, mais elle n'est au courant de rien. Où habite la vôtre ?

– A Short Hills, New Jersey, répondit-il en souriant.

Il croqua un glaçon en attendant qu'elle se décide à parler. Elle réfléchissait.

– Que préférez-vous à New York ? demanda-t-elle après un long silence.

– L'aéroport. C'est le moyen le plus rapide de quitter la ville.

– J'y suis venue cet été avec Thomas. Il faisait plus chaud qu'à La Nouvelle-Orléans.

Grantham se rendit brusquement compte qu'il n'avait pas devant lui une petite étudiante bien roulée, mais une femme en deuil. Elle ne s'était pas amusée, elle, à étudier ses cheveux, ses vêtements ou ses yeux. Elle avait perdu son homme. Et merde !

– Je suis navré pour Thomas, dit-il. Je ne vous demanderai plus rien à son sujet.

Elle sourit, sans rien ajouter.

On frappa vigoureusement à la porte. Darby sursauta et retira ses pieds de la table en tournant vivement la tête vers la porte. Puis elle émit un long soupir de soulagement. C'était leur dîner.

— Je vais le chercher, fit Grantham. Détendez-vous.

29

Pendant des siècles, sans interruption, une bataille silencieuse mais colossale a fait rage le long du littoral de ce qui allait devenir la Louisiane. Une bataille des forces de la nature entre elles d'abord. Les humains n'y ont pris part que depuis peu. Au sud, l'océan s'efforçait de gagner du terrain grâce à ses marées et aux vents. Au nord, le Mississippi charriait d'inépuisables quantités d'eau douce et de sédiments qui se déposaient dans les marécages, apportant ce dont la végétation avait besoin pour se développer. Tandis que les courants venus du golfe du Mexique rongeaient la zone littorale et attaquait ces mêmes marécages d'eau douce en tuant les herbes. Le fleuve répliquait en drainant la moitié du continent et en déposant ses alluvions toujours plus au sud de la Louisiane. Ainsi s'était formée une longue succession de deltas sédimentaires qui avaient fini par obstruer le lit du fleuve et l'avaient forcé à se détourner de son cours.

Ce fut un affrontement épique entre torces de la nature. Grâce à l'approvisionnement continu du fleuve, non seulement les deltas n'avaient pas cédé un pouce de terrain, mais ils avaient gagné sur le golfe du Mexique.

Les marécages étaient une merveille de la nature. Nourris de riches sédiments, ils avaient fini par constituer un paradis végétal de cyprès, de chênes, de joncs et de jacinthes aquatiques. Leurs eaux abritaient écrevisses, crevettes et huîtres, pompanos, brèmes, crabes et alligators. La plaine côtière était un sanctuaire pour la faune et accueillait de nombreuses espèces d'oiseaux migrateurs.

L'immensité et la richesse de ces terrains marécageux semblaient sans limites.

Mais, en 1930, on découvrit du pétrole et le pillage s'organisa. Les compagnies pétrolières creusèrent quinze mille kilomètres de canaux pour accéder aux gisements. Un réseau dense de chenaux traversa de part en part ce fragile delta. Les marécages furent éventrés.

La présence de pétrole entraîna des forages anarchiques pour l'atteindre. Les nouveaux canaux formaient des conduits qu'utilisèrent les eaux salées du golfe du Mexique pour détruire les marécages.

Depuis la découverte de ces gisements pétrolifères, des dizaines de milliers d'hectares de marais ont été reconquis par l'océan. La superficie de la Louisiane se réduit chaque année de plus de cinquante kilomètres carrés. A chaque demi-heure, près d'un hectare disparaît sous les eaux salées.

En 1979, une compagnie effectuant des forages en profondeur sur le territoire de la paroisse de Terrebonne trouva du pétrole. C'était un forage comme un autre, sur un derrick, mais le gisement était bien plus riche que les autres. Deux cents mètres plus loin, un nouveau forage révéla la présence d'un gisement tout aussi important. A quinze cents mètres de là, dans la direction opposée, le résultat fut encore meilleur. Cinq kilomètres plus loin, l'or noir était toujours là.

La compagnie pétrolière ferma les puits et réfléchit à la situation : tout indiquait qu'on avait découvert un gisement colossal.

La société appartenait à Victor Mattiece, un Cajun de Lafayette, qui avait tour à tour gagné et perdu plusieurs fortunes en effectuant des forages dans le sud de la Louisiane. En 1979, il se trouvait dans une période faste et, plus important encore, il avait accès à de gros capitaux. Il ne lui fallut pas longtemps pour se convaincre qu'il venait de tomber sur une importante réserve de pétrole. Il entreprit d'acheter les terrains entourant les puits en sommeil.

En matière de gisement pétrolifère, le secret est primordial, mais difficile à garder. Mattiece savait que, s'il commençait à distribuer trop d'argent, les forages se multiplieraient frénétiquement tout autour de ce nouvel Eldorado. Doté d'une patience infinie et d'un sens de l'organisation hors du commun, il prit du recul et préféra refuser un profit rapide. Il décida de s'approprier tout le gisement. Avec l'aide de ses avocats et de quelques conseillers, il élabora un plan d'acquisition de l'ensemble des terres avoisinantes par le biais d'une cascade de sociétés. De nouvelles compagnies furent créées, certaines de celles qui existaient déjà furent conservées et rachetèrent, en totalité ou partiellement, des firmes en difficulté.

Les gens du métier connaissaient Mattiece, ils savaient qu'il avait de l'argent et pouvait s'en procurer davantage. N'ignorant pas qu'ils le savaient, Mattiece choisit de lancer deux douzaines de sociétés discrètes pour neutraliser les propriétaires fonciers de la paroisse de Terrebonne. Tout se passa sans anicroche.

Le plan consistait à agrandir son territoire, puis à creuser un nouveau canal à travers les marécages ravagés afin de transporter ouvriers et matériel jusqu'aux derricks et d'acheminer dans les meilleurs délais le pétrole dans la direction opposée. Le canal devait avoir cinquante-cinq kilomètres de long et sa largeur serait le double de celle des autres. Le trafic y serait intense.

Mattiece, grâce à son argent, était bien vu des politiciens et des fonctionnaires. Il joua habilement le jeu et entreprit d'arroser ceux qui pouvaient lui être utiles. Il adorait la politique, mais ne supportait pas la publicité. Il était paranoïaque et solitaire.

Les achats de terrains progressant sans accroc, Mattiece eut besoin d'argent frais. Au début des années quatre-vingt, l'industrie traversait une période difficile et ses autres puits cessèrent de produire. Il eut besoin d'une grosse somme et chercha des associés capables de lui avancer l'argent et de garder le silence sur l'opération. Au lieu de se procurer des fonds au Texas, il choisit d'en chercher à l'étranger et s'adressa à des Arabes. Ceux-ci étudièrent ses cartes et crurent à l'existence d'une réserve colossale de brut et de gaz naturel. Ils prirent une participation dans les affaires de Mattiece qui disposa de tout l'argent nécessaire.

Il graissa encore quelques pattes et obtint l'autorisation de creuser son canal à travers marécages et bois de cyprès. Tout se mettait en place et Victor Mattiece tablait sur un profit d'un million de dollars, voire deux ou trois.

C'est alors qu'il se produisit un événement inattendu. Une action en justice fut engagée pour interrompre les forages et le creusement du canal. Le demandeur était une obscure association de défense de l'environnement, le Fonds vert.

Nul ne s'attendait à ce que la justice fût saisie d'une affaire de ce genre, car, depuis cinquante ans, la Louisiane acceptait toutes les destructions et les pollutions infligées par les compagnies pétrolières et les gens comme Victor Mattiece. Cela créait de nombreux emplois bien rémunérés. Les recettes fiscales tirées à Baton Rouge de l'exploitation des produits pétroliers payaient les salaires des fonctionnaires locaux. Les hameaux des bayous avaient été transformés en villes champignons. Du haut en bas de l'échelle, les politiciens empochaient l'argent et jouaient le jeu. Tout le monde semblait content et tant pis pour les marécages, s'ils en souffraient.

Le Fonds vert porta l'affaire devant le tribunal fédéral de première instance de Lafayette. Un juge fédéral ordonna la suspension des travaux en attendant que la justice se prononce sur le fond.

Mattiece vit rouge. Il passa plusieurs semaines à élaborer des stratégies avec ses avocats. Il devait à tout prix avoir gain de cause. Il leur ordonna d'employer tous les moyens. Faire fi de l'éthique, briser toutes les règles, engager les meilleurs experts, commander toutes les études, user de toutes les menaces, tout serait bon. Le budget était sans limites. Il fallait absolument gagner ce procès.

Mattiece, qui n'avait jamais aimé se montrer en public, se fit encore plus discret. Il s'installa aux Bahamas et se retrancha dans une véritable forteresse, à Lyford Cay. Une fois par semaine, il se rendait à La Nouvelle-Orléans pour une réunion avec ses avocats et regagnait aussitôt l'île.

Devenu invisible, il n'en négligea pas pour autant d'accroître son soutien financier aux politiciens de son bord. Sa fortune dormait dans le sous-sol de la paroisse de Terrebonne et il en profiterait un jour. Mais on ne sait jamais quand on peut avoir besoin d'un coup de main.

Pendant ce temps, les avocats du Fonds vert, au nombre de deux, s'étaient lancés dans des investigations qui leur avaient permis d'identifier plus de trente adversaires. Certains possédaient des terres, d'autres prospectaient la région, posaient des pipe-lines ou effectuaient des forages. Les différentes sociétés, étroitement entremêlées, formaient un dédale impénétrable.

Les défendeurs et leur légion d'avocats coûteux contre-attaquèrent aussitôt. Ils présentèrent des conclusions invitant le juge à prendre une ordonnance de rejet. Rejeté. Ils demandèrent la reprise des forages en attendant le procès. Rejeté. Ils avancèrent dans une autre requête les sommes énormes déjà engagées dans l'exploration, les forages, etc. Rejeté. Ils continuèrent à adresser une multitude de requêtes qui, toutes, furent rejetées et il devint évident que l'affaire serait soumise à un jury.

Heureusement pour le Fonds vert, le cœur du nouveau gisement pétrolifère se situait à proximité d'un ensemble de marais servant depuis de nombreuses années de refuge naturel aux oiseaux : orfraies, aigrettes, pélicans, canards, grues, oies et autres espèces de migrateurs. Si la Louisiane n'a pas toujours été tendre avec sa flore, elle s'est montrée plus soucieuse de protéger sa faune. Comme le verdict devait un jour être rendu par un jury composé de braves gens, les avocats du Fonds verts mirent l'accent sur les oiseaux.

Le pélican fut promu au rang de héros. Après trente années de contamination sournoise par le D.D.T. et les autres pesticides, le pélican brun de Louisiane était en voie d'extinction. Classé, trop tard peut-être, au nombre des espèces menacées, il bénéficiait d'une protection renforcée. Le Fonds vert s'était emparé de cet oiseau majestueux et avait engagé une demi-douzaine d'ornithologues réputés pour prendre sa défense.

Alourdie par la présence d'une centaine d'avocats, la procédure avançait lentement. Elle s'arrêtait même parfois en chemin, ce qui faisait l'affaire du Fonds vert. Les plates-formes pétrolières restaient en sommeil.

Sept ans après le premier passage en hélicoptère de Victor Mattiece au-dessus de la baie de Terrebonne pour suivre le trajet que devait emprunter son précieux canal, l'affaire fut jugée à Lake Charles. Le procès donna lieu à d'âpres débats et se prolongea. Le Fonds vert réclama des dommages-intérêts en réparation des dégâts déjà causés et demanda une interdiction permanente de nouveaux forages.

Les compagnies pétrolières firent venir un ténor du barreau de Houston pour convaincre le jury. Chaussé de boots en peau d'éléphant, coiffé d'un Stetson, il parlait comme un Cajun quand le besoin s'en faisait sentir. C'était un trop gros morceau pour les avocats du Fonds vert, deux barbus au visage exalté.

Le Fonds vert perdit le procès, ce qui, somme toute, n'avait rien de très étonnant. Les compagnies pétrolières n'avaient pas lésiné sur les moyens et elles avaient dépensé des millions de dollars pour obtenir gain de cause. David avait une fois réussi son coup, mais il valait mieux parier sur Goliath. Les jurés ne furent pas sensibles aux mises en garde contre la pollution et aux descriptions de la fragilité de l'écosystème. Le pétrole était une source de gains, les gens avaient besoin de travailler.

Mais le juge ordonna le maintien de l'interdiction des forages pour deux raisons. D'une part, il estima que le Fonds vert avait raison au sujet des pélicans, espèce protégée par les autorités fédérales. D'autre part, comme il était évident que le Fonds vert allait faire appel du jugement, il laissa à la juridiction supérieure le soin de trancher.

Les choses se calmèrent et Mattiece se contenta de cette demi-victoire. Mais il savait qu'il faudrait encore se battre dans d'autres prétoires. C'était un homme doté d'une patience infinie et d'un sens de l'organisation hors du commun.

30

Quatre bouteilles de bière vides entouraient le magnétophone posé sur la petite table.

– Qui vous a parlé du procès ? demanda Grantham en continuant à prendre des notes.

– Un type nommé John Del Greco, étudiant en droit à Tulane. Il a fait un stage, l'été dernier, dans un grand cabinet de Houston qui ne participait pas directement au procès, mais où les rumeurs et les bavardages allaient bon train.

– Tous les cabinets étaient de La Nouvelle-Orléans et de Houston ?

– Oui, les principaux, mais, comme les sociétés venaient d'une douzaine de villes différentes, elles amenèrent avec elles leurs propres conseils juridiques. Il y avait des avocats de Dallas, Chicago et plusieurs autres villes. Un drôle de cirque.

– Où en est la procédure ?

– Après le jugement en première instance, la cour d'appel du Cinquième circuit sera saisie. Le pourvoi n'a pas encore été formé, mais ce sera chose faite dans un ou deux mois.

– Où est le Cinquième circuit ?

– A La Nouvelle-Orléans. A peu près deux ans après le pourvoi, un tribunal composé de trois juges étudiera l'affaire et prendra une décision. La partie perdante déposera selon toute vraisemblance une requête pour demander un nouveau procès avec jury, ce qui prendra encore trois ou quatre mois. Le verdict comporte assez d'erreurs pour qu'elle obtienne un renvoi.

– Qu'est-ce qu'un renvoi, exactement ?

– La cour d'appel a le choix entre trois solutions. Elle peut confirmer le jugement, l'annuler ou trouver assez d'erreurs pour porter l'affaire devant un autre juge. C'est ce qu'on appelle un renvoi. Elle peut aussi confirmer, annuler ou renvoyer en partie, histoire de compliquer les choses.

Gray secoua la tête d'un air découragé en griffonnant fébrilement.

– Comment peut-on avoir envie de devenir avocat ? soupira-t-il.

– C'est une question que je me suis souvent posée depuis une semaine.

– Avez-vous une idée de ce que pourrait être la décision de la cour d'appel ?

– Aucune. Elle n'a pas encore été saisie de l'affaire. La partie appelante invoquera une multitude de vices de procédure et, compte tenu de la nature de l'affaire, il y en a probablement beaucoup. Le jugement pourrait être annulé.

– Que se passera-t-il ?

– C'est là que cela se corse. Si les deux parties sont mécontentes du jugement de la cour d'appel, elles porteront l'affaire devant la Cour suprême.

– Quelle surprise !

– Chaque année, la Cour suprême reçoit plusieurs milliers d'appels, mais elle opère une sélection très stricte de ceux qu'elle examinera. En raison des sommes engagées, des pressions exercées et des problèmes soulevés, celui-ci a de bonnes chances d'être retenu.

– Combien de temps faudrait-il pour que cette affaire soit soumise à la Cour suprême ?

– Entre trois et cinq ans.

– Cela aurait laissé le temps à Rosenberg de mourir de mort naturelle.

– Oui, mais, à l'heure de sa mort, l'hôte de la Maison-Blanche risquait d'être un démocrate. Il valait donc mieux l'éliminer à un moment où l'on pouvait prévoir les réactions de son successeur.

– Cela se tient.

– C'est parfaitement raisonné ! Imaginons que vous soyez à la place de Victor Mattiece, que vous disposiez, par exemple de cinquante millions de dollars, que vous ayez décidé de devenir milliardaire et que vous ne reculiez pas devant l'assassinat de deux membres de la Cour suprême ; c'est le moment que vous auriez choisi.

– Et maintenant imaginons que la Cour refuse de connaître de cette affaire.

– Cela se passera bien pour lui si la cour d'appel confirme le premier jugement, mais, s'il est annulé et si la Cour suprême ne modifie pas cette décision, il aura des problèmes. A mon avis, il retournera à la case départ, trouvera un nouveau biais et recommencera toute la procédure. Il y a trop d'argent en jeu pour qu'il abandonne la partie. On doit supposer qu'en décidant de liquider Rosenberg et Jensen, il s'est engagé à fond.

– Où était-il pendant le procès ?

– Il est resté invisible. N'oubliez pas que peu de gens savent que c'est lui qui tire les ficelles. Quand le procès s'est ouvert, il y avait trente-huit défendeurs. Pas un seul individu, uniquement des sociétés. Sur ces trente-huit sociétés, sept ont leur capital ouvert au public et, dans aucune il ne détient plus de vingt pour cent du capital. Ce sont de petites sociétés. Les trente et une autres sont des sociétés privées et je n'ai pu obtenir beaucoup de renseignements. J'ai réussi à découvrir que la majorité de ces sociétés à capitaux privés se contrôlent entre elles, que certaines sont même contrôlées par les entreprises publiques. C'est presque inextricable.

– Mais Mattiece contrôle l'ensemble ?

– Oui, je pense qu'il possède ou contrôle quatre-vingts pour cent du programme. Je me suis renseignée sur quatre des sociétés privées ; trois d'entre elles ont leur siège à l'étranger. Deux aux Bahamas, la troisième aux îles Caïmans. Del Greco a entendu dire que Mattiece opère sous le couvert de banques et de compagnies étrangères.

– Avez-vous gardé en mémoire le nom des sept sociétés publiques ?

– La plupart. J'en avais dressé la liste dans le mémoire dont je n'ai pas fait de copie. Je l'ai reprise à la main.

– Pourrais-je voir cette liste ?

– Vous pouvez même la garder. Mais c'est dangereux.

– Je la regarderai plus tard. Parlez-moi de cette photo.

– Mattiece vient d'une petite ville, près de Lafayette. Il y a déjà longtemps, c'était un gros bailleur de fonds pour les politiciens du sud de la Louisiane. Un homme discret, qui restait dans l'ombre et distribuait l'argent. Il versait de grosses sommes aux démocrates sur le plan local et aux républicains sur le plan national. Au fil des ans, il est devenu un familier des pontes de Washington. Jamais il n'a recherché la publicité, mais il est difficile de cacher de telles sommes, quand elles vont dans la poche des politiciens. Il y a sept ans, le Président qui n'était encore que vice-président, est venu participer à La Nouvelle-Orléans à une réunion de financement de la campagne électorale. Tous les gros donateurs étaient là, y compris Mattiece. Le repas coûtait dix mille dollars par personne et la presse a employé tous les moyens pour s'introduire dans la salle. Un photographe a réussi à prendre une photo de Mattiece échangeant une poignée de main avec le vice-président. Le quotidien local l'a publiée le lendemain. C'est une très belle photo. Ils sourient tous deux jusqu'aux oreilles, comme s'ils étaient les meilleurs amis du monde.

— Il sera facile de se la procurer.

— Je l'ai collée sur la dernière page du mémoire, juste pour rire. C'est amusant, non ?

— Certes !

— Mattiece a disparu de la circulation il y a quelques années et on pense aujourd'hui qu'il partage son temps entre plusieurs pays. C'est un type très excentrique. Del Greco m'a affirmé que la plupart des gens le prennent pour un fou.

Le magnétophone émit un signal sonore ; Grantham changea de bande. Darby en profita pour se lever et se dégourdir les jambes. Il manipula le magnétophone sans la quitter des yeux. Deux autres bandes avaient déjà été enregistrées et étiquetées.

— Êtes-vous fatiguée ? demanda-t-il.

— Je ne dors pas bien, ces temps-ci. Avez-vous encore beaucoup de questions ?

— Avez-vous encore des choses à m'apprendre ? Nous avons passé en revue l'essentiel. Il reste quelques blancs que nous pourrons combler demain matin.

Gray arrêta le magnétophone et se leva à son tour. Darby, à la fenêtre, s'étirait en bâillant. Il alla s'asseoir sur le canapé.

— Que sont devenus vos cheveux ? demanda-t-il.

Elle s'installa dans un fauteuil, les jambes repliées sous elle. Elle posa le menton sur ses genoux.

— Je les ai laissés dans un hôtel, à La Nouvelle-

Orléans. Comment savez-vous que j'avais les cheveux longs ?

– J'ai vu une photo.

– Quelle photo ?

– Trois photos, pour être précis. Deux de la revue de Tulane et une de l'université de l'Arizona.

– Qui vous les a envoyées ?

– J'ai des contacts. Comme on me les a adressées par fax, elles n'étaient pas très bonnes. Mais vous aviez une magnifique chevelure.

– Vous n'auriez pas dû faire ça.

– Pourquoi ?

– Un coup de téléphone laisse des traces.

– Allons, Darby, faites-moi confiance.

– Vous avez fureté partout pour vous renseigner sur moi.

– Juste une petite enquête sur votre passé. C'est tout.

– Arrêtez ça, d'accord ? Si vous voulez savoir quelque chose, vous n'avez qu'à me le demander. Si je dis non, n'insistez pas.

Grantham acquiesça avec un haussement d'épaules. Oublions les cheveux et passons à un sujet moins sensible, se dit-il.

– Qui a choisi Rosenberg et Jensen comme victimes ? Mattiece n'est pas un spécialiste.

– Pour Rosenberg, ce n'était pas difficile. Quant à Jensen, il n'a pas écrit grand-chose sur les problèmes d'environnement, mais il se prononçait régulièrement contre toutes les formes d'exploitation du sol. S'il y avait entre eux un seul terrain d'entente, c'était la protection de l'environnement.

– Et vous croyez que Mattiece a pu découvrir cela tout seul ?

– Bien sûr que non. Ce ne peut être qu'un spécialiste à l'esprit tordu qui lui a soufflé ces deux noms. Il a des centaines d'avocats qui travaillent pour lui.

– Mais aucun à Washington ?

Darby releva brusquement le menton, le front plissé par la perplexité.

– Que venez-vous de dire ?

– Qu'aucun de ses avocats ne travaille à Washington.

– Je n'ai jamais dit ça.

– J'avais compris qu'il s'agissait surtout de cabinets juridiques de La Nouvelle-Orléans, de Houston et de quelques autres villes. Vous n'avez pas parlé de Washington.

– Vous en faites des suppositions! Il me vient à l'esprit au moins deux noms de cabinets de Washington. L'un est White et Blazevich, vieille firme républicaine, riche et puissante, qui emploie quatre cents juristes.

Gray s'avança au bord du canapé.

– Qu'est-ce qui vous prend? demanda-t-elle.

Il semblait brusquement tout excité. Il se leva d'un bond, marcha jusqu'à la porte, revint vers le canapé.

– Ça pourrait coller... C'est peut-être ça, Darby! Écoutez-moi bien!

– De toutes mes oreilles.

– Voilà, commença-t-il en reculant vers la fenêtre. J'ai reçu la semaine dernière trois coups de fil d'un avocat de Washington du nom de Garcia, mais ce n'est pas son vrai nom. Il m'a dit qu'il savait quelque chose se rapportant à la mort des deux juges et qu'il était impatient de me le révéler. Mais il a pris peur et rompu le contact.

– Il y a au moins un million d'avocats à Washington.

– Deux millions! Mais je sais qu'il travaille dans le privé. Il l'a reconnu à demi-mot. Il était sincère et terrorisé, il se croyait suivi. Je lui ai demandé de qui il avait peur, il a refusé de répondre.

– Qu'est-il devenu?

– Nous devions nous voir samedi matin, mais il m'a appelé très tôt pour se décommander. Il m'a dit qu'il était marié, qu'il avait un bon boulot et ne voulait pas risquer de tout perdre. Il n'a pas voulu l'admettre, mais je pense qu'il était en possession d'un document et qu'il était prêt à me le montrer.

– C'est peut-être lui qui vous apportera la confirmation dont vous avez besoin.

– Et s'il travaillait chez White et Blazevich? Nous aurions réduit le champ de nos investigations à quatre cents juristes.

– La botte de foin rétrécit.

Grantham s'élança vers son sac, fourragea dans des papiers et sortit vivement une photo noir et blanc de format 13 × 18 qu'il posa sur les genoux de Darby.

– Voici M. Garcia.

Darby étudia le cliché qui représentait un homme marchant, dans la foule, sur un trottoir. Le visage était net.

– J'imagine qu'il n'a pas posé pour cette photo?

– En effet, répondit Grantham qui faisait nerveusement les cent pas dans la pièce.

– Alors, comment l'avez-vous eue ?

– Je ne peux pas divulguer mes sources.

Elle fit glisser la photo sur la table basse et se frotta les yeux.

– Vous me faites peur, Grantham. Il y a quelque chose de louche dans vos méthodes. Dites-moi que ce n'est pas louche.

– Juste un petit peu, je le reconnais. Garcia a commis une erreur en rappelant de la même cabine.

– C'est vrai. C'est une erreur.

– Et je voulais savoir à quoi il ressemblait.

– Lui avez-vous demandé si vous pouviez le photographier ?

– Non.

– C'est dégueulasse !

– D'accord, c'est dégueulasse. Mais je l'ai fait, j'ai la photo et ce sera peut-être notre lien avec Mattiece.

– Notre lien ?

– Oui, notre lien. Je croyais que vous vouliez le coincer.

– J'ai dit ça, moi ? Oui, je veux qu'il paie, mais j'aimerais autant ne pas avoir affaire à lui. Cette histoire m'a ouvert les yeux. J'ai vu assez de sang pour un bon bout de temps, Gray. A vous de jouer maintenant !

Il fit celui qui n'a pas entendu, se dirigea vers la fenêtre, revint au bar.

– Vous avez parlé de deux cabinets. Comment s'appelle le second ?

– Brim, Stearns et Machin Chouette. Je n'ai pas eu le temps de me renseigner sur eux. Ce qui est curieux, c'est qu'aucun de ces deux cabinets ne représentait officiellement les défendeurs, mais que les deux, surtout White et Blazevich, apparaissaient régulièrement dans le dossier.

– Brim, Stearns et Machin Chouette est un gros cabinet ?

– Je pourrai vous le dire demain.

– Aussi gros que White et Blazevich ?

– J'en doute.

– Donnez-moi un chiffre à vue de nez. Combien d'avocats ?

– Deux cents.

– Très bien. Nous arrivons à un total de six cents

répartis en deux cabinets. C'est vous l'avocat, Darby : comment pouvons-nous retrouver Garcia ?

— Je ne suis pas avocat, pas plus que détective privé. Faites votre boulot de journaliste.

Elle n'aimait pas ce « nous » qu'il employait à tout propos.

— D'accord, mais je ne suis jamais entré dans un cabinet d'avocat, sauf pour mon divorce.

— Vous avez de la chance.

— Comment pouvons-nous le retrouver ?

Elle étouffa un nouveau bâillement. Ils avaient parlé trois heures d'affilée et elle était épuisée. Ils reprendraient le lendemain matin.

— Je ne sais pas comment le retrouver et j'avoue ne pas y avoir réfléchi. La nuit portera conseil et je vous expliquerai demain.

Grantham commençait à se calmer. Elle se leva pour chercher un verre d'eau.

— Je vais préparer mes affaires, dit-il en prenant les bandes.

— Voulez-vous me rendre un service ? demanda-t-elle.

— Peut-être.

Elle hésita, la tête tournée vers le canapé.

— Auriez-vous la gentillesse de passer la nuit sur le canapé ? Je dors très mal depuis trop longtemps, il faut absolument que je me repose. Ce serait... disons que ce serait sympa, si je vous savais là.

La gorge serrée, il regarda le canapé. Ils avaient maintenant tous deux la tête tournée vers ce siège qui ne faisait guère plus d'un mètre cinquante de long et paraissait très inconfortable.

— Bien sûr, fit-il en souriant. Je comprends.

— Je suis morte de peur.

— Je comprends, répéta-t-il.

— C'est tellement rassurant de savoir que quelqu'un comme vous est avec moi.

Elle sourit d'un air modeste et il se sentit fondre.

— Ça ne me dérange pas, articula-t-il. Aucun problème.

— Merci.

— Fermez bien votre porte, mettez-vous au lit, vous allez dormir comme une souche. Je serai là et tout se passera bien.

— Merci.

Elle hocha la tête, lui adressa un dernier sourire et ferma la porte de la chambre. Il écouta : elle n'avait pas fermé à clé.

Il resta assis dans l'obscurité, le regard fixé sur la porte. Le sommeil le gagna un peu après minuit il s'assoupit, ramassé en chien de fusil.

31

Son patron, le directeur de la rédaction, s'appelait Jackson Feldman. Elle était sur son territoire et ne se laissait malmener par personne d'autre que M. Feldman. Surtout pas par un blanc-bec insolent comme ce Gray Grantham qui, planté devant la porte du bureau de M. Feldman, gardait celle-ci comme un doberman. Elle le fusilla du regard, il répondit par un ricanement. Cela durait depuis dix minutes. Elle ne savait pas pourquoi Grantham poireautait devant la porte, mais c'était son territoire !

Le téléphone sonna.

— Pas d'appels ! cria Grantham.

Elle s'empourpra, bouche bée. Elle décrocha et écouta quelques secondes.

— Je suis désolée, mais M. Feldman est en réunion.

Elle lança un regard noir à Grantham qui secouait la tête comme pour la provoquer.

— Oui, reprit-elle, je lui demande de vous rappeler aussi vite que possible.

Elle raccrocha.

— Merci ! lança Grantham.

Elle fut prise au dépourvu. Elle s'apprêtait à dire quelque chose de désagréable, mais ce « merci » lui coupa le sifflet. Il lui sourit ; cela la rendit encore plus furieuse.

Il était 17 h 30, l'heure de partir, mais M. Feldman lui avait demandé de rester. L'autre lui lançait encore des regards narquois, devant la porte, à moins de trois mètres d'elle. Elle n'avait jamais aimé Gray Grantham, mais elle devait reconnaître qu'elle n'aimait pas grand monde au *Washington Post*. Un commis s'approcha ; il se dirigeait vers la porte du bureau quand le doberman lui barra le passage.

– Désolé, vous ne pouvez pas entrer, déclara Grantham.

– Pourquoi donc ?

– Ils sont en réunion. Laissez-lui vos papiers.

Il tendit le doigt vers la secrétaire offusquée d'être montrée du doigt. Jamais on ne l'avait traitée de la sorte depuis vingt et un ans qu'elle était dans la maison.

Le commis ne se laissa pas si facilement intimider.

– Très bien, dit-il, mais M. Feldman m'a donné l'ordre de lui apporter ces papiers à 17 h 30 précises. Il est 17 h 30, je suis là et voici les papiers.

– Écoutez, vous êtes ponctuel, c'est bien, mais vous ne pouvez pas entrer. Vous avez compris ? Vous n'avez qu'à laisser vos papiers à cette brave dame. Demain, il fera jour.

Grantham se plaça franchement devant la porte, prêt à en venir aux mains.

– Je vais les prendre, dit la secrétaire.

Elle prit les papiers et le commis s'éclipsa.

– Merci ! lança de nouveau Grantham d'une voix sonore.

– Vous êtes un grossier personnage, répliqua-t-elle d'un ton sec.

– Mais j'ai dit merci ! poursuivit Grantham, qui prit un air mortifié.

– Un impudent !

– Merci !

La porte s'ouvrit brusquement et une voix cria :

– Grantham !

Après un dernier sourire à la secrétaire, il pénétra dans la pièce. Jackson Feldman se tenait derrière son bureau, le nœud de cravate au niveau du deuxième bouton, les manches retroussées jusqu'au coude. Il mesurait un mètre quatre-vingt-dix-huit et n'avait pas un gramme de graisse. A cinquante-huit ans, il courait deux marathons par an et travaillait quinze heures par jour.

Debout, lui aussi, Smith Keen tenait à la main les quatre feuillets du canevas d'un article et une photocopie du manuscrit du mémoire de Darby. Celle de Feldman était posée sur son bureau. Les deux hommes avaient l'air abasourdi.

– Ferme la porte ! ordonna Feldman à Grantham.

Gray obtempéra et alla s'asseoir sur le bord d'une table. Personne ne parlait.

Feldman se frotta vigoureusement les yeux, tourna la tête vers Keen et rompit enfin le silence.

– Sensas!

– C'est tout? fit Gray en souriant. Je t'apporte le papier le plus explosif de ces vingt dernières années et tout ce que tu trouves à dire, c'est « sensas! »

– Où est Darby Shaw? demanda Keen.

– Je ne peux pas le révéler. Cela fait partie du marché.

– Quel marché?

– Je ne peux pas le révéler non plus.

– Quand lui as-tu parlé?

– Hier soir et ce matin.

– Et cela s'est passé à New York? insista Keen.

– Peu importe l'endroit. Nous avons parlé, c'est ce qui compte. Elle a raconté son histoire et je l'ai écoutée. J'ai pris le premier avion pour revenir et j'ai rédigé ce canevas. Qu'est-ce que tu en penses?

Feldman se baissa lentement et replia sa grande carcasse au fond de son fauteuil.

– Que sait la Maison-Blanche?

– Difficile à dire. Verheek a confié à Darby que le mémoire a été transmis à la Maison-Blanche dans le courant de la semaine dernière et qu'à ce moment-là, le FBI trouvait la piste intéressante. Puis, pour de mystérieuses raisons, elle a été abandonnée. C'est tout ce que je sais.

– Combien Mattiece a-t-il versé au Président, il y a trois ans?

– Plusieurs millions de dollars. Tout ou presque par l'entremise d'une cascade de comités de soutien. Ce type est vraiment très fort. Il emploie toutes sortes d'avocats qui doivent trouver des canaux pour amener les fonds à destination. Il est probable qu'ils restent dans la légalité.

Les responsables de la rédaction prenaient leur temps pour réfléchir. Ils étaient comme étourdis par le souffle d'une explosion. Assez fier de lui, Grantham balançait les pieds sous la table, comme un gamin assis au bord d'une jetée.

Feldman ramassa lentement les papiers retenus par un trombone et les feuilleta jusqu'à ce qu'il trouve la photo de Mattiece avec le Président. Il secoua longuement la tête.

– C'est de la dynamite, Gray, affirma Smith Keen.

Nous ne pouvons pas passer ça avant d'avoir effectué un tas de vérifications. Tout devra être méticuleusement passé au crible. C'est un article qui va faire du bruit!

— Comment comptes-tu t'y prendre? demanda Feldman.

— J'ai quelques idées.

— J'aimerais que tu m'en parles. Tu sais que tu risques ta peau, avec ce truc-là?

Grantham se mit debout d'un coup de reins et enfonça les mains dans ses poches.

— Nous allons d'abord essayer de mettre la main sur Garcia.

— Qui, nous? demanda Keen.

— Moi... moi seul. Je vais essayer de mettre la main sur Garcia.

— Est-ce que la fille est dans le coup? interrogea Keen.

— Je ne peux pas répondre. Cela fait partie du marché.

— Réponds au moins à cette question, je te prie, glissa Feldman. Imagine de quoi nous aurons l'air, si elle se fait tuer en t'aidant à préparer ton article. C'est trop risqué. Dis-moi où elle est et ce que vous avez prévu de faire.

— Je ne te dirai pas où elle est. C'est une de mes sources et j'ai pour règle de protéger mes informateurs. Je précise qu'elle ne participe pas à mon enquête. Ce n'est qu'une source. Ça va, comme ça?

Ils le considérèrent d'un air sceptique, puis échangèrent un regard dubitatif. Keen haussa les épaules.

— Auras-tu besoin d'aide? demanda Feldman.

— Non, merci. Elle tient à ce que j'agisse seul. Elle est terrorisée; comment lui en vouloir?

— Rien qu'en lisant ce machin, moi aussi, j'ai eu peur, dit Keen.

Feldman s'enfonça dans son fauteuil et croisa les pieds sur le bureau. Il chaussait du quarante-six. Il ébaucha son premier sourire.

— Tu as raison, dit-il, il faut commencer par Garcia. Si tu ne le retrouves pas, tu auras beau enquêter des mois sur Mattiece, il sera impossible de reconstituer les faits. Mais, avant que tu ne te lances sur cette piste, je tiens à avoir une longue discussion avec toi. Au fond, je t'aime bien, Grantham, et cela ne vaut pas la peine de mourir pour un article.

— Je tiens à lire chacun des mots que tu écriras, lança Keen.

266

– Et, moi, je veux un rapport quotidien, dit Feldman. D'accord ?

– Pas de problème.

Keen se planta devant la paroi vitrée et observa le tohu-bohu de la salle de rédaction. Dans le cours d'une journée, le chaos se répétait une demi-douzaine de fois. Une sorte de paroxysme était atteint à 17 h 30. Les rédacteurs préparaient la seconde conférence de rédaction qui avait lieu à 18 h 30.

Feldman suivait le remue-ménage du fond de son fauteuil.

– Ce sera peut-être la fin du marasme, dit-il à Gray sans le regarder. Ça fait combien de temps ? Cinq ans ? Six ?

– Je dirais plutôt sept, glissa Keen.

– J'ai fait quelques bons papiers, non ? lança Grantham, sur la défensive.

– Bien sûr, concéda Feldman sans détourner la tête de la rédaction. Mais vous étiez toujours deux ou trois sur le coup. La dernière exclusivité remonte à bien longtemps.

– Il y a eu aussi pas mal de coups foireux, ajouta affablement Keen.

– Cela arrive à tout le monde, grommela Grantham. Mais, là, vous allez voir le coup du siècle.

Il ouvrit la porte ; Feldman lui lança un regard menaçant.

– Ne va pas te fourrer dans le pétrin et elle non plus ! Compris ?

Gray referma la porte avec un petit sourire.

Il était presque arrivé à Thomas Circle quand il remarqua des lumières bleues derrière lui. La voiture de police ne le dépassa pas, mais resta collée à son pare-chocs arrière. Il n'avait ni respecté la limitation de vitesse, ni même regardé le compteur. Ce serait sa troisième contre-danse en seize mois.

Il gara la voiture sur le petit parking d'une résidence. Il faisait nuit et le gyrophare lançait des éclairs dans ses rétroviseurs. Gray se massa les tempes.

– Descendez, ordonna une voix venue de l'arrière.

Gray ouvrit sa portière et obtempéra. Le policier était noir ; son visage s'éclaira brusquement d'un large sourire : c'était Cleve.

— Montez, dit-il, indiquant la voiture de police.

Ils s'installèrent à l'avant et regardèrent la Volvo éclairée par les lumières bleues.

— Pourquoi m'avez-vous fait ça? demanda Gray.

— Nous avons des quotas, Grantham. Nous avons l'ordre d'arrêter un certain nombre de conducteurs de race blanche et de leur faire subir toutes sortes de tracasseries. Le chef veut rétablir l'équilibre. Comme les flics blancs sautent sur les pauvres Noirs innocents, nous, les flics noirs, nous sautons sur les riches Blancs innocents.

— Je suppose que vous allez me passer les menottes avant de me tabasser.

— Seulement si vous me le demandez. Sarge ne peut plus vous parler.

— Allez-y, j'écoute.

— Il flaire quelque chose de louche. Il a surpris des regards bizarres et entendu deux ou trois choses.

— Par exemple?

— Par exemple que l'on parle de vous et que l'on aimerait beaucoup être fixé sur ce que vous savez exactement. Il pense qu'on vous a peut-être mis sur table d'écoute.

— Allons, Cleve! Vous blaguez ou quoi?

— Il les a entendus parler de vous et des questions que vous posez au sujet d'un pélican. Vous les avez drôlement secoués.

— Qu'a-t-il entendu dire au sujet de ce pélican?

— Simplement que vous êtes sur la piste; ils prennent la chose au sérieux. Ils sont paranos et vicieux, Gray. Sarge vous demande d'être prudent et de faire très attention.

— Alors, nous ne pouvons plus nous rencontrer?

— Pas pendant quelque temps. Il veut se faire oublier; tout passera par mon intermédiaire.

— C'est d'accord. J'ai besoin de son aide, mais recommandez-lui la prudence. L'affaire est très délicate.

— Qu'est-ce que c'est que cette histoire de pélican?

— Je ne peux rien vous dire. Mais faites comprendre à Sarge qu'il risque sa peau.

— Pas Sarge. Il est infiniment plus malin qu'eux.

Gray ouvrit la portière et descendit de voiture.

— Merci, Cleve.

— Nous nous reverrons, fit le policier en arrêtant le gyrophare. Je suis de service de nuit pendant six mois et je vais tâcher de vous tenir à l'œil.

– Encore merci.

Assis sur un tabouret du bar dominant le trottoir, Rupert paya son petit pain à la cannelle. A minuit sonné, l'animation commençait à diminuer à Georgetown. Quelques voitures filaient encore le long de « M » Street et les piétons regagnaient leurs pénates. Il but une gorgée de café noir et regarda le bar se vider lentement.

Il reconnut le visage de l'homme qui s'approchait sur le trottoir et vint prendre place sur le tabouret voisin. C'était un sous-fifre faisant office de messager, rencontré quelques jours plus tôt, à La Nouvelle-Orléans.

– Où en sommes-nous ? demanda Rupert.

– Impossible de la retrouver. C'est embêtant, parce que nous avons eu de mauvaises nouvelles.

– J'écoute.

– Eh bien, il paraît, mais ce n'est qu'une rumeur, que les méchants commencent à paniquer et que le numéro un s'est mis en tête de liquider tout le monde. L'argent n'est pas un problème et on nous a dit qu'il ne reculerait devant rien pour étouffer définitivement l'affaire. Il a lâché une armée de tueurs. Tout le monde sait qu'il a une araignée dans le plafond, mais ce type est vicieux et, avec son argent, il peut faire un massacre.

Rupert ne fut pas impressionné outre mesure.

– Qui est sur la liste ? demanda-t-il.

– La fille, bien sûr. Et tous ceux qui, de près ou de loin, ont eu connaissance de ce qu'elle a écrit.

– Quelles sont mes instructions ?

– Vous restez dans le coin. Rendez-vous demain soir, même endroit, même heure. Si nous avons retrouvé la fille, ce sera à vous de jouer.

– Comment allez-vous faire pour la retrouver ?

– Nous pensons qu'elle est à New York. Nous avons des moyens.

Rupert détacha un morceau de son petit pain et se le fourra dans la bouche.

– Où iriez-vous, à sa place ?

Le messager passa en revue une dizaine d'endroits où il pourrait se réfugier, mais c'étaient des villes comme Paris, Rome ou Monte-Carlo, des lieux qu'il avait visités, des lieux où tout le monde allait. Aucun endroit original où il pourrait se planquer jusqu'à la fin de ses jours ne lui venait à l'esprit.

– Je n'en sais rien. Et vous?

– J'irais à New York. On peut y vivre des années sans se faire repérer. Elle parle la langue et connaît les règles. C'est l'endroit idéal pour une Américaine.

– Ouais, vous devez avoir raison. Vous croyez qu'elle est là-bas?

– Je ne sais pas. Elle peut être très rusée, et soudain elle commet des erreurs.

– A demain soir, fit le messager, se levant brusquement.

Rupert lui fit signe de dégager. Pauvre petit crétin! Ça se donne des airs importants dans les bistrots pour murmurer des messages à l'oreille de ses contacts et ça repart en courant retrouver son maître pour tout lui raconter avec un luxe de détails.

Il jeta sa tasse en plastique dans la poubelle et sortit.

32

D'après la dernière édition du *Martindale-Hubbell Legal Directory*, le cabinet Brim, Stearns et Kidlow employait cent quatre-vingt-dix avocats. Comme il y en avait quatre cent douze chez White et Blazevich, Garcia était, avec un peu de chance, l'un de ces six cent deux juristes. Mais, si Mattiece avait fait appel à d'autres cabinets de Washington, le chiffre risquait de s'élever sensiblement et ce serait sans espoir.

Comme il fallait s'y attendre, personne du nom de Garcia ne travaillait chez White et Blazevich. Darby chercha un autre patronyme aux consonances hispaniques, mais elle n'en trouva pas. Ce cabinet était réservé aux diplômés des grandes écoles du Nord-Est, aux descendants des vieilles familles. Quelques noms de femmes étaient éparpillés dans la liste, mais il n'y avait que deux associées. Elles avaient en général été engagées après 1980. Si, par bonheur, elle réussissait à achever ses études de droit, White et Blazevich n'était pas le genre d'usine où elle aimerait travailler.

C'est Grantham qui lui avait suggéré de chercher des noms à consonance hispanique ; Garcia, ce n'était pas très courant comme nom d'emprunt. S'il était d'origine latino-américaine, c'est peut-être le pseudonyme qui lui était venu machinalement à l'esprit. Mais elle avait fait chou blanc : il n'y avait pas d'Hispaniques dans cette firme ; en revanche, d'après le *Martindale-Hubbell*, elle avait de gros clients fortunés : banques, sociétés pétrolières, quelques-unes des plus grosses fortunes du pays, sans oublier l'industrie chimique et des compagnies de navigation. Elle représentait quatre des défendeurs du procès, mais pas Mattiece. White et Blazevich représentait aussi les gouvernements de la Corée du Sud, de la Libye et de la Syrie. C'est absurde, songea-t-elle. Nos ennemis paient nos propres avocats pour faire pression sur notre gouvernement. Il est vrai que, moyennant finance, on peut demander n'importe quoi à des avocats.

Brim, Stearns et Kidlow était une version en modèle réduit de White et Blazevich, quatre noms à consonance espagnole figuraient dans la liste. Elle les nota; deux hommes et deux femmes. Elle se dit que des poursuites avaient dû être engagées contre ce cabinet pour discrimination raciale et sexuelle : toutes sortes de gens avaient été recrutés ces dix dernières années. La liste des clients, elle, était sans surprise : pétrole, assurances, banques, relations dans les milieux politiques. Rien de très excitant en somme.

Elle resta un quart d'heure au fond de la bibliothèque de droit de Fordham. Il était 10 heures, ce vendredi matin; 9 heures à La Nouvelle-Orléans. Au lieu de se cacher dans une bibliothèque où elle n'avait jamais mis les pieds auparavant, elle aurait dû suivre le cours de procédure fédérale d'Alleck, un prof qu'elle n'avait jamais aimé, mais qui, ce jour-là, lui manquait terriblement! Alice Stark serait assise à côté d'elle, Ronald Petrie, un de ses meilleurs copains, juste derrière, implorerait un rendez-vous en débitant des gaudrioles. Il lui manquait, lui aussi. Comme les matins paisibles sur le balcon de Thomas, devant un bol de café, tandis que la vie reprenait lentement dans le Vieux Carré engourdi. Et l'odeur d'eau de Cologne du peignoir de Thomas...

Elle salua la bibliothécaire et sortit. Dans la 62e Rue, elle bifurqua vers l'est et prit la direction de Central Park. C'était une splendide matinée d'octobre, au ciel limpide, au petit vent frais. Un agréable changement après La Nouvelle-Orléans, mais difficile à apprécier en raison des circonstances. Elle portait des Ray-Ban neuves; son cache-col remontait jusqu'au menton. Ses cheveux étaient toujours noirs, mais elle ne voulait plus les raccourcir. Elle avait décidé de marcher sans regarder par-dessus son épaule. Ils n'avaient probablement pas retrouvé sa trace, mais elle savait qu'il lui faudrait attendre des années avant de pouvoir se promener dans la rue sans souci.

Les arbres du parc offraient une riche palette, dans les tons jaune, orange et rouge. Quelques feuilles mortes flottaient mollement au vent. Dans Central Park West, elle prit la direction du sud. Elle quitterait New York le lendemain pour aller passer quelques jours à Washington. Si elle parvenait à s'en sortir, elle irait ensuite à l'étranger, peut-être aux Antilles. Elle était déjà allée deux fois visiter une myriade de petites îles où l'on parlait anglais avec des accents divers.

Le moment était venu de quitter le pays. Ils avaient perdu sa piste et elle s'était déjà renseignée sur les vols à destination des Bahamas et de la Jamaïque. Elle pourrait y débarquer dans la soirée.

Elle trouva un téléphone public au fond d'un petit café, sur la Sixième Avenue, et appela Gray au journal.

— C'est moi.

— Quelle bonne surprise! Je commençais à croire que vous aviez pris la poudre d'escampette.

— J'y songe.

— Pouvez-vous attendre encore une semaine?

— Sans doute. Nous nous verrons demain. Avez-vous du nouveau?

— Je réunis des paperasses. J'ai fait faire une copie du bilan annuel des sept sociétés publiques engagées dans le procès. Mattiece n'est ni administrateur ni directeur d'aucune d'elle.

— Autre chose?

— Juste un millier de coups de téléphone, la routine. Hier, j'ai passé trois heures à faire la tournée des tribunaux pour chercher Garcia.

— Ce n'est pas là que vous le trouverez, Gray. Ce n'est pas un avocat qui plaide; il a un bureau dans un cabinet.

— Je suppose que vous avez une meilleure idée.

— J'en ai plusieurs.

— Très bien. J'attends de vos nouvelles.

— Je vous appellerai dès mon arrivée.

— N'appelez pas chez moi.

— Puis-je vous demander pourquoi? fit-elle après une hésitation.

— Il est possible que ma ligne soit sur table d'écoute et que je sois suivi. L'un de mes meilleurs informateurs pense que j'ai fait assez de vagues pour être placé sous surveillance.

— Merveilleux! Et vous me demandez d'aller vous rejoindre pour faire équipe avec vous?

— Nous ne risquons rien, Darby. Il suffira d'être prudents.

— Comment osez-vous me recommander la prudence? lança-t-elle, les dents serrées, la main crispée sur le combiné. Cela fait dix jours que je fuis pour échapper à leurs bombes et à leurs balles, et vous avez le culot de me parler de prudence! Allez vous faire voir, Grantham! Je me demande si nous ne ferions pas mieux d'en rester là.

Pendant le silence qui suivit, elle jeta un regard circulaire dans le petit établissement. Deux hommes assis à la table la plus proche la considéraient avec curiosité. Elle parlait beaucoup trop fort. Elle détourna la tête et expira profondément.

— Je suis désolé, reprit Grantham d'une voix hésitante. Je...

— N'en parlons plus. C'est fini, n'en parlons plus.

— Ça va mieux? demanda-t-il après un nouveau silence.

— Merveilleusement bien. Je ne me suis jamais sentie mieux.

— Allez-vous venir à Washington?

— Je n'en sais rien. Ici, je me sens en sécurité et je le serai encore beaucoup plus dans un avion en partance pour l'étranger.

— Bien sûr, mais je croyais que vous aviez une excellente idée pour trouver Garcia, ce qui permettrait, si tout se passe bien, de démasquer Mattiece. Je croyais que vous étiez scandalisée, indignée, animée d'un esprit de vengeance. Que vous est-il arrivé?

— Eh bien, il m'est venu un brusque désir de fêter mon vingt-cinquième anniversaire et, sans vouloir être trop égoïste, peut-être aussi mon trentième...

— Je comprends.

— Je me le demande. Je pense que vous vous souciez beaucoup plus du prix Pulitzer et de la gloire que de ma petite personne!

— Je vous assure que ce n'est pas vrai. Faites-moi confiance, Darby, tout se passera bien. Vous m'avez raconté toute votre histoire et vous devez me faire confiance!

— Je vais y réfléchir.

— Vous n'êtes pas encore décidée?

— Non. Laissez-moi un peu de temps.

— D'accord.

Elle raccrocha et commanda un beignet. Autour d'elle, le café se remplissait rapidement, des voix bourdonnaient dans une dizaine de langues. « Va-t'en, ma fille, va-t'en ! lui soufflait la voix de la raison. Prends un taxi pour l'aéroport. Achète un billet pour Miami et paie en espèces. Saute dans le premier avion en partance pour le Sud. Laisse Grantham mener son enquête et croise les doigts pour qu'il réussisse. C'est un bon journaliste et il finira par le publier, son article. » Elle tomberait dessus, un beau jour, sur une plage ensoleillée, devant des surfers, un verre de pina colada à la main, sous un parasol.

Par la vitre, elle regardait la foule sur le trottoir quand elle reconnut la Barrique. En un instant, elle eut la bouche sèche et le vide se fit dans sa tête. Il ne regarda pas à l'intérieur du café. Il avançait tranquillement au milieu des passants, l'air un peu égaré. Elle s'élança vers la porte et le regarda s'éloigner. Elle le vit boitiller jusqu'à l'angle de la Sixième Avenue et de la 58e Rue et s'arrêter au feu. Il commença à traverser, changea d'avis, franchit la 58e Rue, évitant de peu les éclaboussures projetées par un taxi.

Il allait apparemment sans but, d'une démarche claudicante.

En sortant de l'ascenseur, Croft reconnut Garcia dans l'atrium. Il était en compagnie d'un jeune confrère et ils partaient à l'évidence manger un morceau sur le pouce. Au bout de cinq jours passés à observer les allées et venues des avocats, Croft commençait à connaître leurs habitudes.

Le cabinet d'affaires avait ses bureaux du troisième au onzième étage de l'immeuble de Pennsylvania Avenue. Garcia sortit avec son copain et ils s'éloignèrent sur le trottoir en riant. Croft leur fila le train, d'aussi près que possible. Ils suivirent la rue pendant quelques centaines de mètres, puis, comme Croft l'avait imaginé, ils s'engouffrèrent dans une cantine à la mode pour jeunes actifs urbains.

Croft appela Grantham, mais ne parvint à le joindre qu'à la quatrième tentative. Il était presque 14 heures, le déjeuner devait toucher à sa fin et, si Grantham tenait tant à mettre la main sur son avocat, il aurait dû rester près du téléphone. Gray raccrocha brutalement après lui avoir donné rendez-vous dans le hall de l'immeuble.

Au retour, Garcia et son ami marchaient plus lentement. La journée était magnifique et ils profitaient de ce moment de répit avant de se remettre au boulot, à engager des poursuites contre les gens ou à faire toutes leurs manigances d'avocats, à deux cents dollars de l'heure. Le visage dissimulé par ses grosses lunettes de soleil, Croft les suivit à une certaine distance.

Gray attendait dans le hall, près des ascenseurs, quand les deux juristes franchirent le seuil, Croft sur leurs talons. D'un signe discret, le photographe indiqua leur homme. Gray reçut le signal et enfonça le bouton d'appel de l'ascenseur le plus proche. La porte de la cabine s'ouvrit, il entra juste devant Garcia et son ami. Croft resta dans le hall.

Garcia appuya sur la touche du sixième étage une fraction de seconde avant que Gray n'avance la main. Le nez dans un journal, Gray écouta les deux avocats parler football. Garcia avait environ vingt-sept ou vingt-huit ans. Sa voix avait des inflexions vaguement familières, mais il ne l'avait entendue qu'au téléphone et elle n'avait pas de caractère distinctif. Le visage était tout près de lui, mais il ne pouvait l'étudier en détail. Il ressemblait beaucoup à l'individu de la photo et travaillait chez Brim, Stearns et Kidlow dont Mattiece était l'un des innombrables clients. Il allait tenter le coup, mais avec prudence. Il était journaliste et son boulot lui permettait de s'introduire partout pour poser des questions.

Tout le monde descendit au sixième. Les deux avocats poursuivaient une conversation animée sur les Redskins, Grantham lisait distraitement son journal, derrière eux. Avec ses lustres de cristal et ses tapis d'Orient le hall de la firme dont le nom s'étalait en grosses lettres dorées sur un mur respirait l'opulence. Les deux juristes s'arrêtèrent à l'accueil prendre leurs messages. Gray passa d'une démarche résolue devant la réceptionniste qui le considéra d'un regard soupçonneux.

– Que puis-je faire pour vous, monsieur ? demandat-elle d'un ton signifiant : « Qu'est-ce vous fichez ici ? »

– Je suis en rendez-vous avec Roger Martin, répondit Gray sans ralentir le pas.

Il avait trouvé ce nom dans l'annuaire et téléphoné du hall une minute plus tôt afin de s'assurer que Me Martin était bien dans son bureau. Le répertoire de l'immeuble indiquait que le cabinet occupait les étages trois à onze,

sans citer nominalement les cent quatre-vingt-dix avocats. Mais les pages jaunes avaient permis à Gray de passer une douzaine de coups de fil rapides pour trouver un
nom à chaque étage. Roger Martin était celui du sixième.

— Cela fait deux heures que je suis en rendez-vous,
précisa-t-il, dardant un regard noir sur la réceptionniste.

Elle le suivit d'un air perplexe, sans rien trouver
d'autre à dire. Arrivé au fond du hall, Gray tourna dans
un couloir, à temps pour apercevoir Garcia pousser la
quatrième porte.

La plaque fixée à côté de la porte portait le nom de
David M. Underwood. Gray ne prit pas la peine de frapper. Il voulait agir vite et peut-être lui faudrait-il aussi
ressortir vite. M. Underwood était en train de suspendre
sa veste au portemanteau.

— Bonjour, je suis Gray Grantham, du *Washington
Post*. Je cherche un nommé Garcia.

Underwood s'immobilisa, l'air ahuri.

— Comment êtes-vous venu jusqu'ici ? demanda-t-il
d'une voix qui parut familière à Grantham.

— A pied, répondit-il. Vous êtes Garcia, n'est-ce pas ?

L'avocat montra une plaque portant son nom en lettres
dorées.

— David M. Underwood. Il n'y a personne à cet étage
du nom de Garcia. A ma connaissance, il n'y a pas de
Garcia chez nous.

Gray lui sourit, comme s'il entrait dans son jeu. Underwood était en proie à la peur, ou bien à la colère.

— Comment va votre fille ?

— Laquelle ? demanda Underwood en faisant le tour de
son bureau, l'air très agité.

Il y avait quelque chose qui ne collait pas. Garcia était
extrêmement inquiet pour sa petite fille, presque un
bébé, et, s'il en avait eu plusieurs, il en aurait parlé.

— La plus jeune. Et votre femme ?

Underwood continuait insensiblement de se rapprocher. A l'évidence, il n'était pas homme à redouter d'en
venir aux mains.

— Je n'ai pas de femme, je suis divorcé.

Il leva le poing gauche ; l'espace d'un instant, Gray
crut qu'il allait le frapper. Puis il remarqua les doigts sans
alliance : pas de femme. Garcia adorait son épouse et ne
se serait jamais séparé de son alliance. Il était temps de
battre en retraite.

– Que cherchez-vous ? demanda Underwood d'un ton menaçant.

– Je croyais que Garcia était à cet étage, répondit-il en reculant lentement.

– Votre copain Garcia est avocat ?

– Oui.

– Il ne travaille pas chez nous, fit Underwood, en se détendant légèrement. Nous avons un Perez, un Hernandez, je n'ai jamais entendu parler d'un Garcia.

– C'est une grosse boîte, fit Gray, devant la porte. Excusez-moi de vous avoir importuné.

– Écoutez, monsieur Grantham, dit Underwood en le suivant, nous n'avons pas l'habitude de voir des journalistes débarquer dans nos bureaux. Je vais appeler la sécurité ; ils pourront peut-être vous aider.

– Ce ne sera pas nécessaire, merci.

Grantham s'engagea dans le couloir et s'éclipsa pendant qu'Underwood prévenait le service de sécurité.

Il se maudit dans l'ascenseur, jurant à haute voix dans la cabine vide. Puis il pensa à Croft et maudit également le photographe. L'ascenseur s'arrêta, la porte s'ouvrit et il vit Croft qui l'attendait dans le hall, près d'une rangée de téléphones muraux. Calme-toi, se dit-il. Calme-toi.

Ils quittèrent l'immeuble ensemble.

– Ça a foiré, annonça Gray.

– Vous lui avez parlé ?

– Ouais. Ce n'est pas notre homme.

– Pourtant, j'en étais sûr. C'était bien le type des photos, non ?

– Non. Il lui ressemble, mais ce n'est pas lui.

– Je commence à en avoir par-dessus la tête, Grantham. J'ai...

– Vous êtes payé, oui ou non ? Continuez encore une semaine, d'accord ? Il y a des boulots plus pénibles, vous savez.

Croft s'arrêta sur le trottoir tandis que Gray continuait.

– Encore une semaine et j'arrête ! cria le photographe.

Sans se retourner, Grantham agita la main par-dessus son épaule.

Il ouvrit la portière de la Volvo et fila au journal. Il n'était pas fier de lui. Ce qu'il avait fait était complètement idiot et il avait trop d'expérience pour commettre une telle bourde. Il la passerait sous silence pendant la réunion quotidienne avec Jackson Feldman et Smith Keen.

Un confrère lui apprit que Feldman le cherchait et il se dirigea directement vers son bureau, adressant au passage un sourire charmeur à la secrétaire dressée sur ses ergots. Keen et Howard Krauthammer, le rédacteur en chef, attendaient avec Feldman. Keen ferma la porte derrière Gray et lui tendit un journal.

– As-tu vu ça ?

C'était le quotidien de La Nouvelle-Orléans, le *Times-Picayune,* dont l'article de tête, illustré de grandes photos, était consacré à la mort de Verheek et Callahan. Il le lut rapidement sous le regard des trois hommes. Il était question de l'amitié liant les deux victimes et de leur mort mystérieuse, à six jours d'intervalle. Il y était également fait mention de Darby Shaw qui avait disparu. Mais aucun lien n'était établi avec le mémoire.

– Ce n'est plus un secret maintenant, fit Feldman.

– Il n'y a que les grandes lignes, répliqua Gray. Nous aurions pu passer ça il y a trois jours.

– Pourquoi ne pas l'avoir fait ? demanda Krauthammer.

– Il n'y a rien dans cet article. Juste le nom des victimes, celui de la fille et un chapelet de questions dont aucune ne reçoit de réponse. Ils ont trouvé un flic qui a accepté de leur parler, mais qui ne fait rien d'autre que décrire les carnages.

– Ils enquêtent, Gray, objecta Keen.

– Tu veux que je les en empêche ?

– Le *Times* a repris l'info, glissa Feldman. Ils passeront un papier demain ou dimanche. Que peuvent-ils savoir, à ton avis ?

– Pourquoi me demandes-tu ça, à moi ? Bien sûr, il n'est pas impossible qu'ils aient une copie du mémoire. Très peu vraisemblable, mais pas impossible. Seulement, ils n'ont pas parlé à la fille. Elle est à nous, la fille !

– Nous l'espérons, fit Krauthammer.

Feldman se frotta les yeux et leva la tête vers le plafond.

– Admettons qu'ils aient une copie du mémoire, qu'ils sachent qui l'a rédigé, mais ne puissent mettre la main sur elle. Ils ne peuvent effectuer les vérifications nécessaires, mais ils n'ont pas peur de mentionner l'existence du document, sans nommer Mattiece. Imaginons encore qu'ils sachent que Callahan était, entre autres, son professeur, que c'est lui qui a apporté le mémoire pour le remettre à son ami Verheek. Aujourd'hui, tous deux sont morts et elle a joué la fille de l'air. Il y a de quoi faire un joli papier, non? Qu'en dis-tu, Gray?

– Ce serait un gros coup, dit Krauthammer.

– De la rigolade par rapport à ce qui va venir, lança Gray. Je n'ai pas voulu le passer, parce que ce n'est que la partie visible de l'iceberg et que cela attirerait l'attention de tous les journaux du pays. Je ne vois pas l'intérêt d'avoir des centaines de journalistes qui se bousculent sur la même enquête.

– Je suis d'avis de le passer, déclara Krauthammer. Sinon, le *Times* va nous couper l'herbe sous les pieds.

– Nous ne pouvons pas faire ça, protesta Gray.

– Pourquoi? demanda Krauthammer.

– Parce que je ne n'écrirai pas cet article et que, si quelqu'un d'autre s'en charge, nous ne reverrons pas la fille. C'est aussi simple que ça. Elle est en train de se demander si elle ne ferait pas mieux de sauter dans un avion pour partir loin d'ici. Une seule fausse manœuvre et elle disparaît à tout jamais.

– Mais elle a déjà déballé son histoire, objecta Keen.

– Je lui ai donné ma parole, tu comprends? Je n'écrirai pas cet article avant que tous les morceaux du puzzle ne soient en place et que Mattiece puisse être démasqué. C'est simple.

– Tu te sers d'elle, hein? demanda Keen.

– C'est une informatrice. Mais elle n'est pas ici.

– Si le *Times* est en possession du mémoire, ils sont au courant pour Mattiece, dit Feldman. Et, s'ils sont au courant, tu peux parier ce que tu veux qu'ils cherchent comme des fous à en obtenir la confirmation. Imagine qu'ils nous coiffent au poteau.

Krauthammer poussa un grognement de dégoût.

– Nous n'allons pas rester le cul sur notre chaise et laisser filer le plus gros coup de ces vingt dernières années. Je suis d'avis de publier ce que nous savons. Ce n'est peut-être que la partie émergée de ton iceberg, mais il y a déjà de quoi faire un putain d'article.

– Non, répéta Gray, je n'écrirai rien avant d'avoir tous les détails.

– Et combien de temps cela te prendra-t-il? demanda Feldman.

– Environ une semaine.

– Nous ne disposons pas d'une semaine, affirma Krauthammer.

– Je peux découvrir ce que sait le *Times*, fit Gray d'un ton implorant. Donnez-moi quarante-huit heures.

– Ils passeront quelque chose demain ou dimanche, répéta Feldman.

– Laisse-les faire. Je suis prêt à parier qu'ils reprendront l'article avec les mêmes photos. Je trouve que vous faites trop de suppositions. Vous supposez qu'ils ont une copie du mémoire alors que son auteur n'en a pas et nous non plus. Attendons un peu, lisons leur papier et, après, nous verrons.

Les responsables de la rédaction se regardèrent. Krauthammer était déçu, Keen inquiet, mais c'était Feldman le patron.

– D'accord, dit-il. S'ils publient quelque chose demain, rendez-vous ici, à midi, et nous en reparlerons.

– Chouette! fit Gray en s'élançant vers la porte.

– Tu ferais bien de mettre les bouchées doubles, Grantham, lança Feldman. Nous ne pourrons pas garder ça longtemps sous le coude.

Gray avait déjà disparu.

33

La limousine avançait lentement dans les encombrements. La nuit était tombée; Matthew Barr avait allumé le plafonnier pour lire. Coal buvait un Perrier en regardant à l'extérieur. Il connaissait par cœur le contenu du mémoire et aurait pu en expliquer la teneur à Barr, mais il préférait voir sa réaction.

Barr ne laissa rien paraître avant de découvrir la photo dont la vue lui fit lentement secouer la tête. Il posa le cliché sur le siège et le considéra quelques instants en silence.

— Sale affaire, souffla-t-il enfin.

Coal approuva d'un grognement.

— Qu'y a-t-il de vrai dans tout ça? poursuivit Barr.

— J'aimerais tant le savoir.

— Quand avez-vous pris connaissance de ce document?

— Mardi dernier. Il nous a été transmis par le FBI, à l'occasion d'un de leurs rapports quotidiens.

— Qu'en pense le Président?

— On ne peut pas dire qu'il ait été enchanté, mais il n'y avait pas de raison de s'alarmer. Sur le moment, nous n'avons pas cru que c'était sérieux. Il en a parlé à Voyles qui a accepté de le mettre sous le coude. Mais je le soupçonne d'avoir changé d'avis.

— Le Président a-t-il demandé à Voyles d'abandonner cette piste? reprit lentement Barr en détachant les syllabes.

— Oui.

— Cela s'apparente dangereusement à une entrave à l'action de la justice, en admettant, bien sûr, que cette hypothèse s'avère exacte.

– Et si c'est le cas ?

– Eh bien, le Président sera dans de mauvais draps. J'ai déjà été condamné pour cela, je sais de quoi je parle. Cela peut s'appliquer à un certain nombre de choses et c'est assez facile à prouver. Êtes-vous dans le coup ?

– A votre avis ?

– Je pense que vous aurez les mêmes problèmes.

Il n'y avait rien à ajouter ; les deux hommes regardèrent en silence les voitures. Coal avait longuement réfléchi à ce risque, mais il tenait à avoir l'opinion de Barr. Il n'y avait pas grand-chose à craindre de la justice ; le Président avait eu une petite discussion avec Voyles, lui avait demandé de fermer les yeux pendant quelque temps et c'était tout. Pas vraiment un acte criminel. Non, ce qui préoccupait Coal, c'était la réélection à la présidence ; un scandale dans lequel tremperait un bailleur de fonds de l'importance de Mattiece pouvait avoir des conséquences incalculables. L'idée paraîtrait révoltante : un homme que le Président connaissait et dont il avait reçu des millions de dollars avait engagé des tueurs pour supprimer deux membres de la Cour suprême afin que son pote le Président puisse nommer à leur place des magistrats plus raisonnables qui autoriseraient une mise en exploitation juteuse de puits de pétrole. Les démocrates en liesse descendraient dans la rue. Toutes les sous-commissions parlementaires siègeraient sans désemparer. Les journaux, jour après jour, en feraient leurs choux gras. Le ministère de la Justice serait obligé d'ouvrir une enquête. Assumant la responsabilité du scandale, Coal serait contraint de démissionner. A l'exception du Président, tout le personnel de la Maison-Blanche ferait de même.

C'était un cauchemar absolument terrifiant.

– Nous devons absolument découvrir ce qu'il y a de vrai dans ce mémoire, déclara Coal, la tête toujours tournée vers la vitre.

– Avec cette série de meurtres non élucidés, tout doit être vrai. Voyez-vous une autre explication à la mort de Callahan, puis de Verheek ?

Il n'y en avait pas d'autre, Coal ne le savait que trop.

– Je veux que vous fassiez quelque chose, dit-il.

– Retrouver la fille ?

– Non. Elle est morte, ou elle se terre dans un endroit inaccessible. Je veux que vous alliez parler à Mattiece.

– Je suis sûr que je trouverai son adresse dans les pages jaunes.

– Vous pouvez la retrouver. Il nous faut établir un contact dont le Président ne saura rien. Mais nous devons déterminer au préalable ce qu'il y a de vrai dans cette hypothèse.

– Vous vous imaginez que notre ami Victor me fera des confidences et me racontera ses petits secrets ?

– Il finira bien par le faire. N'oubliez pas que vous n'êtes pas un flic. Imaginons-nous à sa place et qu'il se croie sur le point d'être découvert. Qu'il panique et se mette à faire liquider des tas de gens. Vous pourriez lui apprendre que la presse va étaler l'affaire au grand jour, que la fin est proche et lui dire que, s'il a l'intention de disparaître, c'est le moment de le faire. Vous êtes envoyé par Washington, par la Maison-Blanche. Par le Président en personne, du moins il le croira. Je pense qu'il vous écoutera.

– Très bien, mais que faire, s'il me confirme que c'est vrai ? Qu'adviendra-t-il de nous ?

– J'ai quelques idées qui, toutes, visent à limiter les dégâts. La première chose à faire sera d'annoncer la nomination de deux amoureux de la nature à la Cour suprême, des écolos purs et durs, avec barbe et jumelles. Cela prouvera qu'au fond de nous-mêmes nous sommes respectueux de l'environnement. Et cela permettra de faire oublier Mattiece et son pétrole. C'est l'affaire de quelques heures ; simultanément, le Président convoquerait Voyles et le ministre de la Justice pour exiger l'ouverture immédiate d'une information sur Mattiece. Nous fournirions en sous-main des copies du mémoire à tous les journalistes et ferions le dos rond en attendant que les choses se tassent.

Barr souriait d'un air admiratif.

– Le résultat ne sera pas brillant, poursuivit Coal, mais cela vaut mieux que de rester les bras croisés en espérant que le mémoire est une pure invention.

– Comment expliquer la photo ?

– Il n'y a rien à en dire, elle nous fera du tort un certain temps, mais elle remonte à sept ans et n'importe qui peut perdre la tête. Nous présenterons Mattiece comme un bon citoyen devenu fou.

– C'est un fou dangereux.

– Assurément. Il est en ce moment dans la situation d'un chien blessé et acculé. Vous devez le convaincre de jeter l'éponge et de disparaître. Je pense qu'il vous écoutera. Je pense aussi qu'il nous révélera si c'est bien lui qui a monté toute l'affaire.

— Mais comment vais-je le trouver?

— J'ai demandé à quelqu'un de s'en occuper. J'userai de mon influence pour entrer en contact avec lui. Soyez prêt à partir dimanche.

Barr sourit. L'idée de rencontrer Mattiece lui plaisait.

Il y eut un nouveau ralentissement. Coal but une gorgée de Perrier.

— Du nouveau sur Grantham?

— Pas vraiment. Nous écoutons, nous le surveillons, mais rien de passionnant. Il a parlé à sa mère et à deux nanas; sans intérêt. Il travaille beaucoup. Il a quitté Washington mercredi pour revenir le lendemain.

— Où est-il allé?

— A New York. Il doit travailler sur un autre article.

Cleve aurait dû se trouver à l'angle de Rhode Island Avenue et de la 6ᵉ Rue à 22 heures, mais il n'y était pas. Gray devait descendre l'avenue à toute allure jusqu'à ce que le policier l'arrête. S'il était suivi, on le prendrait simplement pour un chauffard. Il dévala l'avenue, traversa le carrefour de la 6ᵉ Rue à plus de quatre-vingts kilomètres à l'heure, guettant la lumière bleue d'un gyrophare. Rien. Il décrivit une boucle pour revenir à son point de départ et, un quart d'heure plus tard, s'engagea de nouveau à vive allure dans l'avenue. Enfin! Il vit la lumière bleue et gara la Volvo le long du trottoir.

Ce n'était pas Cleve. Le flic était blanc et très agité. Il arracha le permis de conduire des mains de Gray, l'étudia attentivement et demanda s'il avait bu. Non, monsieur l'agent. Le policier dressa le procès-verbal et tendit fièrement le papier à Gray qui, les mains sur le volant, le considéra longuement, jusqu'à ce qu'il perçoive des voix venant de l'arrière de la voiture.

Un autre policier venait d'arriver et les deux hommes discutaient avec vivacité. C'était Cleve. Il demanda à son collègue de déchirer la contravention, mais l'autre expliqua qu'il était trop tard et que cet abruti avait traversé le carrefour à quatre-vingt-dix à l'heure. Cleve affirma que c'était un ami. L'autre répliqua qu'il ferait mieux de lui apprendre à conduire avant qu'il n'écrase quelqu'un, puis il claqua la portière de sa voiture et disparut.

Cleve s'approcha en ricanant.

– Je suis désolé de cette mésaventure, fit-il, le sourire aux lèvres.

– C'est entièrement votre faute.

– Levez le pied, la prochaine fois.

– Passons aux choses sérieuses, dit Gray en jetant la contravention sur le plancher. Vous m'avez dit que, d'après Sarge, on parle beaucoup de moi dans l'aile ouest. C'est bien cela ?

– Affirmatif.

– Bon. Il faut maintenant que Sarge me dise si l'on parle aussi d'autres journalistes, surtout de ceux du *New York Times*. Il faut que je sache si l'on pense là-bas que d'autres enquêtent sur cette affaire.

– C'est tout ?

– Oui, mais il me faut une réponse rapide.

– N'oubliez pas de lever le pied, fit Cleve en repartant vers sa voiture.

Darby paya la chambre pour sept nuits, d'une part parce qu'elle voulait avoir un endroit à elle où se réfugier, si nécessaire, d'autre part parce qu'elle voulait y laisser quelques vêtements qu'elle venait d'acheter. C'était un tel gaspillage de tout abandonner à chaque changement de lieu. C'étaient des vêtements simples, genre tenue de safari, de bonne qualité, à la mode à la fac, mais plus coûteux à New York et elle aurait bien aimé les garder. Certes, elle ne mettrait pas sa vie en danger pour des fringues, mais elle aimait bien la chambre, elle aimait bien la ville et ces vêtements lui plaisaient.

Le moment était venu de repartir et elle emporta le minimum de bagages. Quand elle sortit du St. Moritz pour sauter dans un taxi, elle n'avait qu'un sac de toile. Il était presque 23 heures et l'animation du vendredi soir régnait dans Central Park South. Sur le trottoir d'en face une file de calèches attelées attendaient les touristes en quête d'une balade dans le parc.

Dix minutes plus tard, le taxi arrivait au carrefour de Broadway et de la 72ᵉ Rue. Ce n'était pas la bonne direction, mais elle tenait à brouiller les pistes. Elle fit dix mètres à pied et s'enfonça dans une bouche de métro. Elle avait étudié le plan du réseau et espérait s'y retrouver facilement. Cette idée de métro ne lui plaisait guère, parce qu'elle ne l'avait jamais pris et elle avait entendu à son propos une foule d'histoires horribles. Mais c'était la ligne de Broadway, la plus fréquentée de Manhattan, réputée assez sûre. La situation n'étant pas très favorable à l'air libre, le métro pouvait difficilement être pire.

Elle attendit sur le bon quai, à côté d'un groupe d'adolescents ivres, mais bien vêtus ; la rame arriva au bout de deux minutes. Il n'y avait pas grand monde à l'intérieur ; elle choisit un siège près de la portière centrale. Regarde par terre et serre ton sac, se répéta-t-elle. Elle garda la tête baissée, mais, grâce à l'écran des lunettes noires, elle pouvait étudier les gens. Elle eut de la chance : pas de voyous armés de couteaux, pas de mendiants, pas de pervers, du moins aucun pour attirer son attention. Pour une novice, l'expérience était quand même éprouvante !

Les adolescents descendirent à Times Square, elle fit de même à la station suivante. Elle ne connaissait pas Penn Station, mais ce n'était pas le moment de faire du tourisme. Peut-être aurait-elle l'occasion de revenir un jour à New York, d'admirer la ville sans avoir à se préoccuper de la Barrique, de son copain le Maigre et des autres. Cette fois-ci, c'était impossible.

Elle disposait de cinq minutes ; elle déboucha sur le quai au moment où les portières s'ouvraient. Elle alla s'asseoir au fond du wagon et observa chaque passager. Aucun visage connu. Ils n'avaient sûrement pas, non sûrement pas, pu la suivre depuis son départ de l'hôtel. Elle avait commis une erreur en achetant quatre billets d'avion à O'Hare avec sa carte American Express. Maintenant, ils savaient qu'elle se trouvait à New York. Elle avait la certitude que la Barrique ne l'avait pas vue, mais qu'il était à New York et elle ne connaissait pas tous ses amis. Il en avait peut-être vingt. Mais comment avoir la moindre certitude ?

La rame partit avec six minutes de retard, à moitié vide. Darby sortit un livre de poche de son sac et fit semblant de lire.

Un quart d'heure plus tard, elle descendit à Newark. Décidément, la chance était avec elle. Une file de taxis attendait devant la station et, dix minutes plus tard, elle arrivait à l'aéroport.

34

Il faisait beau et froid, ce samedi matin. La Reine était partie en Floride soulager les riches de quelques milliers de dollars. Il aurait aimé faire la grasse matinée, partir jouer au golf dès son réveil. Mais, à 7 heures, il était à son bureau en chemise et cravate, écoutant la litanie des suggestions de Fletcher Coal. Richard Horton, le ministre de la Justice avait appelé Coal qui commençait à être vraiment inquiet.

La porte s'ouvrit, Horton entra. Ils échangèrent une poignée de main et Horton prit place devant le bureau. Coal resta debout, près du Président qui sentit l'agacement le gagner.

Horton n'était pas brillant, mais c'était un type droit. Sans avoir l'esprit lent, ni bouché, il réfléchissait soigneusement avant d'agir et pesait chaque mot avant d'ouvrir la bouche. Il était fidèle au Président qui le tenait pour un homme au jugement sain.

— Nous envisageons sérieusement de réunir un grand jury pour enquêter sur les assassinats de Rosenberg et Jensen, commença-t-il d'un ton grave. Compte tenu des événements qui ont eu lieu à La Nouvelle-Orléans, nous estimons que cette procédure doit être engagée sans délai.

— Le FBI enquête déjà, répliqua le Président. Il y a trois cents agents sur l'affaire. Pourquoi nous en mêler ?

— Le FBI enquête-t-il sur le mémoire du Pélican ? demanda Horton.

Il connaissait la réponse. Il savait que Voyles se trouvait en Louisiane avec quelques centaines d'agents. Il savait aussi qu'ils avaient interrogé plusieurs centaines de personnes et réuni des quantités considérables de témoignages inutiles. Il savait encore que le Président avait demandé à Voyles de laisser tomber cette piste, mais que le directeur du FBI ne disait pas tout au chef de l'exécutif.

Jamais Horton n'avait fait allusion au mémoire, le simple fait qu'il fût au courant de son existence était exaspérant. Combien étaient au courant ? Des milliers, sans doute !

— Aucune piste n'est négligée, glissa Coal. Le FBI nous a remis une copie de ce mémoire il y a près de quinze jours, et nous supposons qu'ils la suivent comme les autres.

Exactement ce qu'Horton attendait de la part de Coal.

— Mon sentiment est que, dans cette affaire, l'administration devrait engager au plus vite des poursuites.

Il s'était exprimé comme s'il connaissait tous les dessous, ce qui ne fit qu'accroître l'irritation du Président.

— Pourquoi ? demanda-t-il sèchement.

— Imaginons que le mémoire ait touché juste. Si nous ne faisons rien et si la vérité finit par émerger au grand jour, les dégâts seront irréparables.

— Croyez-vous sincèrement qu'il y ait du vrai là-dedans ? demanda le Président.

— Il y a de quoi éveiller de graves soupçons. Les deux premières personnes qui l'ont lu sont mortes, son auteur a disparu. Pour quelqu'un qui ne reculerait pas devant l'élimination de deux membres de la Cour suprême, cette hypothèse est parfaitement logique. Par ailleurs, il n'existe aucun autre suspect sérieux. D'après les rumeurs qui me sont parvenues, le FBI ne sait plus que faire. Oui, je suis convaincu qu'il faut engager une procédure d'accusation.

Les enquêtes dirigées par Horton donnaient lieu à des fuites infiniment plus nombreuses que celles en provenance de la Maison-Blanche. L'idée que cet ahuri allait réunir un grand jury qui citerait des témoins à comparaître faisait froid dans le dos à Coal. Horton était un type respectable, mais le ministère de la Justice grouillait d'avocats bavards.

— Ne pensez-vous pas qu'une telle procédure soit un peu prématurée ? demanda Coal.

— Non, je ne pense pas.

— Avez-vous lu les quotidiens du matin ?

Horton avait jeté un coup d'œil à la une du *Post* et pris le temps de s'intéresser à l'actualité sportive, toujours riche le samedi. Il avait entendu dire que Coal lisait huit quotidiens avant l'aube ; il trouva la question très déplaisante.

– J'en ai lu deux, répondit-il.

– J'en ai parcouru quelques-uns, fit Coal d'un air modeste. Nulle part je n'ai vu une ligne sur les deux victimes, ni sur la fille, ni sur Mattiece, ni sur quoi que ce soit ayant un rapport avec le mémoire. Si vous ouvrez aujourd'hui une procédure de mise en accusation, l'affaire fera les gros titres pendant un mois.

– Croyez-vous donc que tout s'effacera comme par magie ?

– C'est possible. Pour des raisons évidentes, nous l'espérons.

– Je vous trouve bien optimiste, monsieur Coal. En règle générale, nous ne nous croisons pas les bras en laissant le soin à la presse de faire notre boulot.

Cette déclaration arracha un sourire à Coal qui réprima une envie de rire. Il se tourna vers le Président qui croisa fugitivement son regard tandis qu'Horton se renfrognait.

– Qu'est-ce qui nous empêche d'attendre une semaine ? demanda le Président.

– Absolument rien, répondit précipitamment Coal.

Horton comprit qu'en une fraction de seconde la décision de repousser la procédure d'une semaine venait d'être prise.

– Il peut se passer beaucoup de choses en une semaine, objecta-t-il sans conviction.

– Attendons une semaine, ordonna le Président. Nous nous reverrons vendredi prochain et nous aviserons. Je n'ai pas dit non, Richard, je vous demande seulement une semaine.

Horton acquiesça d'un haussement d'épaules. C'était mieux que ce qu'il avait espéré. Il lui fallait protéger ses arrières : dès qu'il aurait regagné son bureau, il dicterait un compte rendu détaillé de cette entrevue pour se mettre à l'abri de toute mauvaise surprise.

Coal s'avança vers lui, une feuille de papier à la main.

– Qu'est-ce que c'est ?

– De nouveaux noms. Vous disent-ils quelque chose ?

C'était la liste des écolos. Des magistrats bien trop libéraux pour ne pas représenter un danger, mais la nouvelle stratégie exigeait que des défenseurs acharnés de l'environnement occupent les deux sièges vacants à la Cour suprême.

Horton regarda les noms, cligna des yeux, relut attentivement chaque ligne.

– C'est une blague!

– Faites votre enquête habituelle, ordonna le Président.

– Mais ce sont des libéraux purs et durs, marmonna Horton.

– C'est vrai, concéda Coal d'un ton affable, ils vénèrent le soleil et la lune, les arbres et les oiseaux.

La lumière se fit brusquement dans l'esprit d'Horton.

– Je vois, fit-il en souriant. Des défenseurs des pélicans, en quelque sorte.

– Une espèce en voie de disparition, ajouta le Président.

– J'aurais préféré qu'ils aient complètement disparu depuis dix ans, conclut Coal en se dirigeant vers la porte.

Gray arriva au journal à 9 heures; elle n'avait pas encore appelé. Il avait lu le *New York Times*, sans rien trouver sur l'affaire. Il étala le quotidien de La Nouvelle-Orléans sur le fouillis de son bureau et commença à le parcourir. Rien. Ils avaient déjà publié ce qu'ils savaient. Callahan, Verheek, Darby et les questions sans réponse. Il lui fallait supposer que ses confrères du *Times* et peut-être du *Times-Picayune* avaient lu ou entendu parler du mémoire, qu'ils s'intéressaient donc à la piste Mattiece et enquêtaient fébrilement. Il avait Darby, mais ils retrouveraient Garcia et, s'il était possible de remonter jusqu'à Mattiece, les autres le feraient.

Dans l'immédiat, il n'avait pas de plan de rechange. Si Garcia restait introuvable ou continuait de se défiler, ils seraient obligés d'explorer l'univers ténébreux de Victor Mattiece. Darby ne tiendrait pas longtemps et il ne pourrait pas lui en vouloir. Il ignorait combien de temps lui-même pourrait tenir.

Smith Keen s'approcha, une tasse de café à la main, et s'assit sur un coin du bureau.

– Si le *Times* avait de quoi faire un papier, demandat-il, crois-tu qu'ils attendraient jusqu'à demain?

– Non, répondit Gray. S'ils en savaient plus que le *Times-Picayune*, ils auraient passé l'article aujourd'hui.

– Krauthammer veut publier ce que nous avons. Il pense que nous pouvons nommer Mattiece.

– Je ne comprends pas.

– Il fait pression sur Feldman ; à son avis, nous pouvons déjà publier l'histoire de Callahan et Verheek assassinés à cause d'un mémoire qui mentionne le nom de Mattiece, un ami du Président, sans l'accuser directement. Il sait qu'il faudra prendre des précautions, faire en sorte que l'article révèle que le nom de Mattiece est cité dans le mémoire, mais sans le citer nous-mêmes, et conclure que, puisque le mémoire a fait tant de victimes, son exactitude est plus ou moins vérifiée.

– Il voudrait se retrancher derrière le document.

– Précisément.

– Mais, pour l'instant, ce ne sont que des hypothèses. Si tu veux mon avis, Krauthammer déraille complètement. Imagine une seconde que Mattiece ne soit pas du tout impliqué dans cette affaire, qu'il ait les mains toutes blanches et que nous passions un article dans lequel son nom est cité. Que se passe-t-il ? Nous nous couvrons de ridicule et nous avons des procès en diffamation sur le dos pendant dix ans. Il n'est pas question que j'écrive cet article.

– Krauthammer veut que ce soit quelqu'un d'autre.

– Si le journal publie un article qui ne porte pas ma signature, nous pouvons dire adieu à la demoiselle. Je croyais avoir été très clair là-dessus.

– Tu as été très clair et Feldman a parfaitement compris. Il est de ton côté, Gray, moi aussi. Mais, si le mémoire a touché juste, la vérité va éclater. Ce n'est qu'une question de jours, nous en sommes tous persuadés. Krauthammer ne supporte pas le *Times*, je ne t'apprends rien, et il redoute que ces salauds ne nous coupent l'herbe sous les pieds.

– Ils ne publieront rien, Smith. Même s'ils en savent un peu plus que le journal de La Nouvelle-Orléans, ça ne suffira pas pour citer le nom de Mattiece. Nous vérifierons avant tout le monde et, dès que ce sera fait, j'écrirai mon article en citant tous les noms et en l'accompagnant de la jolie petite photo qui montre Mattiece et son ami de la Maison-Blanche. Il y aura des pleurs et des grincements de dents.

– Pourquoi nous ? Pourquoi as-tu dit « nous » vérifie-rons ?

– Mon informatrice et moi.

Gray ouvrit un tiroir et en sortit la photo de Darby au pique-nique, qu'il tendit à Keen.

– Où est-elle ? demanda le rédacteur en chef avec un regard admiratif.

– Je ne sais pas très bien. Je pense qu'elle a quitté New York et doit être en route pour Washington.

– Cette fille est trop belle pour mourir.

– Nous prenons toutes les précautions, affirma Gray. Tu sais, Smith, ajouta-t-il après avoir regardé derrière lui et tourné la tête des deux côtés, je crois que je suis suivi. Je tenais à ce que tu le saches.

– Qui pourrait te faire suivre ?

– Je l'ai appris par un de mes informateurs à la Mai-son-Blanche. Je ne me sers plus de mes téléphones.

– A mon avis, il vaudrait mieux en parler à Feldman.

– Si tu veux, mais je ne pense pas que ma vie soit en danger.

– Il faut le lui dire, déclara Keen.

Sur ce, il se leva, prit sa tasse de café et s'éloigna.

Darby appela quelques minutes plus tard.

– Je suis arrivée, dit-elle. Je ne sais pas si on m'a filée, mais je suis là et, pour l'instant, tout va bien.

– Où êtes-vous ?

– Tabard Inn, dans « N » Street. J'ai croisé une vieille connaissance, hier, dans la Sixième Avenue. Vous vous souvenez de la Barrique, celui qui a été violemment frappé dans un endroit très sensible ? Je vous l'ai raconté ?

– Oui.

– Eh bien, il a au moins retrouvé l'usage de ses jambes. Il boitille encore un peu, mais, hier, il se promenait à Manhattan. Je ne pense pas qu'il m'ait vue.

– Vous parlez sérieusement, Darby ? C'est très inquié-tant.

– Plus qu'inquiétant. J'ai fait de mon mieux pour brouiller les pistes et, si je le revois à Washington, en train de clopiner sur un trottoir, je déposerai les armes. C'est moi qui irai vers lui pour me livrer.

– Je ne sais vraiment pas quoi dire.

– Dites-en aussi peu que possible ; ces gens-là sont équipés de radars. Je vais jouer au privé trois jours, puis je disparaîtrai. Si je suis encore en vie mercredi matin, je prendrai un avion pour Aruba, Trinidad ou une autre île avec de belles plages. Je tiens à mourir sur une plage.

– Quand nous voyons-nous ?

– Je suis en train de réfléchir. Je voudrais vous demander deux choses.

– J'écoute.

– Où garez-vous votre voiture ?

– Près de chez moi.

– Laissez-la et allez en louer une autre. Prenez quelque chose de discret, une Ford par exemple. Faites comme si vous étiez en permanence dans la ligne de mire d'un fusil à lunette. Allez à l'hôtel Marbury, à Georgetown, et prenez une chambre pour trois nuits, sous un nom d'emprunt. On peut payer en espèces, je me suis renseignée.

Gray prenait des notes en secouant lentement la tête.

– Pouvez-vous sortir en douce de chez vous, quand il fera nuit ?

– Je crois que c'est possible.

– Faites-le et prenez un taxi jusqu'au Marbury. Demandez que la voiture de location vous attende à l'hôtel. Prenez ensuite deux taxis pour vous rendre au Tabard Inn, de manière à arriver au restaurant à 21 heures précises.

– D'accord. Autre chose ?

– Emportez des vêtements. Prévoyez que vous ne rentrerez pas chez vous pendant trois jours au moins. Et que vous n'irez pas au journal.

– Enfin, Darby... je ne risque absolument rien au journal.

– Je ne suis pas d'humeur à discuter. Ce n'est pas compliqué : si vous voulez faire des difficultés, je disparais de votre vie. Je suis sûre que, plus je quitterai rapidement ce pays, plus j'ai de chances de vivre vieille.

– A vos ordres, mademoiselle.

– Je préfère ça.

– Je suppose que votre esprit fertile a concocté un plan ingénieux.

– Peut-être. Nous en parlerons pendant le dîner.

– Puis-je considérer ce dîner comme une sorte de rendez-vous ?

– Disons que nous allons travailler en mangeant un morceau.

– Vos désirs sont des ordres.

– Je vais raccrocher, Gray. Soyez prudent, ils vous surveillent.

Elle était assise à la table trente-sept, dans un coin sombre du petit restaurant, quand il arriva, à l'heure fixée. La première chose qu'il remarqua fut la robe et, en s'approchant de la table, il songea à ses jambes qu'il ne pouvait voir. Plus tard, peut-être, quand elle se lèverait. Il avait mis une cravate et ils formaient un couple séduisant.

Il s'assit près d'elle, dans la pénombre, afin de pouvoir surveiller tous deux la petite salle. Le restaurant semblait assez antique pour avoir accueilli Thomas Jefferson. Un groupe d'Allemands riait fort et parlait haut dans le patio. Les fenêtres ouvertes laissaient entrer de l'air frais. Ils oublièrent l'espace d'un instant pourquoi ils étaient obligés de se cacher.

– Où avez-vous acheté cette robe ?

– Elle vous plaît ?

– Je la trouve très jolie.

– J'ai fait un peu de lèche-vitrines cet après-midi. Ces derniers temps, je ne porte guère les vêtements que j'achète. Je laisserai probablement cette robe dans ma chambre d'hôtel, la prochaine fois que je serai obligée de fuir en catastrophe.

Le serveur s'approcha, avec le menu. Ils commandèrent un apéritif. Ils se sentaient en sécurité dans ce paisible restaurant.

– Comment êtes-vous arrivée à Washington ? demanda Gray.

– J'ai fait le tour du monde.

– J'aimerais bien le savoir.

– D'abord le train pour Newark, un premier avion pour Boston, un autre pour Detroit, un troisième pour Washington. Je n'ai pas fermé l'œil de la nuit et, deux fois, je me suis demandé où j'étais.

– Comment auraient-ils pu vous suivre ?

– Ils ne m'ont pas suivie. J'ai tout payé en espèces et je commence à manquer de liquide.

– Combien vous faut-il ?

– Je voudrais faire un virement de ma banque, à La Nouvelle-Orléans.

– Nous nous en occuperons lundi. Je pense que vous ne risquez plus rien, Darby.

– Ce n'est pas la première fois que je me dis ça. Le jour où j'allais prendre le bateau avec Verheek, j'avais ce sentiment de sécurité. Mais l'homme qui m'accompagnait n'était pas Verheek. A New York aussi je me sentais en sécurité, jusqu'à ce que je croise la Barrique dans la rue. Depuis, je n'ai rien pu avaler.

– Vous avez une très jolie ligne.

– Merci. Je suppose que c'est vrai. Avez-vous déjà dîné ici ? ajouta-t-elle en ouvrant son menu.

– Non, répondit-il, mais il paraît qu'on y mange bien. Je vois que vous avez encore changé de coiffure.

Cette fois, ses cheveux étaient châtain clair. Il remarqua des traces de fard, un soupçon de rimmel et de rouge à lèvres.

– Si je n'arrive pas à les semer, je n'aurai plus un poil sur le caillou.

Le serveur apporta les apéritifs et prit leur commande.

– Nous pensons qu'il y aura quelque chose dans le *New York Times* demain, dit Gray, passant sous silence le quotidien de La Nouvelle-Orléans qui montrait des photos de Callahan et Verheek. Elle devait déjà l'avoir vu.

Mais ce sujet ne sembla guère retenir son attention.

– Quel genre de chose ? demanda-t-elle en regardant les tables voisines.

– Nous ne savons pas très bien. Une vieille rivalité nous oppose au *Times* et nous détestons être devancés par un concurrent.

– Ça ne m'intéresse pas, avoua-t-elle. Je ne connais rien au journalisme et je n'ai pas envie d'apprendre. Si je suis ici, c'est parce que j'ai une idée, et une seule, pour retrouver Garcia. Si cela ne marche pas, et vite, je m'en vais.

– Toutes mes excuses. De quoi aimeriez-vous parler ?

– De l'Europe. Quel pays d'Europe préférez-vous ?

– Je déteste l'Europe et les Européens. Quand je voyage, je vais au Canada et en Australie. De temps en temps en Nouvelle-Zélande. Pourquoi êtes-vous attirée par l'Europe ?

– Mon grand-père était un immigré d'origine écossaise. J'ai encore une flopée de cousins là-bas ; j'y suis allée deux fois.

Gray pressa un demi-citron vert dans son gin-tonic. Un

groupe vint du bar s'asseoir à une table; elle les observa attentivement et ne cessa de lancer des regards inquiets dans toutes les directions.

– Je pense qu'un ou deux verres vous feraient du bien, dit Gray.

Elle acquiesça en silence. Les six nouveaux arrivants qui avaient pris place à une table proche commencèrent à parler en français. C'était agréable à entendre.

– Connaissez-vous le français des Cajuns? demanda-t-elle.

– Pas du tout.

– C'est un dialecte qui est en train de disparaître, aussi rapidement que les marécages. Il paraît que les Français ne le comprennent pas.

– Normal. Je suis sûr que les Cajuns ne comprennent pas le français de France.

– Je ne vous ai pas raconté l'histoire de Chad Brunet? reprit-elle après avoir bu une longue gorgée de vin blanc.

– Je ne pense pas.

– C'était un pauvre Cajun d'Eunice. Sa famille vivait tant bien que mal de la chasse et de la pêche dans les bayous. Brillant élève, il a reçu une bourse d'études à l'université de Louisiane, puis est entré à l'école de droit de Stanford où il a eu la meilleure moyenne jamais obtenue dans l'histoire de l'école. A vingt et un ans, il était inscrit au barreau de Californie. Il aurait pu entrer dans n'importe quel gros cabinet de n'importe quelle ville, mais il a choisi de se mettre au service d'une association de défense de l'environnement, à San Francisco. C'était un gros travailleur qui avait le génie du droit et ne tarda pas à gagner de gros procès contre des compagnies pétrolières et chimiques. A vingt-huit ans, il était la terreur des prétoires, l'adversaire redouté par les plus grandes compagnies pétrolières et autres pollueurs à grande échelle. Il a gagné beaucoup d'argent, poursuivit Darby après avoir repris une gorgée de vin, et a fondé une association pour la préservation des marécages de Louisiane. Il aurait aimé plaider dans l'affaire du Pélican, mais d'autres obligations professionnelles l'en ont empêché. Il a versé de grosses sommes au Fonds vert pour régler les frais de justice. Peu avant l'ouverture du procès, à Lafayette, il a fait savoir qu'il viendrait donner un coup de main à ses confrères du Fonds vert. Le journal de La Nouvelle-Orléans a publié quelques articles sur lui.

– Que lui est-il arrivé ?

– Il s'est suicidé.

– Quoi ?

– Une semaine avant le procès, on l'a trouvé mort dans sa voiture dont le moteur tournait. Un tuyau d'arrosage fixé au pot d'échappement ressortait à l'intérieur du véhicule. Pour la police, ce n'était qu'un suicide par absorption d'oxyde de carbone.

– Où a-t-on retrouvé la voiture ?

– Dans une zone boisée, au bord du bayou Lafourche, près de la ville de Galliano. Il connaissait bien la région. On a retrouvé dans le coffre du matériel de pêche et de camping. Pas de lettre expliquant les raisons du suicide. La police a ouvert une enquête, mais n'a rien trouvé de suspect. L'affaire a été classée.

– C'est incroyable !

– Il avait eu des problèmes d'alcoolisme et suivi une analyse à San Francisco, mais de là à se suicider.

– Vous pensez qu'on l'a aidé ?

– C'est ce que pensent un tas de gens. Sa mort a été un coup terrible pour le Fonds vert. La passion qu'il avait pour les marécages aurait été un atout déterminant lors du procès.

Gray vida son verre et fit tinter les glaçons. Elle se rapprocha légèrement de lui. Le serveur arriva avec l'entrée.

35

Le dimanche matin, à 6 heures, le hall de l'hôtel Marbury était vide quand Gray descendit acheter le *New York Times*. L'édition dominicale de quinze centimètres d'épaisseur pesait bien cinq kilos; Gray se demanda jusqu'où ils comptaient aller! Il regagna rapidement sa chambre, au huitième étage, étala le journal sur le lit et le parcourut avidement. Il n'y avait rien en première page, c'était essentiel. Si l'article avait été publié, il aurait naturellement fait la une. Il avait craint de découvrir de grandes photos impeccablement alignées de Rosenberg, Jensen, Callahan et Verheek, peut-être de Darby et Khamel, voire de Mattiece – s'ils en avaient une –, comme la distribution d'une pièce. Ils se seraient encore fait coiffer par le *Times*. C'est le rêve qui l'avait obsédé pendant sa très courte nuit.

Mais il n'y avait rien. Il tourna les pages de plus en plus vite, jusqu'à ce qu'il arrive à celles des sports et des petites annonces. Il se redressa, se dirigea vers le téléphone en esquissant un pas de danse. Il appela Smith Keen qui était réveillé.

– Tu as vu? demanda-t-il.

– C'est super! lança Keen. Je me demande ce qui s'est passé.

– Ils n'ont rien, Smith. Ils cherchent comme des malades, mais ils n'ont pas de quoi faire un papier. Qui en a parlé à Feldman?

– Il ne dit jamais rien, mais ce devait être une source digne de foi.

– Es-tu occupé? demanda Gray qui savait que Keen,

divorcé, vivait seul dans son appartement, pas loin du Marbury.

– Pas vraiment. Tu sais que nous sommes dimanche matin et qu'il est à peine 6 h 30 ?

– Il faut que nous parlions. Passe me prendre devant l'hôtel Marbury, dans un quart d'heure.

– L'hôtel Marbury ?

– C'est une longue histoire. Je t'expliquerai.

– Ah ! c'est la fille ! veinard !

– J'aimerais bien, mais elle est dans un autre hôtel.

– Ici ? A Washington ?

– Oui. Rendez-vous dans un quart d'heure.

– J'y serai.

Gray but un café et attendit impatiemment dans le hall. Darby l'avait rendu parano et il n'aurait pas été étonné outre mesure si des malfrats l'avaient attendu sur le trottoir pour le transformer en passoire. Il commençait à ne plus tenir en place quand il vit enfin apparaître dans « M » Street la Toyota de Keen. Il se dirigea rapidement vers la voiture.

– Dans quel coin veux-tu aller ? demanda Keen en démarrant.

– Je ne sais pas. Il fait un temps magnifique. Que dirais-tu de la Virginie ?

– Comme tu veux. Tu t'es fait virer de ton appartement ?

– Non, je suis les instructions de la demoiselle. Elle a un sens tactique digne d'un chef d'état-major et j'ai passé la nuit dans cet hôtel parce qu'elle me l'a demandé. Je dois y rester jusqu'à mardi, à moins qu'elle ne devienne trop nerveuse et ne m'ordonne de changer de poste. Si tu as besoin de moi, j'ai la chambre 833, mais n'en parle à personne.

– Je suppose que tu feras une note de frais pour le journal, glissa Keen.

– Pour l'instant, l'argent ne me préoccupe pas. Elle a revu ou croit avoir revu vendredi, à New York, l'un de ceux qui ont essayé de la tuer à La Nouvelle-Orléans. Ce sont des as de la filature et elle est obligée de prendre des précautions inimaginables.

– Si tu as l'impression d'être suivi et si elle l'est, on ne peut pas lui donner tort.

– Écoute, Smith, il n'est pas question de lui donner tort. Cette fille est si efficace que cela me fait froid dans le dos.. Mercredi matin, elle fait ses bagages, pour de bon, ce qui nous laisse deux jours pour trouver Garcia.

— Et si ton Garcia n'en sait pas aussi long que tu l'imagines ? Et si, après l'avoir retrouvé, il refuse de parler ou sait peu de chose ? As-tu réfléchi à ça ?

— J'en ai fait des cauchemars. Je crois que ce qu'il sait est important. Il doit y avoir un document, un bout de papier, quelque chose de tangible dont il est entré en possession. Il l'a mentionné une ou deux fois, mais n'a pas voulu l'avouer quand j'ai tenté de le cuisiner. Il comptait me le montrer le jour où nous devions nous rencontrer. J'en suis certain, Smith, il a quelque chose.

— Et s'il refuse de te le montrer ?

— Je lui brise le cou.

Après avoir traversé le Potomac, ils longèrent le cimetière d'Arlington. Keen alluma sa pipe et entrouvrit une vitre.

— Et si vous ne réussissez pas à retrouver Garcia ? demanda-t-il.

— Nous passons au plan B. Elle disparaît, notre marché est rompu. Dès qu'elle aura quitté le pays, j'ai l'autorisation de faire ce que je veux du mémoire, à condition de ne pas citer son nom. Que l'article soit publié ou non, elle est persuadée qu'ils l'abattront, mais elle essaie quand même de se protéger de son mieux. Elle m'a demandé de ne jamais citer son nom, même en tant qu'auteur du document.

— Elle t'en a beaucoup parlé ?

— Pas de la rédaction proprement dite. C'est une idée qui lui est passée par la tête, elle l'a creusée et l'avait presque abandonnée quand la voiture de Callahan a été piégée. Elle regrette amèrement d'avoir écrit ce foutu mémoire. Callahan et elle étaient très amoureux ; elle est accablée de chagrin et de culpabilité.

— Quel est ce plan B ?

— Nous nous attaquons aux avocats. Mattiece est insaisissable, trop bien protégé, nous ne pourrons jamais l'atteindre sans une citation, un mandat d'amener, toutes choses impossibles à obtenir. Mais nous connaissons ses avocats. Il est représenté par deux gros cabinets de Washington et c'est là que nous allons agir. Un avocat ou un groupe d'avocats a soigneusement analysé la composition de la Cour suprême et choisi Rosenberg et Jensen. Sans leur aide, Mattiece n'aurait jamais su qui éliminer. Il s'agira pour nous d'étaler ce complot au grand jour.

– Tu ne pourras pas les obliger à parler.

– De leur client, certainement pas. Mais, si ces avocats sont coupables, si nous commençons à poser des questions, il en sortira bien quelque chose. Il faudra une douzaine de journalistes pour assaillir de coups de téléphone les avocats, les assistants, les employés, les secrétaires, tout le personnel, du haut en bas de l'échelle. Nous allons harceler ces salauds.

– Quels sont ces deux cabinets ? demanda Keen en tirant sur sa pipe, l'air sceptique.

– White et Blazevich, d'une part ; Brim, Stearns et Kidlow d'autre part. Peux-tu chercher si nous avons quelque chose sur eux.

– J'ai entendu parler de White et Blazevich. Une grosse boîte au service des républicains.

Gray acquiesça de la tête et termina son café.

– Et s'il existe un autre cabinet, poursuivit Keen, qui ne se trouverait pas à Washington ? Et si tu ne parviens pas à briser le mur du silence ? Le coupable pourrait être un juriste isolé qui aurait travaillé comme assistant à temps partiel dans un cabinet de Shreveport. Imaginons encore que le complot ait été tramé par les avocats personnels de Mattiece.

– Sais-tu que parfois tu me portes sur les nerfs ?

– Ce sont des questions tout à fait valables, auxquelles tu n'as pas de réponse plausible.

– Dans ce cas, nous passerons au plan C.

– A savoir ?

– Je n'en sais rien, moi. Elle n'y a pas encore réfléchi.

Elle lui avait intimé l'ordre de ne pas se montrer dans la rue et de prendre ses repas dans sa chambre. Un sac en papier qui contenait un sandwich et des frites à la main, il regagna docilement sa chambre, au huitième étage de l'hôtel Marbury. Une femme de chambre vietnamienne poussait son chariot dans le couloir. Il s'arrêta devant sa porte et sortit la clé de sa poche.

– Vous avez oublié quelque chose, monsieur ?

– Je vous demande pardon ? fit Gray, se tournant vers la femme de chambre.

– Vous avez oublié quelque chose ?

– Euh ! non. Pourquoi ?

Elle s'approcha, poussant son chariot.

– Vous venez juste de partir, monsieur, et vous êtes déjà revenu.

– Il y a quatre heures que je suis sorti.

Elle secoua la tête, fit un pas en avant pour l'inspecter de plus près.

– Non, monsieur. J'ai vu quelqu'un sortir de votre chambre, il y a dix minutes.

Elle hésita, étudia attentivement son visage.

– Au fait, monsieur, je crois que c'était un autre homme.

Gray tourna la tête vers la plaque de la porte. Le numéro était bien 833. Son regard revint se poser sur le visage de l'Asiatique.

– Êtes-vous certaine qu'un autre homme est sorti de cette chambre ?

– Oui, monsieur, il y a quelques minutes.

Gray sentit la panique le gagner. Il repartit rapidement vers l'escalier et dévala les huit étages. Qu'est-ce qu'il y avait dans sa chambre ? Juste des vêtements. Rien qui concerne Darby. Il s'arrêta, plongea la main dans une de ses poches et en sortit un bout de papier portant l'adresse du Tabard Inn et le numéro de téléphone de Darby. Il poussa un long soupir et se glissa dans le hall. Il fallait la trouver au plus vite.

Darby trouva une table libre dans la salle de lecture du deuxième étage de la bibliothèque de droit Edward Bennett Williams, à l'université de Georgetown. Pour le critique itinérant de bibliothèques de droit qu'elle était devenue, celle-ci lui parut, jusqu'à présent, la plus agréable. Elle occupait un bâtiment de cinq étages, séparé par une petite cour de l'école de droit McDonough Hall, et était moderne et flambant neuve, sans avoir perdu le caractère d'une bibliothèque universitaire. Elle se remplissait rapidement d'étudiants mettant à profit la journée du dimanche pour préparer leurs examens.

Darby ouvrit le volume cinq du *Martindale-Hubbell* et trouva la section se rapportant aux cabinets de Washington. Vingt-huit pages étaient consacrées à White et Blazevich : nom et prénoms, date et lieu de naissance, établissements fréquentés, organisations professionnelles et comités, bourses, mentions et publications des quatre cent douze juristes, les associés d'abord, puis les collaborateurs. Elle sortit un bloc-notes de son sac et commença à écrire.

La firme comptait quatre-vingt-un associés, les autres étaient des collaborateurs. Darby les regroupa par ordre alphabétique et fit la liste de tous les noms comme n'importe quelle étudiante à la recherche d'un poste dans un gros cabinet.

Au cours de ce travail fastidieux, sa pensée vagabonda. C'est là que Thomas avait fait son droit, vingt ans auparavant. Brillant étudiant, il affirmait avoir passé de longues heures à la bibliothèque. Il écrivait dans le journal de son école, une corvée qu'elle aussi aurait dû accomplir, dans des circonstances normales.

La mort était un sujet qu'elle avait analysé à loisir, sous des angles différents, depuis ces dix derniers jours. Mis à part une mort paisible dans son lit, elle n'avait pas vraiment de préférence. Une longue et douloureuse maladie, un cauchemar pour la victime et ses proches, avait au moins l'avantage de laisser à tous le temps de se préparer à l'issue fatale et de se dire adieu. Une mort violente était sans doute préférable pour le défunt, mais le choc était terrible pour ceux qui restaient. Les questions pénibles ne manquaient pas. A-t-il souffert ? Quelle fut sa dernière pensée ? Pourquoi est-ce arrivé ? Être témoin de la mort rapide d'un être cher était une insoutenable expérience.

Elle aimait d'autant plus Thomas qu'elle l'avait vu mourir ; elle s'efforçait de chasser de sa tête le fracas de l'explosion, l'odeur de la fumée, l'image de la voiture en flammes. Si elle parvenait à survivre encore trois jours, elle irait dans un endroit où elle pourrait s'enfermer à double tour, verser toutes les larmes de son corps, casser tout ce qui lui tomberait sous la main jusqu'à ce que le chagrin s'estompe. Elle était farouchement décidée à trouver cet endroit. Elle avait bien mérité cela.

Elle apprit les noms par cœur, jusqu'à ce qu'elle en sache plus sur White et Blazevich que n'importe quel étranger à la firme. Elle sortit de la bibliothèque à la nuit tombée et prit un taxi pour son hôtel.

À son arrivée à La Nouvelle-Orléans, Matthew Barr rencontra un avocat qui lui demanda de se rendre dans un hôtel, à Fort Lauderdale. Il resta très vague sur ce qui devait se passer à cet hôtel, mais, quand Barr y arriva le dimanche soir, une chambre était réservée à son nom. Un message l'attendait à la réception, qui précisait qu'il recevrait un coup de fil au petit matin.

A 22 heures, il appela Fletcher Coal à son domicile pour lui faire le récit de son voyage.

Coal avait d'autres soucis en tête.

– Grantham est devenu fou. Avec un certain Rifkin, un de ses confrères du *Times*, ils n'arrêtent pas de téléphoner à tout le monde. Ils peuvent devenir extrêmement dangereux.

– Ont-ils vu le mémoire ?

– Je ne sais pas s'ils l'ont vu, mais ils en ont entendu parler. Hier, Rifkin a appelé un de mes assistants, chez lui, pour lui demander ce qu'il savait sur ce foutu mémoire. Mon assistant, qui ne savait rien, a eu l'impression que Rifkin n'en savait pas plus long que lui. Non, je ne crois pas qu'il l'ait lu, mais nous ne pouvons en être sûrs.

– Sale histoire, Fletcher. Jamais nous n'arriverons à suivre une équipe de journalistes. Ces types sont capables de passer cent coups de fil à la minute.

– Ils ne sont que deux : Grantham et Rifkin. Vous avez déjà placé Grantham sous surveillance. Faites de même pour Rifkin.

– Nous avons posé des micros, mais Grantham n'utilise ni le téléphone de son appartement ni celui de sa voiture. J'ai appelé Bailey de l'aéroport, à La Nouvelle-Orléans : Grantham n'a pas mis les pieds chez lui depuis vingt-quatre heures et sa voiture n'a pas bougé. Ils ont téléphoné et sont allés frapper à sa porte. Ou il est mort dans l'appartement, ou il a réussi à s'éclipser dans le courant de la nuit.

– Il est peut-être mort ?

– Ce serait trop beau. Nous le filions et les fédéraux aussi ; je pense qu'il s'en est rendu compte.

– Il faut le retrouver.

– Il finira bien par se montrer. Il ne peut pas s'éloigner trop longtemps du journal.

– Je veux aussi que l'on mette Rifkin sur écoute. Appelez Bailey dès ce soir et donnez-lui vos instructions. C'est entendu ?

– Bien, monsieur, fit Barr.

– Comment croyez-vous que Mattiece réagirait, s'il pensait que Grantham a rédigé son article et qu'il s'apprête à en faire les gros titres du *Washington Post* ?

305

Barr s'étira sur son lit et ferma les yeux. Quelques mois auparavant, il avait pris la décision de ne jamais heurter Fletcher Coal de front. Ce type était une brute.

– Il n'a pas peur d'éliminer ceux qui se mettent en travers de son chemin, répondit Barr.

– Croyez-vous le voir demain ? poursuivit Coal.

– Je n'en sais rien. Ces types aiment le secret ; c'est le genre à parler à voix basse dans une pièce fermée à double tour. Ils ne m'ont pas dit grand-chose jusqu'à présent.

– Pourquoi vous ont-ils demandé d'aller à Fort Lauderdale ?

– Je ne le sais pas non plus, mais c'est plus près des Bahamas. Je pense qu'on m'y emmènera demain, à moins que ce ne soit lui qui se déplace. En fait, je ne sais rien du tout.

– Il conviendrait peut-être d'insister sur le danger que représente Grantham. Mattiece saura le réduire au silence.

– Je vais y réfléchir.

– Appelez-moi demain matin.

Elle marcha sur le message en ouvrant la porte de sa chambre. Il disait : *Darby, je suis dans le patio. C'est urgent. Gray.* Elle prit une longue inspiration et fourra la feuille dans sa poche. Elle referma la porte à clé, suivit les couloirs étroits menant au hall, traversa le salon obscur, longea le bar, traversa la salle de restaurant et déboucha dans le patio. Il était assis à une petite table, en partie caché par un mur de brique.

– Que faites-vous là ? demanda-t-elle à mi-voix, en s'asseyant tout près de lui.

Il avait l'air inquiet et fatigué.

– Où étiez-vous passée ?

– Peu importe. Ce que je veux savoir, c'est pourquoi vous êtes venu. Vous ne deviez pas le faire sans que je vous le demande. Que s'est-il passé ?

Il fit rapidement le récit de sa matinée, depuis son coup de téléphone à Smith Keen jusqu'à la discussion avec la femme de chambre. Tout le reste de la journée, il avait parcouru la ville en tous sens, changé plusieurs fois de taxi, dépensé près de quatre-vingts dollars et attendu que la nuit tombe pour se rendre au Tabard Inn. Il était certain de ne pas avoir été suivi.

Sans cesser de surveiller le restaurant et l'entrée du patio, elle ne perdit pas un seul mot de son récit.

— Je ne comprends absolument pas comment ils ont pu trouver ma chambre d'hôtel, fit-il.

— Avez-vous donné le numéro de cette chambre à quelqu'un ?

— Seulement à Smith Keen, répondit-il après un instant de réflexion. Jamais il ne l'aurait répété à quiconque.

— Où étiez-vous quand vous le lui avez communiqué ? poursuivit-elle sans le regarder.

— Dans sa voiture.

— Ne vous avais-je pas expressément demandé de n'en parler à personne ? fit-elle en secouant lentement la tête.

Il ne trouva rien à répondre.

— Alors, Gray, on s'amuse comme un petit fou ? On se paie une bonne partie de rigolade ? Vous êtes un grand reporter, un dur qui a déjà reçu des menaces de mort, mais ne les a pas prises au sérieux. Les balles ricocheront sur vous, n'est-ce pas ? Nous pouvons encore passer tous deux quelques jours à jouer les détectives pour vous permettre de décrocher votre prix Pulitzer et de gagner beaucoup d'argent. Les méchants ne sont pas si méchants que ça, parce que, vous, vous êtes Gray Grantham, du *Washington Post*, un dur de dur.

— Darby, je vous en prie !

— J'ai pourtant essayé de vous faire comprendre à quel point ces gens-là sont dangereux. J'ai vu de mes yeux ce qu'ils sont capables de faire. Je sais ce qu'ils me feront, s'ils me retrouvent. Mais, pour vous, Gray, ce n'est qu'un jeu. Une partie de cache-cache, de gendarme et de voleur.

— Je vous crois, que voulez-vous de plus ?

— Écoutez-moi bien, monsieur le grand reporter : vous avez intérêt à me croire. Encore une connerie de votre part et nous sommes morts ! La chance ne sera pas toujours de mon côté ! Vous comprenez ?

— Oui ! Je comprends, je vous le jure !

— Prenez une chambre ici. Demain soir, si nous sommes encore de ce monde, je vous trouverai un autre petit hôtel.

— Et si c'est complet ?

— Vous dormirez dans ma salle de bains, porte fermée.

Elle était on ne peut plus sérieuse. Il se sentait comme un écolier qui vient de recevoir sa première fessée. Pendant cinq minutes, ils gardèrent le silence.

– Alors, finit-il par demander, comment m'ont-ils retrouvé ?

– Je suppose qu'ils ont mis sur table d'écoute les téléphones de votre appartement et de votre voiture. Nous ne pouvons que supposer qu'ils ont fait la même chose dans la voiture de Smith Keen. Ce ne sont vraiment pas des amateurs.

36

Il passa la nuit dans la chambre 14, mais ne dormit guère. Le restaurant ouvrait à 6 heures; il descendit prendre un café et remonta aussitôt dans sa chambre. L'établissement, au charme désuet, remontait à l'époque où trois hôtels particuliers communiquaient entre eux. De petites portes donnaient sur d'étroits couloirs qui partaient dans toutes les directions. L'atmosphère était étrangement intemporelle.

La journée s'annonçait longue et éprouvante, mais il la passerait entièrement avec elle et s'en faisait une joie. Il avait commis une erreur, une grave erreur, mais elle avait pardonné. A 8 h 30 précises, il frappa à la porte de la chambre 1. Elle ouvrit très vite et repoussa le verrou dès qu'il fut entré.

Elle était en tenue d'étudiante : jean et chemise de flanelle. Elle lui servit une tasse de café et reprit place à la table où le téléphone était posé au milieu de liasses de feuillets couverts de notes.

— Avez-vous bien dormi? demanda-t-elle.

— Non.

Il lança sur le lit un exemplaire de l'édition du matin du *New York Times* qu'il avait déjà parcouru sans rien trouver.

Darby décrocha, composa le numéro de l'école de droit de Georgetown. Elle le regarda, attendant que la communication soit établie.

— Le bureau du placement, je vous prie.

Il y eut une assez longue attente.

— Bonjour, c'est Sandra Jernigan, associée chez White

et Blazevich. Nous avons un problème avec nos ordinateurs et nous essayons de reconstituer notre fichier du personnel temporaire. Notre chef comptable m'a demandé de me procurer la liste des étudiants de votre école qui ont fait un stage chez nous pendant l'été. Je crois qu'ils étaient au nombre de quatre.

Il y eut quelques secondes de silence.

– Jernigan, répéta-t-elle. Sandra Jernigan. Je vois... Combien de temps cela prendra-t-il ?

Un nouveau silence.

– Et vous vous appelez Joan... Merci, Joan.

Darby couvrit le récepteur de la main et poussa un profond soupir. Gray ne la quittait pas des yeux, un sourire admiratif aux lèvres.

– Oui, Joan, reprit Darby. Ah ! bon, ils étaient sept ? C'est la pagaille dans nos dossiers. Avez-vous leur adresse et leur numéro de sécurité sociale ? Nous en avons besoin pour nos déclarations fiscales. Je comprends... Combien de temps vous faudra-t-il ? Très bien. Je peux vous envoyer un garçon de bureau ; il sera là dans une demi-heure. Il s'appelle Snowden. Merci encore, Joan.

Darby raccrocha et ferma les yeux.

– Sandra Jernigan ?

– Je ne sais pas très bien mentir.

– Vous étiez parfaite. Je suppose que le garçon de bureau, c'est moi.

– Vous avez le physique de l'emploi. Le genre ancien étudiant qui a arrêté ses études. Et je vous trouve assez mignon, ajouta-t-elle in petto.

– J'aime bien votre chemise, fit-il.

Elle prit une grande gorgée de café.

– La journée va sans doute être longue, dit-elle.

– Jusqu'à présent, tout va bien. Je vais chercher la liste et je vous retrouve à la bibliothèque. D'accord ?

– D'accord. Le bureau du placement est au cinquième étage. Je serai dans la salle 336, une petite salle de conférences, au troisième. Partez le premier et prenez un taxi. Rendez-vous dans un quart d'heure.

– Bien, madame.

Grantham sortit de la chambre. Cinq minutes plus tard, Darby le suivit, son bagage à la main.

La course en taxi était courte, mais la circulation difficile. La fuite perpétuelle était déjà assez pénible ; s'il fallait en plus jouer au détective, la coupe était pleine. Elle

310

était dans le taxi depuis déjà cinq minutes quand elle s'assura pour la première fois qu'elle n'était pas suivie. Tout compte fait, cela aurait peut-être du bon. Une longue journée d'investigations dans la peau d'un journaliste lui permettrait peut-être de chasser de son esprit la Barrique et ses petits copains ? Elle allait s'absorber dans le travail toute cette journée et celle du lendemain. Le mercredi soir, elle serait sur une plage.

Ils allaient commencer par l'école de droit de Georgetown. Si c'était une impasse, ils essaieraient celle de l'université George Washington ; s'il leur restait du temps, ils passeraient à l'American University. Trois tentatives avant de disparaître sans laisser de traces.

Le taxi s'arrêta devant McDonough Hall. Avec son sac de toile et sa chemise de flanelle, elle se fondit aisément dans la foule des étudiants qui, par petits groupes, attendaient l'heure du premier cours. Elle prit l'escalier jusqu'au troisième étage et entra dans la salle utilisée de loin en loin par un professeur ou pour des entretiens entre chasseurs de têtes et futurs diplômés. Elle étala ses notes sur la table, comme n'importe quelle étudiante.

Quelques minutes plus tard, Gray se glissa dans la salle.

— Joan est absolument charmante, fit-il, posant la liste sur la table. J'ai les noms, les adresses et les numéros de sécurité sociale. C'est parfait.

Darby parcourut la liste et sortit un annuaire de son sac. Cinq des noms y figuraient. Elle regarda sa montre.

— Il est 9 h 5, dit-elle. Je parie qu'à peine la moitié d'entre eux ont cours en ce moment. Certains ne commenceront que plus tard. Je vais appeler ces cinq-là, nous verrons bien ceux qui sont encore chez eux. Prenez les deux sans numéro de téléphone et procurez-vous leur emploi du temps au secrétariat.

— Rendez-vous ici dans un quart d'heure, fit Gray après avoir regardé sa montre.

Il sortit le premier. Darby descendit au rez-de-chaussée, où elle avait vu des cabines téléphoniques, près des salles de cours. Elle commença par James Maylor.

— Allô ! répondit une voix d'homme.

— Je suis bien chez Dennis Maylor ?

— Non, c'est James Maylor.

— Excusez-moi.

Elle raccrocha. Il habitait à dix minutes de la fac. Il

n'avait pas de cours à 9 heures et, s'il en avait un à 10 heures, il ne sortirait pas de chez lui avant quarante minutes.

Elle appela les quatre autres. Deux étaient chez eux, les deux autres appels restèrent sans réponse.

Au troisième étage, Gray commençait à piaffer d'impatience. Une étudiante, employée à temps partiel, essayait de trouver la secrétaire qui était quelque part, dans un des bureaux. L'étudiante informa Gray qu'elle n'était pas sûre qu'il soit possible de communiquer des emplois du temps. Gray rétorqua qu'il était certain que cela pouvait se faire.

La secrétaire arriva et le considéra d'un regard soupçonneux.

– Je peux vous aider ?

– Oui. Je suis Gray Grantham, du *Washington Post*, et j'essaie de trouver deux de vos étudiants, Laura Kaas et Michael Akers.

– Il y a un problème ? demanda-t-elle, l'air perplexe.

– Pas du tout. J'aimerais juste leur poser quelques questions. Ont-ils des cours, ce matin ?

Il lui adressa un sourire chaleureux, destiné à inspirer confiance, ce sourire qu'il réservait en général aux femmes d'âge mûr et qui manquait rarement son but.

– Avez-vous une carte de presse ou quelque chose ?

– Bien sûr.

Il ouvrit son portefeuille et l'agita devant elle, tel un policier sachant qu'il dit la vérité et négligeant d'en fournir la preuve.

– Eh bien, il vaudrait mieux que j'en parle à monsieur le doyen, mais...

– Très bien. Où est son bureau ?

– Il n'est pas là... Il est en voyage.

– J'ai juste besoin de leur emploi du temps pour savoir quand les trouver. Je ne vous demande pas leur adresse ni leurs notes ou leur dossier. Rien de confidentiel ni de personnel.

La secrétaire tourna la tête vers l'étudiante qui esquissa un haussement d'épaules, comme pour indiquer que cela ne tirait pas à conséquence.

– Je reviens dans une seconde, dit-elle.

Darby attendait dans la petite salle. Il se dirigea vers elle et posa les feuilles de listing sur la table.

– D'après ce que j'ai vu, Akers et Kaas devraient avoir un cours en ce moment.

Darby étudia les emplois du temps.

– Procédure criminelle pour Akers, droit administratif pour Kaas. De 9 à 10. Je vais essayer de les trouver. Maylor, Reinhart et Wilson étaient chez eux, poursuivit-elle, montrant ses notes à Gray. Je n'ai pas pu joindre Ratliff et Linney.

– C'est Maylor qui habite le plus près. Je peux être chez lui en quelques minutes.

– Et la voiture ? demanda Darby.

– J'ai appelé Hertz. Elle sera sur le parking du journal dans un quart d'heure.

James Maylor habitait au troisième étage d'un ancien entrepôt aménagé en logements pour étudiants au budget très étroit. Gray frappa à la porte qui s'entrouvrit presque aussitôt, retenue par la chaîne de sûreté.

– Je cherche James Maylor, fit Gray, comme s'il était à la recherche d'un vieux copain.

– C'est moi.

– Je suis Gray Grantham, du *Washington Post*. J'aimerais vous poser très rapidement deux ou trois questions.

La chaîne fut tirée, la porte s'ouvrit, Gray pénétra dans un deux-pièces. Une bicyclette occupait la majeure partie de l'espace.

– Que se passe-t-il ? demanda Maylor, intrigué par cette visite, mais désireux, semblait-il, de répondre aux questions.

– On m'a dit que vous aviez fait un stage, l'été dernier, chez White et Blazevich.

– Exact. Pendant trois mois.

– Dans quel service ? poursuivit Gray en commençant à prendre des notes.

– International. Je ne faisais que du boulot sans intérêt, vraiment rien d'excitant. Beaucoup de recherches, des projets de contrats.

– Qui était votre directeur de stage ?

– Personne en particulier. Trois collaborateurs me donnaient du travail. L'associé dont ils dépendaient s'appelait Stanley Coopman.

Gray sortit une photo de la poche de sa veste, celle qui représentait Garcia sur le trottoir.

– Ce visage vous dit quelque chose ?

Maylor prit la photo, l'étudia et secoua la tête.

– Je ne pense pas. Qui est-ce ?

– Un avocat. Je pense qu'il travaille chez White et Bla-zevich.

– C'est une grosse boîte. Je n'avais qu'une toute petite place dans un de leurs nombreux services. Ils sont plus de quatre cents, vous savez.

– Oui, c'est ce qu'on m'a dit. Vous êtes sûr de ne jamais l'avoir vu ?

– Absolument. Le cabinet occupe douze étages et je n'ai jamais mis les pieds dans la plupart des services.

Gray remit la photo dans sa poche.

– Avez-vous rencontré d'autres stagiaires ?

– Bien sûr. Deux de Georgetown que je connaissais déjà, Laura Kaas et JoAnne Ratliff, deux types de George Washington, Patrick Franks et un autre qui s'appelait Vanlandingham, une fille de Harvard du nom d'Eliza-beth Larson, une autre de l'université du Michigan, Amy MacGregor, et aussi un certain Moke, de l'université Emory, mais je crois qu'il s'est fait virer. Il y a toujours des tas de stagiaires en été.

– Avez-vous l'intention d'entrer dans ce cabinet à la fin de vos études ?

– Je n'en sais rien. Je ne suis pas sûr d'être fait pour ce genre de grosse boîte.

Gray sourit et glissa son carnet dans sa poche revolver.

– Dites-moi, vous qui connaissez un peu la boîte, que puis-je faire pour trouver ce type ?

Maylor réfléchit quelques secondes.

– Je suppose que vous ne pouvez pas débarquer là-bas et commencer à poser des questions.

– Très juste.

– Vous n'avez que cette photo ?

– Oui.

– Dans ce cas, je pense que vous avez choisi la meil-leure solution. Un stagiaire finira bien par le reconnaître.

– Merci.

– Il a des ennuis ?

– Non, non, fit Gray. Il a peut-être été témoin de quel-que chose, mais ce sera probablement un coup d'épée dans l'eau. Merci encore, ajouta-t-il en ouvrant la porte.

Darby étudia la liste des cours du trimestre sur le pan-neau d'affichage, en face des téléphones du hall. Elle ne savait pas encore très bien ce qu'elle ferait quand les cours s'achèveraient à 10 heures, mais elle essayait de trouver une idée. Le panneau d'affichage se présentait exactement comme celui de Tulane : liste des cours soigneusement alignés; petites annonces pour des livres, des bicyclettes, des piaules; propositions pour partager un logement. Des centaines d'autres avis étaient présentés en désordre : soirées, jeux, réunions de clubs.

Une jeune femme avec un sac à dos et des chaussures de marche s'arrêta à côté d'elle pour étudier le panneau. A l'évidence, c'était une étudiante.

– Excusez-moi, fit Darby en souriant, connaîtriez-vous par hasard Laura Kaas?

– Bien sûr.

– Il faut que je lui remette un message. Auriez-vous la gentillesse de me la montrer?

– Elle est en cours?

– Droit administratif, avec Ship. Salle 207.

Elles se dirigèrent en devisant vers la salle où Ship terminait son cours. Quatre salles se vidèrent en même temps et il se fit un grand remue-ménage dans le hall. La randonneuse indiqua du doigt une grande fille d'allure sportive qui s'avançait vers elles. Darby la remercia et suivit Laura Kaas jusqu'à ce que la foule soit plus clairsemée.

– Excusez-moi, vous êtes bien Laura Kaas?

La grande fille se retourna, l'air perplexe.

– Oui.

Darby était arrivée au moment qu'elle détestait, celui des mensonges.

– Je m'appelle Sara Jacobs, commença-t-elle, et je travaille sur un article pour le *Washington Post*. Puis-je vous poser quelques questions?

Elle avait choisi Laura Kaas, car elle n'avait pas de cours à 10 heures, contrairement à Michael Akers qu'elle pourrait voir à 11 heures.

– A quel propos?

– Cela ne prendra que quelques minutes. Voulez-vous entrer ici?

Darby indiqua une salle vide et se dirigea vers la porte. Laura la suivit lentement.

– Vous avez bien fait un stage chez White et Blazevich, cet été?

– Oui, répondit Laura sans se départir de son attitude soupçonneuse.

Sara Jacobs lutta pour contrôler ses nerfs. C'était affreux.

– Dans quel service ? demanda-t-elle.

– Fiscalité.

– Ainsi, vous aimez la fiscalité ? fit-elle, s'efforçant de détendre l'atmosphère.

– Oui, j'aimais bien. Maintenant, je déteste ça.

Darby lui adressa un large sourire, comme si elle n'avait rien entendu de plus drôle depuis des années. Elle sortit une photo de sa poche, la tendit à l'étudiante.

– Reconnaissez-vous cet homme ?

– Non.

– Je crois que c'est un avocat qui travaille chez White et Blazevich.

– Il y en a des tas.

– Vous êtes certaine de ne l'avoir jamais rencontré ?

– Certaine, fit Laura en lui rendant la photo. Je n'ai jamais quitté le cinquième étage. Il faudrait plusieurs années pour rencontrer tous les gens de cette boîte et il y a souvent du changement. Vous savez comment sont les avocats.

Laura commença à regarder autour d'elle pour mettre un terme à la conversation.

– Je vous remercie de m'avoir consacré un peu de votre temps, dit Darby.

– Pas de problème, fit Laura, se dirigeant vers la porte.

A 10 h 30 précises, ils se retrouvèrent dans la salle 336. Gray avait réussi à voir Ellen Reinhart au moment où elle sortait de chez elle pour se rendre à son cours en voiture. Elle avait fait son stage au service du contentieux, sous la responsabilité d'un associé du nom de Daniel O'Malley, et passé la majeure partie de l'été en Floride. Absente deux mois, elle n'avait guère passé de temps au siège de Washington. White et Blazevich avaient des bureaux dans quatre villes des États-Unis, dont un à Tampa. Elle ne reconnaissait pas Garcia et était terriblement pressée.

Judith Wilson n'était pas chez elle, mais, d'après l'amie qui partageait son appartement, elle devait revenir vers 13 heures.

Ils barrèrent Maylor, Kaas et Reinhart, se répartirent la tâche à voix basse et se séparèrent derechef.

Gray devait se charger d'Edward Linney qui, les deux étés précédents, avait fait un stage chez White et Blazevich. Il n'était pas dans l'annuaire, mais son domicile se trouvait à Wesley Heights, au nord du campus de l'université.

A 10 h 45, Darby traînait de nouveau devant le panneau d'affichage, dans l'attente d'un second miracle. Akers étant un garçon, il existait plusieurs manières de l'aborder. Elle espérait qu'il était là où il devait être, salle 201, pour son cours de procédure criminelle. Elle partit discrètement dans cette direction et n'eut que quelques minutes à attendre avant que la porte ne s'ouvre pour laisser le passage à une cinquantaine d'étudiants. Jamais elle ne deviendrait journaliste! Jamais elle ne pourrait aborder des inconnus pour les assaillir de questions. C'était très gênant. Mais elle s'avança pourtant vers un jeune homme à l'air timide, au regard triste derrière de grosses lunettes.

– Excusez-moi, dit-elle. Connaissez-vous Michael Akers? Je crois qu'il est dans cette classe.

Le jeune homme lui sourit, ravi d'avoir été choisi. Il montra un groupe d'étudiants qui se dirigeaient vers la sortie.

– C'est lui, là-bas, avec le pull gris.

– Merci! lança-t-elle, le plantant là.

Le groupe d'étudiants se dispersa à la sortie du bâtiment et Michael Akers s'éloigna en compagnie d'un ami.

– Monsieur Akers! cria Darby, s'élançant derrière lui.

Les deux jeunes gens s'arrêtèrent, se retournèrent et sourirent en la regardant s'approcher.

– Vous êtes bien Michael Akers? demanda-t-elle nerveusement.

– Oui. Et vous, qui êtes-vous?

– Je m'appelle Sara Jacobs et je prépare un article pour le *Washington Post*. Pourrais-je vous parler seul à seul?

– Bien sûr.

L'ami comprit et s'éloigna aussitôt.

– De quoi voulez-vous me parler? demanda Akers.

– Avez-vous fait, l'été dernier, un stage chez White et Blazevich?

– Oui, répondit Akers que la situation semblait amuser.

– Quel service?

– Immobilier. Chiant comme la pluie, mais c'est un

boulot qui en valait un autre. Pourquoi me demandez-vous ça ?

– Reconnaissez-vous cet homme ? poursuivit-elle en lui montrant la photo. Il travaille chez White et Blazevich.

Akers eût été ravi de le reconnaître, de se rendre utile afin de prolonger la conversation, mais ce visage ne lui disait absolument rien.

– Drôle de photo, non ?

– Sans doute. Le connaissez-vous ?

– Non, je ne l'ai jamais vu. C'est un très gros cabinet, vous savez. Les associés portent des badges à leur nom quand ils se réunissent. Vous rendez-vous compte ? Les patrons de cette firme ne se connaissent pas tous ! Il doit y avoir une centaine d'associés.

– Quatre-vingt-un, pour être précis. Aviez-vous un directeur de stage ?

– Oui, Walter Welch, un associé. Un sale prétentieux. En fait, je n'ai pas du tout aimé l'ambiance.

– Avez-vous rencontré d'autres stagiaires ?

– Bien sûr. Il y en a eu un tas pendant l'été.

– Si j'avais besoin de leurs noms, pourrais-je revenir vous voir ?

– A votre disposition... Il a des ennuis, le type de la photo ?

– Je ne pense pas, mais il sait peut-être quelque chose d'important.

– J'espère qu'ils seront tous rayés du tableau. Ce sont des pourris et cette boîte est horrible. Tout y est politisé.

– Merci, dit Darby.

Elle le gratifia d'un dernier sourire et tourna les talons. Akers prit le temps d'admirer sa silhouette.

– Appelez-moi quand vous voulez !

– Merci.

Darby, la journaliste d'investigation, se dirigea vers le bâtiment voisin, la bibliothèque, et monta à pied au cinquième étage où le *Georgetown Law Journal* occupait une enfilade de bureaux encombrés. Elle avait trouvé à la bibliothèque le dernier numéro de la revue universitaire et remarqué que JoAnne Ratliff était directrice adjointe de la rédaction. La plupart de ces revues juridiques se ressemblent beaucoup. Les meilleurs étudiants y passent le plus clair de leur temps pour préparer leurs articles et leurs chroniques. Ils se sentent supérieurs à leurs condisciples et un esprit de clan les pousse à rester entre eux. Ils sont toujours fourrés dans les locaux de la revue dont ils font leur second foyer.

Elle entra et demanda au premier étudiant qu'elle vit où elle pourrait trouver JoAnne Ratliff. Deuxième porte sur la droite, répondit-il, indiquant un couloir. Darby poussa la deuxième porte qui donnait dans une salle aux murs couverts de rayonnages. Deux femmes étaient absorbées dans leur travail.

— JoAnne Ratliff? demanda Darby.

— C'est moi, répondit l'une d'elles, qui devait être âgée d'une quarantaine d'années.

— Bonjour. Je m'appelle Sara Jacobs, je travaille sur un article pour le *Washington Post*. Puis-je vous poser rapidement quelques questions?

JoAnne posa lentement son stylo et tourna un regard perplexe vers sa collègue. Ce qu'elles faisaient était de la plus haute importance et cette interruption leur paraissait insupportable. On ne dérangeait pas des étudiantes de leur qualité.

Darby se retint pour ne pas sourire et leur lancer une vanne. Elle était deuxième de sa promotion et ces deux prétentieuses n'avaient pas à la prendre de si haut.

— De quoi parle votre article? demanda Ratliff.

— Pouvons-nous parler en privé?

Les deux femmes échangèrent un nouveau regard.

— Je suis très occupée, déclara Ratliff.

Moi aussi, songea Darby. Vous êtes en train de vérifier des citations pour un article insignifiant alors que j'essaie de démasquer celui qui a fait assassiner deux membres de la Cour suprême.

— Je suis désolée, fit-elle. Je vous promets qu'il n'y en aura que pour une ou deux minutes.

Elles sortirent dans le couloir.

— Désolée de vous avoir dérangée, répéta Darby, mais je suis assez pressée.

— Et vous êtes journaliste au *Post*?

C'était plus une provocation qu'une question et Darby fut obligée de continuer à mentir. Elle se dit qu'elle allait encore mentir, bluffer et tricher pendant quarante-huit heures, puis elle sauterait dans un avion pour les Antilles et Grantham n'aurait qu'à se débrouiller.

— Oui. Avez-vous travaillé cet été chez White et Blazevich?

– Oui, pourquoi ?

Vite, la photo ! Ratliff prit le cliché et l'étudia attentivement.

– Le reconnaissez-vous ?

– Je ne pense pas, fit Ratliff en secouant lentement la tête. Qui est-ce ?

Cette salope fera une bonne avocate, avec toutes ses questions. Si elle avait su qui était l'homme de la photo, elle ne perdrait pas son temps dans un couloir à jouer à la journaliste et à supporter les grands air de cette bonne femme.

– C'est un des avocats du cabinet, expliqua Darby en prenant le ton le plus sincère possible. J'espérais que vous l'auriez reconnu.

– Non, répondit Ratliff en lui rendant la photo.

– Eh bien, je vous remercie. Pardonnez-moi encore de vous avoir dérangée.

– De rien, de rien, lança Ratliff en disparaissant dans la salle de travail.

Darby sauta dans la Pontiac de location qui s'arrêta au carrefour. La voiture redémarra aussitôt. Elle en avait déjà par-dessus la tête de la fac de droit de Georgetown.

– J'ai fait chou blanc, annonça Gray. Linney n'était pas chez elle.

– Moi, j'ai vu Akers et Ratliff. Négatif tous les deux. Nous en sommes à cinq sur sept qui n'ont pas reconnu Garcia.

– J'ai faim. Vous ne voulez pas manger quelque chose ?

– Bonne idée.

– Est-il possible que, sur cinq stagiaires ayant passé trois mois dans un cabinet d'avocats, aucun ne reconnaisse un jeune collaborateur ?

– C'est non seulement possible, mais très probable. Les avocats ont tendance à se cantonner dans leur petit territoire.

– Y a-t-il de véritables séparations entre ces territoires ?

– Absolument. Il est tout à fait possible pour un avocat spécialiste des banques, et dont le bureau est au troisième étage, de ne pas rencontrer pendant plusieurs semaines un confrère du contentieux travaillant dans le même bâtiment, mais au dixième étage. Il ne faut pas oublier que ce sont des gens très occupés.

– Pensez-vous que nous ne cherchons pas dans la bonne firme ?

– Ce n'est peut-être ni la bonne firme ni la bonne fac.

– James Maylor m'a donné le nom de deux étudiants de George Washington qui ont fait en même temps que lui un stage chez White et Blazevich. Nous pouvons essayer de les trouver après le déjeuner.

Gray gara la voiture en stationnement interdit, derrière une rangée de petits immeubles.

– Où sommes-nous ?

– Juste derrière Mount Vernon Square. Les bureaux du journal sont à six rues d'ici et ma banque encore plus près. Je connais un petit endroit sympa, au coin de la rue.

Ils entrèrent dans le self-service dont la salle se remplissait rapidement. Darby alla s'asseoir près de la vitrine tandis que Gray faisait la queue au comptoir où il commanda deux sandwichs mixtes. La moitié de la journée était déjà passée : même si elle n'appréciait guère ce boulot de journaliste, Darby trouvait agréable d'avoir l'esprit occupé en permanence et de ne plus penser aux tueurs à ses trousses. Elle ne serait jamais journaliste et, dans l'immédiat, sa carrière juridique paraissait plutôt compromise. Quinze jours plus tôt, elle envisageait d'entrer dans la magistrature après quelques années de barreau. Plus question, c'était beaucoup trop dangereux.

Gray revint avec un plateau de nourriture et du thé glacé. Ils commencèrent à manger avec appétit.

– Est-ce une journée normale pour vous ? demanda-t-elle.

– C'est ainsi que je gagne ma vie. Je passe la journée à fureter, j'écris mes articles en fin d'après-midi et je continue à me rencarder le soir, parfois très tard.

– Combien d'articles par semaine écrivez-vous ?

– Tantôt trois ou quatre, tantôt aucun. Je choisis librement mes sujets et aucun contrôle ou presque n'est exercé sur mon travail. Cette fois-ci, c'est un peu différent. Je n'ai rien publié depuis dix jours !

– Et si vous ne parvenez pas à remonter jusqu'à Mattiece ? Qu'écrirez-vous sur cette affaire ?

– Cela dépend de ce que je découvrirai. Nous aurions pu passer un article sur Callahan et Verheek, mais à quoi bon ? C'était un gros coup, mais nous n'aurions pas pu aller très loin. Nous n'aurions pas creusé assez profond et l'intérêt serait retombé.

– C'est une bombe que vous voulez faire éclater ?

– Je l'espère. Si nous réussissons à vérifier votre hypothèse, l'affaire fera les gros titres.

– Vous imaginez déjà la manchette...

– Bien sûr. Je sens mon taux d'adrénaline qui s'élève. Ce sera le plus gros scandale depuis...

– Le Watergate ?

– Non. Pour le Watergate, il s'agit d'une suite d'articles, modestes au début, qui ont fait boule de neige. Pendant plusieurs mois, les journalistes ont suivi patiemment différentes pistes et réuni des indices, jusqu'à ce qu'ils parviennent à assembler tous les éléments. De nombreuses personnes connaissaient des fragments de l'affaire. La nôtre, ma chère, est totalement différente. Elle est beaucoup plus grave et la vérité n'est connue que d'un petit nombre de gens. Le Watergate, c'est l'histoire d'un cambriolage stupide et de tentatives maladroites pour étouffer le scandale. Nous, nous enquêtons sur des assassinats organisés de main de maître par des gens intelligents et très fortunés.

– On va aussi tenter d'étouffer l'affaire.

– Pas tout de suite. Quand nous aurons réussi à prouver que Mattiece est derrière ces assassinats, nous déballerons la vérité. Le pot aux roses découvert, une demi-douzaine d'enquêtes officielles seront aussitôt ouvertes. Tout le pays sera traumatisé, surtout en apprenant que le Président et Mattiece sont des amis de longue date. Dès que les choses se seront un peu calmées, nous nous occuperons de l'administration pour essayer de déterminer qui savait quoi.

– Mais, d'abord, Garcia.

– Naturellement. Je sais qu'il n'est pas loin, qu'il est à Washington et qu'il a surpris quelque chose de très important.

– Imaginons que nous le trouvions et qu'il refuse de parler ?

– Nous avons les moyens de le faire parler !

– C'est-à-dire ?

– Torture, enlèvement, intimidation, menaces de toutes sortes.

Un costaud au visage tordu vint se planter devant la table.

322

— Dépêchez-vous! rugit-il. Vous parlez trop!

— Merci, Pete, fit Gray sans lever les yeux.

Pete se fondit dans la foule, mais sa voix de stentor retentit devant une autre table. Darby reposa son sandwich.

— C'est le propriétaire, expliqua Gray. Cela fait partie de l'ambiance.

— Charmant. Il demande un supplément pour l'animation?

— Non, mais, comme ce n'est pas cher, il faut que la clientèle tourne rapidement. Il refuse de servir du café pour que les gens ne s'attardent pas. Ce qu'il voudrait, c'est voir les clients se jeter sur la nourriture comme des clochards affamés et débarrasser le plancher.

— J'ai terminé.

— Il est midi un quart, dit Gray, nous devons être chez Judith Wilson à 13 heures. Voulez-vous faire le virement maintenant?

— Combien de temps cela prendra-t-il?

— Nous pouvons effectuer le virement maintenant et retirer l'argent plus tard.

— Allons-y.

— Combien voulez-vous virer?

— Quinze mille dollars.

Judith Wilson habitait au deuxième étage d'une vieille maison délabrée, divisée en deux pièces cuisine pour étudiants. Comme elle n'était pas arrivée à 13 heures, ils firent un tour en voiture pendant une heure, Gray faisant office de guide. Il passa lentement devant le Montrose Theatre, dont une palissade masquait les cicatrices de l'incendie qui l'avait ravagé, et lui montra le cirque permanent qu'était Dupont Circle.

A 14 h 15, ils attendaient devant la maison quand une Mazda rouge s'engagea dans l'allée.

— C'est elle, dit Gray.

Il descendit; Darby resta dans la voiture.

Il rattrapa Judith juste avant le perron. Elle l'accueillit avec amabilité. Ils discutèrent un instant. Gray lui montra la photo qu'elle étudia avant de secouer la tête; il remonta dans la voiture.

— Et de six, annonça-t-il.

— Il ne reste plus qu'Edward Linney, notre meilleure chance, puisqu'il a fait deux stages successifs.

Trois rues plus loin, ils trouvèrent un taxiphone, dans un libre service. Gray composa le numéro de Linney : pas de réponse. Il raccrocha rageusement et rejoignit Darby.

– Il n'était pas chez lui à 10 heures du matin et il n'est toujours pas rentré.

– Il a peut-être des cours, suggéra Darby. Il nous faudrait son emploi du temps. Vous auriez dû le demander avec celui des autres.

– Vous ne me l'aviez pas précisé.

– Qui est le détective de nous deux ? Qui est le célèbre journaliste du *Washington Post* ? Moi, je ne suis qu'une modeste ex-étudiante en droit, très émue d'être assise à l'avant de votre voiture et de vous regarder opérer.

Vous ne voulez pas essayer la banquette arrière ? faillit-il dire.

– Peu importe. Où allons-nous ?

– Nous retournons à la fac. J'attendrai dans la voiture pendant que vous pénétrerez dans la place pour leur arracher l'emploi du temps de Linney.

– Bien, madame.

C'est un étudiant qui l'accueillit au secrétariat. Gray demanda l'emploi du temps de la classe d'Edward Linney; le jeune homme alla chercher la secrétaire. Cinq minutes plus tard, il la vit arriver, le regard mauvais.

– Vous vous souvenez de moi ? lança-t-il avec son sourire charmeur. Gray Grantham, du *Post*. J'ai besoin d'un autre emploi du temps.

– Le doyen a dit non.

– Je croyais qu'il était absent.

– En effet. C'est son assistant qui a dit non : plus d'emploi du temps. Vous m'avez déjà causé des tas d'ennuis.

– Je ne comprends pas. Je ne demande pas des dossiers personnels.

– Non, c'est non !

– Où puis-je trouver l'assistant du doyen ?

– Il est occupé.

– J'attendrai. Où est son bureau ?

– Il est pris pour longtemps.

– J'attendrai longtemps.

Elle croisa les bras.

– Il ne vous autorisera pas à prendre connaissance

d'autres emplois du temps. Nos étudiants ont le droit de préserver leur vie privée.

– Bien entendu. Quel genre d'ennuis ai-je causé ?

– Eh bien, je vais vous le dire.

– Je vous écoute.

L'étudiant s'éclipsa, longeant les murs.

– L'un de ceux que vous avez questionnés ce matin a prévenu White et Blazevich. Ils ont téléphoné à l'assistant du doyen qui m'a convoquée pour me dire qu'il était interdit de communiquer les emplois du temps à des journalistes.

– En quoi cela les dérange-t-il ?

– Peu importe. Nous entretenons de bonnes relations avec White et Blazevich où un grand nombre de nos étudiants sont pris comme stagiaires.

– J'essaie seulement de trouver Edward Linney, fit Gray, s'efforçant de prendre un air piteux. Je vous jure qu'il n'a rien fait de mal. J'ai simplement quelques questions à lui poser.

La secrétaire sentit la victoire à portée de la main. Elle avait rembarré un journaliste du *Post* et n'en était pas peu fière. Elle pouvait se permettre de lui donner un os à ronger.

– M. Linney n'est plus inscrit dans notre établissement. C'est tout ce que je puis dire.

– Merci, murmura Gray en battant en retraite.

Il était presque arrivé à la voiture quand il entendit quelqu'un crier son nom. Il se retourna et reconnut l'étudiant du secrétariat qui s'approchait en courant.

– Monsieur Grantham! Je connais bien Edward. Il a quitté provisoirement l'école. Des problèmes personnels.

– Où est-il ?

– Ses parents l'ont fait admettre dans une clinique. Il suit une cure de désintoxication.

– Où se trouve cet établissement ?

– A Silver Spring. L'hôpital Parklane.

– Depuis combien de temps est-il là-bas ?

– A peu près un mois.

– Merci, dit Gray, lui serrant vigoureusement la main. Personne ne saura que c'est vous qui me l'avez dit.

– Il n'a pas d'ennuis, c'est sûr ?

– C'est sûr. Vous avez ma parole.

Après un arrêt à la banque, Darby ressortit avec quinze mille dollars en espèces. Elle avait peur de transporter une telle somme. Elle avait peur d'aller voir Linney. Elle avait soudain très peur de White et Blazevich.

L'hôpital Parklane était un centre de désintoxication pour les riches ou les gens ayant un très bon contrat d'assurance. Le petit bâtiment isolé, entouré d'arbres, se trouvait à un kilomètre de l'autoroute. Ils se dirent que l'accès risquait d'être difficile.

Gray entra le premier et demanda à la réceptionniste Edward Linney.

— C'est un des patients de notre établissement, répondit-elle d'un ton très officiel.

— Je sais bien que c'est un de vos patients, fit-il avec son plus beau sourire. On me l'a dit à l'école de droit. Quel est le numéro de sa chambre ?

Darby entra sur ces entrefaites et se dirigea d'un pas nonchalant vers la fontaine où elle but longuement.

— Il est dans la chambre 22, mais vous ne pouvez pas le voir.

— On m'avait pourtant dit que je pourrais le voir.

— Puis-je vous demander qui vous êtes ?

— Gray Grantham, du *Washington Post*, répondit-il, affable. On m'a affirmé que je pourrais lui poser quelques questions.

— Je regrette qu'on vous ait mal renseigné, monsieur Grantham. Ils sont responsables de leurs étudiants et nous de nos patients. J'espère que vous comprenez.

Darby prit une revue et s'installa sur une banquette.

Le sourire de Gray perdit de son éclat, sans s'effacer totalement.

— Je comprends, dit-il, toujours courtois. Pourrais-je voir l'administrateur ?

— Pourquoi ?

— Parce qu'il s'agit d'une affaire importante et que je dois absolument voir M. Linney, aujourd'hui même. Puisque vous ne m'autorisez pas à le faire, je vais m'adresser à votre supérieur hiérarchique. Je ne quitterai pas votre établissement avant de lui avoir parlé.

Elle lui lança un regard noir et fit un pas en arrière.

— Je vous demande une minute. Vous pouvez prendre un siège.

— Merci.

Dès qu'elle fut partie, Gray se tourna vers Darby. Il

indiqua du doigt une porte à deux battants qui semblait desservir le seul couloir. Elle prit une longue inspiration et franchit rapidement le seuil. Une plaque de cuivre indiquait : CHAMBRES 18 À 30. Le couloir tapissé de papier à fleurs était sombre et silencieux, une épaisse moquette étouffait le bruit des pas.

Elle était sûre de se faire arrêter. Elle allait se faire alpaguer par un balèze de la sécurité ou un infirmier bien baraqué qui l'enfermerait à double tour dans une pièce où la police l'interrogerait sans ménagement. On lui passerait les menottes et le fringant journaliste la regarderait sortir entre deux flics, sans pouvoir intervenir. Son nom apparaîtrait dans les journaux. La Barrique, s'il savait lire, le verrait et lui réglerait son compte.

Plus elle s'avançait dans le couloir dont toutes les portes étaient fermées, plus les plages ensoleillées et la pina colada lui semblaient un rêve inaccessible. Deux noms étaient écrits sur la porte de la chambre 22, fermée comme les autres : Edward L. Linney et Dr Wayne MacLatchee. Elle frappa.

L'administrateur était encore plus borné que la réceptionniste, mais il était très bien payé pour cela. Il expliqua que l'établissement avait une politique stricte pour ce qui était des visites. Certains des patients étaient très malades, très fragiles et son devoir était de les protéger. Les médecins attachés à l'établissement, les meilleurs dans leur domaine, limitaient le nombre des visites qui n'étaient autorisées que le samedi et le dimanche. En général seuls les proches et quelques intimes pouvaient voir les patients et jamais plus d'une demi-heure. Ces consignes très strictes étaient indispensables.

Des patients si fragiles n'étaient assurément pas en mesure de répondre aux questions d'un journaliste, quelle que fût la gravité des circonstances.

Grantham demanda si la date de la sortie de M. Linney était connue. L'administrateur jeta les hauts cris : absolument confidentiel. A l'échéance de la couverture de l'assurance, suggéra Grantham, qui ne cessait de parler pour gagner du temps et s'attendait à tout instant à entendre des cris de colère et de protestation derrière la porte à double battant.

L'allusion à l'assurance mit l'administrateur dans tous

ses états. Grantham lui demanda s'il consentirait à demander à M. Linney de répondre à deux questions d'un journaliste du *Washington Post*. Le tout ne prendrait pas plus de trente secondes. L'administrateur répliqua que c'était exclu. Ils avaient une politique très stricte.

Une voix douce répondit d'entrer ; Darby se glissa dans la chambre. La moquette était encore plus épaisse, les meubles en bois. Assis sur le lit, un jeune homme en jean, torse nu, lisait un gros roman. Elle le trouva bien séduisant.

— Excusez-moi, dit-elle, en refermant soigneusement la porte.

— Entrez donc, fit-il avec un sourire très doux.

C'était la première personne n'appartenant pas au corps médical qu'il voyait depuis deux jours. Un visage magnifique. Il referma son livre.

— Je m'appelle Sara Jacobs, dit-elle en s'avançant jusqu'au pied du lit, et je travaille sur un article pour le *Washington Post*.

— Comment êtes-vous arrivée jusqu'ici ? demanda-t-il sans cacher le plaisir qu'il avait à la voir.

— Je suis entrée, tout simplement. Avez-vous fait cet été un stage chez White et Blazevich ?

— Oui, l'été d'avant aussi. Ils m'ont proposé un poste quand j'aurai obtenu mon diplôme. Si je l'obtiens un jour.

— Reconnaissez-vous cet homme, poursuivit-elle, en lui tendant la photo.

— Oui, répondit-il en souriant. Il s'appelle... Attendez... Il est au neuvième étage, service des produits pétroliers. Mais comment s'appelle-t-il ?

Darby retint son souffle.

Linney ferma les yeux pour mieux réfléchir. Il regarda de nouveau la photo.

— Morgan, fit-il enfin. Je crois qu'il s'appelle Morgan... Oui, c'est ça.

— Son nom de famille est Morgan ?

— Oui, mais je ne me souviens pas de son prénom. Pas Charles, mais quelque chose d'approchant. Je crois bien que cela commence par un C.

— Vous êtes certain qu'il est dans le service des produits pétroliers ?

Elle ne se souvenait pas exactement de leur nombre,

mais était sûre qu'il y avait plusieurs Morgan chez White et Blazevich.

– Oui.

– Au neuvième étage ?

– Oui, dit-il en lui rendant la photo. J'ai passé un été dans le service des faillites, au huitième étage. Les produits pétroliers occupent le neuvième et la moitié du huitième.

– Quand devez-vous sortir ? poursuivit Darby qui ne voulait pas s'enfuir comme une voleuse.

– La semaine prochaine, j'espère. Qu'est-ce qu'il a fait, ce type ?

– Rien, répondit-elle, en commençant à s'écarter du lit. Nous avons simplement besoin de lui parler. Il faut que je file. Merci et bonne chance.

– Ça ira.

Elle referma doucement la porte de la chambre et reprit rapidement la direction du hall. Une voix retentit derrière elle.

– Hé ! vous ! qu'est-ce que vous faites là ?

Darby se retourna et se trouva face à un grand Noir, un garde en uniforme, un étui de pistolet sur la hanche. Elle prit un air penaud.

– Qu'est-ce que vous faites là ? répéta-t-il, la poussant contre le mur.

– Je venais voir mon frère. Cessez de crier comme ça.

– Qui est votre frère ?

– Chambre 22, fit-elle, indiquant la porte de la tête.

– Les visites sont interdites à cette heure. Vous n'avez rien à faire ici.

– C'était important. Mais j'ai compris, je m'en vais.

La porte de la chambre 22 s'ouvrit et Linney passa la tête dans l'embrasure.

– C'est votre sœur ? demanda le garde.

Darby lança un regard implorant à Linney.

– Oui, répondit-il. Fichez-lui la paix, elle s'en va.

Elle lui sourit et poussa un soupir de soulagement.

– Maman viendra ce week-end, dit-elle.

– Très bien, fit doucement Linney.

Le garde s'éloigna ; Darby repartit vers le hall, se retenant pour ne pas courir. Grantham était en train de chapitrer l'administrateur sur le coût démentiel des dépenses de santé. Elle poussa la porte à deux battants, traversa rapidement le hall et avait presque atteint la sortie quand l'administrateur la héla.

– Mademoiselle! s'il vous plaît, mademoiselle! puis-je avoir votre nom?

Darby franchit la porte et se dirigea vers la voiture. Grantham planta là l'administrateur et la suivit d'un air dégagé. Ils sautèrent dans la voiture qui démarra aussitôt.

– Le nom de famille de Garcia est Morgan, annonça Darby. Linney l'a reconnu sans hésitation, mais il n'a pas retrouvé le nom tout de suite. Son prénom commence par un C. Il a dit que Morgan était au neuvième étage, service des produits pétroliers, ajouta-t-elle en commençant à fouiller dans ses notes.

– Les produits pétroliers! lança Gray sans lâcher l'accélérateur.

– C'est ce qu'il a dit.... J'ai trouvé! Curtis D. Morgan, produits pétroliers. Vingt-neuf ans. Il y a un autre Morgan dans le service du contentieux, mais c'est un associé. Voyons quel âge il a... cinquante et un ans.

– Le vrai nom de Garcia est Curtis Morgan, dit Gray avec soulagement. Il est 15 h 45, nous n'avons pas de temps à perdre.

– Je meurs d'impatience.

Rupert les prit en chasse quand ils sortirent de l'allée menant à la clinique. La Pontiac de location roulait à tombeau ouvert. Il dut conduire comme un fou pour ne pas se faire semer. Il avertit les autres par radio.

37

Pour son premier voyage en hors-bord, Matthew Barr avait été gâté; secoué par une traversée de cinq heures dans un tape-cul, trempé comme une soupe, il avait mal partout et tout son corps était engourdi. Quand la terre apparut, il dit une prière, la première depuis plusieurs dizaines d'années. Puis il recommença à maudire Fletcher Coal, comme il le faisait depuis des heures.

Ils s'amarrèrent dans une petite marina, près d'une ville qui devait être Freeport. Au moment de quitter la Floride, le capitaine avait parlé de Freeport à l'individu qui se faisait appeler Larry. Pas un seul mot n'avait été prononcé de toute la traversée. Barr ne savait pas au juste le rôle de ce Larry, un grand type de près de deux mètres, mais ce dernier ne l'avait pas quitté des yeux pendant cinq heures, ce qui, à la longue était devenu franchement insupportable.

Quand le hors-bord s'immobilisa enfin, leurs mouvements manquaient singulièrement d'aisance. Larry fut le premier à débarquer et il fit signe à Barr de le rejoindre. Un autre costaud s'avança sur la jetée; les deux hommes escortèrent Barr jusqu'à une camionnette qui n'avait pas de vitres.

A ce stade du voyage, Barr eût préféré dire adieu à ses nouveaux amis et prendre seul la direction de Freeport. Il aurait sauté dans le premier avion pour Washington et flanqué une paire de gifles à Coal dès qu'il aurait vu de près son front luisant et dégarni. Mais il lui fallait garder son calme; ces types n'oseraient jamais le maltraiter.

Après un bref trajet, la camionnette s'arrêta à proximité d'un petit terrain d'aviation et Barr fut conduit à bord d'un Lear noir. Il admira fugitivement l'appareil avant de suivre Larry. Il se sentait calme et détendu : c'était une mission comme une autre. Il n'oubliait pas qu'il avait été, à une certaine époque, l'un des meilleurs agents de la CIA en Europe. Qu'il était aussi un ancien marine. Il était assez grand pour se défendre.

Il resta seul à l'arrière du jet. Les hublots étaient bouchés. C'était ennuyeux, mais il comprenait; Mattiece tenait à préserver son intimité, un désir que Barr respectait. Larry et l'autre poids lourd, assis à l'avant, feuilletaient des revues sans lui accorder la moindre attention.

Trente minutes après le décollage, le Lear amorça sa descente et Larry s'approcha d'un pas lourd.

— Mettez ça, ordonna-t-il, en tendant un épais bandeau.

Un novice se serait laissé gagner par la panique, un amateur aurait commencé à poser des questions. Mais Barr avait déjà eu les yeux bandés dans sa vie. Tout en commençant à nourrir de sérieux doutes sur sa mission, il prit le morceau d'étoffe et s'en couvrit les yeux.

L'homme qui retira le bandeau se présenta : Emil, assistant de M. Mattiece. C'était un petit bonhomme nerveux, aux cheveux bruns et aux lèvres soulignées d'une fine moustache. Il prit place dans un fauteuil, à un mètre cinquante de Barr, et alluma une cigarette.

— A ce qu'il paraît, vous êtes en mission plus ou moins officielle, commença-t-il avec un sourire chaleureux.

Barr fit du regard le tour de la pièce. Il n'y avait pas de murs, rien que des parois vitrées à petits carreaux. Le soleil éclatant l'aveuglait presque. Un jardin luxuriant s'étendait autour d'un ensemble de fontaines et de bassins. La pièce vitrée se trouvait à l'arrière d'une maison de grandes dimensions.

— Je viens de la part du Président, déclara Barr.

— Nous vous croyons, dit Emil en hochant la tête. Ce type ne pouvait être qu'un Cajun.

— Puis-je vous demander qui vous êtes?

— Pour vous, je suis Emil. Cela suffira. M. Mattiece ne se sent pas très bien; vous feriez peut-être mieux de me laisser votre message.

– Mes instructions sont de lui parler personnellement.

– Des instructions de M. Coal, si je ne me trompe, fit Emil sans cesser de sourire.

– En effet.

– Je vois. M. Mattiece préfère ne pas vous rencontrer. Il vous demande de vous entretenir avec moi.

Barr secoua la tête. Si les choses s'envenimaient, si la situation devenait dangereuse, il se résignerait à parler à Emil, mais, dans l'immédiat, il fallait tenir bon.

– Je ne suis autorisé à parler à personne d'autre qu'à M. Mattiece, affirma-t-il avec conviction.

Le sourire du Cajun s'effaça presque entièrement. Il tendit le bras vers une grande construction vitrée du sol au plafond, entourée de rangées d'arbustes et de massifs de fleurs impeccablement entretenus, qui s'élevait derrière les bassins et les fontaines.

– M. Mattiece est dans son belvédère. Suivez-moi.

Ils sortirent du solarium et traversèrent lentement le jardin, contournant une sorte de pataugeoire. Barr avait l'estomac noué, mais il suivit le petit Cajun du pas tranquille de celui qui se rend au bureau. Le bruit des jets d'eau dans les bassins se répercutait dans tout le jardin. Un étroit passage en bois conduisait au belvédère. Ils s'arrêtèrent devant la porte.

– Je crains que vous ne soyez obligé de vous déchausser, fit Emil avec un sourire.

Il avait les pieds nus. Barr enleva ses chaussures et les plaça près de la porte.

– Ne marchez pas sur les serviettes, conseilla Emil d'un air grave.

– Quelles serviettes?

Emil ouvrit la porte et s'effaça pour laisser passer Barr qui entra seul. La pièce était ronde, d'une quinzaine de mètres de diamètre. Trois fauteuils et un canapé étaient recouverts d'un drap blanc. D'épaisses serviettes de coton parfaitement alignées formaient de petites allées qui sillonnaient la pièce. Le soleil éclatant pénétrait par des ouvertures pratiquées dans le toit. Une porte s'ouvrit et Victor Mattiece sortit de la pièce voisine.

Pétrifié, bouche bée, Barr considéra le maître des lieux. Maigre, le visage émacié, ce dernier avait de longs cheveux gris et une barbe négligée. Vêtu simplement d'un short blanc, il avançait avec précaution sur les serviettes sans regarder Barr.

– Asseyez-vous là, ordonna-t-il, en désignant un fauteuil. Ne marchez pas sur les serviettes.

Barr alla prendre un siège en évitant les serviettes. Le dos tourné, Mattiece regardait au-dehors. Il avait la peau tannée, très hâlée. De grosses veines couraient sur ses pieds nus aux ongles longs et jaunes. Cet homme était un fou à lier.

– Que me voulez-vous ? demanda-t-il posément, le visage tourné vers la paroi de verre.

– Je viens de la part du Président.

– Non, coupa Mattiece, vous venez de la part de Fletcher Coal. Je doute que le Président soit au courant de votre visite.

Peut-être n'était-il pas si fou que cela. Il parlait sans qu'un seul muscle de son corps ne frémisse.

– Fletcher Coal est le bras droit du Président. C'est lui qui m'envoie.

– Je sais qui est Coal, je sais qui vous êtes. Je connais aussi l'existence de votre petite Unité. Maintenant, dites-moi ce que vous voulez.

– Des informations.

– Ne jouez pas à ce petit jeu avec moi. Que voulez-vous ?

– Avez-vous lu le mémoire du Pélican ? demanda Barr.

– Et vous, l'avez-vous lu ?

– Oui, répondit vivement Barr.

– Croyez-vous que ce document dise la vérité ?

– Peut-être. C'est la raison de ma visite.

– Pourquoi ce mémoire inquiète-t-il tant M. Coal ?

– Parce que deux journalistes en ont entendu parler. Si ce document dit la vérité, nous devons le savoir immédiatement.

– Qui sont ces journalistes ?

– Gray Grantham, du *Washington Post*. C'est lui qui est tombé dessus le premier et il en sait plus que quiconque. Il enquête frénétiquement. Coal pense qu'il est sur le point de divulguer une partie de la vérité.

– Nous pouvons nous occuper de lui, fit Mattiece, s'adressant à la paroi vitrée. Qui est le second ?

– Rifkin, du *New York Times*.

Mattiece n'avait toujours pas fait un mouvement. Barr considéra les draps sur les sièges et les serviettes par terre. Oui, ce type devait être complètement cinglé. La pièce était désinfectée et il y flottait une odeur d'alcool. Peut-être Mattiece était-il malade ?

– M. Coal croit-il que le mémoire dit la vérité ?

– Je ne sais pas. Tout ce que je peux dire, c'est qu'il est très inquiet. Voilà la raison pour laquelle je suis ici, monsieur Mattiece. Nous devons savoir à quoi nous en tenir.

– Et si c'est la vérité ?

– Dans ce cas, nous avons de gros problèmes.

Mattiece remua enfin. Il déplaça son poids sur sa jambe droite et croisa les bras sur sa maigre poitrine. Mais ses yeux demeurèrent fixés droit devant lui. Au loin, Barr distingua des dunes plantées d'oyats, mais il ne voyait pas l'océan.

– Savez-vous ce que je pense ? fit doucement Mattiece.

– Non.

– Je pense que le principal problème, c'est Coal. Il a montré ce mémoire à trop de gens. Il l'a remis à la CIA, il vous l'a fait lire. Cela me perturbe profondément.

Barr ne trouva rien à répondre. Il était ridicule de laisser entendre que Coal avait cherché à faire circuler le mémoire. Non, Mattiece, le problème, c'est vous. C'est vous qui avez fait assassiner les magistrats, c'est vous qui, pris de panique, avez éliminé Callahan. C'est vous l'affreux requin qui ne peut se contenter de cinquante millions de dollars.

Mattiece se retourna lentement et planta son regard dans celui de Barr. Il avait les yeux à la fois noir et rouge. Il n'y avait aucune ressemblance avec l'individu photographié en compagnie du vice-président sept ans plus tôt. Il avait vieilli de trente ans dans ce laps de temps et peut-être basculé dans la folie en chemin...

– C'est vous, à Washington, qui portez la responsabilité de ce qui est arrivé, reprit Mattiece d'une voix plus forte.

– Est-ce vrai, monsieur Mattiece ? demanda Barr, tout en fuyant son regard. C'est ce que je veux savoir.

Derrière Barr une porte s'ouvrit en silence. Larry, en chaussettes, évitant soigneusement de marcher sur les serviettes, fit deux pas en avant et s'arrêta.

Mattiece s'avança sur les serviettes jusqu'à une porte vitrée qu'il ouvrit.

– Bien sûr que c'est vrai, fit-il d'une voix douce.

Il passa la porte, la referma lentement. Barr regarda le fou s'éloigner sur les dalles d'une allée, en direction des dunes.

Et maintenant ? se demanda-t-il. Peut-être Emil allait-il venir le chercher ?

Larry se rapprocha, une corde à la main. Barr n'entendit rien; quand il perçut une présence, il était déjà trop tard. Comme Mattiece ne voulait pas de sang dans son belvédère, Larry se contenta de lui briser les vertèbres et de l'étrangler.

38

La stratégie exigeait qu'elle soit dans cette cabine d'ascenseur à ce stade de leurs recherches, mais elle estima que des événements inattendus s'étaient produits en assez grand nombre pour justifier un changement de stratégie. Il n'était pas d'accord. Ils s'étaient lancés dans une discussion animée au sujet de cet ascenseur. Il avait raison d'affirmer que c'était le moyen le plus rapide d'atteindre Curtis Morgan et elle de lui rétorquer que c'était un moyen dangereux. Mais les autres moyens pouvaient l'être autant. Toute leur stratégie était hasardeuse.

Elle portait son unique robe et son unique paire de talons hauts. Gray lui avait dit qu'il la trouvait ravissante, le contraire eût été étonnant. L'ascenseur s'arrêta au neuvième étage ; quand elle sortit de la cabine, elle avait les dents serrées et respirait difficilement.

Le bureau d'accueil était au fond du hall. Le nom du cabinet, WHITE ET BLAZEVICH, s'étalait sur tout le mur en grosses lettres de cuivre bien astiquées. Les jambes flageolantes, elle s'avança. La réceptionniste la gratifia d'un sourire de professionnelle. Il était 16 h 50.

– Que puis-je faire pour vous ?

La plaque posée devant elle indiquait qu'elle s'appelait Peggy Young.

– Eh bien, réussit à articuler Darby après s'être éclairci la voix, j'ai rendez-vous à 17 heures avec Curtis Morgan. Je m'appelle Dorothy Blythe.

La réceptionniste demeura bouche bée. Les yeux écarquillés, elle regarda fixement Darby, incapable de prononcer un mot.

Le cœur de Darby fit un bond dans sa poitrine.

– Quelque chose qui ne va pas?

– Euh!... non. Excusez-moi. Un instant, je vous prie.

Peggy Young se leva précipitamment et s'éloigna en toute hâte.

Fiche le camp! Les battements de son cœur lui martelaient la poitrine. Fiche le camp! Elle essaya de ralentir le rythme de sa respiration, en pure perte. Elle avait les jambes en caoutchouc. Fiche le camp!

Elle regarda autour d'elle, s'efforça de prendre l'air nonchalant d'une cliente venue voir son conseil. Ils n'oseraient certainement pas l'abattre dans ce hall luxueux.

La réceptionniste revint, accompagnée d'un homme. Il avait la cinquantaine, des cheveux gris touffus et un air très menaçant.

– Bonjour, dit-il, parce qu'il ne pouvait faire autrement. Je suis Jarreld Schwabe, un associé de notre cabinet. Vous prétendez avoir rendez-vous avec Curtis Morgan?

« Tiens bon », se dit-elle.

– Oui, à 17 heures. Il y a un problème?

– Et vous vous appelez Dorothy Blythe?

« C'est ça, mais vous pouvez m'appeler Dot. »

– Oui, fit-elle, l'air sincèrement agacé. C'est bien ce que j'ai dit. Que se passe-t-il?

– Quand avez-vous pris ce rendez-vous? demanda-t-il, en se rapprochant.

– Je ne sais plus... Il y a une quinzaine de jours. J'ai rencontré Curtis dans une soirée, à Georgetown. Il m'a dit qu'il était spécialisé dans les produits pétroliers et j'avais besoin d'un avocat dans cette branche. J'ai appelé son bureau et pris rendez-vous. Et maintenant, voulez-vous m'expliquer ce qui se passe?

Elle n'en revenait pas de la facilité avec laquelle les mots sortaient de sa bouche sèche.

– Pourquoi avez-vous besoin d'un avocat spécialisé dans le pétrole?

– Je ne pense pas qu'il soit nécessaire de vous donner des explications, lança-t-elle d'un ton cinglant.

La cabine de l'ascenseur s'ouvrit, un homme en complet avachi se dirigea rapidement vers eux pour se mêler à la conversation. Darby tourna vers lui un regard noir. Ses genoux allaient se dérober sous elle.

Schwabe insistait lourdement.

– Il n'y a pas de trace de ce rendez-vous.

– Vous n'avez qu'à renvoyer la secrétaire qui l'a pris, rétorqua-t-elle d'un ton indigné.

Mais Schwabe ne s'avouait pas vaincu.

– Vous ne pouvez pas voir Curtis Morgan.

– Pourquoi, je vous prie?

– Parce qu'il est mort.

Ses jambes en guimauve allaient la lâcher. Une douleur traversa sa poitrine. Mais il était naturel de paraître bouleversée en apprenant la mort de celui dont on voulait faire son avocat.

– Je suis navrée, dit-elle. Pourquoi ne m'a-t-on pas prévenue?

– Comme je vous l'ai dit, expliqua Schwabe, toujours soupçonneux, il n'y a aucune trace d'un rendez-vous avec une cliente du nom de Dorothy Blythe.

– Que lui est-il arrivé?

– Il a été agressé dans la rue, voici une semaine. Abattu par des voyous, d'après ce que nous savons.

Le type au costume avachi fit un pas vers elle.

– Avez-vous une pièce d'identité? demanda-t-il.

– Qui êtes-vous? lança Darby d'un ton véhément.

– Service de sécurité, répondit Schwabe.

– Sécurité de quoi? poursuivit-elle d'une voix encore plus forte. Sommes-nous dans un cabinet juridique ou dans une prison?

L'associé se tourna vers l'homme au costume avachi; de toute évidence ils ne savaient ni l'un ni l'autre ce qu'il convenait de faire en pareille circonstance. Elle était ravissante, ils l'avaient mise en colère et son histoire était plausible. Ils se détendirent quelque peu.

– Vous devriez rentrer chez vous, mademoiselle Blythe, dit Schwabe.

– Je ne me le ferai pas dire deux fois!

L'agent de la sécurité tendit la main pour l'aider.

– Par ici, dit-il.

Elle frappa la main tendue.

– Bas les pattes! Si vous portez la main sur moi, je dépose plainte contre vous, demain matin, à la première heure!

Ils furent pris au dépourvu par la violence de sa réaction. Peut-être avaient-ils été un peu trop durs avec elle?

– Je vais vous raccompagner, proposa l'agent de la sécurité.

– Je trouverai la sortie, merci! Je ne comprends pas comment, en traitant les gens comme ça, vous pouvez avoir encore des clients!

Elle commença à reculer vers l'ascenseur, le visage cramoisi. Non de colère, mais de peur.

– J'ai des avocats dans quatre États et jamais je n'ai été traitée de la sorte!

Elle avait atteint le centre du hall et continuait de hurler à tue-tête.

– J'ai versé l'an dernier un demi-million de dollars en honoraires, j'en dépenserai le double l'an prochain, mais vous n'en verrez pas un seul cent!

Plus elle se rapprochait de l'ascenseur, plus elle criait fort. Ils continuèrent de suivre cette folle des yeux jusqu'à ce que la porte de la cabine s'ouvre et qu'elle s'y engouffre.

Gray allait et venait le long du lit, le combiné collé à l'oreille, attendant que Smith Keen prenne la communication. Darby était étendue, les yeux fermés.

– Salut, Smith, fit Gray, s'immobilisant brusquement. Il faut que tu vérifies d'urgence quelque chose pour moi.

– Où es-tu? demanda Keen.

– Dans un hôtel. Il faut que tu cherches un certain Curtis D. Morgan dans la rubrique nécrologique. La mort remonterait à cinq ou six jours.

– Qui est-ce?

– Garcia.

– Garcia! Que lui est-il arrivé?

– Il est mort. Abattu dans la rue.

– Je m'en souviens. Nous avons passé un article la semaine dernière. Un jeune avocat victime d'une agression et abattu.

– Ce doit être lui. Peux-tu vérifier? Il me faut aussi le nom et l'adresse de sa veuve, si possible.

– Comment as-tu réussi à le retrouver?

– C'est une longue histoire. Nous allons essayer de parler à sa veuve dès ce soir.

– Garcia est mort... Tu ne trouves pas ça bizarre?

– Plus que bizarre. Il savait quelque chose et ils l'ont éliminé.

– Crois-tu que tu puisses être en danger?

– Qui sait?

– Où est la demoiselle ?

– Avec moi.

– Et s'ils surveillent le domicile de Garcia ?

Gray n'avait pas pensé à ça.

– C'est un risque qu'il faudra courir. Je te rappelle dans un quart d'heure.

Il posa le téléphone par terre et alla s'asseoir dans un vieux rocking-chair. Il prit la bouteille de bière tiède posée sur la table et but une longue goulée. Son regard se posa sur elle. Un bras plié lui protégeait les yeux. Elle portait un jean et un sweat-shirt. Sa robe et ses chaussures avaient été jetées n'importe où.

– Comment ça va ? demanda-t-il.

– Merveilleusement bien.

Elle ne manquait pas de cran ; il aimait bien ça chez une femme. On devait le leur enseigner en fac de droit. Il reprit une gorgée de bière et laissa son regard courir sur le jean. Il l'admira longuement, avec un plaisir d'autant plus vif qu'il ne pouvait se faire surprendre.

– Vous me regardez ? demanda-t-elle.

– Oui.

– En ce moment, le sexe est le dernier de mes soucis.

– Alors, pourquoi en parlez-vous ?

– Parce que je vous sens fasciné par le vernis rouge de mes orteils.

– C'est vrai.

– J'ai la migraine. Une vraie migraine qui me martèle le crâne.

– Après tout ce que vous avez fait, ce n'est pas étonnant. Voulez-vous que j'aille vous chercher quelque chose ?

– Oui. Un aller simple pour la Jamaïque.

– Vous pouvez partir ce soir. Je vous conduis à l'aéroport dès que vous le souhaitez.

Elle retira son bras et se massa doucement les tempes.

– Je suis désolée d'avoir pleuré.

Il vida la canette de bière d'un seul trait.

– Vous étiez en droit de le faire.

En sortant de l'ascenseur, elle était en larmes. Il l'attendait avec la fébrilité d'un futur père. Un père qui avait dans la poche de sa veste un calibre 38, ce qu'elle ignorait.

– Alors, poursuivit-il, que pensez-vous du métier de journaliste ?

– Je crois que je préférerais tuer des cochons.

– Je dois dire, très honnêtement, que ce n'est pas toujours aussi mouvementé. Il m'arrive de rester des journées entières au bureau et de passer quelques centaines de coups de fil à des bureaucrates qui n'ont rien à déclarer.

– Ce doit être passionnant. Nous pourrions essayer demain.

Il enleva ses chaussures et posa les pieds sur le lit. Elle referma les yeux et respira profondément. Plusieurs minutes s'écoulèrent sans qu'un seul mot fût échangé.

– Savez-vous, reprit-elle après ce long silence, que l'on appelle la Louisiane l'État du Pélican?

– Non, je ne le savais pas.

– C'est scandaleux, car les pélicans bruns ont pratiquement disparu au début des années 60.

– Pour quelle raison?

– Les pesticides. Ces pauvres bêtes ne se nourrissent que de poissons et les poissons vivent dans des cours d'eau remplis d'hydrocarbures et de chlorures. Les pluies drainent les pesticides du sol dans les cours d'eau qui finissent par se déverser dans le Mississippi. Quand les pélicans de Louisiane pêchent leurs poissons, ils sont bourrés de D.D.T. et autres saloperies chimiques qui s'accumulent dans les tissus adipeux. La mort est rarement instantanée, mais, dans des conditions difficiles, telles que pénurie de nourriture ou mauvaises conditions climatiques, les pélicans, comme les aigles et les cormorans, puisent dans leurs réserves et peuvent littéralement être empoisonnés par leur propre graisse. Quand ils ne meurent pas, ils deviennent en général incapables de se reproduire. Leurs œufs ont une coquille si fine et si fragile qu'elle se brise pendant l'incubation. Saviez-vous cela?

– Comment voulez-vous que je le sache?

– A la fin des années 60, reprit Darby, l'État de Louisiane a commencé à faire venir des pélicans bruns du sud de la Floride et, au fil des ans, la population a légèrement augmenté. Mais l'espèce est encore très menacée. Il y a quarante ans, il y avait plusieurs milliers d'individus; la cyprière que Mattiece veut détruire n'en abrite plus aujourd'hui que quelques dizaines.

Gray réfléchit tandis que Darby se replongeait dans le silence.

– Quel jour sommes-nous? demanda-t-elle au bout d'un moment, sans ouvrir les yeux.

– Lundi.

– Il y a juste une semaine que j'ai quitté La Nouvelle-Orléans. Il y a quinze jours, Thomas et Verheek dînaient ensemble. Le moment fatidique où le mémoire a changé de main.

– Il y aura trois semaines demain, ajouta Gray, Rosenberg et Jensen étaient assassinés.

– Je n'étais qu'une innocente petite étudiante en droit qui ne s'occupait pas des affaires des autres et vivait une belle histoire d'amour avec son professeur. C'était le bon temps, comme on dit.

– Que projetez-vous ?

– Rien. Tout ce que je demande, c'est de sortir de ce pétrin et de rester en vie. Je vais aller me terrer quelque part pendant des mois, plusieurs années, s'il le faut. J'ai assez d'argent pour tenir un bout de temps. Si, un jour, j'arrive à ne plus être obligée de me retourner sans arrêt pour m'assurer qu'il n'y a personne derrière moi, je reviendrai peut-être.

– Reprendre vos études ?

– Je ne pense pas. Le droit a perdu tout attrait pour moi.

– Pourquoi vouliez-vous devenir avocate ?

– Par idéalisme et pour l'argent. Je m'imaginais que je pourrais changer le monde et être bien payée pour le faire.

– Mais il y a déjà tellement d'avocats. Pourquoi tous ces brillants étudiants se bousculent-ils pour suivre des études de droit ?

– C'est très simple : l'appât du gain. Ils veulent tous une BMW et une collection de cartes de crédit. Celui qui fréquente une bonne école, sort dans les dix pour cent de tête et trouve un poste intéressant dans un gros cabinet, il peut rapidement atteindre un revenu de cent mille dollars par an. Cela ne fait aucun doute. Il peut, à trente-cinq ans, être promu associé et encaisser au moins deux cent mille dollars par an. Certains gagnent plus.

– Et les quatre-vingt-dix pour cent restants ?

– Leur sort est moins enviable. Ils doivent se contenter des miettes.

– La plupart des avocats que je connais détestent leur métier et préféreraient faire autre chose.

– Mais ils ne peuvent plus en changer, à cause de l'argent. Le plus médiocre des juristes dans le plus minable des cabinets gagne cent mille dollars au bout de dix ans d'activité. Même s'il déteste son boulot, jamais il ne fera aussi bien ailleurs.

– Je n'aime pas les avocats.

– Vous vous imaginez peut-être que les journalistes sont portés aux nues ?

Très juste. Gray regarda sa montre, décrocha et composa le numéro de Keen. Smith lut la notice nécrologique et l'article que le journal avait passé sur le meurtre inexplicable du jeune avocat. Gray prit des notes.

– Encore deux choses, reprit Keen. Feldman est très inquiet pour ta sécurité. Il avait prévu une réunion dans son bureau et s'est foutu en rogne en apprenant que ce ne serait pas possible. N'oublie surtout pas de lui téléphoner avant demain midi. Tu as bien compris ?

– J'essaierai.

– N'essaie pas, Gray, fais-le. Tout le monde devient nerveux au journal.

– Vous avez peur que le *Times* ne nous prenne de vitesse ?

– Ce n'est pas le *Times* qui me préoccupe dans l'immédiat, mais ta sécurité et celle de la demoiselle.

– Nous allons très bien. La vie est belle. As-tu autre chose ?

– Tu as reçu trois messages en deux heures d'un certain Cleve. Il prétend être de la police. Tu le connais ?

– Oui.

– Il veut absolument te parler ce soir. Il dit que c'est urgent.

– Je l'appellerai tout à l'heure.

– D'accord. Surtout, faites bien attention. Nous resterons tard au bureau ; passe un coup de fil.

Gray raccrocha et relut ses notes. Il était près de 19 heures.

– Je vais aller voir Mme Morgan, dit-il. Je veux que vous restiez ici.

– Je préférerais vous accompagner, fit Darby, s'adossant aux oreillers, les genoux serrés entre ses bras.

– Et s'ils surveillent la maison ?

– Pourquoi le faire ? Il est mort maintenant.

– L'apparition d'une cliente mystérieuse prétendant avoir rendez-vous a peut-être éveillé leurs soupçons. Même s'il est mort, il continue d'attirer l'attention.

– Non, déclara-t-elle après avoir réfléchi un moment. Je vous accompagne.

– C'est trop risqué, Darby.

– Ne me parlez pas de risque. J'ai survécu à tous les pièges pendant douze jours. Cette visite est de la rigolade.

Il se dirigea vers la porte et l'attendit.

– A propos, fit-il, où vais-je dormir, cette nuit ?

– A l'hôtel Jefferson.

– Vous avez le numéro de téléphone ?

– A votre avis ?

– Question stupide.

Le jet privé à bord duquel voyageait Edwin Sneller se posa à l'aéroport de Washington peu après 19 heures. Il était ravi de quitter New York où il venait de passer six jours à tourner comme un ours en cage dans sa suite du Plaza. Pendant près d'une semaine, ses hommes avaient enquêté dans les hôtels, surveillé les aéroports, et battu le pavé, sachant fort bien que c'était peine perdue. Mais tels étaient les ordres. On leur avait dit de rester là-bas jusqu'à ce qu'ils retrouvent la trace de la fille. C'était idiot de la chercher dans Manhattan, mais ils devaient rester sur leurs gardes, au cas où elle commettrait une bévue : coup de téléphone ou utilisation d'une carte de crédit permettant de la localiser.

Elle n'avait pas commis de bévue avant 14 h 30, ce jour-là, quand elle avait retiré de l'argent de son compte. Ils savaient que cela se produirait tôt ou tard, surtout si elle avait décidé de quitter le pays et craignait d'utiliser ses cartes de crédit. Elle finirait nécessairement par se trouver à court de liquide et serait obligée d'effectuer un virement, puisque sa banque était à La Nouvelle-Orléans. Le client de Sneller détenait huit pour cent du capital de la banque en question, soit douze millions de dollars. Sans être énorme, cela lui permettait d'avoir certaines exigences. Il était un peu plus de 15 heures quand Sneller avait reçu un coup de téléphone de Freeport.

Ils n'avaient jamais imaginé qu'elle pourrait être à Washington ! C'était une fille intelligente qui cherchait simplement à éviter les ennuis et non à courir au-devant d'eux. Il ne leur était pas non plus venu à l'esprit qu'elle pourrait rejoindre le journaliste. Mais, tout bien considéré, cela paraissait en définitive logique. Et la situation devenait critique.

Quinze mille dollars étaient passés de son compte à

celui du journaliste et Sneller s'était remis en chasse. Il était accompagné de deux hommes; un autre jet arrivait de Miami. Il avait demandé qu'une douzaine d'hommes soient mis à sa disposition dans les plus brefs délais. Il fallait agir vite, avant qu'il ne soit trop tard; il n'y avait plus une seconde à perdre.

Sneller n'était pas très optimiste. Khamel n'était plus à ses côtés; tout aurait paru possible avec l'aide de celui qui avait éliminé les deux juges avant de disparaître sans laisser de traces. Mais Khamel était mort, abattu d'une balle dans la tête, à cause d'une petite étudiante en droit.

La maison des Morgan se trouvait à Alexandria, une banlieue chic de Washington, dans un quartier peuplé de gens jeunes et aisés. Des bicyclettes et des tricycles traînaient dans tous les jardins.

Trois voitures étaient garées dans l'allée, dont une immatriculée dans l'Ohio. Gray sonna et se retourna pour inspecter la rue. Il ne vit rien d'inquiétant.

Un homme assez âgé entrouvrit la porte.

— Oui ? fit-il doucement.

— Je suis Gray Grantham, du *Washington Post*, et voici mon assistante, Sara Jacobs.

— Nous aimerions parler à Mme Morgan, dit Darby, se forçant à sourire.

— Je ne pense pas que ce soit possible.

— Je vous en prie. C'est important.

Il les dévisagea longuement.

— Attendez une minute, fit-il avant de leur fermer la porte au nez.

La maison avait un étroit porche de bois, sous une petite véranda. Ils se trouvaient dans l'obscurité et ne pouvaient être vus de la rue. Une voiture passa lentement.

La porte se rouvrit.

— Je m'appelle Tom Kupcheck, je suis le père. Ma fille n'a pas envie de vous parler.

Gray hocha lentement la tête, comme si cette réaction était tout à fait compréhensible.

— Nous n'en avons que pour cinq minutes, je vous en donne ma parole.

Le père s'avança sous le porche, refermant la porte derrière lui.

346

– Vous devez être dur d'oreille. Je viens de vous dire qu'elle n'avait pas envie de vous parler.

– J'ai bien entendu, monsieur Kupcheck. Je respecte sa vie privée et je comprends ce qu'elle éprouve.

– Depuis quand, vous autres journalistes, respectez-vous la vie privée des gens ?

A l'évidence, M. Kupcheck avait le sang chaud. Gray s'efforça de garder son calme. Darby fit un pas en arrière : elle avait eu sa dose d'altercations pour la journée.

– Son mari m'a appelé trois fois, peu avant sa mort, expliqua Gray. Je lui ai parlé au téléphone et je ne pense pas que son assassinat ait été un simple accident.

– Il est mort. Ma fille est bouleversée et n'a pas envie de vous parler. Maintenant, débarrassez le plancher !

– Monsieur Kupcheck, glissa Darby, nous avons des raisons de croire que votre gendre a été témoin d'activités criminelles extrêmement graves.

Cette révélation sembla légèrement le calmer.

– Vraiment ? fit-il en lançant un regard noir à Darby. Vous ne pouvez plus l'interroger, n'est-ce pas ? Ma fille ne sait rien. Elle a passé une très mauvaise journée et suit un traitement. Allez-vous-en.

– Pourrons-nous la voir demain ? demanda Darby.

– J'en doute. Téléphonez d'abord.

– Si elle veut nous parler, dit Gray, en lui tendant une carte de visite, elle peut nous appeler au numéro inscrit au dos. Je suis à l'hôtel. J'appellerai demain midi.

– C'est ça, appelez demain. Pour l'instant, fichez le camp. Vous l'avez déjà rendue malade.

– Nous sommes désolés, fit Gray, qui s'écarta du porche.

Kupcheck ouvrit la porte, mais attendit en les regardant s'éloigner. Gray s'arrêta brusquement et se retourna.

– Y a-t-il eu d'autres journalistes qui ont téléphoné ou sont passés ?

– Le téléphone n'a pas cessé de sonner dès le lendemain de sa mort. Ils voulaient savoir toutes sortes de choses. Des gens malpolis.

– Mais personne ces derniers jours ?

– Non. Allez-vous partir ?

– Personne du *New York Times* ?

– Non !

Kupcheck claqua la porte.

Ils regagnèrent rapidement la voiture garée quatre maisons plus loin. Aucun véhicule ne circulait. Gray suivit le dédale des petites rues et parvint à sortir de ce quartier-labyrinthe. Il rejoignit l'autoroute et prit la direction du centre-ville.

— Nous pouvons faire une croix sur Garcia, fit Darby.

— Pas encore. Nous ferons demain une dernière tentative; peut-être acceptera-t-elle de nous parler.

— Si elle savait quelque chose, son père serait au courant. Et, s'il était au courant, pourquoi refuserait-il de coopérer ? Nous n'avons plus rien à espérer de ce côté, Gray.

Cela semblait logique. Ils restèrent silencieux; la fatigue commençait à les gagner.

— Nous pouvons être à l'aéroport dans un quart d'heure, dit Gray. Je vous y dépose et, dans une demi-heure, vous avez quitté Washington. Vous prenez le premier avion et vous disparaissez pour de bon.

— Je partirai demain. Il faut d'abord que je me repose et je veux réfléchir à ma destination. Merci quand même.

— Vous vous sentez en sécurité ?

— Pour le moment, oui, mais il n'en sera peut-être pas de même dans quelques secondes.

— Cela me ferait plaisir de dormir dans votre chambre, cette nuit. Comme à New York.

— Je vous rappelle que vous n'avez pas dormi dans ma chambre, à New York, mais sur le canapé du salon.

Elle avait dit cela en souriant; c'était bon signe.

— D'accord, fit-il, souriant lui aussi. Je dormirai dans le salon.

— Il n'y a pas de salon.

— Ah! ah! où vais-je bien pouvoir dormir ?

Le sourire de Darby s'effaça brusquement. Elle se mordit les lèvres, des larmes embuèrent ses yeux. Il était allé trop loin; le souvenir de Callahan était encore présent.

— Je ne suis pas prête, murmura-t-elle.

— Quand le serez-vous, Darby ?

— Je vous en prie, Gray! N'en parlons plus.

Elle se tut et garda les yeux fixés droit devant elle.

— Pardonnez-moi, dit-il.

Elle s'allongea lentement sur le siège et posa la tête sur ses genoux. Il lui caressa doucement l'épaule; elle prit sa main et la serra.

— Je suis morte de peur, murmura-t-elle.

39

Il avait quitté la chambre de Darby vers 22 heures, après avoir partagé avec elle des pâtés impériaux et une bouteille de vin. Il avait appelé Mason Paypur pour lui demander de glaner auprès des services de police des renseignements sur l'assassinat de Morgan qui avait eu lieu dans un quartier du centre où agressions et violences étaient monnaie courante, mais où les crimes crapuleux demeuraient rares.

Il se sentait fatigué, découragé. Il était malheureux, car elle allait prendre l'avion le lendemain. Le journal lui devait six semaines de vacances et ce n'était pas l'envie de l'accompagner qui lui manquait. Mattiece pouvait garder son pétrole et ses dollars. Il craignait de ne jamais revenir, ce qui ne serait pas la fin du monde, le seul problème étant qu'elle avait de l'argent et pas lui. Ses économies leur permettraient de paresser sur les plages et de batifoler au soleil deux mois; après, ce serait à elle de prendre le relais. Mais le plus déplorable, c'est qu'elle ne l'avait pas invité à se joindre à elle. Elle avait encore le cœur en berne; quand elle prononçait le nom de Thomas Callahan, il sentait le chagrin qui la dévorait.

Dès son arrivée à l'hôtel Jefferson, dans la 16e Rue, celui que Darby lui avait choisi, il appela Cleve à son domicile.

– Où êtes-vous donc? demanda le policier sans dissimuler son irritation.

– Dans un hôtel. Ce serait trop long à raconter. Que se passe-t-il?

– Ils ont mis Sarge en congé de maladie, pour trois mois.

– Qu'est-ce qui ne va pas?

– Rien. Il m'a dit qu'ils voulaient se débarrasser de lui quelque temps. L'aile ouest ressemble de plus en plus à un camp retranché. Tout le personnel a reçu la consigne de ne rien dire à personne de l'extérieur. Ils crèvent de trouille. Ils ont obligé Sarge à quitter son poste à midi; il craint que vous ne soyez en danger. Depuis une semaine, on ne parle que de vous. C'est devenu une véritable obsession pour eux de découvrir ce que vous savez exactement.

– Qui, eux?

– Coal, naturellement, et Birchfield, son adjoint. Ils emploient des méthodes dignes de la Gestapo. Parfois, ils conspirent avec le petit singe au nœud papillon – comment s'appelle-t-il, déjà? – le type de l'Intérieur?

– Emmit Waycross.

– C'est ça. Ce sont surtout Coal et Birchfield qui profèrent les menaces et conduisent les opérations.

– Quel genre de menaces?

– A l'exception du Président, personne de la Maison-Blanche n'a le droit de parler à la presse, ni à titre officiel ni officieusement, sans avoir reçu le feu vert de Coal. Cette mesure s'applique aussi à l'attaché de presse. Tout doit passer par Coal.

– C'est incroyable!

– Ils ont le trouillomètre à zéro. Sarge pense qu'ils peuvent devenir dangereux.

– Je me cache, vous savez.

– Je sais, je suis passé chez vous, hier soir. J'aimerais que vous me préveniez quand vous disparaissez.

– Je vous appellerai demain soir.

– Quelle voiture avez-vous?

– Une Pontiac de location. Quatre portes, très classe.

– J'ai inspecté la Volvo cet après-midi. Tout va bien.

– Merci, Cleve.

– Vous vous sentez en sécurité?

– Je pense. Dites à Sarge que je vais bien.

– Appelez-moi demain. Je suis inquiet.

Il venait de se réveiller, après quatre heures de sommeil, quand le téléphone sonna. Dehors, il faisait nuit; le jour ne se lèverait pas avant deux heures au moins. Il considéra pensivement l'appareil et attendit la cinquième sonnerie pour décrocher.

– Allô! fit-il d'un ton plein de méfiance.

– Vous êtes bien Gray Grantham?

C'était une voix de femme, très timide.

– Oui, qui est à l'appareil?

– Beverly Morgan. Vous êtes passé chez moi hier soir.

Gray se dressa sur son séant, totalement réveillé.

– En effet. J'espère que nous ne vous avons pas trop dérangée.

– Il n'y a pas de problème. Mon père a une attitude très protectrice. S'il vous a mal reçus, c'est parce que les journalistes ont été odieux après la mort de Curtis. Ils n'ont cessé de téléphoner. Ils voulaient de vieilles photos de lui et des photos récentes de moi et du bébé. Ils appelaient nuit et jour et mon père a fini par voir rouge. Il en a balancé deux en bas des marches.

– Nous pouvons considérer que nous avons eu de la chance!

– J'espère qu'il ne vous a pas trop brusqués.

Elle parlait d'une voix sans timbre, détachée, tout en s'efforçant à la fermeté.

– Pas du tout, fit Gray.

– Il s'est endormi en bas, sur le canapé. Nous pouvons parler.

– Pourquoi ne dormez-vous pas?

– Je prends des pilules pour dormir, mais je suis complètement déphasée. Je dors toute la journée et je n'arrive pas à fermer l'œil de la nuit.

Il ne faisait aucun doute qu'elle était bien réveillée et avait envie de parler.

Gray s'installa confortablement et essaya de se détendre.

– Je ne peux imaginer à quel point le choc doit être terrible.

– Il faut plusieurs jours avant que cela ne devienne une réalité. Au début, il n'y a que la douleur. Une douleur atroce. Je ne pouvais pas faire un geste sans avoir mal. J'étais incapable de penser, assommée, je refusais d'y croire. Les funérailles m'apparaissent aujourd'hui comme une suite de mouvements mécaniques et j'ai l'impression d'avoir fait un interminable cauchemar. Je vous ennuie?

– Pas du tout.

– Il faut que je cesse de prendre ces somnifères. Je dors tellement que je n'ai jamais l'occasion de parler à quiconque. Et puis, mon père chasse tout le monde. Êtesvous en train d'enregistrer ?

– Non, j'écoute seulement.

– Il a été tué il y a exactement une semaine. Je croyais qu'il était resté au bureau, comme cela lui arrivait. Ils l'ont abattu dans la rue et ils ont pris son portefeuille afin que la police ne puisse l'identifier tout de suite. J'ai entendu aux informations du soir qu'un jeune avocat avait été assassiné et, voyant où cela s'était passé, j'ai aussitôt compris que c'était Curtis. Ne me demandez pas comment ils pouvaient savoir qu'il était avocat sans connaître son nom. C'est drôle, ces détails bizarres que l'on remarque dans ces cas-là.

– Pourquoi était-il resté au bureau ?

– Il travaillait quatre-vingts heures par semaine, parfois plus. Chez White et Blazevich, les jeunes collaborateurs sont pressés comme des citrons. On essaie de les tuer à la tâche pendant sept ans, et, si ça ne marche pas, on fait d'eux des associés. Curtis détestait cette boîte. Il n'aimait déjà plus son métier.

– Depuis combien de temps y travaillait-il ?

– Cinq ans. Comme il gagnait quatre-vingt-dix mille dollars par an, il supportait pas mal de choses.

– Saviez-vous qu'il m'a téléphoné plusieurs fois ?

– Non. C'est mon père qui m'en a parlé et j'ai réfléchi toute la nuit. Que vous a-t-il dit ?

– Il ne m'a pas donné son vrai nom. Il utilisait un pseudonyme, Garcia. Ne me demandez pas comment j'ai fini par découvrir son identité ; cela prendrait des heures. Il m'a dit qu'il savait peut-être quelque chose au sujet de l'assassinat des deux membres de la Cour suprême et qu'il voulait m'en faire part.

– Randy Garcia était son meilleur ami, à l'école primaire.

– L'impression que j'ai eue, c'est qu'il avait vu ou su quelque chose au bureau et que quelqu'un le savait peut-être. Il était extrêmement nerveux et appelait toujours d'une cabine. Il avait le sentiment d'être suivi. Nous avions prévu de nous rencontrer le samedi matin précédant sa mort, mais il a appelé pour se décommander. Il était terrifié et m'a dit qu'il devait avant tout protéger sa famille. Étiez-vous au courant de tout cela ?

– Non. Je savais seulement qu'il était très stressé, mais cela durait depuis cinq ans. Jamais il ne parlait boulot à la maison. Il détestait cette boîte.

– Pourquoi tant de haine ?

– Il travaillait pour une bande de truands, de bandits sans cœur. Ces gens dépensent une fortune pour entretenir leur merveilleuse façade de respectabilité, mais, au fond, ce sont tous des pourris. Curtis était très bien noté à la sortie de l'université et il avait le choix entre de nombreux cabinets. Quand ils l'ont recruté, ils ont été très sympas avec lui, mais dès qu'il a commencé à travailler, il a eu affaire à des monstres. C'est complètement immoral.

– Pourquoi est-il resté ?

– On l'augmentait régulièrement. Il a failli partir il y a un an, mais les contacts n'ont pas abouti. Il était très malheureux, mais s'efforçait de ne pas le montrer. Je pense qu'il s'en voulait de s'être trompé si lourdement. Nous avions nos petites habitudes à la maison. Quand il rentrait, je lui demandais comment sa journée s'était passée. Parfois, il était plus de 22 heures et je savais qu'elle n'avait pas dû être bonne. Mais il répondait toujours qu'elle avait été lucrative. C'est le mot qu'il employait : lucrative. Puis nous parlions de notre bébé. Il refusait de parler du bureau et je ne voulais en fait rien savoir.

Il pouvait faire une croix sur la piste Garcia. L'homme était mort sans avoir parlé à sa femme.

– Qui a vidé son bureau ? demanda-t-il.

– Je ne sais pas. On m'a apporté ses affaires vendredi dernier ; trois cartons, tout était bien rangé et étiqueté. Vous pouvez y jeter un coup d'œil, si le cœur vous en dit.

– Non, merci. Je suis sûr que tout a été passé au peigne fin. Avait-il une assurance-vie ?

– Vous connaissez la musique, monsieur Grantham, répondit-elle après un silence. Il y a quinze jours, Curtis a souscrit une police d'assurance pour un million de dollars, avec une clause doublant l'indemnité en cas de mort accidentelle.

– Ce qui fait deux millions.

– En effet. Je pense que vous avez raison de croire qu'il se sentait menacé.

– Je ne pense pas qu'il ait été tué par des voyous, madame Morgan.

– Non, je ne peux pas croire cela, fit-elle d'une voix étranglée, qu'elle s'efforçait de maîtriser.

– La police vous a-t-elle posé beaucoup de questions ?

– Non. Pour eux, ce n'était qu'une agression qui avait mal tourné. Pas de quoi en faire un plat. Ce genre de chose arrive tous les jours.

La police d'assurance était un détail intéressant, mais qui ne menait nulle part. Gray commençait à en avoir assez de Mme Morgan et de sa voix monocorde. Il était désolé pour elle, mais, si elle ne savait rien, il était temps de lui dire adieu.

– Avez-vous une idée de ce qu'il pouvait avoir découvert ?

Cela risquait de durer des heures. Gray regarda sa montre.

– Je n'en sais rien, répondit-il. Il m'a simplement dit qu'il savait quelque chose sur le double assassinat. Il n'a pas voulu donner de détails. J'avais la certitude que nous finirions par nous rencontrer, qu'il viderait son sac et aurait quelque chose à me montrer. Je me suis trompé.

– Comment aurait-il pu savoir quelque chose sur ces deux juges ?

– Aucune idée. Il m'a téléphoné un beau jour, comme ça.

– S'il avait quelque chose à vous montrer, qu'est-ce que cela aurait pu être ?

C'était lui le journaliste, lui qui était censé poser les questions, qui se trouvait sur la sellette.

– Pas la moindre idée. Il n'a donné aucune indication.

– Où pourrait-il avoir caché cela ?

La question, posée avec une apparente bonne foi, agaça Gray. Puis la lumière se fit brusquement dans son esprit : elle avait une idée en tête.

– Je n'en sais rien. Où rangeait-il ses papiers de valeur ?

– Nous avons un coffre à la banque pour des actes notariés, nos testaments, ce genre de chose. Je l'ai toujours su, monsieur Grantham. C'est Curtis qui s'occupait de tous ces papiers et, quand je suis allée au coffre, jeudi dernier, avec mon père, tout était en ordre.

– Cela vous a étonnée ?

– Non... Mais samedi matin, de très bonne heure, il faisait encore nuit, j'ai commencé à trier les papiers de son bureau, dans notre chambre. Nous avons un vieux bureau à cylindre qu'il utilisait pour sa correspondance et ses papiers personnels. J'ai découvert une chose insolite.

Gray s'était levé d'un bond; le combiné collé contre l'oreille, il regardait fixement le sol. Elle avait appelé à 4 heures du matin, lui avait tenu la jambe pendant vingt minutes et attendu qu'il soit sur le point de raccrocher pour faire éclater la bombe.

– De quoi s'agit-il? demanda Gray, s'efforçant de parler avec tout le calme possible.

– D'une clé.

– La clé de quoi? fit-il, la gorge nouée.

– D'un autre coffre.

– Dans quelle banque?

– First Columbia. Nous n'en avons jamais été clients.

– Je vois. Et vous ignoriez l'existence de ce second coffre?

– Absolument. Jusqu'à samedi matin. Je me suis posé des questions, je m'en pose encore, mais comme j'ai retrouvé tous nos papiers dans l'autre coffre, je n'avais aucune raison d'aller voir le contenu du second. Je m'étais dit que j'y passerais un jour, quand l'envie m'en prendrait.

– Voulez-vous que je le fasse pour vous?

– Je pensais que vous alliez me le proposer. Et si vous y trouvez ce que vous cherchez?

– Je ne sais pas ce que je cherche. Mais imaginons que je trouve quelque chose caché là, que ce quelque chose se révèle, disons, digne d'être publié.

– Publiez-le.

– Sans conditions?

– Une seule. Pas si cela discrédite mon mari de quelque manière.

– C'est d'accord. Vous avez ma parole.

– Quand voulez-vous passer prendre la clé?

– Vous l'avez dans la main?

– Oui.

– Descendez et ouvrez la porte d'entrée. Je suis là dans trois secondes.

Le jet de Miami n'avait amené que cinq hommes, ce qui faisait sept en tout. Sept hommes, peu de temps et un équipement réduit. Edwin Sneller n'avait pas fermé l'œil de la nuit. Dans la suite de l'hôtel transformée en salle de commandement, ils avaient étudié en détail le plan de la ville et essayé de prendre des dispositions pour les vingt-quatre heures à venir. Ils n'avaient que de rares certitudes. Grantham avait un appartement, mais ne l'occupait pas. Il possédait une voiture, mais ne l'utilisait pas. Il travaillait au *Washington Post*, dans la 15e Rue. Les bureaux de White et Blazevich se trouvaient dans un immeuble de la 10e Rue, près de New York Avenue, mais elle ne retournerait pas là-bas. La femme de Morgan habitait à Alexandria. Compte tenu de ces éléments, ils cherchaient deux personnes au milieu d'une population de trois millions d'habitants.

Les hommes dont il avait besoin n'étaient pas du genre à être envoyés au combat tout de go, mais on lui avait promis d'en trouver et d'en engager autant que nécessaire avant la fin de la journée.

Edwin Sneller, qui n'était pas un novice dans le métier, savait la situation désespérée. Pas la moindre lueur d'espoir ; tout allait leur péter entre les doigts. Il ferait de son mieux étant donné les circonstances, mais s'apprêtait déjà à lâcher prise.

Il ne cessait de penser à elle. Elle avait rencontré Khamel, s'était trouvée à sa merci et s'en était sortie. Elle avait évité les balles et les bombes, et échappé à une meute de professionnels. Il aurait beaucoup aimé l'avoir devant lui, non pour la tuer, mais pour la féliciter. Il était rare pour une novice en fuite de réussir à sauver sa peau !

Il allait concentrer ses forces sur l'immeuble du *Post*, son seul point de passage obligé.

40

Les voitures roulaient à touche-touche, ce qui convenait parfaitement à Darby. Elle n'était pas pressée, la
banque ouvrait à 9 h 30. Vers 7 heures du matin, devant
un café et des petits pains qu'elle n'avait pas touchés, il
l'avait convaincue que c'était à elle de descendre dans la
salle des coffres. Il fallait une femme et il n'en avait pas
des dizaines sous la main. Beverly Morgan avait appris à
Gray que sa banque, la First Hamilton, avait bloqué leur
coffre dès l'annonce de la mort de Curtis et ne l'avait
l'autorisée qu'à en voir le contenu et l'inventorier. On lui
avait aussi permis de faire une photocopie du testament,
mais l'original avait été replacé dans le coffre qui ne
serait libéré que lorsque le fisc aurait terminé son boulot.

La question cruciale était donc de savoir si la First
Columbia était au courant de la mort de Curtis. Les Morgan n'y avaient pas de compte et Beverly se demandait
pourquoi il avait choisi cet établissement. Dans cette
banque gigantesque, avec ses milliers de clients, ils
avaient estimé qu'il y avait peu de chances que l'on eût
appris la mort de Curtis et fait le rapprochement.

Darby en avait assez de toujours devoir courir des
risques. Elle avait laissé filer la veille au soir une merveilleuse occasion de sauter dans un avion et il lui fallait
maintenant se faire passer pour Beverly Morgan et ruser
avec la First Columbia afin de vider le coffre d'un mort.
Que ferait son complice pendant ce temps? Eh bien, il la
protégerait. Il avait emporté ce pistolet qui la terrorisait et
produisait du reste le même effet sur Gray, bien qu'il ne
l'eût jamais avoué. Il avait donc décidé de jouer les anges

gardiens et de l'attendre devant la banque tandis qu'elle pillait le coffre.

– Imaginons qu'ils aient appris sa mort et que je leur dise que ce n'est pas vrai, fit Darby.

– Vous flanquez une paire de gifles à l'employée qui vous accompagne et filez à toutes jambes. Je vous attendrai à la sortie. Je brandirai mon arme et nous nous ouvrirons un passage dans la foule.

– Gray, je vous en prie! Je ne sais pas si je suis capable de faire ça.

– Bien sûr que vous en êtes capable. Essayez d'être calme; montrez de l'assurance, de l'arrogance, si nécessaire. Cela devrait vous venir naturellement.

– Merci bien! Et s'ils font appel au service de sécurité pour m'arrêter? Depuis ma dernière expérience, j'ai une allergie pour les agents de sécurité.

– J'arriverai à la rescousse. Je chargerai à travers le hall comme une équipe de football à moi tout seul.

– Nous allons nous faire tuer!

– Détendez-vous, Darby. Ça marchera comme sur des roulettes.

– Pourquoi êtes-vous d'humeur si légère?

– Il y a quelque chose dans ce coffre, je le sens. Il ne vous reste plus qu'à le sortir, ma chère petite. Tout repose sur vos frêles épaules.

– Merci d'en soulager la tension.

Ils étaient arrivés dans « E » Street, près de la 9ᵉ Rue. Gray freina et gara la voiture au milieu d'une zone réservée aux livraisons, à une quinzaine de mètres de l'entrée principale de la First Columbia. Il descendit en hâte alors que Darby prenait tout son temps. Ils marchèrent rapidement vers l'entrée. Il était près de 10 heures.

– Je vous attends ici, dit-il, indiquant une colonne de marbre. A vous de jouer.

– A vous de jouer, marmonna-t-elle en s'engouffrant dans le tambour de l'entrée.

C'est toujours elle que l'on jetait dans la fosse aux lions. Le hall de la banque, aux dimensions d'un stade de football, regorgeait de colonnes, de lustres et de faux tapis de Perse.

– La salle des coffres, s'il vous plaît? demanda Darby à l'hôtesse d'accueil.

La jeune femme tendit la main vers le fond du hall, dans l'angle de droite.

– Merci, fit Darby, prenant tranquillement la direction indiquée.

Sur sa gauche, quatre personnes faisaient la queue devant chaque caisse; sur sa droite une flopée de chefs de bureau parlaient avec animation au téléphone. C'était la plus grande banque de la capitale et nul ne lui prêtait la moindre attention.

La salle des coffres était derrière une massive porte de bronze dont les vantaux bien astiqués paraissaient dorés, sans doute pour donner une impression de sécurité et d'invulnérabilité. Ils ne s'entrouvraient que pour laisser entrer et sortir une poignée de privilégiés. A gauche de la porte une employée d'une soixantaine d'années, avec des airs importants, était assise à un bureau sur lequel trônait un écriteau : SALLE DES COFFRES. Son nom : Virginia Baskin.

Elle regarda Darby s'approcher sans esquisser un sourire.

– Je désire voir mon coffre, fit Darby sans respirer.

Elle retenait son souffle depuis deux minutes et demie.

– Quel numéro, je vous prie? demanda Virginia Baskin, la main sur le clavier, le regard rivé sur l'écran de son ordinateur.

– F 566.

Mme Baskin entra le numéro, attendit que l'écran s'anime. Le front plissé, elle avança son visage à dix centimètres de l'écran. Fiche le camp! se dit Darby. Les rides du front de Mme Baskin se creusèrent un peu plus, une main s'avança vers le menton. Fiche le camp avant qu'elle ne décroche pour appeler la sécurité, avant que les alarmes ne se déclenchent et que mon idiot de chevalier servant ne fasse irruption dans le hall, arme au poing!

Virginia Baskin éloigna la tête de l'écran.

– La location remonte juste à quinze jours, murmura-t-elle d'une voix indistincte.

– En effet, dit Darby, comme si c'était elle qui avait loué le coffre.

– Je présume que vous êtes Mme Morgan.

« Présumez, présumez », songea Darby.

– Oui, Beverly Ann Morgan.

– Votre adresse?

– 891 Pembroke, Alexandria.

Virginia Baskin interrogea l'écran de la tête, comme s'il pouvait la voir et lui signifier son approbation. Elle continua de pianoter sur le clavier.

– Numéro de téléphone?

– 703 664 5980.

La réponse sembla satisfaire Mme Baskin. L'ordinateur aussi.

– Qui a loué le coffre?

– Mon mari, Curtis D. Morgan.

– Son numéro de sécurité sociale?

Darby ouvrit d'un air détaché son sac à bandoulière flambant neuf, assez profond, et en sortit son portefeuille. Combien d'épouses connaissent par cœur le numéro de sécurité sociale de leur mari? Elle ouvrit le portefeuille.

– 510 96 8686.

– Parfait, fit Virginia Baskin, se détournant de l'écran pour fouiller dans un tiroir de son bureau.

– Combien de temps cela vous prendra-t-il?

– J'en ai pour une minute.

Mme Baskin plaça une grande fiche sur le bureau et pointa l'index.

– Veuillez signer ici, madame Morgan.

Darby apposa fébrilement sa signature dans la deuxième case à partir du haut. La première avait été remplie par Curtis Morgan, le jour où il avait loué le coffre.

Darby retint son souffle quand Virginia Baskin jeta un coup d'œil à la signature.

– Avez-vous la clé?

– Bien sûr, répondit Darby avec un grand sourire.

Mme Baskin sortit une petite boîte de son tiroir, se leva et fit le tour du bureau.

– Suivez-moi, dit-elle.

Elles franchirent les portes de bronze. La salle des coffres était aussi vaste qu'une succursale de banlieue. Construite dans le style d'un mausolée, elle était faite d'un dédale de couloirs et de chambres fortes. Elles croisèrent deux gardes en uniforme, longèrent quatre pièces identiques aux murs couverts de rangées de coffres et s'arrêtèrent devant la cinquième : à l'évidence, là se trouvait le numéro F566. Mme Baskin entra et ouvrit sa petite boîte noire. Darby tourna nerveusement la tête et regarda par-dessus son épaule.

Virginia Baskin était à son affaire. Elle s'avança vers le coffre F566 qui lui arrivait à l'épaule et glissa la clé dans la serrure. Elle tourna la tête vers Darby et leva les yeux au plafond, comme pour lui dire : Allez, ma petite, à vous! Darby sortit la clé de sa poche et la mit à côté de l'autre. Virginia tourna les deux clés, tira légèrement le coffre et reprit la clé de la banque.

— Emportez-le là-bas, dit-elle, indiquant de la main une petite cabine fermée par une porte en accordéon. Quand vous aurez terminé, remettez-le en place et venez me rejoindre à mon bureau.

— Merci, dit Darby.

Elle attendit que Virginia Baskin ait disparu pour sortir le coffre de son logement. Il n'était pas lourd et ne devait mesurer que trente centimètres sur quinze et quarante de profondeur. Le haut était ouvert et il contenait deux objets : une enveloppe de papier kraft, peu épaisse, et une cassette vidéo sans étiquette.

Inutile d'aller dans la cabine. Elle fourra l'enveloppe et la cassette dans son grand sac, repoussa le coffre et sortit.

Virginia venait juste de faire le tour de son bureau quand Darby apparut.

— J'ai terminé, dit-elle.

— Ça alors! Vous avez fait vite!

Et comment. Tout va très vite quand on a les nerfs en alerte.

— J'ai trouvé ce que je cherchais.

— Très bien, fit Mme Baskin avec une cordialité nouvelle. Avez-vous vu, la semaine dernière, dans le journal, cet article sur un avocat? Vous savez, celui qui s'est fait tuer par des voyous, pas très loin d'ici? Il ne s'appelait pas Curtis Morgan? J'ai bien l'impression que c'était ce nom-là. Quelle horreur!

« Comment peut-on être aussi bête? » se demanda Darby.

— Non, fit-elle, cela ne me dit rien. J'étais en voyage, à l'étranger. Au revoir et merci.

Elle retraversa le hall d'un pas plus rapide qu'à son arrivée. La banque était bondée; il n'y avait pas un seul garde en vue. Du gâteau. Cela faisait un bout de temps qu'elle n'avait pas réussi quelque chose sans anicroche.

Son ange gardien protégeait la colonne de marbre. Elle franchit le tambour de l'entrée, déboucha sur le trottoir et avait presque atteint la voiture quand il la rattrapa.

— Montez vite! ordonna-t-elle.

— Qu'avez-vous trouvé? demanda-t-il.

— Fichons le camp d'ici!

Elle ouvrit la portière en hâte et monta à l'avant. Gray

mit le moteur en marche et la voiture démarra sèchement.

– Racontez-moi tout!

– J'ai vidé le coffre. Personne ne nous suit?

Gray jeta un coup d'œil dans le rétroviseur.

– Comment voulez-vous que je le sache? Alors, qu'avez-vous trouvé?

Elle ouvrit son sac et en sortit l'enveloppe. Gray écrasa la pédale de frein pour ne pas emboutir la voiture qui les précédait.

– Regardez donc la route! hurla-t-elle.

– D'accord! D'accord! Qu'y a-t-il dans cette enveloppe?

– Je n'en sais rien! Je n'ai pas pris le temps de lire son contenu et, si je meurs dans un accident de voiture, je ne le lirai jamais!

La voiture redémarra; Gray eut un long soupir.

– Cessez de hurler, voulez-vous? Essayons d'être calmes.

– Très bien. Si vous conduisez correctement, je resterai calme.

– D'accord... Ça va mieux? Nous sommes calmés?

– Oui. Détendez-vous donc et regardez devant vous. Où allons-nous?

– Je ne sais pas? Que contient cette enveloppe?

Elle sortit un document. En tournant la tête vers lui, elle vit qu'il avait les yeux fixés dessus.

– Regardez devant vous!

– Lisez-moi ce machin!

– Je vais être malade. Je ne peux pas lire en voiture.

– Merde de merde!

– Vous recommencez à hurler.

Il braqua violemment à droite et la voiture s'arrêta le long du trottoir de « E » Street, sous un panneau de stationnement interdit. La manœuvre déclencha des coups de klaxon furieux. Il regarda Darby avec un air exaspéré.

– Merci, fit-elle avant de commencer à lire à haute voix.

C'était une déclaration devant notaire et sous serment de quatre feuillets dactylographiés, datée du vendredi, veille du dernier coup de téléphone de Garcia à Grantham. Curtis Morgan déclarait qu'il avait été engagé cinq ans plus tôt par le cabinet White et Blazevich où il travaillait dans le service des produits pétroliers. Ses clients étaient des sociétés privées, effectuant des forages d'exploration, basées dans différents pays, mais essentiellement américaines. Depuis son entrée dans le cabinet, il travaillait pour le compte d'un gros client ayant un procès en cours dans le sud de la Louisiane. Ce client, Victor Mattiece, qu'il n'avait jamais rencontré, mais qui entretenait des rapports étroits avec les principaux associés de White et Blazevich, voulait à tout prix gagner le procès qui lui permettrait de tirer des millions de barils de pétrole des marécages de la paroisse de Terrebonne, en Louisiane. Le gisement renfermait également des millions de mètres cubes de gaz naturel. L'associé chargé de superviser le dossier pour le cabinet était F. Sims Wakefield, qui était très lié avec Victor Mattiece et lui rendait souvent visite dans sa résidence des Bahamas.

Assis dans la Pontiac dont le pare-chocs arrière mordait dangereusement sur la file de droite, indifférent aux voitures obligées de faire un écart pour l'éviter, les yeux fermés, Gray écoutait Darby poursuivre lentement sa lecture.

L'issue favorable du procès était très importante pour White et Blazevich. Le cabinet n'était pas directement engagé dans la procédure et le pourvoi en cours, mais tout passait par le bureau de Wakefield. Il travaillait exclusivement sur le dossier Pélican, comme il avait été baptisé, et passait le plus clair de son temps au téléphone avec Mattiece ou l'un des innombrables avocats travaillant sur l'affaire. Morgan y consacrait en moyenne une dizaine d'heures par semaine, mais toujours d'assez loin. Le total de ses heures facturées sur ce dossier était directement communiqué à Wakefield, contrairement à la facturation du reste de son travail, transmise à la comptabilité. Des bruits couraient avec insistance, selon lesquels Mattiece ne versait pas à White et Blazevich les honoraires habituels. Morgan était convaincu que le cabinet se chargeait du dossier en échange d'un pourcentage sur les revenus pétroliers à venir. Il avait entendu parler de dix pour cent du bénéfice net des puits, une pratique qui n'avait pas cours dans l'industrie pétrolière.

Des freins hurlèrent et ils se préparèrent au choc. Il s'en fallut de très peu.

– Nous allons nous faire tuer! lança Darby.

Gray enclencha le levier de vitesse de la boîte automatique; la voiture fit un bond en avant, engageant sa roue droite sur le trottoir. Ils y seraient plus tranquilles. La Pontiac était maintenant garée de travers, à moitié sur le trottoir et l'arrière empiétant toujours sur la chaussée.

– Continuez, fit-il, impatient.

Darby reprit sa lecture. Le 28 septembre, mais il n'était pas tout à fait sûr de la date, Morgan se trouvait dans le bureau de Wakefield. Il avait apporté deux dossiers et une pile de documents sans rapport avec le dossier Pélican. Wakefield était au téléphone, les secrétaires, comme à l'accoutumée, ne cessaient d'aller et venir. Une grande effervescence régnait toujours dans ce bureau. Morgan, resté debout, attendait que Wakefield raccroche, mais la conversation téléphonique semblait ne jamais devoir se terminer. Après un quart d'heure d'attente, il ramassa les dossiers et documents qu'il avait posés sur le bureau encombré et sortit. Il gagna directement son propre bureau, à l'autre extrémité du couloir et se remit au travail. Il était à peu près 14 heures. En prenant un dossier, il découvrit une note manuscrite sous la pile de documents qu'il venait de rapporter. Il l'avait prise par mégarde sur le bureau de Wakefield. Il se leva aussitôt pour aller la rendre. Puis il la lut. Il la relut. Il regarda le téléphone. Le poste de Wakefield était occupé. Une copie de cette note était jointe à la déclaration sous serment.

– Lisez cette foutue note! ordonna Gray.

– Je n'ai pas terminé la lecture de la déclaration! répliqua-t-elle sur le même ton.

Il ne servait à rien de discuter. C'était elle la juriste, elle avait un document dans les mains et elle le lirait exactement comme il lui plairait.

Morgan avait été abasourdi par le contenu de la note. Et terrifié par ce qu'il y découvrait. Sans perdre une seconde, il était allé en faire une photocopie au fond du couloir. De retour dans son bureau, il avait soigneusement replacé l'original sous sa pile de documents, exactement comme il l'avait trouvé. Il jurerait qu'il n'avait rien vu.

La note manuscrite, sur papier à en-tête de M. Velmano – c'est-à-dire Marty Velmano, l'un des associés principaux –, était constituée de deux paragraphes, datée du 28 septembre et adressée à Wakefield. Le texte était le suivant :

Sims,

Informer client recherches terminées. Cour beaucoup plus malléable après retrait Rosenberg. Second retrait assez inattendu. Aussi étonnant que cela paraisse, Einstein a choisi Jensen. Il est vrai qu'il a certains problèmes.

Informer également client que Pelican devrait arriver dans quatre ans, en prenant d'autres facteurs en considération.

Il n'y avait pas de signature.

Les yeux écarquillés, bouche bée, Gray ne pouvait retenir de petits gloussements. Darby poursuivit, lisant plus vite.

Marty Velmano était un véritable requin. Il travaillait dix-huit heures par jour et se sentait inutile s'il ne faisait pas souffrir quelqu'un de son entourage. Il était l'âme du cabinet White et Blazevich. Pour ceux qui détenaient le pouvoir politique, Marty Velmano était un chef d'industrie implacable et prospère. Il déjeunait avec des parlementaires, jouait au golf avec des membres du cabinet. Ses activités les moins avouables s'accomplissaient dans le secret de son bureau.

Einstein, tel était le surnom de Nathaniel Jones, un génie du droit, au cerveau dérangé, que le cabinet cloîtrait au sixième étage, entre les quatre murs d'une petite bibliothèque dont il avait l'usage exclusif. Il connaissait toutes les affaires soumises à la Cour suprême, aux onze cours d'appel fédérales et à la cour suprême de chacun des cinquante États. Morgan n'avait jamais vu Einstein; les rencontres étaient rares dans ce cabinet.

Après avoir photocopié la note, il plia le double et le rangea au fond d'un tiroir. Dix minutes plus tard, Wakefield faisait irruption dans son bureau, livide, l'air égaré. Il mit sens dessus dessous le bureau de Morgan et finit par trouver la note. Il était absolument hors de lui, ce qui n'avait rien d'inhabituel. Il demanda à Morgan s'il avait lu cette note. Morgan nia farouchement, expliqua qu'il avait dû la prendre par mégarde en ramassant ses affaires sur le bureau de Wakefield et affirma qu'il n'y avait pas de quoi en faire un drame. Mais Wakefield ne décolérait pas. Il sermonna Morgan, insista sur l'inviolabilité du bureau. Il se conduisit comme une sale brute, arpentant le bureau de Morgan, l'accablant de reproches. Finalement, il se rendit compte qu'il en faisait trop et s'efforça de se calmer, mais le mal était fait. Il repartit avec la note.

Morgan cacha la copie dans un ouvrage de la bibliothèque du neuvième étage, traumatisé par la crise de paranoïa et le comportement hystérique de Wakefield. Avant de rentrer chez lui, il rangea son matériel de bureau et ses papiers dans les tiroirs et les étagères. Le lendemain matin, il vérifia tout. On avait fouillé son bureau pendant la nuit.

Il devint alors très attentif. Quarante-huit heures après l'incident, il trouva un petit tournevis derrière un des livres de sa bibliothèque. Puis il découvrit dans sa corbeille à papier un bout de ruban adhésif noir roulé en boule. Il supposa que des mouchards avaient été placés dans son bureau et que son téléphone était sur écoute. Il surprit des regards soupçonneux de Wakefield dans le bureau duquel il croisa Velmano plus souvent qu'à l'accoutumée.

Puis il apprit l'assassinat de Rosenberg et Jensen. Il ne fit aucun doute pour lui que c'était là l'œuvre de Mattiece et de ses amis. La note ne désignait pas Mattiece par son nom, mais mentionnait un « client ». Or, Wakefield n'avait pas d'autre client et du reste aucun client n'avait autant à gagner d'un remaniement de la Cour suprême que Mattiece.

Le dernier paragraphe de la déclaration sous serment avait de quoi faire frissonner. Après le double assassinat, Morgan découvrit à deux reprises qu'il faisait l'objet d'une filature. On lui retira le dossier Pélican. Son travail s'accrut, ses horaires s'allongèrent, les exigences se firent plus nombreuses. Il craignait pour sa vie. Ceux qui avaient supprimé deux membres de la Cour suprême ne reculeraient pas devant le meurtre d'un avocat.

Il signa sa déclaration sous serment par-devant Emily Stanford, notaire, dont l'adresse figurait au bas de la feuille.

– Ne bougez pas, je reviens tout de suite, lança Gray qui ouvrit la portière pour descendre précipitamment.

Zigzaguant entre les voitures, il traversa la rue en courant. Il y avait une cabine téléphonique devant une boulangerie. Il appela Smith Keen au journal et tourna la tête vers la voiture de location en travers du trottoir.

– Smith, c'est Gray. Écoute attentivement et fais ce que je te dis. Je viens d'obtenir ma confirmation par une autre source, sur le mémoire du Pélican. C'est un très gros coup, Smith. Rendez-vous dans un quart d'heure avec Krauthammer, dans le bureau de Feldman.

– Qu'est-ce que tu as trouvé ?

– Garcia a laissé un message d'adieu. Il nous reste une dernière visite et nous arrivons.

– Qui, nous ? Tu amènes la fille ?

– Oui. Installe un téléviseur et un magnétoscope dans la salle de conférences. Je crois que Garcia veut nous parler.

– Il a laissé une cassette ?

– Oui. Dans un quart d'heure.

– Tu ne risques rien ?

– Non, je ne pense pas, Smith. Mais j'ai les nerfs à vif.

Il raccrocha et repartit en courant vers la voiture.

Dans son étude de Vermont Avenue, Mme Stanford époussetait ses étagères quand Gray et Darby entrèrent. Ils étaient pressés.

– Êtes-vous Emily Stanford ? demanda-t-il.

– Oui, pourquoi ?

– Avez-vous authentifié ceci ? poursuivit-il, lui montrant la dernière page de la déclaration sous serment.

– Qui êtes-vous ?

– Gray Grantham, du *Washington Post*. C'est bien votre signature ?

– En effet, c'est moi qui l'ai authentifié.

Darby lui tendit la photo de Morgan, alias Garcia.

– Est-ce bien l'homme qui a signé la déclaration ? demanda-t-elle.

– Curtis Morgan. Oui, c'est bien lui.

– Je vous remercie.

– Il est mort, vous savez, fit Emily Stanford. Je l'ai lu dans le journal.

– Oui, madame, il est mort. Avez-vous pris connaissance du document que vous avez authentifié ?

– Non, j'ai seulement certifié sa signature. Mais je sentais qu'il y avait quelque chose d'anormal.

– Merci, madame Stanford.

Ils repartirent aussi vite qu'ils étaient venus.

Un individu malingre dissimulait son front luisant sous un feutre en lambeaux. Avec un pantalon en haillons et des chaussures trouées, il était assis dans un minable fauteuil roulant qu'il avait installé près de l'entrée du *Post*.

Une pancarte étalée sur sa poitrine portait en grosses lettres : SANS FOYER NI RESSOURCES. Sa tête roulait d'une épaule à l'autre, comme si le manque de nourriture empêchait les muscles de son cou de remplir leur office. Une soucoupe en carton contenant deux ou trois billets et quelques pièces était posée sur ses genoux, c'était son propre argent. Il aurait probablement obtenu une meilleure recette en se faisant passer pour un aveugle.

L'air pitoyable, avachi dans son fauteuil, il dodelinait de la tête. Derrière ses lunettes à verres teintés, pas un mouvement de la rue ne lui échappait.

Il vit la voiture prendre le virage sur les chapeaux de roues et s'arrêter le long du trottoir. L'homme et la femme en descendirent et s'élancèrent vers la porte du journal. Il avait une arme sur ses genoux, cachée sous son plaid déchiré, mais il fut pris de court et il y avait trop de passants dans la rue.

Il attendit une minute avant de s'éloigner dans son fauteuil.

41

Smith Keen allait et venait nerveusement devant la porte du bureau de Feldman, sous le regard attentif de la secrétaire. Il vit Gray et Darby se faufiler entre les bureaux de la rédaction. Gray ouvrait la marche et tirait Darby par la main. C'est vrai qu'elle était belle, mais il aurait le temps de l'admirer plus tard. Quand ils arrivèrent à sa hauteur, ils étaient hors d'haleine.

– Smith Keen, je te présente Darby Shaw, fit Gray tout essoufflé.

Ils échangèrent une poignée de main.

– Bonjour, dit-elle, en lançant un regard curieux à la salle de rédaction.

– C'est un plaisir de vous rencontrer, Darby. D'après ce que l'on m'a dit, vous êtes une femme exceptionnelle.

– Ça va, fit Gray, nous aurons le temps de papoter plus tard.

– Suivez-moi, dit Keen, tout en les entraînant. Feldman a préféré utiliser la salle de conférences.

Ils retraversèrent la rédaction bourdonnante comme une ruche et pénétrèrent dans une salle presque luxueuse. Au centre se trouvait une longue table. Tout autour, des hommes étaient en train de discuter; toutes les conversations cessèrent à l'entrée de Darby. Feldman referma la porte.

– Jackson Feldman, directeur de la rédaction, dit-il, la main tendue. Vous devez être Darby.

– Qui veux-tu que ce soit d'autre ? lança Gray, le souffle court.

Sans répondre, Feldman fit du regard le tour de la table.

— Howard Krauthammer, notre rédacteur en chef, fit-il, le doigt pointé sur ses collaborateurs, Ernie DeBasio, son adjoint en charge du service étranger, Elliot Cohen, son autre adjoint, responsable des affaires intérieures, Vince Litsky, notre avocat.

Elle salua poliment de la tête, oubliant chacun des noms au fur et à mesure qu'ils étaient prononcés. Ils avaient tous au moins la cinquantaine, l'air très soucieux. Elle percevait une grande tension.

— Passez-moi la bande, fit Gray.

Elle la prit dans son sac et la lui tendit. Le téléviseur et le magnétoscope étaient au fond de la salle, sur un meuble bas. Il glissa la cassette dans l'appareil.

— Nous l'avons eue il y a vingt minutes et n'avons pas eu le temps de la visionner.

Darby prit place dans un fauteuil, contre le mur. Les hommes se penchèrent vers l'écran, attendant une image.

Sur un fond noir, une date s'afficha : 12 octobre. Puis Curtis Morgan apparut, assis à une table, dans une cuisine. Il tenait à la main une commande qui, à l'évidence, actionnait le caméscope.

« Je m'appelle Curtis Morgan. Puisque vous regardez cette cassette, je suis mort. »

Époustouflante entrée en matière. Les hommes en bras de chemise se regardèrent, firent une grimace et avancèrent d'un pas en direction du magnétoscope.

« Nous sommes le 12 octobre et cet enregistrement a lieu dans ma cuisine. Je suis seul. Ma femme est chez le médecin. Je devrais être au bureau, mais j'ai téléphoné que j'étais malade. Ma femme ne sait rien de tout ce qui va suivre. Je n'ai parlé à âme qui vive. Comme vous regardez cette bande, vous avez déjà lu ceci. [Il montre à la caméra sa déclaration sous serment.]

« Cette déclaration sous serment, je compte la joindre à cette bande, probablement dans le coffre d'une banque. Je vais en faire la lecture et la commenter. »

— Nous avons le document, glissa Gray.

Il s'était adossé au mur, près de Darby. Personne ne les regardait. Les regards étaient braqués sur l'écran où Morgan lisait lentement sa déclaration sous serment. Ses yeux ne cessaient d'aller et venir entre le document et la caméra.

La lecture prit dix minutes. Chaque fois que Darby entendait le mot pélican, elle fermait les yeux et secouait la tête. Voilà à quoi se réduisait le long cauchemar qu'elle avait vécu. Elle s'efforça de se concentrer sur les paroles de Morgan.

Quand il eut terminé sa lecture, il posa le document sur la table et se pencha sur un bloc où il avait jeté quelques notes. Il semblait à l'aise, détendu. Cet homme séduisant ne paraissait pas ses vingt-neuf ans. Comme il était chez lui, il ne portait pas de cravate. Juste une chemise boutonnée jusqu'au cou. Il indiqua que le cabinet White et Blazevich n'était pas un lieu de travail idéal, mais la plupart des quatre cents avocats étaient honnêtes et ne savaient probablement rien des agissements de Mattiece. En réalité, il pensait que le complot se limitait plus ou moins à Wakefield, Velmano et Einstein. Un autre associé, un certain Jareld Schwabe, était un type assez sinistre pour être impliqué dans l'affaire, mais il n'avait pas de preuve. (Darby se souvenait bien de lui.) Il y avait aussi une ancienne secrétaire, Miriam LaRue. Elle avait démissionné quelques jours après les assassinats après dix-huit ans de travail dans le service des produits pétroliers. Peut-être savait-elle quelque chose, elle habitait à Falls Church. Une autre secrétaire, dont il préférait taire le nom, lui avait confié avoir surpris une discussion entre Wakefield et Velmano. Les deux hommes se demandaient s'ils pouvaient avoir confiance en Morgan. Mais elle n'avait surpris que des bribes de leur conversation. Après la découverte de la note sur son bureau, on l'avait traité autrement. Surtout Wakefield et Schwabe. Comme s'ils mouraient d'envie de l'acculer contre un mur et de le menacer de mort, s'il révélait quoi que soit. Mais ils ne pouvaient le faire, ils n'étaient pas certains qu'il eût connaissance de la note. Ils craignaient d'aller trop loin, malgré leur quasi-certitude qu'il l'avait lue. Si ces hommes avaient véritablement comploté pour éliminer Rosenberg et Jensen, ils étaient capables de le remplacer en un rien de temps. Il n'était qu'un collaborateur parmi tant d'autres.

Litsky, l'avocat, secouait la tête d'un air incrédule. Après tout ce temps passé sans un mot ni un geste, tout le monde commençait à s'agiter.

Morgan, qui se rendait à son travail en voiture, s'était rendu compte à deux reprises qu'on le filait. Une autre fois, à l'heure du déjeuner, il avait surpris le regard d'un homme qui l'observait. Il parla de sa famille pendant un petit moment et commença à se répéter. De toute évidence, il n'avait pas d'autre révélation à faire. Gray tendit la déclaration sous serment et la copie de la note à Feldman qui, après l'avoir lue, la passa à Krauthammer.

L'enregistrement de Morgan s'achevait sur un adieu à glacer le sang. « Je ne sais pas qui verra cette bande. Comme je serai mort, cela n'a pas d'importance. J'espère seulement qu'elle sera utilisée pour démasquer Mattiece et ses avocats pourris. Mais, si ce sont les avocats pourris qui me regardent en ce moment, je n'ai qu'une chose à leur dire : qu'ils crèvent ! »

Gray retira la cassette et se frotta les mains en souriant.

– Voilà, messieurs, fit-il, vous faut-il autre chose ou ces révélations suffisent-elles ?

– Je connais ces gars-là, murmura Litsky, l'air atterré. J'ai joué au tennis avec Wakefield, il y a un an.

Feldman était déjà en mouvement.

– Comment as-tu fait pour retrouver Morgan ? demanda-t-il à Gray.

– C'est une longue histoire.

– Donne-m'en une version abrégée.

– Nous avons trouvé un étudiant de Georgetown qui a fait un stage chez White et Blazevich. Il a identifié Morgan sur une photo.

– Comment avez-vous eu cette photo ? demanda Litsky.

– Cela ne fait pas partie de l'histoire.

– Je suis d'avis de passer l'article, déclara Krauthammer d'une voix assurée.

– Moi aussi, approuva Elliot Cohen.

– Comment as-tu appris que cet homme était mort ? demanda Feldman.

– Darby s'est rendue hier chez White et Blazevich. Ils lui ont annoncé la nouvelle.

– Où étaient la bande vidéo et la déclaration sous serment ?

– Dans un coffre de la First Columbia dont la femme de Morgan m'a remis la clé à 5 heures du matin. Je n'ai rien fait d'illégal. L'hypothèse du mémoire a été confirmée par une source indépendante.

– On passe l'article, déclara à son tour Ernie DeBasio. On le passe avec la plus grosse manchette depuis NIXON DÉMISSIONNE.

Feldman s'avança vers Smith Keen. Les deux amis se regardèrent dans le blanc des yeux.

— Publie ce papier, fit Keen. Vince? ajouta-t-il, se tournant vers l'avocat.

— Il n'y a aucun obstacle sur le plan juridique, mais j'aimerais voir l'article terminé.

— Combien de temps te faut-il pour l'écrire? demanda le directeur de la rédaction à Gray.

— La partie concernant le mémoire est prête dans ses grandes lignes. Je peux terminer en une heure. Donne-moi deux heures pour Morgan, trois en tout.

Feldman n'avait pas ébauché un sourire depuis sa poignée de main avec Darby. Il marcha jusqu'au fond de la salle, revint vers Gray et se planta devant lui.

— Et si cette bande était un canular?

— Un canular? Et tous les cadavres de cette histoire, Jackson? J'ai vu la veuve de Morgan. Elle est bien vivante, mais c'est une vraie veuve. Notre journal a passé un article sur l'assassinat. Ses employeurs le confirment. Morgan est mort et enterré. Et c'est lui que nous venons de voir sur cette bande où il évoque sa mort. Nous sommes allés chez le notaire qui a certifié sa signature au bas de la déclaration sous serment.

Gray commençait à s'échauffer et regardait autour de lui.

— Tout ce qu'a déclaré Morgan confirme le mémoire. Tout : Mattiece, le procès, les assassinats. Et puis nous avons Darby, l'auteur du mémoire, qu'ils ont traquée d'un bout à l'autre du pays, semant les cadavres derrière eux. Il n'y a pas de lacunes, Jackson. Je tiens un article en béton!

— C'est plus qu'un article, fit Feldman, se permettant enfin un sourire. Il est 11 heures, fais en sorte d'avoir terminé à 14 heures. Tu n'as qu'à te boucler dans cette salle. Nous nous retrouverons ici à 14 heures précises pour lire le premier jet, poursuivit-il, et il se remit à faire les cent pas.

Tous se levèrent et sortirent l'un après l'autre, mais ils s'arrêtèrent devant Darby Shaw pour lui serrer la main. Ne sachant s'il fallait la féliciter, la remercier ou quoi faire, ils se contentèrent de lui sourire.

Une fois seuls, Gray vint s'asseoir à ses côtés et ils se prirent par la main. La longue table de conférences s'étalait devant eux. Les sièges étaient impeccablement disposés tout autour. L'éclairage de la pièce aux murs blancs venait de l'extérieur par deux fenêtres étroites et du plafond par des tubes au néon.

– Comment te sens-tu ? demanda-t-il.

– Je ne sais pas... Je crois que nous sommes au bout de nos peines. Nous avons réussi.

– Tu n'as pas l'air contente.

– J'ai connu des moments plus gais, mais je suis heureuse pour toi.

– Pourquoi ? demanda-t-il, en l'observant avec attention.

– Tu as réussi à assembler toutes les pièces du puzzle et ton article sortira demain. Il y a du prix Pulitzer dans l'air.

– Je n'y avais pas pensé.

– Menteur !

– Bon, peut-être une ou deux fois. Mais depuis que tu es sortie de l'ascenseur hier et que tu m'as annoncé la mort de Morgan, je t'assure que je n'ai plus pensé au Pulitzer.

– C'est injuste. J'ai fait tout le boulot, nous nous sommes servis de mes connaissances, de mon physique, de mes jambes, et toute la gloire va rejaillir sur toi.

– Je te citerai avec plaisir, je t'accorderai la paternité du mémoire. Tu auras ta photo à la une, à côté de celles de Rosenberg, de Jensen, de Mattiece, du Président, de Verheek et...

– Et de Thomas ? Sa photo accompagnera l'article ?

– Cela dépend de Feldman. Il s'occupera personnellement de la mise en page.

Elle réfléchit un instant et garda le silence.

– Voilà, mademoiselle Shaw, je dispose de trois heures pour écrire l'article le plus important de ma carrière. Un article qui va secouer le monde. Un article qui peut provoquer la chute d'un président. Un article qui apportera toutes les réponses aux assassinats. Un article qui me rendra riche et célèbre.

– Tu ferais mieux de me laisser l'écrire.

– Tu ferais ça ? Je suis si fatigué.

– Va chercher tes notes. Et du café.

Ils débarrassèrent la table. Un commis apporta un PC et une imprimante. Ils l'envoyèrent chercher du café, puis des fruits. Ils divisèrent l'article en plusieurs paragraphes : le double assassinat, le procès en Louisiane, Mattiece et ses liens avec le Président, le mémoire et les dégâts qu'il avait causés, Callahan, Verheek, Curtis Morgan, le cabinet juridique, Wakefield, Velmano et Einstein. Darby préférait écrire à la main. Elle s'occupa du procès, du mémoire et de ce qu'ils savaient sur Mattiece. Gray se chargea du reste et commença à travailler sur l'ordinateur.

Darby était un modèle d'organisation ; notes soigneusement disposées sur la table, mots lisiblement alignés sur le papier. Gray lui était un tourbillon au milieu d'un chaos ; il jetait ses papiers par terre, parlait à l'ordinateur, imprimait dans le désordre des pages qu'il froissait aussitôt. Elle ne cessait de le prier de se taire. Il répliquait qu'elle n'était pas dans une bibliothèque d'université, mais dans les locaux d'un journal où l'on a l'habitude de travailler avec plusieurs téléphones au milieu de hurlements.

A 12 h 30, Smith Keen leur envoya du ravitaillement. Darby prit un sandwich et s'avança vers la fenêtre d'où elle regarda la rue. Gray était plongé dans l'étude de rapports sur la campagne présidentielle.

Soudain, elle sursauta. Un homme était adossé au mur d'un bâtiment, sur le trottoir d'en face. Il n'aurait pas attiré son attention, si elle ne l'avait déjà remarqué, une heure plus tôt, cette fois adossé au mur de l'hôtel Madison. Il buvait dans un grand gobelet en plastique sans quitter des yeux l'entrée du *Post*. Coiffé d'une casquette noire, en pantalon et veste en jean, il devait à peine avoir trente ans. Il demeurait immobile, le regard fixe. Elle l'observa dix minutes en grignotant son sandwich. Il ne bougeait toujours pas, et se contentait de porter de loin en loin le gobelet à ses lèvres.

– Gray ? Veux-tu venir voir ?

– Que se passe-t-il ?

Il vint la rejoindre à la fenêtre. Du doigt, elle désigna l'inconnu à la casquette noire.

– Regarde-le bien, dit-elle, et dis-moi ce qu'il fait.

– Il boit quelque chose, probablement du café. Il est adossé au mur d'un immeuble et il regarde de notre côté.

– Comment est-il habillé ?

– Jean de la tête aux pieds, une casquette noire. Il doit avoir des bottes. Je ne vois pas où tu veux en venir.

– Je l'ai vu, il y a une heure, près de l'hôtel. Il était à moitié caché par une camionnette du service du téléphone, mais je suis sûre que c'était lui. Et maintenant, il est là.

– Et alors ?

– Et alors, depuis une heure, ce type n'a pas quitté des yeux l'entrée du journal.

Gray hocha lentement la tête. Ce n'était pas le moment de répondre par une plaisanterie. Le type avait l'air louche et Darby était inquiète. Elle avait toute une bande à ses trousses depuis quinze jours, de La Nouvelle-Orléans à New York, peut-être même jusqu'à Washington, et savait beaucoup mieux que lui ce que cela signifie d'être surveillé.

– Dis-moi où tu veux en venir, Darby.

– Donne-moi une seule bonne raison pour expliquer le comportement de ce type qui n'a rien d'un clodo.

Après un coup d'œil à sa montre, l'homme remonta lentement le trottoir et disparut. Darby regarda elle aussi sa montre.

– Il est exactement 1 heure, dit-elle. Attendons un quart d'heure et nous verrons ce qui se passe, d'accord ?

– D'accord, mais, à mon avis, ce n'est rien du tout.

Il se voulait rassurant, mais cela ne marchait pas. Elle se rassit à la table et se replongea dans les notes.

Il l'observa longuement avant de reprendre sa place devant le clavier de l'ordinateur.

Gray tapa avec frénésie pendant un quart d'heure, puis il se leva pour aller à la fenêtre. Darby le suivit des yeux.

– Je ne le vois pas, annonça-t-il.

A 13 h 30, il l'aperçut.

– Darby, fit-il, le doigt tendu vers l'endroit où se tenait le guetteur. Elle regarda par la fenêtre et vit l'homme à la casquette noire. Vêtu d'un coupe-vent vert foncé, il n'était plus tourné vers l'entrée du *Post*. Il regardait ses bottes et lançait toutes les dix secondes un coup d'œil sur la porte du journal. Son manège avait de quoi éveiller les soupçons, mais il était en partie dissimulé derrière un camion de livraison. Il s'était débarrassé de son gobelet en plastique. Ils le virent allumer une cigarette, regarder encore l'entrée du journal, puis surveiller le trottoir.

– J'ai une boule dans l'estomac, fit Darby.

– Comment auraient-ils pu te suivre jusqu'ici ? C'est impossible.

– Ils ont su que j'étais à New York. Cela aussi paraissait impossible.

– Peut-être est-ce moi que l'on file. On m'a dit que j'étais surveillé. C'est ce que ce type est en train de faire. Comment veux-tu qu'il sache que tu es là ? Non, c'est moi que l'on surveille.

– Peut-être, fit-elle lentement.

– L'avais-tu déjà vu ?

– Ils ne se présentent pas, tu sais.

– Écoute, il nous reste une demi-heure avant que les autres reviennent pour charcuter notre article. Terminons-le d'abord, puis nous nous occuperons de ce type.

Ils se remirent au travail. A 13 h 45, Darby alla de nouveau à la fenêtre : l'homme à la casquette était parti. L'imprimante crachait un premier jet ; elle commença les corrections.

Les responsables de la rédaction lisaient le stylo à la main ; Litsky lisait pour le plaisir. Il semblait en prendre davantage que les autres.

L'article était long. Feldman taillait dans le texte comme un chirurgien dans les chairs ; Keen griffonnait dans les marges ; Krauthammer approuvait de la tête.

Ils lurent lentement, en silence. Gray apporta de nouvelles corrections. Darby était à la fenêtre ; le type à la casquette était revenu, vêtu cette fois-ci d'un blazer marine sur son jean. Le ciel était couvert, la température ne dépassait guère 15 °C. Il tenait un nouveau gobelet serré entre les mains pour se réchauffer. Il buvait une gorgée, regardait l'entrée du journal, inspectait la rue, se penchait de nouveau sur le gobelet. Il se trouvait devant un autre immeuble. A 14 h 15 précises, il commença à regarder vers le nord de la 15e Rue.

Une voiture s'arrêta à quelques mètres. La portière arrière s'ouvrit. Quand la voiture redémarra, le nouvel arrivant regarda autour de lui. Puis, boitillant légèrement, la Barrique s'avança vers l'homme à la casquette. Ils échangèrent quelques mots, la Barrique s'éloigna vers le carrefour de la 15e Rue et de « L » Street tandis que la « casquette » restait à son poste.

Darby fit du regard le tour de la pièce. Les journalistes étaient plongés dans leur travail. La Barrique avait disparu, elle ne pouvait le montrer à Gray qui lisait, sourire aux lèvres. Non, ce n'était pas le journaliste qu'ils surveillaient, c'était elle.

Ils devaient être aux abois pour faire ainsi le guet dans la rue, espérant un miracle, obligés d'attendre qu'elle sorte pour l'abattre. Ils devaient être verts de peur, la sachant en train de déballer son histoire et de distribuer des copies de son fichu mémoire. Dès le lendemain matin, il serait trop tard. Il fallait la réduire au silence ; ils avaient reçu des ordres.

La salle de conférences était remplie d'hommes, mais, brusquement, elle ne s'y sentit plus en sécurité.

Feldman fut le dernier à terminer. Il fit passer sa copie à Gray.

— Il n'y a pas grand-chose à changer, dit-il. Tu ne devrais pas en avoir pour plus d'une heure. Voyons maintenant combien de coups de fil nous allons donner.

— Pas plus de trois, à mon avis, fit Gray. La Maison-Blanche, le FBI, White et Blazevich.

— Le seul du cabinet que tu aies nommé est Sims Wakefield, observa Krauthammer. Pourquoi ne nommes-tu pas les autres ?

— C'est à lui que Morgan attribue le plus de responsabilités.

— Mais c'est Velmano qui a rédigé la note. Je pense qu'il conviendrait de le citer aussi.

— Je suis d'accord, dit Smith Keen.

— Moi aussi, approuva DeBasio.

— J'ai ajouté son nom, déclara Feldman. Nous nous occuperons d'Einstein plus tard. Attends 16 h 30 ou 17 heures avant d'appeler la Maison-Blanche et White et Blazevich. Si tu téléphones plus tôt, ils sont capables de prendre le mors aux dents et de se précipiter au tribunal.

— Je suis tout à fait d'accord, glissa Litsky. Ils ne réussiront pas à faire interdire la publication de l'article, mais ils peuvent essayer. A ta place, j'attendrais 17 heures.

— D'accord, fit Gray. J'aurai terminé à 15 h 30. J'appellerai ensuite le FBI pour demander un commentaire officiel. Je m'occuperai des autres plus tard.

— Nous nous retrouvons ici à 15 h 30, lança Feldman qui avait presque atteint la porte. Ne vous éloignez pas du téléphone.

Quand la salle se fut de nouveau vidée, Darby poussa le verrou de la porte et tendit le bras vers la fenêtre.

— Te souviens-tu de celui que j'ai surnommé la Barrique ?

– Ne me dis pas que tu l'as vu !

Le nez sur la vitre, ils fouillèrent la rue du regard.

– Je crains que si, fit-elle. Il a échangé quelques mots avec notre ami à la casquette, puis il est reparti. Je suis certaine que c'était lui.

– Dans ce cas, je suppose que ce n'est pas après moi qu'ils courent.

– Probablement pas. Je ne veux plus rester ici.

– Nous allons trouver une solution. Je vais avertir notre service de sécurité. Veux-tu que j'en touche un mot à Feldman ?

– Non. Pas tout de suite.

– Je connais des flics.

– Génial ! Ils vont se pointer et le tabasser dans la rue ?

– Ceux que je connais en seraient capables.

– Ils ne peuvent rien contre eux. Que font-ils de mal ?

– Ils projettent de tuer quelqu'un.

– Sommes-nous en sécurité ici ?

– Laisse-moi parler à Feldman, répondit Gray après un instant de réflexion. Nous allons poster deux agents de la sécurité devant la porte.

– D'accord.

A 15 h 30, Feldman approuva la seconde rédaction et donna le feu vert à Gray pour appeler le FBI. Quatre téléphones et un magnétophone furent branchés dans la salle de conférences. Feldman, Keen et Krauthammer écoutèrent la conversation de Gray sur les trois autres postes.

Gray demanda à parler à Phil Norvell, une vieille connaissance et un informateur occasionnel. Norvell répondit sur sa ligne personnelle.

– Phil, c'est Gray Grantham, du *Post*.

– Je crois savoir avec qui tu es, Gray.

– Le magnétophone est en marche.

– Alors, ce doit être sérieux. Que se passe-t-il ?

– Nous publions demain matin un article exposant en détail le complot ourdi pour éliminer Rosenberg et Jensen. Nous citons le nom de Victor Mattiece, qui a spéculé sur des gisements pétrolifères et celui de deux de ses avocats, membres d'un gros cabinet de Washington. Nous citons également Verheek, en tant que victime, bien entendu. Nous sommes convaincus que le FBI a connaissance depuis un certain temps de cette piste, mais a refusé d'enquêter sur Mattiece, à l'instigation de la Maison-Blanche. Nous avons voulu vous laisser une chance de faire une déclaration.

Silence au bout du fil.

— Phil, tu es là ?

— Oui, oui, je suis là.

— Une déclaration ?

— Je suis sûr que nous en ferons une, mais je préfère te rappeler.

— Dépêche-toi, nous allons bientôt mettre sous presse.

— Écoute, Gray, c'est un coup tordu que tu nous fais. Tu ne peux pas attendre vingt-quatre heures ?

— Pas question.

— Bon, fit Norvell, je vais voir Voyles et je te rappelle.

— Merci.

— Non, Gray, c'est moi qui te remercie. Tu as fait un boulot extraordinaire, Voyles sera ravi.

— J'attends ton coup de fil.

Gray enfonça une touche pour interrompre la communication. Keen arrêta le magnétophone.

Huit minutes plus tard, Voyles en personne était en ligne. Il demanda à parler à Jackson Feldman. Le magnétophone fut remis en marche.

— Monsieur Voyles ? lança Feldman d'un ton chaleureux.

Les deux hommes se connaissaient bien; le « monsieur » était superflu.

— Appelez-moi Denton, bon Dieu ! Dites-moi, Jackson, vous êtes sûr de ce que vous faites ? C'est de la folie ! Vous vous lancez dans cette histoire à l'aveuglette. Nous avons enquêté sur Mattiece, nous enquêtons encore sur lui, il est trop tôt pour agir. Qu'avez-vous exactement ?

— Le nom de Darby Shaw vous dit-il quelque chose ?

Feldman se tourna en souriant vers Darby qui se tenait contre le mur. Voyles mit une minute à répondre.

— Oui, dit-il simplement.

— Mon rédacteur est en possession du mémoire, Denton, et je suis assis en face de Darby Shaw.

— Je craignais qu'elle ne fût morte.

— Non, elle est vivante et bien vivante. Gray Grantham et elle ont eu confirmation par une autre source des faits exposés dans le mémoire. C'est une affaire qui va faire du bruit, Denton.

Voyles poussa un long soupir et jeta l'éponge.

— Nous considérons Mattiece comme un suspect, reconnut-il.

— Attention à ce que vous dites, Denton. Le magnétophone tourne.

— Bon, je pense que nous devons avoir un entretien. D'homme à homme. J'ai peut-être des informations qui vous intéresseront.

— Venez quand vous voulez.

— Très bien. Disons dans vingt minutes.

L'idée que le grand Denton Voyles était en train de sauter dans sa limousine pour se rendre, toutes affaires cessantes, au journal amusa beaucoup l'état-major du *Post*. Ils observaient l'homme depuis des années et savaient qu'il était passé maître dans l'art de sauver les meubles. Il détestait la presse et, s'il acceptait de venir parler sur leur territoire, le pistolet sur la gorge, cela ne pouvait signifier qu'une chose : il allait accuser quelqu'un d'autre. La Maison-Blanche était la cible la plus probable.

Darby n'avait aucune envie de rencontrer le directeur du FBI. Elle n'avait plus qu'une idée en tête : la fuite. Elle aurait pu leur montrer l'homme à la casquette noire, mais il avait disparu depuis une demi-heure. Et qu'aurait fait le FBI ? Il fallait d'abord mettre la main sur lui, et après ? L'accuser de préparer un guet-apens ? Le torturer pour lui faire avouer tout ce qu'il savait ? De toute façon, ils ne la croiraient probablement pas.

Elle ne souhaitait pas avoir affaire au FBI, elle ne voulait pas de sa protection. Elle était prête à partir au loin et personne ne saurait où elle allait. Peut-être Gray. Peut-être même pas lui.

Il composa le numéro de la Maison-Blanche, les autres décrochèrent pour écouter. Keen remit le magnétophone en marche.

— Pourrais-je parler à Fletcher Coal, je vous prie. De la part de Gray Grantham, du *Washinton Post*. C'est très urgent.

— Pourquoi Coal ? demanda Keen pendant qu'ils attendaient.

— Toutes les communications avec la presse passent par lui, expliqua Gray, la main plaquée sur le microphone du combiné.

— Qui t'a dit ça ?

– Une de mes sources.

La secrétaire revint en ligne annoncer que M. Coal allait prendre la communication. Elle demandait à M. Grantham de patienter. Gray avait un sourire radieux.

– Fletcher Coal, articula enfin une voix.

– Bonjour, monsieur Coal. Gray Grantham, du *Post*. Cette conversation est enregistrée. Vous avez bien entendu ?

– Oui.

– Est-il exact que vous ayez donné des directives à tout le personnel de la Maison-Blanche, à l'exception du Président, afin que toutes les communications avec la presse reçoivent votre feu vert ?

– Totalement inexact. Ces questions sont du ressort de notre attaché de presse.

– Je vois. Nous allons publier dans notre édition du matin un article qui, en substance, confirme les faits exposés dans le mémoire du Pélican. Avez-vous eu connaissance de ce document ?

– Oui, répondit Coal après une hésitation.

– Nous avons pu établir que M. Mattiece a contribué pour plus de quatre millions de dollars au financement de la dernière campagne présidentielle, il y trois ans.

– Quatre millions deux cent mille, uniquement par des voies légales.

– Nous avons aussi acquis la conviction que la Maison-Blanche est intervenue pour faire pression sur le FBI afin d'entraver l'enquête sur M. Mattiece. Nous aimerions savoir si vous avez une déclaration à faire.

– Est-ce une information dont vous êtes convaincu ou que vous avez l'intention d'imprimer ?

– Nous nous efforçons, en ce moment même, d'en obtenir confirmation.

– Et qui pourrait le confirmer ?

– Nous avons nos sources, monsieur Coal.

– Assurément. La Maison-Blanche dément formellement toute ingérence dans ces investigations. Le Président a demandé à être informé régulièrement de l'évolution de l'enquête après le décès tragique des juges Rosenberg et Jensen, mais il n'y a eu aucune ingérence, directe ou indirecte, de la Maison-Blanche dans le cadre des investigations. Vos informations sont erronées.

– Le Président considère-t-il Victor Mattiece comme un ami personnel ?

– Non. Ils se sont rencontrés une seule fois et, comme je l'ai déjà déclaré, M. Mattiece était un important bailleur de fonds, mais ce n'est pas un ami personnel du Président.

– C'était le plus gros de vos bailleurs de fonds, n'est-ce pas ?

– Il m'est impossible de vous le confirmer.

– Avez-vous d'autres commentaires ?

– Non. Notre attaché de presse fera une déclaration officielle, demain matin.

Ils raccrochèrent ; Keen arrêta le magnétophone.

Feldman s'était déjà levé et se frottait les mains.

– Je donnerais volontiers une année de salaire pour être dans la Maison-Blanche en ce moment, lança-t-il.

– Ce type a du sang-froid, observa Gray non sans une certaine admiration.

– Oui, mais il en aura besoin, car il va bientôt avoir chaud aux fesses.

42

Pour un homme habitué à en imposer et à voir tout le monde baisser les yeux devant lui, il était pénible d'aller demander humblement une faveur. Il traversa pesamment, d'une démarche aussi humble que possible, la salle de rédaction, K.O. Lewis et deux agents dans son sillage. Il portait son éternel trench-coat froissé, la ceinture serrée sur l'estomac. Bedonnant, court sur pattes, il n'avait pas un physique imposant, mais son attitude et sa démarche étaient celles d'un homme habitué à se faire obéir. Avec ses sous-fifres, tout de noir vêtus, on eût dit un parrain de la Mafia accompagné de ses gardes du corps. Un silence inhabituel se fit dans la salle de rédaction au passage des quatre hommes. Imposant ou pas, humble ou pas, F. Denton Voyles ne manquait pas d'allure.

Un petit groupe nerveux, agité – les responsables de la rédaction –, attendait dans le couloir, devant le bureau de Feldman. Howard Krauthammer connaissait Voyles ; il s'avança à sa rencontre. Ils échangèrent une poignée de main et quelques mots à voix basse. Feldman était au téléphone, avec M. Ludwig, le propriétaire du journal, en voyage en Chine. Smith Keen s'approcha à son tour pour saluer Voyles et Lewis. Les deux agents restèrent à distance respectueuse.

Feldman ouvrit la porte de son bureau, jeta un coup d'œil vers la rédaction et aperçut le directeur du FBI. Il lui fit signe d'approcher. K.O. Lewis suivit son patron. Ils plaisantèrent un instant, puis Smith Keen ferma la porte et tout le monde s'assit.

– J'imagine que vous avez procédé à de solides vérifications de la théorie du mémoire, commença Voyles.

– En effet, dit Feldman. Je vous suggère, à vous et à M. Lewis, de lire l'article tel qu'il sera publié. Je pense que vous y trouverez l'explication d'un certain nombre de choses. Nous mettons sous presse dans une heure et notre rédacteur, M. Grantham, souhaite vous laisser la possibilité de faire une déclaration officielle.

– J'apprécie cette délicate attention.

Feldman tendit une copie de l'article à Voyles qui la prit avec précaution. Lewis se pencha sur son épaule et ils commencèrent leur lecture.

– Nous allons sortir, dit Feldman, prenez tout votre temps.

Il quitta le bureau en compagnie de Keen. Les deux agents du FBI se rapprochèrent de la porte.

Feldman et Keen traversèrent la rédaction et se dirigèrent vers la salle de conférences. Deux costauds en uniforme de la sécurité se tenaient dans le couloir. Quand ils entrèrent, Gray et Darby étaient seuls dans la pièce.

– Il faut appeler White et Blazevich, dit Feldman.

– Je t'attendais.

Ils décrochèrent les quatre téléphones. Krauthammer n'étant pas là, Keen tendit son récepteur à Darby tandis que Gray composait le numéro du cabinet juridique.

– Pourrais-je parler à Marty Velmano, je vous prie. C'est Gray Grantham, du *Washington Post*, et je dois lui parler. C'est très urgent.

– Un moment, s'il vous plaît, fit la secrétaire.

Une minute s'écoula; une autre secrétaire prit la communication.

– Bureau de M. Velmano.

Gray se présenta de nouveau et demanda à parler à son patron.

– Il est en réunion, répliqua la secrétaire.

– Moi aussi, répliqua Gray. Allez le chercher, dites-lui qui je suis et informez-le que sa photo sera à la une du *Post* dès minuit.

– Euh! bien, monsieur.

Quelques secondes plus tard, Velmano prit la communication.

– Oui? Qu'est-ce qui se passe?

Gray déclina ses noms et qualités pour la troisième fois et informa l'avocat que leur conversation était enregistrée.

– Je comprends, fit sèchement Velmano.

– Nous publierons demain matin un article sur votre client, Victor Mattiece, impliqué dans l'assassinat des juges Rosenberg et Jensen.

– Merveilleux! Nous allons vous coller une ribambelle de procès, vous en avez pour vingt ans! Vous êtes fini, mon petit gars! Le *Washington Post* va changer de propriétaire!

– Très bien. N'oubliez pas que notre conversation est enregistrée.

– Enregistrez tout ce qu'il vous plaira! C'est merveilleux! Votre journal appartiendra à Victor Mattiece! Fabuleux!

Gray se tourna vers Darby et secoua la tête d'un air incrédule. Les deux responsables de la rédaction gardèrent les yeux baissés, le sourire aux lèvres. La suite promettait d'être amusante.

– Très bien, reprit Gray. Avez-vous entendu parler du mémoire du Pélican? Nous en détenons une copie.

Silence de mort au bout du fil. Puis un grognement étouffé, semblable au dernier soupir d'un chien agonisant, avant un nouveau silence qui se prolongea.

– Monsieur Velmano? Vous êtes toujours là?

– Oui.

– Nous sommes également en possession d'une copie de la note que vous avez adressée à Sims Wakefield, en date du 28 septembre, dans laquelle vous laissez entendre que la situation de votre client serait grandement améliorée par l'élimination des juges Rosenberg et Jensen. D'après un informateur, les deux magistrats ont été choisis par un certain Einstein qui passe le plus clair de son temps dans une bibliothèque de votre cabinet, au sixième étage, si je ne me trompe.

Silence.

– L'article est prêt pour la publication, poursuivit Gray, mais je tenais à vous laisser la possibilité de faire une déclaration. Avez-vous quelque chose à déclarer, monsieur Velmano?

– J'ai mal à la tête.

– Je comprends. Autre chose?

– Allez-vous publier cette note mot pour mot?

– Oui.

– Avec ma photo?

– Oui. Une vieille photo, prise devant une commission d'enquête sénatoriale.

– Salaud !

– Merci. Autre chose ?

– Je remarque que vous avez attendu qu'il soit 17 heures pour téléphoner. Une heure plus tôt, nous aurions pu intenter une action pour empêcher la publication de cet article.

– En effet. C'est ce que nous avions prévu.

– Salaud !

– Très bien.

– Vous ne vous faites aucun scrupule de briser la vie des gens, n'est-ce pas ?

Il avait pris une voix traînante, propre à susciter la pitié. Cela ferait une merveilleuse citation. Gray avait mentionné à deux reprises que la conversation était enregistrée, mais Velmano était trop bouleversé pour s'en souvenir.

– Non, monsieur. Autre chose ?

– Dites à Jackson Feldman qu'une action en référé sera intentée contre votre journal, demain matin, à 9 heures, dès l'ouverture du tribunal.

– Je n'y manquerai pas. Niez-vous avoir rédigé cette note ?

– Naturellement.

– Niez-vous son existence ?

– C'est un faux !

– Il n'y aura pas de tribunal, monsieur Velmano, vous le savez très bien.

Encore un silence, puis, pour finir, un dernier « salaud ! » éructé du fond de la gorge.

Un déclic, la tonalité. Ils échangèrent en raccrochant des sourires radieux.

– Cela ne vous donne pas envie de faire du journalisme, Darby ? demanda Smith Keen.

– C'est très amusant, répondit-elle, mais j'ai failli me faire tabasser deux fois dans la journée d'hier. Non, merci.

Feldman se leva.

– Je ne pense pas que nous utiliserons cela, fit-il, montrant le magnétophone.

– J'ai bien aimé ce qu'il a dit sur les vies brisées, objecta Gray. Et les menaces d'action en justice.

– Tu n'en as pas besoin, Gray, ton article va faire toute la une. Plus tard, peut-être.

On frappa à la porte ; c'était Krauthammer.

– Voyles veut te voir, dit-il à Feldman.
– Amène-le ici.

Gray se leva et Darby s'avança vers la fenêtre. Le soleil s'inclinait à l'horizon, les ombres s'allongeaient. Les voitures avançaient lentement. Il n'y avait aucun signe de la présence de la Barrique et de ses acolytes, mais ils étaient là, elle le savait, tapis dans l'ombre, préparant une dernière attaque contre elle, pour se protéger ou se venger. Gray lui avait dit qu'il avait un plan pour quitter le bâtiment sans coup férir, mais il ne lui avait donné aucun détail.

Voyles entra, accompagné de K.O. Lewis. Feldman les présenta à Gray et Darby. Voyles s'avança vers elle en souriant.

– C'est donc vous qui avez déclenché tout ça, fit-il, feignant l'admiration, mais sans conviction.

Elle n'eut instinctivement que mépris pour lui.

– Je crois plutôt que c'est Mattiece, répliqua-t-elle avec froideur.

Voyles enleva son trench-coat.

– On peut s'asseoir ? demanda-t-il à la cantonade.

Tout le monde prit place autour de la table : Voyles, Lewis, Feldman, Keen, Grantham et Krauthammer. Darby resta près de la fenêtre.

– J'ai rédigé une déclaration, à titre officiel, annonça Voyles, saisissant une feuille que lui tendait Lewis.

Gray se prépara à prendre des notes.

– Il y a deux semaines, nous avons reçu une copie du mémoire du Pélican, que nous avons transmise à la Maison-Blanche le jour même. Cette copie a été remise en mains propres par M. Lewis, directeur adjoint du FBI, à M. Fletcher Coal. Elle accompagnait le rapport quotidien que la Maison-Blanche nous avait demandé. L'agent spécial Eric East assistait à cette réunion. Nous estimions que le mémoire soulevait assez de questions pour être étudié de près, ce qui n'a pas été le cas pendant six jours, jusqu'à ce que le corps de M. Gavin Verheek, conseiller spécial auprès du directeur du FBI, soit découvert à La Nouvelle-Orléans. C'est alors que le FBI a lancé une enquête de grande envergure sur Victor Mattiece. Plus de quatre cents agents, venus de vingt-sept de nos bureaux, ont pris part aux investigations, totalisant onze mille heures de travail, interrogeant plus de six cents personnes, se rendant dans cinq pays étrangers. A l'heure où je parle, les investigations se poursuivent avec des moyens considérables. Nous avons acquis la conviction que Victor Mattiece peut être considéré comme le suspect numéro un dans l'assassinat des juges Rosenberg et Jensen, et nous nous efforçons à présent de découvrir le lieu où il se cache.

Voyles replia la feuille et la rendit à Lewis.

— Que ferez-vous, si vous retrouvez Mattiece ? demanda Gray.

— Nous l'arrêterons.

— Avez-vous un mandat ?

— Ce n'est qu'une question de temps.

— Avez-vous une idée de l'endroit où il se trouve ?

— En toute franchise, non. Depuis une semaine, nous essayons de le découvrir, sans succès jusqu'à présent.

— Y a-t-il eu ingérence de la Maison-Blanche dans votre enquête sur Mattiece ?

— Je veux bien répondre, mais à titre officieux. D'accord ?

Gray se tourna vers le directeur de la rédaction.

— D'accord, acquiesça Feldman.

Le regard de Voyles passa de Feldman à Keen, puis à Krauthammer avant de revenir se fixer sur Grantham.

— Ce que je vais dire n'a pas de caractère officiel, nous sommes bien d'accord ? Vous ne pourrez en aucun cas le publier. C'est clair ?

Ils hochèrent la tête, continuant de faire converger leurs regards sur le directeur du FBI. Du fond de la salle, Darby, elle aussi, l'observait avec attention.

— Il y a douze jours, commença Voyles avec un regard méfiant vers Lewis, dans le Bureau ovale, le président des États-Unis m'a demandé de ne pas suivre la piste Victor Mattiece. Pour reprendre ses propres termes, il m'a demandé de laisser tomber.

— Vous a-t-il donné une raison ? demanda Grantham.

— Elle saute aux yeux. Il m'a dit que cela risquait de conduire à une situation très embarrassante et de mettre en péril sa réélection. Il ne trouvait pas le mémoire convaincant et craignait, si cette piste était prise au sérieux, que la presse n'en soit informée et d'en subir un contrecoup politique.

Krauthammer écoutait, bouche bée. Keen gardait les yeux baissés sur la table. Feldman ne perdait pas un mot.

— Êtes-vous certain de ce que vous avancez ? demanda Gray.

– J'ai enregistré cette conversation. Je suis en possession d'une bande que je ne ferai écouter à personne, sauf si le Président dément avoir tenu ces propos.

Il y eut un long silence. Ils ne pouvaient s'empêcher d'admirer ce salaud de Voyles. Il avait une bande!

Feldman se racla discrètement la gorge.

– Vous venez de prendre connaissance de notre article. Il y a eu plusieurs jours de battement entre le moment où le FBI est entré en possession du mémoire et celui où l'enquête a été ouverte. Il faudra expliquer ce retard.

– Vous avez ma déclaration officielle. Je n'ai rien à ajouter.

– Qui a tué Gavin Verheek? demanda Gray.

– Je refuse d'entrer dans les détails de l'enquête.

– Le savez-vous?

– Nous avons une idée. Je n'ai rien à ajouter.

Gray fit du regard le tour de la table. A l'évidence, Voyles n'ajouterait rien; tout le monde se détendit. Les responsables de la rédaction buvaient du petit lait.

Voyles desserra sa cravate; l'ombre d'un sourire joua sur ses lèvres.

– Toujours à titre officieux, pouvez-vous me dire comment vous avez réussi à retrouver la trace de ce Morgan?

– Je refuse d'entrer dans les détails de l'enquête, répondit Gray avec un sourire malin.

Sa repartie fut accueillie par un éclat de rire général.

– Qu'allez-vous faire maintenant? demanda Krauthammer.

– Un grand jury sera réuni avant demain midi, répondit Voyles. Il procédera rapidement à des mises en accusation. Nous essaierons de retrouver Mattiece, mais ce sera difficile; nous n'avons aucune idée de l'endroit où il se trouve. Depuis cinq ans, il a passé la majeure partie de son temps aux Bahamas, mais il a d'autres résidences au Mexique, à Panama et au Paraguay.

Voyles lança un regard furtif à Darby. Appuyée contre le mur, près de la fenêtre, elle ne perdait pas un mot de ce qui se disait.

– A quelle heure votre première édition sort-elle des presses? demanda-t-il.

– Les rotatives vont tourner toute la nuit, à partir de 22 h 30, répondit Keen.

– Dans quelle édition l'article doit-il passer?

– L'édition de la nuit de Washington, quelques minutes avant minuit. C'est notre plus gros tirage.

– Mettrez-vous la photo de Coal à la une ?

Keen se tourna vers Krauthammer qui se tourna vers Feldman.

– Je pense, répondit le directeur de la rédaction. Nous écrirons, en vous citant, que le mémoire a été remis en main propre à Fletcher Coal qui nous a déclaré, et nous le citerons, que Mattiece avait versé quatre millions deux cent mille dollars au Président. Oui, je pense que M. Coal mérite d'avoir sa photo à la une, avec les autres.

– C'est aussi mon avis, fit Voyles. Si j'envoie un agent à minuit, pourrai-je avoir quelques exemplaires de cette édition ?

– Bien sûr, répondit Feldman. Que voulez-vous en faire ?

– Je tiens à en remettre un en personne à Coal. Je veux frapper à sa porte à minuit, le voir ouvrir en pyjama et lui brandir le journal sous le nez. Je tiens aussi à lui dire que je reviendrai avec une citation à comparaître devant un grand jury et que je reviendrai encore une fois pour l'informer de sa mise en accusation. Quand je reviendrai la dernière fois, ce sera avec une paire de menottes.

Il avait prononcé tout cela avec un plaisir si intense que c'en était effrayant.

– Content de savoir que vous ne me gardez pas rancune, lança Gray.

Keen fut le seul à trouver la remarque amusante.

– Croyez-vous qu'une mise en accusation sera prononcée contre lui ? demanda Krauthammer d'un air innocent.

Voyles jeta un nouveau coup d'œil vers Darby avant de répondre.

– Il va trinquer pour le Président. Pour sauver son patron, il serait prêt à affronter le peloton d'exécution.

Feldman regarda sa montre et écarta son siège de la table.

– Pouvez-vous m'accorder une faveur ? reprit Voyles.

– Bien sûr. Que voulez-vous ?

– J'aimerais passer quelques minutes seul à seul avec Mlle Shaw. Si elle accepte, bien entendu.

Tous les regards se tournèrent vers Darby qui acquiesça d'un haussement d'épaules. Les journalistes et K.O. Lewis se levèrent d'un même mouvement et sortirent l'un derrière l'autre. Darby prit la main de Gray et lui demanda de rester. Ils s'assirent tous deux en face de Voyles.

— Je voulais lui parler en particulier, dit Voyles, plongeant les yeux dans ceux de Gray.

— Il reste, déclara Darby. Notre conversation n'a rien d'officiel.

— Comme vous voulez.

— Si vous avez l'intention de m'interroger, poursuivit-elle, prenant les devants, je ne parlerai qu'en présence d'un avocat.

— Il n'est pas question de cela, protesta Voyles en secouant la tête. Je voulais simplement savoir ce que vous comptez faire maintenant.

— Pourquoi le dirais-je ?

— Parce que nous pouvons vous aider.

— Qui a tué Gavin ?

— Officieusement ? fit Voyles après une hésitation.

— Bien sûr, dit Gray.

— Je vais vous dire par qui nous pensons qu'il a été tué, mais j'aimerais d'abord que vous me disiez si vous lui avez beaucoup parlé avant sa mort.

— Nous nous sommes parlé plusieurs fois au téléphone pendant le week-end. Nous devions nous retrouver lundi dernier et quitter ensemble La Nouvelle-Orléans.

— Quand lui avez-vous parlé pour la dernière fois ?

— Le dimanche soir.

— Où était-il ?

— Dans sa chambre, au Hilton.

Voyles prit une longue inspiration et leva les yeux au plafond.

— Et vous êtes convenus d'un rendez-vous pour le lendemain ?

— Oui.

— L'aviez-vous déjà vu ?

— Non.

— L'homme qui l'a tué est celui que vous teniez par la main quand on lui a fait sauter la cervelle.

Elle avait peur de poser la question. Gray le fit à sa place.

— Qui était-ce ?

— Le fameux Khamel.

Elle étouffa un cri, mit les mains devant ses yeux et essaya de dire quelque chose. Pas un son ne sortit de sa gorge.

– C'est assez déroutant, fit Gray, s'efforçant de garder une attitude rationnelle.

– Oui, c'est le moins qu'on puisse dire. L'homme qui a abattu Khamel est un agent indépendant, engagé par la CIA. Il était sur les lieux de l'attentat qui a coûté la vie à Callahan et je pense qu'il a essayé d'entrer en contact avec Darby.

– Rupert, dit-elle à voix basse.

– Ce n'est pas son vrai nom, bien entendu, mais va pour Rupert. Il doit avoir au moins vingt noms d'emprunt. Si c'est l'homme à qui je pense, il s'agit d'un Anglais, très efficace.

– Il y a vraiment de quoi s'y perdre, fit Darby.

– J'imagine.

– Que faisait Rupert à La Nouvelle-Orléans? demanda Gray. Pourquoi la suivait-il ?

– C'est une longue histoire dont certaines parties sont encore obscures. Croyez-moi, j'essaie de conserver mes distances avec la CIA. J'ai assez de soucis comme cela. Cette histoire remonte à Mattiece. Il y a quelques années, il avait besoin d'argent frais pour faire avancer son grand projet. Il s'est adressé au gouvernement libyen. J'ignore si c'était légal ou non, mais c'est là que la CIA entre en scène. Ils ont commencé à observer Mattiece et les Libyens avec le plus grand intérêt et, quand le procès s'est ouvert, ils l'ont suivi de près. Je ne pense pas qu'ils aient soupçonné Mattiece du double assassinat des magistrats, mais Bob Gminski a reçu une copie de votre mémoire quelques heures après que la nôtre a été remise à la Maison-Blanche. C'est Fletcher Coal qui la lui a donnée. Je ne sais pas à qui Gminski en a parlé, mais ce n'est pas tombé dans l'oreille d'un sourd et, vingt-quatre heures plus tard, la voiture de Thomas Callahan explosait. Vous avez eu beaucoup de chance, ce soir-là.

– Je ne me sens pas particulièrement heureuse, répliqua-t-elle.

– Cela n'explique pas la présence de Rupert, fit remarquer Gray.

– Je ne puis le garantir, mais je présume que Gminski a immédiatement chargé Rupert de suivre Darby. Il a pris le mémoire au sérieux dès le début, beaucoup plus qu'aucun d'entre nous et a donc chargé Rupert de filer Darby, en partie pour la tenir à l'œil, en partie pour la protéger. Quand la voiture piégée a explosé, il a eu la confirmation que le mémoire avait tapé dans le mille. Qui d'autre que Mattiece avait intérêt à se débarrasser de Callahan et de son amie ? J'ai de bonnes raisons de croire qu'il y avait plusieurs dizaines d'agents de la CIA à La Nouvelle-Orléans, quelques heures après l'explosion.

— Mais pourquoi ? demanda Gray.

— L'hypothèse du mémoire se trouvait confirmée et Mattiece commençait à supprimer les gêneurs. Il fait la majeure partie de ses affaires à La Nouvelle-Orléans. Je pense que la CIA était inquiète pour la sécurité de Darby et c'est ce qui lui a sauvé la vie. Ils ont frappé au moment où il le fallait.

— La CIA a réagi rapidement, pourquoi pas vous ? demanda Darby.

— Bonne question. Nous n'avons pas pris votre mémoire très au sérieux et nous ne savions pas la moitié de ce que savait la CIA. Cette piste nous paraissait vraiment fragile, je vous assure, et nous avions à l'époque une douzaine d'autres suspects. Nous n'avions pas apprécié le mémoire à sa juste valeur, c'est tout simple. Sans compter que le Président m'avait demandé d'abandonner cette piste, ce qui ne m'a pas été difficile, car je n'avais jamais entendu parler de Mattiece. Il n'avait rien fait pour attirer l'attention sur lui. Mais, quand mon ami Gavin s'est fait tuer, j'ai employé les grands moyens.

— Pourquoi Coal a-t-il remis le mémoire à Gminski ? demanda Gray.

— Il a pris peur. Pour ne rien vous cacher, c'est une des raisons pour lesquelles nous le lui avons transmis. Gminski a une tournure d'esprit bien particulière et il lui arrive d'agir à sa manière, sans tenir compte d'obstacles mineurs tels que la légalité. Coal voulait une enquête sur les conclusions du mémoire et il s'est dit que Gminski le ferait avec célérité et discrétion.

— Gminski n'a donc pas joué franc jeu avec lui.

— Il ne peut pas l'encadrer et je le comprends. Gminski ne voulait avoir affaire qu'au Président, mais, c'est vrai, il n'a pas joué franc jeu. Tout s'est passé si vite. N'oubliez pas que Gminski, Coal, le Président et moi-même avons lu le mémoire il y a tout juste quinze jours. Gminski attendait probablement l'occasion de communiquer au Président une partie de ses conclusions, mais le temps lui a manqué.

Darby repoussa son siège et alla se poster devant la

fenêtre. La nuit était tombée, la circulation restait difficile. Elle était contente que tous ces mystères soient expliqués devant elle, mais ils ne faisaient qu'engendrer d'autres mystères. Elle ne désirait plus qu'une seule chose, partir. Elle en avait assez de fuir, d'être traquée ; assez de jouer à la journaliste avec Gray ; assez de se demander qui avait fait quoi et dans quel but ; assez de se sentir coupable d'avoir écrit ce fichu mémoire ; assez de devoir acheter une nouvelle brosse à dents tous les trois jours. Elle n'aspirait qu'à dénicher une petite maison sur une longue plage déserte, sans téléphone, sans voisin et surtout sans personne de caché derrière des voitures ou des bâtiments. Elle voulait pouvoir dormir trois jours de file sans cauchemars, sans entrevoir des ombres menaçantes. Le moment était venu de boucler sa valise.

Gray l'observait avec attention.

— Elle a été prise en filature jusqu'à New York, puis Washington, dit-il à Voyles. Qui sont ceux qui la suivent ?

— Vous êtes sûr de ce que vous dites ?

— Ils ont passé tout l'après-midi sur le trottoir d'en face, pour surveiller l'entrée du journal, expliqua Darby, montrant la fenêtre.

— Nous avons observé leur manège, ajouta Gray. Ils ne doivent pas être loin.

— Les aviez-vous déjà vus ? demanda Voyles, l'air sceptique.

— L'un d'eux, à La Nouvelle-Orléans, répondit Darby. Il surveillait la foule pendant les obsèques de Thomas. Il m'a poursuivie dans tout le Vieux Carré, il a failli me surprendre à Manhattan et je l'ai vu en train de discuter avec un de ses complices, il y a à peine cinq heures. Oui, je suis sûre que c'est le même homme.

— Qui sont ceux qui la suivent ? répéta Gray, les yeux fixés sur Voyles.

— Je ne pense pas que la CIA vous donnerait la chasse.

— C'est pourtant ce que ces types ont fait.

— Les voyez-vous encore ?

— Non, ils ont disparu, il y a deux heures. Mais je sais qu'ils ne sont pas loin.

Voyles se leva et étendit ses petits bras. Il fit lentement le tour de la table et sortit un cigare de sa poche.

— Ça vous dérange, si je fume ?

— Oui, cela me dérange, répondit Darby d'un ton ferme.

– Nous pouvons vous aider, affirma de nouveau Voyles, posant le cigare sur la table.

– Je ne veux pas de votre aide, répliqua-t-elle, le visage tourné vers la fenêtre.

– Que voulez-vous ?

– Je veux partir loin d'ici, mais je tiens à être sûre que personne ne me suivra. Ni vous, ni eux, ni Rupert, ni ses petits copains.

– Vous serez obligée de revenir témoigner devant le grand jury.

– Si on me retrouve. Je vais dans un endroit où les citations sont très mal vues.

– Et le procès ? On aura besoin de vous au procès.

– Il ne s'ouvrira pas avant un an au moins. Cela me laisse le temps de réfléchir.

Voyles glissa le cigare entre ses lèvres, sans l'allumer. Il analysait mieux une situation en faisant les cent pas avec un cigare.

– Je vous propose un marché.

– Je ne suis pas d'humeur à conclure un marché, répliqua-t-elle, adossée au mur, le regard allant et venant du visage de Gray à celui du directeur du FBI.

– Il est tout à votre avantage. Je dispose d'avions, d'hélicoptères et d'une quantité d'agents armés jusqu'aux dents, qui ne sont pas effrayés le moins du monde par la petite bande qui joue à cache-cache avec vous. Premièrement, nous vous faisons sortir du bâtiment sans que personne s'en aperçoive. Deuxièmement, nous vous conduisons à bord de mon avion personnel, pour la destination de votre choix. Troisièmement, à votre arrivée, vous partez où bon vous semble. Je vous donne ma parole que nous n'essaierons pas de vous suivre. Il y a un quatrièmement et c'est la seule condition : vous me permettez de prendre contact avec vous par l'intermédiaire de M. Grantham, si cela devient absolument nécessaire et dans ce cas seulement.

Tandis que Voyles énonçait les différents points de son marché, elle ne quitta pas Gray des yeux. La proposition semblait lui plaire. Elle conserva un visage impassible, mais c'était tentant. Si elle avait fait confiance à Gavin après le premier coup de téléphone, il serait encore en vie aujourd'hui et elle n'aurait jamais tenu Khamel par la main. Si elle avait quitté La Nouvelle-Orléans avec l'avocat quand il le lui avait proposé, il ne se serait pas fait assassiner. Depuis une semaine, elle ne cessait de tourner et retourner ces pensées dans sa tête.

Cette affaire la dépassait. Le moment finit par arriver où l'on jette l'éponge et où l'on commence à faire confiance aux gens. Elle n'aimait pas cet homme, mais, depuis dix minutes, il faisait montre avec elle d'une franchise totale.

– Ce sont votre avion et vos pilotes personnels ?

– Oui.

– Où est l'appareil ?

– Sur la base d'Andrews.

– Voici ce que je propose. Je prends cet avion, il met le cap sur Denver. Il n'y a personne d'autre à bord que Gray, les pilotes et moi. Trente minutes après le décollage, je demande au pilote de changer de cap pour aller, disons à Chicago. Est-ce possible ?

– Il lui faut présenter un plan de vol avant le décollage.

– Je sais, mais vous êtes le directeur du FBI et vous avez le bras long.

– D'accord. Que se passe-t-il quand l'avion se pose à Chicago ?

– Je descends seule et il repart à Andrews avec Gray.

– Et vous, que faites-vous à Chicago ?

– Je me perds dans la foule de l'aéroport et saute dans le premier avion pour une autre destination.

– Cela peut marcher, mais je vous ai donné ma parole que nous n'essaierions pas de vous suivre.

– Je sais. Ne m'en veuillez pas de prendre tant de précautions.

– Marché conclu. Quand désirez-vous partir ?

– Quand ? fit-elle, interrogeant Gray du regard.

– J'en ai pour une heure à revoir l'article et à insérer la déclaration de M. Voyles.

– Dans une heure, dit-elle, se retournant vers Voyles.

– J'attendrai ici.

– Pouvons-nous parler seul à seul ? demanda-t-elle, avec un signe de la tête en direction de Gray.

– Bien entendu.

Voyles prit son trench-coat et se dirigea vers la porte. Il se retourna avant de sortir.

– Vous êtes une femme admirable, mademoiselle Shaw, fit-il en souriant. Votre intelligence et votre courage auront permis de mettre fin aux agissements d'un fou dangereux. Oui, je vous admire. Soyez assurée que je jouerai toujours franc jeu avec vous.

Sa face joufflue fendue d'un large sourire, il fourra le cigare dans sa poche et sortit.

— Tu crois que je ne risque rien ? demanda-t-elle à Gray dès que la porte se fut refermée.

— Je pense qu'il est sincère. Et il a des hommes armés qui pourront te faire sortir d'ici. Tout ira bien, Darby.

— Tu m'accompagneras ?

— Bien sûr.

Elle s'avança vers lui et passa les bras autour de sa taille. Il la serra contre lui, les yeux fermés.

A 19 heures, ce mardi soir, les responsables de la rédaction se réunirent pour la dernière fois de la journée. Ils prirent rapidement connaissance du texte ajouté par Gray pour inclure dans l'article la déclaration de Voyles. Feldman arriva en retard, le visage rayonnant.

— Vous n'allez jamais me croire, lança-t-il. Je viens de recevoir deux coups de téléphone. L'un de Ludwig qui venait de Chine : le Président a réussi à le joindre là-bas et l'a imploré de différer de vingt-quatre heures la publication de l'article. Il était au bord des larmes, paraît-il. Avec sa courtoisie habituelle, Ludwig l'a écouté avant de refuser poliment. Le second coup de téléphone était du juge Roland, un vieil ami. Il semble que la petite bande de White et Blazevich l'ait dérangé en plein dîner pour solliciter une injonction, avec audition immédiate. Le juge Roland les a éconduits sans ménagement.

— On va le passer, ce putain d'article ! rugit Krauthammer.

43

Le jet décolla en douceur, cap à l'ouest, à destination de Denver, à en croire le plan de vol. L'appareil n'avait rien de luxueux, mais il était financé par les contribuables et utilisé par un homme à qui tout raffinement était étranger. Même pas un bon whisky, constata Gray en ouvrant les placards. Voyles ne buvait pas d'alcool. Gray en fut très agacé : on ne laissait pas un hôte mourir de soif. Il trouva deux Sprite à moitié gelés dans le réfrigérateur et tendit une des boîtes à Darby qui fit sauter la languette métallique.

L'avion semblait avoir pris une position horizontale. Ils virent le copilote s'avancer dans l'embrasure de la porte de la cabine. Il se présenta très courtoisement.

– Nous avons été informés que vous deviez nous communiquer notre nouvelle destination peu après le décollage.

– Exact, fit Darby.

– Bon. Euh ! nous aurons besoin de précisions dans une dizaine de minutes.

– D'accord.

– Il n'y a pas d'alcool dans votre coucou ? demanda Gray.

– Désolé.

Le copilote s'excusa d'un sourire et regagna la cabine.

Darby et ses longues jambes occupaient la majeure partie de la banquette, mais Gray était résolu à s'asseoir à côté d'elle. Il lui souleva les pieds, prit place au bout du siège et reposa sur ses genoux les pieds aux ongles rouges. Il commença à lui masser les chevilles, songeant à cet événement : il lui tenait les pieds. Pour lui, c'était un contact des plus intimes, mais cela ne semblait pas embarrasser Darby. Elle souriait enfin et commençait à se détendre. Tout était terminé.

– Tu as eu peur ? demanda-t-il.

– Oui, et toi ?

– Oui, mais, en même temps, je me savais en sécurité. C'est difficile de se sentir vulnérable quand six gardes armés font un rempart de leur corps. C'est difficile de se croire surveillé quand on voyage à l'arrière d'une camionnette sans vitres.

– Voyles s'est régalé, hein ?

– Il était comme Napoléon faisant évoluer ses troupes. Ce fut un grand moment de gloire. On tirera sur lui à boulets rouges dès demain matin, mais cela se tassera. Le seul qui puisse le virer, c'est le Président, mais, si tu veux mon avis, Voyles a de quoi le réduire au silence en ce moment.

– Et tous les assassinats sont élucidés. Cela joue tout de même en sa faveur.

– Je pense que nous avons prolongé sa carrière de dix ans. Pauvres de nous !

– Moi, je le trouve gentil, protesta Darby. Je ne l'aimais pas au début, mais on finit par l'apprécier. Et il ne manque pas de chaleur humaine, tu sais. Quand il a parlé de Verheek, il avait la larme à l'œil.

– Un être adorable. Je suis sûr que Fletcher Coal sera ravi de voir ce brave bonhomme sur le pas de sa porte, dans quelques heures.

Elle avait le pied long et fin. Un pied parfait. Il continua ses caresses, se sentant comme un collégien dont la main remonte le long d'une cuisse. Ils étaient blafards, ils avaient besoin de soleil et d'air, mais Gray savait que, dans quelques jours, ils seraient bronzés, avec du sable collé entre les orteils. Elle ne l'avait pas invité à venir la retrouver, c'était fâcheux. Il n'avait pas la moindre idée de la destination qu'elle avait choisie. Il n'était même pas sûr qu'elle la connaisse elle-même.

Darby fermait les yeux. Avec le bourdonnement et les secousses de l'avion, Thomas semblait s'éloigner d'elle. Il n'était mort que depuis quinze jours, mais elle avait l'impression que cela faisait beaucoup plus longtemps... Si elle était restée à La Nouvelle-Orléans, elle serait passée devant son bureau, à Tulane, elle aurait vu la salle où il donnait ses cours, elle aurait parlé à ses collègues, elle aurait regardé de la rue le balcon de son appartement et tout cela l'aurait accablée. Le temps agit sur les souvenirs en les adoucissant. Elle était devenue autre, menant une autre vie dans un autre lieu.

Et c'était un autre homme qui lui massait les pieds. Au début il l'avait agacée par son côté caustique, trop sûr de lui. Bref, c'était le journaliste type. Mais il n'avait pas mis longtemps à se dégeler et, sous le masque blasé, elle avait découvert un être affectueux qui semblait tenir beaucoup à elle.

– Demain sera un grand jour pour toi, fit-elle.

Il avala une gorgée de Sprite. Il aurait donné une fortune pour une bière d'importation bien fraîche, dans une bouteille verte.

– Un grand jour, approuva Gray.

Ce serait plus qu'un grand jour, mais il éprouvait le besoin d'en minimiser l'importance. Pour l'instant, toutes ses pensées étaient tournées vers elle et non vers la frénésie du lendemain.

– Comment cela se passera-t-il ?

– Je vais probablement retourner au journal et attendre que la nouvelle se répande. Smith Keen m'a dit qu'il y passerait la nuit. Des tas de gens arriveront de très bonne heure. Nous nous réunirons dans la salle de conférences où nous ferons transporter d'autres téléviseurs. Nous passerons la matinée à regarder les bulletins d'information. Il y aura des moments hilarants à l'écoute de la réaction officielle de la Maison-Blanche. Le cabinet White et Blazevich fera une déclaration. Mattiece tentera peut-être de se disculper. Le président Runyan dira quelques mots. Voyles sera partout à la fois. Les avocats réuniront des grands jurys. Les politiciens en délire tiendront toute la journée des conférences de presse au Capitole. Ce sera un jour béni pour la presse. Je regrette beaucoup que tu ne puisses assister à tout cela.

– Quel sera le sujet de ton prochain article ? demanda-t-elle avec un ricanement sarcastique.

– Sur Voyles et sa bande, je pense. Il faut s'attendre à ce que la Maison-Blanche démente toute intervention et, si Voyles sent que les choses se gâtent pour lui, il lancera une violente contre-attaque. J'aimerais beaucoup avoir cette bande.

– Et après ça ?

– Cela dépend d'un tas d'inconnues. Après 6 heures du matin, la concurrence devient plus sévère. Il y aura un nombre incalculable de rumeurs et des centaines d'articles, tous les journaux du pays s'engouffreront dans la brèche.

– Mais la vedette, ce sera toi, fit-elle sans cacher son admiration.

– Oui, j'aurai mon quart d'heure de gloire.

Le copilote frappa à la porte et passa la tête dans l'ouverture, interrogeant Darby du regard.

– Atlanta, dit-elle.

Il referma aussitôt la porte.

– Pourquoi Atlanta ? demanda Gray.

– As-tu déjà changé d'avion à Atlanta ?

– Bien sûr.

– Tu ne t'es pas perdu dans l'aéroport ?

– Je crois que si.

– Tu vois bien. Il est gigantesque et plein d'animation.

Gray vida sa boîte et la posa par terre.

– Et après, où iras-tu ?

Il savait qu'il n'aurait pas dû poser la question et attendre qu'elle aborde le sujet, mais il mourait d'envie de le savoir.

– Je prendrai un vol pour une ville proche et ferai comme d'habitude mes quatre aéroports en une nuit. C'est probablement inutile, mais je me sentirai plus rassurée. Le voyage se terminera quelque part aux Antilles.

Quelque part aux Antilles. Cela réduisait les possibilités à un millier d'îles. Pourquoi restait-elle si vague ? Ne lui faisait-elle pas confiance ? Il jouait avec ses pieds depuis près d'une demi-heure et elle ne voulait pas révéler où elle allait.

– Que vais-je dire à Voyles ?

– Je te téléphonerai quand je serai arrivée. Ou je t'enverrai un mot.

Génial ! Ils pourraient entretenir des relations épistolaires. Il lui enverrait ses articles et, elle, des cartes postales de sa plage de sable fin.

– Tu resteras cachée, même pour moi ? demanda-t-il, la regardant droit dans les yeux.

– Je ne sais pas où je vais, Gray. Je ne le saurai pas avant d'y être arrivée.

– Mais tu m'appelleras ?

– Oui, quand je serai prête. Tu as ma parole.

A 23 heures, il ne restait plus dans les locaux de White et Blazevich que cinq avocats, réunis au dixième étage dans le bureau de Marty Velmano. Velmano lui-même, Sims Wakefield, Jarreld Schwabe, Nathaniel (Einstein) Jones et un associé à la retraite du nom de Frank Cortz. Deux bouteilles de scotch étaient posées sur le bureau. L'une était vide, l'autre presque. Assis dans un angle de la pièce, Einstein marmonnait entre ses dents. Il avait une tignasse grise et bouclée, le nez pointu et l'air complètement cinglé. Surtout dans les circonstances présentes. Sims Wakefield et Jarreld Schwabe, assis devant le bureau, avaient enlevé leur cravate et retroussé leurs manches.

Cortz termina sa conversation téléphonique avec un assistant de Mattiece. Il tendit le combiné à Velmano qui le replaça sur son support.

– C'était Strider, annonça Cortz. Ils sont au Caire, dans une suite de je ne sais plus quel hôtel. Mattiece refuse de nous parler. Strider m'a dit qu'il perdait la boule et se comportait d'une manière de plus en plus bizarre. Il s'est enfermé dans une chambre et, inutile de le dire, n'a aucunement l'intention de retraverser l'océan. Strider m'a aussi appris qu'ils avaient ordonné aux hommes armés de débarrasser immédiatement le plancher. La chasse est fermée. C'est le gibier qui a gagné.

– Et nous, demanda Wakefield, qu'allons-nous devenir ?

– Nous ne pouvons compter que sur nous, répondit Cortz. Mattiece nous laisse tomber.

Ils parlaient doucement, posément. Les hurlements avaient cessé depuis plusieurs heures. Wakefield avait reproché à Velmano l'idée de cette note. Velmano avait reproché à Cortz d'avoir fait entrer dans la boîte un client aussi douteux que Mattiece, Cortz répliqua sur le même ton que cela remontait à douze ans et qu'il n'avait jamais jusqu'ici craché sur les honoraires de Mattiece. Schwabe avait reproché à Velmano et Wakefield d'avoir laissé traîner une note aussi compromettante. Ils avaient couvert Morgan de boue. Ce ne pouvait être que lui. Seul dans son coin, Einstein les avait observés sans ouvrir la bouche. Enfin ils s'étaient calmés.

– Grantham n'a cité que Sims et moi, déclara Velmano. Peut-être que les autres ne risquent rien.

– Pourquoi ne ferais-tu pas un voyage à l'étranger avec Sims ? suggéra Schwabe.

– Je serai à New York à 6 heures, répondit Velmano. Je vais passer un mois en Europe et voyager uniquement en train.

– Je ne peux pas partir à l'étranger, gémit Wakefield. J'ai une femme et six enfants.

Cela faisait cinq heures qu'ils l'entendaient pleurnicher sur ses six gamins. Comme s'ils n'avaient pas une famille, eux aussi. Velmano était divorcé, ses deux enfants assez grands pour se débrouiller. Lui aussi se débrouillerait ; de toute façon, il était temps de songer à la retraite. Il avait mis assez d'argent à gauche et adorait l'Europe, surtout l'Espagne. C'est donc « adios » qu'il leur disait. Il faillit éprouver de la pitié pour Wakefield qui n'avait que quarante-deux ans et n'avait pas eu le temps d'économiser. Il gagnait bien sa vie, mais sa femme était un panier percé qui avait un faible pour les bébés.

– Je ne sais pas quoi faire, répéta-t-il pour la treizième fois. Je ne sais vraiment pas.

Schwabe essaya de se rendre utile.

– Je crois que tu devrais rentrer chez toi tout raconter à ta femme. Moi, je n'en ai pas, mais, si j'en avais une, je la préparerais aux mauvaises nouvelles.

– Je ne peux pas faire ça, gémit Wakefield.

– Bien sûr que si. Tu as le choix entre tout lui dire maintenant ou attendre six heures, et qu'elle découvre ta photo à la une du *Post*. Va lui parler, Sims.

– Je ne peux pas faire ça, répéta-t-il, au bord des larmes.

Schwabe tourna la tête vers Velmano et Cortz.

– Et mes enfants, répéta Wakefield en se frottant les yeux. Mon aîné n'a que treize ans.

– Allons, Sims, ressaisis-toi ! lança Cortz.

Einstein se leva et se dirigea vers la porte.

– Je pars dans ma maison de Floride, annonça-t-il. Ne m'appelez qu'en cas d'urgence.

Il sortit, claquant la porte derrière lui.

Wakefield se leva, tout flageolant sur ses jambes et s'apprêta à le suivre.

– Où vas-tu, Sims ? demanda Schwabe.

– Dans mon bureau.

– Pour quoi faire ?

– Il faut que je m'allonge un peu. Ça ira.

– Laisse-moi te raccompagner chez toi, proposa Schwabe.

Tous le suivirent des yeux tandis qu'il ouvrait la porte.

– Tout va bien, déclara-t-il d'une voix plus ferme avant de sortir.

– Tu crois que ça ira ? demanda Schwabe à Velmano. Il m'inquiète.

– Je n'irai pas jusqu'à dire qu'il est en pleine forme, fit Velmano. Nous avons tous connu de meilleurs moments. Tu peux aller t'assurer que tout va bien, dans un instant.

– Oui, acquiesça Schwabe.

Wakefield se dirigea tranquillement vers l'escalier et descendit au neuvième. Il accéléra le pas en se rapprochant de son bureau dont il referma la porte en pleurant.

Fais-le vite ! Ne pense plus à la lettre. Si tu commences à écrire, tu vas changer d'avis. Il y a un million de dollars d'assurance-vie. Il ouvrit un tiroir de son bureau. Ne pense pas aux enfants. Ce serait pareil pour eux, si tu mourais dans un accident d'avion. Il prit un calibre 38 sous un dossier. Fais vite ! Ne regarde pas leurs photos.

Peut-être comprendront-ils un jour ? Il enfonça le canon dans sa bouche et pressa la détente.

La limousine freina brusquement devant l'hôtel particulier de deux étages, dans Dumbarton Oaks, au nord de Georgetown. Elle bloquait la rue, ce qui n'avait aucune importance, car, à minuit vingt, la circulation était inexistante. Voyles et deux agents bondirent de l'arrière du véhicule et se dirigèrent d'un pas rapide vers la porte d'entrée. Voyles tenait un journal. Il martela la porte à coups de poing.

Coal ne dormait pas. Assis dans un fauteuil du salon plongé dans le noir, il était en pyjama et peignoir. Voyles fut ravi de le voir dans cette tenue quand il ouvrit la porte.

– Joli pyjama ! lança-t-il, en désignant le pantalon.

Coal s'avança sous le petit porche cimenté. Les deux agents observaient la scène de l'allée.

– Qu'est-ce que vous venez foutre ici ? demanda lentement Coal.

– Je suis venu vous apporter ça, répondit Voyles.

Il lui fourra le journal sous le nez.

– Il y a une jolie photo de vous, à côté de celle du Président donnant l'accolade à Mattiece. Comme je sais que vous aimez beaucoup les journaux, j'ai tenu à vous en apporter un.

– Dès demain, c'est votre photo qui fera la une, répliqua Coal, comme si c'était lui qui avait écrit l'article.

Voyles lança le journal à ses pieds et commença à reculer.

– J'ai des bandes, Coal. Si jamais vous mentez, je vous déculotte en public!

Coal le regarda s'éloigner, sans mot dire.

– Je reviendrai dans quarante-huit heures avec une citation à comparaître devant un grand jury! hurla Voyles, sur le trottoir. Cette fois, je viendrai à 2 heures du matin vous la remettre en personne.

Il ouvrit la portière de la voiture.

– La fois suivante, ce sera pour une mise en accusation. Mais vous serez déjà un homme fini et le Président aura trouvé une nouvelle bande d'abrutis pour lui dire ce qu'il doit faire.

Il s'engouffra dans la limousine qui démarra aussitôt.

Coal ramassa le journal et rentra chez lui.

44

Seuls dans la salle de conférences, Gray Grantham et Smith Keen lisaient le texte imprimé. Depuis des années Gray n'éprouvait plus d'excitation à voir ses articles à la une, mais celui-ci était particulier. C'était le plus gros coup de sa vie. Les visages étaient soigneusement alignés en haut de la page : le Président donnant l'accolade à Mattiece, Coal au téléphone, l'air suffisant et posant à la Maison-Blanche pour une photo officielle, Velmano, le jour de son interrogatoire par une sous-commission sénatoriale, Wakefield assistant à une convention du barreau de Washington, Verheek souriant au photographe sur un cliché des archives du FBI, Callahan dans la revue annuelle de l'université, Morgan, enfin, un portrait extrait de la bande vidéo et publié avec le consentement de sa veuve. Paypur, leur correspondant auprès des services de police, leur avait appris une heure auparavant la mort de Wakefield. Gray refusait d'en être tenu pour responsable.

Tous commencèrent à arriver vers 3 heures du matin. Krauthammer apporta une douzaine de beignets et en engloutit quatre, le temps d'admirer la une. Ernie De-Basio arriva juste après lui, prétendant ne pas avoir pu fermer l'œil. Puis ce fut le tour de Feldman, frais et dispos. A 4 h 30, la salle était pleine et quatre chaînes de télévision diffusaient la nouvelle. La réaction la plus prompte fut celle de CNN ; quelques minutes plus tard, plusieurs réseaux diffusaient des reportages en direct de la Maison-Blanche. Il n'y avait pas encore de déclaration officielle, mais Zikman devait s'adresser à la presse à 7 heures.

Hormis la mort de Wakefield, il n'y avait rien de vraiment nouveau. Les différents réseaux faisaient des aller et retour entre la Maison-Blanche, la Cour suprême et leur service des informations. Les journalistes planquaient devant l'immeuble Hoover où régnait le plus grand calme. Ils montraient en gros plan les photos des quotidiens. Ils essayaient en vain de mettre la main sur Velmano. Ils s'interrogeaient sur Mattiece. CNN diffusa un reportage en direct du domicile des Morgan, mais le beau-père de l'avocat interdit aux caméras l'accès à la maison. Un journaliste de NBC était posté devant l'immeuble des bureaux de White et Blazevich, mais il n'avait rien à signaler. Bien que son nom ne fût pas cité dans l'article de Gray, l'identité de l'auteur du mémoire n'était plus un secret. Tout le monde se demandait ce qu'était devenue Darby Shaw.

A 7 heures, le silence régnait dans la salle de conférences bourrée à craquer. Sur les quatre écrans, la même image de Zikman se dirigeant nerveusement vers l'estrade de la salle de presse de la Maison-Blanche. Il avait l'air harassé, hagard. Il lut une brève déclaration dans laquelle la Maison-Blanche reconnaissait avoir reçu des fonds pour la campagne présidentielle par plusieurs canaux contrôlés par Victor Mattiece, mais niait catégoriquement que cet argent fût sale. Le chef de l'exécutif n'avait rencontré qu'une seule fois M. Mattiece, à l'époque où il était vice-président. Depuis son élection, il n'avait jamais eu le moindre contact avec lui et ne le considérait en aucun cas comme un ami, quelles que fussent les sommes qu'il avait reçues de lui. Les fonds pour la campagne présidentielle s'étaient élevés à plus de cinquante millions de dollars. Le Président ne s'occupait pas de cet aspect financier : il avait un comité à qui incombait cette tâche. Personne à la Maison-Blanche n'avait tenté de s'ingérer dans l'enquête menée sur Victor Mattiece ; toutes les allégations soutenant le contraire étaient de grossiers mensonges. D'après les rares informations disponibles, M. Mattiece ne résidait plus sur le territoire américain. Le Président souhaitait que les allégations contenues dans l'article du *Washington Post* fassent l'objet de vérifications minutieuses et, s'il était prouvé que Victor Mattiece portait la responsabilité de ces crimes odieux, il serait traduit en justice. Zikman précisa qu'il s'agissait d'une simple déclaration préalable et qu'une conférence de presse suivrait, puis il descendit de l'estrade et fila à toutes jambes.

Après la piètre prestation de l'attaché de presse visiblement très mal à l'aise, Gray se sentit soulagé. Il avait soudain l'impression d'étouffer, d'avoir besoin d'air. Il sortit et trouva Smith Keen devant la porte.

– Allons prendre le petit déjeuner, souffla-t-il.

– D'accord.

– Il faut aussi que je passe chez moi, si cela ne te dérange pas. Je n'ai pas mis les pieds dans l'appartement depuis quatre jours.

Ils trouvèrent un taxi dans la 15ᵉ Rue. Un air frais et sec, très agréable, s'engouffra par les vitres ouvertes.

– Où est Darby? demanda Keen.

– Pas la moindre idée. Je l'ai quittée à Atlanta, il y a neuf heures. Elle m'a dit qu'elle allait quelque part aux Antilles.

– Je suppose que tu vas bientôt demander un congé, fit Keen en souriant.

– Comment as-tu deviné?

– Il y a encore beaucoup à faire, Gray. Nous sommes au plus fort de l'explosion et les morceaux vont très bientôt commencer à retomber. Tu es l'homme du jour, mais tu ne dois pas t'arrêter en si bon chemin. Il y aura tous les morceaux à ramasser.

– Je connais mon boulot, Smith.

– Oui, mais tu as quelque chose de distrait dans le regard et cela m'inquiète.

– Tu es rédacteur en chef. Tu es payé pour t'inquiéter.

Ils descendirent au carrefour de Pennsylvania Avenue. La Maison-Blanche se dressait, majestueuse, devant eux. Novembre approchait et le vent faisait tournoyer des feuilles mortes sur la pelouse.

45

Après huit jours de soleil, sa peau avait pris un beau hâle et ses cheveux retrouvé leur couleur naturelle. Finalement, elle ne les avait peut-être pas trop abîmés. Elle arpentait la plage sur des kilomètres et se nourrissait de poisson grillé et de fruits locaux. Au début, elle avait beaucoup dormi.

Elle avait passé la première nuit à San Juan où une agence de voyages se prétendant spécialiste des îles Vierges lui avait trouvé une chambre dans une pension de famille, à Charlotte Amalie, dans l'île de Saint-Thomas. Darby tenait à vivre au milieu des hordes de touristes et dans des ruelles embouteillées, au moins quarante-huit heures. Charlotte Amalie était l'endroit idéal. Sa chambrette, au troisième étage de la pension, accrochée à flanc de colline, était à quelques centaines de mètres du port. Il n'y avait ni volets ni rideaux pour se protéger du soleil. Ses rayons l'avaient tirée du sommeil, dès le premier matin. Leur caresse sensuelle l'avait attirée vers la fenêtre d'où s'offrait une vue majestueuse sur le port. Un spectacle à couper le souffle. Une douzaine de navires de croisière étaient à l'ancre, parfaitement immobiles, sur les flots miroitants. Ils formaient une ligne brisée s'étirant presque jusqu'à l'horizon. Au premier plan, autour de la jetée, une centaine de voiliers semblaient tenir à distance les gros navires de plaisance réservés aux touristes. La surface de l'eau était limpide, d'un bleu très doux, lisse comme un miroir sur la côte de l'île Hassel. Elle devenait de plus en plus foncée, indigo, puis violette, en se rapprochant de l'horizon. Une rangée de cumulus bien alignés marquait la limite entre le ciel et la mer.

La montre de Darby était au fond de son sac, elle n'avait pas l'intention de la porter pendant six mois au moins! Mais elle tourna machinalement son poignet pour regarder l'heure. Elle dut tirer de toutes ses forces pour ouvrir la fenêtre. Les bruits du quartier commerçant et un souffle d'air chaud envahirent la pièce.

Pour son premier matin dans l'île, elle passa une heure à regarder le port s'éveiller lentement. Sans précipitation. Tout se passait en douceur : les gros navires s'éloignaient lentement, des voix feutrées s'élevaient du pont des bateaux de plaisance. La première personne qu'elle vit apparaître sur le pont d'un voilier se jeta à l'eau en un plongeon matinal et fit quelques brasses dans le port.

C'était là une existence à laquelle elle pourrait se faire. Sa chambre, bien qu'exiguë, était propre. Il n'y avait pas de climatiseur, mais le ventilateur fonctionnait bien. Il y avait même de l'eau aux robinets! Elle décida de rester deux, trois jours, peut-être une semaine. La pension faisait partie d'un groupe d'une douzaine de petits immeubles tassés les uns contre les autres et bordant des ruelles qui dégringolaient jusqu'au port. Darby avait encore besoin de la promiscuité que procuraient la foule et les rues animées. En outre Saint-Thomas était renommé pour ses boutiques et elle se faisait une fête à la pensée d'acheter des vêtements qu'elle pourrait enfin garder.

En quittant San Juan, elle s'était juré de ne plus jamais se retourner pour regarder derrière elle. Elle avait vu le *Post* à Miami, constaté à l'aéroport, sur un téléviseur, l'effervescence provoquée par l'article de Gray et savait que Mattiece avait disparu. S'ils continuaient de la traquer, ce ne pouvait être que dans un esprit de vengeance. Et, s'ils parvenaient à la retrouver après tous les zigzags qu'elle avait faits en chemin, c'est qu'ils avaient des pouvoirs surnaturels et elle ne réussirait jamais à les semer.

Mais ils ne l'avaient pas suivie, elle en était persuadée. Pendant deux jours, elle ne s'éloigna guère de la pension, et ne s'aventura pas loin de sa chambre. Le quartier commerçant n'était qu'à quelques minutes à pied : un véritable labyrinthe de rues et de petites boutiques où l'on pouvait tout acheter. Les trottoirs et les ruelles grouillaient d'Américains venus à bord des navires de croisière.

Elle était une touriste anonyme, parmi des milliers d'autres, au chapeau de paille à larges bords et au short bigarré.

Elle acheta son premier roman depuis un an et demi et le lut en deux jours, étendue sur le petit lit, bercée par le souffle de l'air brassé par le ventilateur. Elle se promit de ne plus ouvrir un ouvrage de droit avant l'âge de cinquante ans. Toutes les heures elle se levait, s'avançait vers la fenêtre ouverte et contemplait le port. Elle y compta jusqu'à vingt bateaux attendant d'accoster.

Elle pensait aussi à Thomas et pleurait à chaudes larmes, résolue à se laisser aller à un chagrin normal pour la dernière fois. Elle voulait abandonner tout sentiment de culpabilité dans la petite pension de Charlotte Amalie, et en repartir avec les bons souvenirs et l'âme en paix. Ce n'était pas aussi difficile qu'elle l'aurait cru, dès le troisième jour, ses larmes se tarirent.

Le matin du quatrième jour, elle plia bagage et prit le ferry à destination de Cruz Bay, dans l'île de Saint-John où elle aborda après une traversée de vingt minutes. Elle prit un taxi pour suivre la route du littoral nord. Par les vitres baissées, le vent balayait la banquette arrière. Le chauffeur chantait et tapotait son volant pour marquer le rythme de la musique, un mélange de blues et de reggae. Elle se mit, elle aussi, à frapper du pied pour marquer la cadence, ferma les yeux et laissa l'air chaud lui caresser le visage. C'était une sensation grisante.

Le taxi quitta la route à Maho Bay et roula lentement vers l'océan. Si elle avait choisi cet endroit dans la centaine d'îles qui s'offraient à elle, c'est parce que toute exploitation y était interdite. Seule une poignée de maisonnettes donnait sur la plage et quelques villas étaient construites en bordure de la baie. Le chauffeur s'arrêta sur une route étroite, ombragée, et elle régla la course.

La maison se trouvait presque au point d'intersection de la montagne et de la mer. Construite dans la tradition architecturale caraïbe – une charpente de bois peinte en blanc, coiffée d'un toit de tuiles rouges – elle se trouvait au pied de la pente, avec la vue sur la baie. Darby descendit le petit sentier qui partait de la route et monta les marches de la véranda. C'était une construction sans étage, avec deux chambres de plain-pied et une véranda ouverte sur la mer. La location coûtait deux mille dollars par semaine; elle l'avait retenue pour un mois.

Elle posa ses bagages au salon et s'avança sous la véranda. La plage commençait à dix mètres en contrebas; les vagues venaient lécher la grève. Deux voiliers mouillaient dans la baie protégée de trois côtés par des montagnes. Un canot pneumatique chargé d'enfants qui s'éclaboussaient et poussaient des cris de joie dérivait mollement entre les voiliers.

L'habitation la plus proche était sur la plage. Darby distingua à peine le haut du toit, au-dessus des arbres. Quelques corps étaient étendus sur le sable. Elle se déshabilla rapidement, mit un bikini et descendit vers la mer.

Le soir était presque tombé quand le taxi s'arrêta au bord de la route. Il descendit, paya le chauffeur et regarda s'éloigner les feux arrière du véhicule. Son sac à la main, il descendit le sentier menant à la maison. Les lumières étaient allumées. Il découvrit Darby dans la véranda, une boisson glacée à la main. Sa peau était hâlée comme celle d'une indigène.

Elle l'attendait, c'était pour lui ce qui comptait le plus. Il ne voulait pas être traité comme un ami de passage. Elle posa son verre sur la table, et lui adressa un sourire radieux.

Ils s'embrassèrent longuement.

— Tu es en retard, dit-elle, et elle le prit par la main.

— Crois-tu que cette maison soit facile à trouver? répliqua-t-il.

Il lui caressait le dos, nu jusqu'à la taille d'où partait une jupe longue descendant aux chevilles. Il admirerait ses jambes plus tard.

— C'est beau, non? fit-elle, le regard tourné vers la mer.

— Magnifique.

Il se tenait derrière elle; des yeux, ils suivirent tous deux un voilier qui voguait vers le large, il posa les mains sur ses épaules.

— Et, toi, tu es splendide.

— Allons nous promener.

Il se changea, mit un short et alla la rejoindre au bord de l'eau. La main dans la main, ils longèrent la grève.

— Tes jambes ont besoin d'exercice, observa-t-elle.

— Tu as vu comme elles sont blanches?

« Oui, songea-t-elle, blanches, mais belles. L'ensemble

n'était pas mal du tout : après une semaine de soleil, il ressemblerait à un maître nageur. »

– Tu es parti plus tôt que prévu, reprit-elle doucement.

– J'en avais marre. J'ai écrit un article par jour depuis le gros coup, mais ils en voulaient toujours plus. Keen me demandait ceci, Feldman cela et je travaillais dix-huit heures par jour. Hier, j'ai tiré ma révérence.

– Je n'ai pas touché un journal depuis une semaine, dit-elle.

– Coal a démissionné. Ils se sont arrangés pour qu'il paie les pots cassés, mais des mises en accusation semblent peu probables. Au fond, le Président n'a pas grand-chose à se reprocher. Il n'est pas très malin, mais il n'y peut rien. Es-tu au courant, pour Wakefield ?

– Oui.

– Velmano, Schwabe et Einstein ont été inculpés, Velmano reste introuvable. Mattiece aussi, bien entendu, avec quatre personnes de son entourage. Et ce n'est pas fini. L'idée m'est venue, il y a quelques jours, qu'il n'y a pas eu de réelle tentative de la Maison-Blanche pour étouffer l'affaire et je me suis un peu essoufflé. Je pense qu'il peut dire adieu à un second mandat, mais il n'y a pas eu forfaiture. Washington est une ville de fous.

Ils continuèrent de marcher en silence dans la lumière déclinante. Elle en avait entendu assez. Un croissant de lune se reflétait dans les flots paisibles. La brise de terre se levait. Elle passa le bras autour de sa taille et il l'attira contre lui. Ils étaient remontés sur le sable. La maison était à près d'un kilomètre.

– Tu m'as manqué, fit-elle doucement.

Il soupira, sans rien dire.

– Combien de temps vas-tu rester ? poursuivit-elle.

– Je ne sais pas. Une quinzaine de jours... Peut-être un an. Cela dépend de toi.

– Un mois, cela t'irait ?

– Va pour un mois.

Elle le regarda en souriant; il sentit le rythme de son cœur s'accélérer. Elle se retourna vers la baie où le passage du voilier brouillait le reflet de la lune.

– Nous pouvons essayer par périodes d'un mois. D'accord, Gray ?

– Parfait.

Remerciements

Tous mes remerciements à Jay Garon, mon agent littéraire, qui, il y a cinq ans, a découvert mon premier roman et l'a présenté partout à New York, jusqu'à ce que quelqu'un accepte de le publier.

Tous mes remerciements vont aussi à David Gernert, mon éditeur, un ami qui partage ma passion du base-ball, à Steve Rubin, Ellen Archer et toute la tribu, chez Doubleday, à Jackie Cantor, mon éditeur chez Dell.

Un grand merci à ceux de mes lecteurs qui m'ont écrit. Je me suis efforcé de répondre à tous, mais, si j'en ai oublié quelques-uns, qu'ils veuillent bien me pardonner.

Toute ma reconnaissance à Raymond Brown, homme de bien et excellent juriste de Pascagoula, Mississippi, qui s'est sorti d'un mauvais pas, à Chris Charlton, un ancien compagnon d'études, qui connaît La Nouvelle-Orléans comme sa poche, à Murray Avent, un ami d'Oxford et d'Ole Miss, qui vit aujourd'hui à Washington, à Greg Block, du *Washington Post*, sans oublier naturellement Richard et toute la bande de Square Books.

Achevé d'imprimer en octobre 1996
sur les presses de l'Imprimerie Bussière
à Saint-Amand (Cher)

POCKET - 12, avenue d'Italie - 75627 Paris Cedex 13
Tél. : 44-16-05-00

— N° d'imp. 2167. —
Dépôt légal : juin 1995.

Imprimé en France